U0939380

天下纵横

鬼谷子的局

长篇历史小说

寒川子 著

長江出版傳媒
长江文艺出版社

北京长江新世纪文化传媒有限公司
www.cjxinshiji.com
出品

目 录

CONTENTS

第 011 章丨 魏武卒苦守三城 随巢子求方鬼谷

乌云滚滚，雷声隆隆，一场突如其来的暴风雨自天而降，倾注在安邑城内。

似乎所有光线都被黑乎乎的云层阻挡住了，整个王宫一片阴黑，魏惠王的御书房里犹如夜半。

毗人拿着两份战报匆匆走进，见天色昏暗，吩咐掌灯。

两名宫人正在掌灯，一道白光划过，也几乎是同时，一声炸雷响起，就如打在房顶上。一名宫人遭此惊骇，跌倒在地，一盏落地铜灯被他带倒，刚好砸在另一宫人身上。随着“哎哟”一声惨叫，那宫人两手抱脚，身子蜷作一团。毗人急忙赶过去，见他脚面鲜血迸流。毗人紧忙招呼其他宫人将他抬走，请太医诊治。

一番惊乱之后，御书房里恢复沉静。

天空出现亮色，暴雨变小。

自始至终，魏惠王一动不动，只是两眼木呆地盯住门外，看着雨下如注。

毗人走过来，给他个苦笑：“唉，这些人净会添乱！”

魏惠王扭过头，注意到了他手里的东西：“是战报吗？”

“是战报！”毗人双手呈上，“共是两份，一份是上将军的，另一份是龙将军的。”

魏惠王摆手，闭目：“念！”

“上将军战报。”毗人朗声宣读，“齐人虽未出战，但日见骄横，龙将军畏敌不前，置儿臣催促于不顾，屯兵不动。儿臣请求父王诏命龙贾立即出战，击溃齐人！上将军子印叩请。”

“唉，”魏惠王皱了下眉头，“印儿仍旧沉不住气，真得好好历练一下！

龙将军怎么说？”

“龙将军战报，”毗人拿起另一卷，“臣遵王旨屯兵于楚丘，循地势与上将军互为掎角。齐、韩、赵三军皆无异动，卫境平稳。臣得探报，齐、赵、韩均不见增兵，亦无增兵迹象，臣由是观之，卫境暂无大事。另，臣得河西急报，秦人已借援我之名渡过洛水，屯兵我境。这是引狼入室，万万不可。王上，秦人不可信，睦邻是假，谋我河西才是真章。臣观齐、韩、赵三军皆无战心，不过是佯兵，有上将军足以抗衡。臣是以奏请王上速命秦人撤回本土，一日不可迟误，臣另奏请王上，臣请引河西三军即刻回归，以绝秦妄念。臣龙贾急奏，叩请我王当机立断，免生祸乱。”

惠王眉头拧紧，半晌，睁眼，看向毗人。

“王上，”毗人面现忧色，“龙将军急奏，该如何回旨他？”

“请上卿来一趟。”

毗人略作迟疑：“喏。”

“王上，”陈轸赶到王宫，看过两份战报，拱手禀道，“龙贾必是受公孙衍蛊惑，文过饰非，其言不可轻信！”

“万一秦人行诈计呢？”惠王似乎余惊未消，“不瞒爱卿，方才一雷就炸在寡人头顶，许是上天示警呢！”

“那声雷也炸在臣的头顶，相信也炸在所有安邑人的头顶。”陈轸略顿一下，解释道，“不过，臣之解不同。臣以为，秦人不可能行诈！秦人若是行诈，又何必嫁女？秦人若图河西，为何又将边卒撤往西境？秦魏签过睦邻盟约，秦公若是反悔，史家又将如何写他？龙将军不知王上大局，为私谊偏听公孙衍，实在不该！”

“嗯，你说得在理！”惠王点头，“上将军奏请出战齐人，爱卿意下如何？”

“臣以为，上将军所请恰到妙处。有秦军六万在后支撑，另有龙将军助力，山东局势一战可定。只要齐军溃败，赵、韩也将不战而退。”

“是呀，山东局势不定，寡人心里这块石头就落不下来。毗人，给印儿和龙将军拟旨！”

毗人刚要动身，外面一阵脚步声急，当值内臣带着河西报急军尉跌跌撞撞地直闯进来。

“这……”惠王看到一身甲衣的军尉，大吃一惊，“何事急切？”

军尉“扑通”跪地，长哭不止。

惠王越发震惊，呵斥道："快讲呀，发生何事了？"

军尉泣不成声："临晋关张猛将军……火……火急战报……秦人突袭，长……长城失陷……"双手颤抖着奉呈战报。

惠王、陈轸目瞪口呆。

毗人急走过去，从军尉手中取过战报，吩咐道："军尉，好好歇息去吧！"

"喏！"军尉拱手，转身退出。

毗人打开战报，双手呈给惠王。

惠王这才醒过神来，两手抖着去接战报。许是抖得厉害，战报掉落。

毗人拾起，展开，念道："临晋关守将张猛火急奏报，五万秦军于今日鸡鸣时分突袭长城，四处攻略。守军皆无防范，长城失守，失陷城邑不知其数……"

陈轸面如土色。

魏惠王两眼一阵发黑，身子晃几下，眼见歪倒，被毗人扶住。

四周死一般沉寂。

毗人搀扶魏惠王坐下，轻声道："王上，救援河西要紧哪！"

魏惠王伸手，颤声："传……传……传旨龙将军，火……火速救援河……河西……"

"臣领旨！"毗人匆匆拟旨，取符，使人急传旨龙贾。

陈轸"扑通"一声跪倒，声音几近沙哑："王上，卫境，齐、韩、赵三国……"顿住，低头。

惠王狠狠剜他一眼："谁拉的屎，谁去擦屁股！"

陈轸脸色煞白，颤声："臣……叩请议和！"

惠王几乎是咆哮："不议和，这仗还能打吗？"站起来，脚步踉跄地奔出院门。

"苍天哪！"魏惠王站在门前的台阶上，张开双臂，向着天空，"来人哪！快来人哪！"

陈轸吓坏了，光脚跑出来，带着哭腔："王上，臣在，臣在啊！"

"快，"惠王嗓子沙哑，"召朱司徒！鸣战钟！"

战钟响遍整个王宫。

战钟声里，魏室朝臣急如星火地从各个方向驰至魏宫，齐集朝堂。

"魏成，"魏惠王看向大司马，"安邑现有多少守卒？"

"回禀我王，"大司马魏成拱手应道，"安邑共有守卒一万六千三百，一万在城内，余在城外。”

“点兵一万，火速驰援临晋关！”

“这……”大司马怔了下，“城内守卒还要守护王城，现在农忙，部分兵士回家了，仓促间恐难点齐。”

“什么王城不王城的？”魏惠王朝他吼道，“点兵一万，立即出征，驰援临晋关！”

“臣遵旨！”大司马匆匆出去。

魏惠王转对朱威：“朱司徒！”

朱威拱手：“臣在。”

“诏告臣民，秦人背信弃义，犯我河西，凡在册之徒，尽皆应役！”

“臣遵旨！”

秦人这一棒把陈轸彻底打蒙了，浑浑噩噩地回到府中，“咚”一声躺在榻上，大脑一片模糊，甚至连自己是怎么出的宫城，怎么进的府门等等诸事也都记不得了。

戚光担心主人出什么事情，悄悄地守在门口。

陈轸躺了小半个时辰，心里略略静些，感觉门口有人，问道：“是戚光吗？”

“小人在！”戚光应声进来。

“府库还有多少金子？”

“不足百镒了！”

“收拾行囊，把这点儿家底全都带上，分装三只箱子，随本公走趟帝丘！”

“是送给上将军吗？”

“不是。”

“那……”戚光怔了，“敢问主公，派何用场？”

“擦屎屁股去！”

“屎屁股？”戚光越发怔了，“谁的屎屁股？”

“啰唆个屁呀！”陈轸戗他道，“王上的！”

戚光倒吸一口气：“啊？”

河西诸地，在魏人一阵发蒙之后，真正的激战开始了。

秦人利用突袭全歼吕甲部，占据河西大部分城邑。尚未战死的魏人被逼进阴晋、临晋关、少梁三座孤城。

烽烟扬起后，河西魏人才算体会到了公孙衍的良苦用心，无人不同仇敌忾，唯他马首是瞻。

拿下三座孤城是公孙鞅在战争第一阶段的基本战略目标。若不能在龙贾返回之前顺利拿下三地，封死函谷道，与魏形成地缘对峙，结果就将是一场机会均等的恶战。这是公孙鞅、秦孝公都不想看到的，因而在击溃吕甲、拿下临晋城后，公孙鞅火速将大军分作三路，车希贤引左军进攻阴晋，公孙鞅率中军攻打临晋关，司马错领右军直击少梁。

然而，正是在这三座孤城，秦军真正领教了大魏武卒的厉害。

阴晋城外，秦人如蚂蚁般四面围攻。阴晋城上，滚木礌石齐下，箭矢如雨。秦兵死伤一片，连攻数轮，见伤亡太大，车希贤鸣金收兵。

临晋关战事更酣。高大牢固的关墙上面，箭矢如飞蝗般落下。守关老将仲良全身披甲，手持重盾挡在头上，在城墙上来回巡视。不时有箭矢落在盾上，打在身上，发出“啪啪”响声，落在地上。

众武卒各持盾牌蹲地防箭，其中一个没有蹲好，盾牌也没遮实，一小半屁股撅在外面。仲良走过去，照他屁股就是一脚，半是责骂半是嘲弄：“缩进去呀，屁股不要了！”

说时迟，那时快，那人屁股未及缩回，一箭飞来，恰好扎在屁股上，又刚好扎进甲缝里，只听“哎哟”一声惨叫，那武卒捂住屁股号起来。

众武卒无不哄笑。

立时有军医跑过来，将他抬下救治。

没走几步，一魏卒奔至仲良跟前，指向垛口：“将军，秦人开始爬了！”

仲良走过去，透过垛口，见果然有一行行的秦卒在向上攀爬。仲良转过身，对躲在垛后的弓弩手吩咐：“盯住他们的屁股，放近再射，射中本将赏肉吃，射不中赔本将的箭！”

众武卒再次哄笑起来。

一场惨烈的保卫战因仲良这位幽默的老将平添了许多乐趣，守城魏卒士气高涨。

秦军右军数万将少梁城三面围定，留下西门一道缺口。

南城主门紧闭，城门楼上不见一人，连旗号也不见一杆。

放眼望去，少梁所有城垛不见一人一枪，似乎是座空城。

司马错吸一口气，命令竖起高台，登高观察。

司马错的视线几乎与城垛持平，仍未看到一名魏卒。

司马错不无狐疑地走下高台。

“主将，”右军副将急切禀道，“别管他们，先攻城再说！”

“好吧，”司马错下定决心，“擂鼓！”

鼓声震天，万弩齐发。

秦兵将早已备好的稻草、浮木等扔进护城河中，无数道浮桥架起。

城上仍无一人，好似一切听凭秦卒。

鼓声愈急。

秦卒抬着攻城器械，踏过护城河，竖起数十道爬梯，沿城墙攀扶而上。

城上仍旧不见动静。

眼看就要攀上城头，城上却依旧不见动静，似乎根本无人镇守。

司马错浓眉紧锁，摆手：“停鼓，鸣金！”

秦人鸣金，鼓声陡止，秦卒又从梯子上撤下。

城上仍旧不见一人。

司马错再次登台，细审良久，一咬牙根，亲手拿起鼓槌，擂鼓再进。

秦兵呐喊着，攀梯而上。

就在秦人几乎要攀上城垛时，一盆滚油照梯浇下。可怜秦卒人人捂脸，惨叫连连，纷纷跌下梯子。

紧接着，带火的箭矢射下，扶梯着火，浑身是火的秦兵疼得满地打滚，纷纷扎进护城河里，惨状不忍目睹。

与此同时，城门楼上，一面大旗缓缓升起，旗上现出“公孙”二字。

司马错急令鸣金。

少梁城的第一场激战，魏兵几乎没有任何伤亡，秦兵却在城下留下了数百具尸体。

夜幕降临，临晋关下，激战一天的双方将士都疲乏了。关下秦卒或抬或背，忙不迭地搬运秦尸。关上魏卒或站或坐，懒洋洋地看着关下。

就在此时，关后不远处的河谷里，一群秦卒趁着夜色摸到浮桥上游约十来里处，将无数竹筏一个接一个地推到水中，筏上堆满油、干柴等爆燃物。

秦卒朝竹筏上射出火箭。

竹筏着火，在河水的冲击下形成一个个火球，冲向下游的浮桥。

看守浮桥的兵士惊恐尖叫，但没有谁有能力阻止这些急流直下、燃烧得越来越猛的庞大火筏。

浮桥燃烧起来。

河水对岸，火把点点，一条长龙正在移向渡桥。

是疾驰而来的安邑援军！

就在援军赶到桥边时，浮桥轰然断裂，滚没入河水里。一万援军被隔在河水对岸，只能眼睁睁地“隔岸观火”了。

关上魏卒心情沉重，无一人出声。

老将仲良面色刚毅，长枪紧握，牙齿“咯咯”作响。

临晋城原吕甲的军将府被临时改设为秦军的主将府。

府门外，秦卒林立，戒备森严。

府中正厅，秦孝公端坐主位，公孙鞅、车希贤、景监、嬴驷、嬴虔等一应重臣尽皆赶至，依序坐定。

“君上，”车希贤拱手禀道，“截至目前，开局良好，我方共斩敌一万余，尽得魏人长城并西河郡一十六邑，临晋守将吕甲战败自杀，残众溃散，魏人余众龟缩于少梁、阴晋、临晋关三座孤城，我方正全力围攻！”

虽是旗开得胜，但三地未克，气氛仍旧沉重。秦孝公没有理会车希贤，目光直射公孙鞅。

“君上，”公孙鞅拱手禀道，“河西之战，关键就在这三片孤地。臣已于昨夜将临晋关浮桥焚毁，刚好阻断了安邑援兵。没有安邑援兵，临晋关就是一片孤地，我军早晚图之皆可。眼下的关键是阴晋和少梁。少梁不下，河西不宁。阴晋不下，函谷难封，龙贾大军就可沿函谷道长驱驰援！”

众人皆现焦躁。

秦孝公将目光移向景监：“龙贾兵马何时可抵阴晋？”

景监拱手应道：“估计龙贾今日可获知河西之事，明晨起程驰援，最快也需五日！”

秦孝公看向车希贤：“五日之内，必须攻下阴晋，封死函谷道，堵住龙贾！”

“臣领旨！”车希贤拱手。

秦孝公看向公孙鞅：“少梁如何？”

“禀君上，”公孙鞅眉头紧皱，“少梁战报，守将公孙衍的布防滴水不漏，司马将军连攻四轮，折兵逾千，尚未寻到任何破绽！”

秦孝公神色严峻。

“少梁有公孙衍，阴晋有张猛，下面这仗不好打了！”

“谁说不好打了？”嬴虔瓮声应道，“实在不行，我来！”

见太傅冲公孙鞅发飙，众人也都不吱声了。

公孙鞅低头，一声不吱。

由于类似的情形已如家常便饭，秦孝公只是冲嬴虔重重咳嗽一声。

“公孙衍？”嬴驷似是发现什么，“扑哧”笑了，“呵呵呵，感觉这人与大良造是个对手呢，都姓公孙，都是相府门人，都为相国所器重，又都被魏罃拒用……乖乖，真是不敢想呢，看来二位公孙有得一拼。”目光逼向公孙鞅：“请问主将，此番对决，何人会胜出一筹呢？”

如此沉重气氛下，嬴驷竟然半开玩笑地揭了公孙鞅出身低贱的老底，显然不合时宜。孝公白他一眼，再次咳嗽一声。

“回禀殿下，”公孙鞅不甘示弱，回视嬴驷，朗声道，“鞅与公孙衍何人胜出一筹，当由结局说话。不过，就鞅眼下所知，若是此人真的成为魏人主将，秦、魏将有一场血战，鹿死谁手还真没个定呢！”

秦孝公震惊：“果真如此，爱卿可有良策？”

“回禀君上，”公孙鞅转身对秦孝公，“当下急务，还不是对付公孙衍。若是不出臣所料，龙贾不会等到明晨，就这辰光怕是已经往回赶了。在龙贾返回之前，我们只有五天，不，四天，来结束河西。攻克少梁，我们可不必忧心公孙衍。攻克阴晋，我们可控制函谷道，将龙贾彻底堵死在函谷关外！”

众人尽皆点头。

秦孝公环视众臣：“诸位爱卿……”

众臣皆目视孝公。

“听旨！”

众臣齐声道：“臣听旨！”

秦孝公朗声道：“‘将在外，君命有所不受。’河西此战，只有主将，没有君上！自今日起，秦国所有臣民，包括在场诸位，也包括寡人，都须听命于主将一人！”

见公孙鞅又被委以变法时的特权，众臣无不震撼，面面相觑。

“听见没？”孝公提高声音。

众臣这才回过神来，齐声应道：“臣领旨！”

公孙鞅起身跪下，叩首：“君上……”

孝公看向他：“主将听旨！”

“臣候旨！”

“大秦臣民，无论何人怠慢军令，你皆可先斩后奏，不可姑息！”

公孙鞅泣叩，语不成声：“君上……”

“除现有人马外，寡人另备大军十万，三日之内抵达洛水，随时候命。另备持械苍头十万，移防咸阳，以备不测之变！”

公孙鞅的声音铿锵有力：“粉身碎骨，不负君上！”

翌日，秦人不惜一切，拼死进攻，双方死伤惨重。

少梁城头，几十名秦卒爬上城垛，抢占一片阵地。正在攻城的秦卒纷纷移动云梯，朝此处爬来。

公孙衍远远望见，大手一挥，一手持盾，一手持枪，直冲过去。

因作战勇猛刚被公孙衍晋升旅帅的吴青见状，吼叫一声，引领逾百人紧跟于后。

短兵相接，没有鼓声，只有金戈撞击。秦卒寡不敌众，纷纷战死。吴青等枪挑石砸，硬将仍在攀梯的秦人打下城墙。

阴晋城下，几十秦兵抬起圆木，喊着号子撞击城门。城门之内，张猛亲自站在一辆守门兵车后面，几十魏卒两眼紧盯即将被撞开的城门。

在接二连三的“咚咚”声后，城门被撞开，成群的秦兵一拥而进。

城门洞外一箭之地，张猛剑尖一指，几十名魏卒“啊——”地发出大吼，推起兵车，径朝城门洞冲去。兵车前面布满兵刃，巨大的冲力及无处可躲的城门洞，使正往里面潮涌的秦兵尽皆惨死。尚未冲进的秦兵急急退却，城门洞再次被封死。

双方正在激战，数百辆战车沿着函谷道滚滚西进，为首一车上，昂然站着老将龙贾。

大队战车驶出仍由魏人控制的函谷口，不及排阵，直冲敌军后阵。

秦军后阵被冲乱，纷纷溃散。

看到援兵，阴晋城门大开，张猛一车当先冲向敌阵。前后夹击下，秦人溃散，车希贤鸣金收兵，整顿队伍，退往秦国边关。

龙贾也不追赶，引军分别杀往临晋关和少梁。

至此为止，这场决定魏、秦命运的河西之战以秦人成功突袭拉开序幕，又以公孙衍、张猛等魏将殊死守城、龙贾及时回援而扳回危局。

双方战成平手，各自稳住阵脚，调兵遣将，在几百里河西拉开了阵势。

随巢子、宋趼日出而行，日落而息，沿轵关陉连行旬日，出南阳，再沿河水一路北上，再有一日就已进入云梦山中。

在山中行有半日，随巢子看到一丛何首乌，停下，挖出几只，吩咐宋趼捡些干树枝，引火燃着，将何首乌放在火中烧烤。

宋趼从肩上取下一双没有打完的草鞋，边打边说："巨子……弟子有惑！"

随巢子给他一个笑："为师晓得你憋了一路。说吧，何惑？"

"河西烽火正炽，巨子竟然弃之不顾，跑到这深山老林里做什么？"

"拜访一个老人。"

"啊？"宋趼急了，"巨子，河西正在杀戮，多少百姓需要我们救济啊！"

"唉，宋趼哪，"随巢子重重叹出一口气，"你也都看到了，天下这般乱法，就算我等耗尽心力，也不过是杯水车薪啊！"

"巨子，"宋趼大为震惊，"弟子从未听您讲起过这样的话呀！"

"不是你没听过，是为师……不忍心讲出来啊。"随巢子翻腾几下何首乌，见已烤得差不多了，拿树叶包起来，递给宋趼一只，"走吧，别让这位老人跑了！"

"这位老人难道比万千百姓的生死还重要吗？"

"是哩。"

"能说说他是个什么样的人吗？"

"是个老先生。"

"难道他……"宋趼瞄一眼随巢子已经花白的头发，"比巨子还要老吗？"

"是哩，很老很老了。"

"老先生……是巨子的朋友？"

"唉，"随巢子苦笑，"为师怎么配得上呢！"

"啊？"宋趼震惊，"天哪，天下难道还有巨子您不配为友的人？"

"为什么没有呢？"

"难道他不是人吗？"

"是，也不是。"

"这……"宋趼彻底蒙了，"是就是是，不是就是不是，巨子为何这么说他呢？"

"因为先生既是个人，也不是个人。"

"巨子是说……"宋趼吸一口长气，"先生是个仙人？"

"是不是个仙人，"随巢子指指前面一道山垭，"若是你的运气足够好，越过这道垭子，就可以见证了！"

宋趼好奇心顿起，一脸兴奋，脚步加快。

二人越过山垭，走进一道幽谷，但见群山环抱，草木繁茂，清泉流水，鸟语花香，果然是一处美妙所在。谷口立着一块巨石，巨石上苍劲有力地刻着"鬼谷"二字。

随巢子走到前面，细审那刻文。

宋趼指着"鬼谷"二字："巨子，此处名叫鬼谷，难道它……闹鬼吗？"

随巢子似是没有听见，两眼只是盯住刻文，脸上现出难得的笑。

宋趼不解道："巨子，您笑什么呢？"

"呵呵呵，"随巢子指着刻文，乐了，"是鬼谷先生的手迹，瞧这刻痕，当不超出五年！"

"巨子，这有什么值得高兴的呢？"

"这个表明，"随巢子抚摸刻文，兴奋地说，"我们这一趟没有白走，鬼谷先生应该就在谷里！"

"这……"宋趼挠头，"刻痕已有五年，巨子何以断定鬼谷先生仍在谷里？"

"鬼谷先生有个习惯，一旦回到此谷，五年之内是不会出谷的！"

"乖乖！"宋趼咂舌。

"走走走，"随巢子似乎是完全忘掉了山外的烦恼，急不可耐道，"我们这就进谷，为师已有多年没有见过先生了！"

"好咧！"宋趼应一声，向前走去。

"记住，"随巢子叮嘱，"先生最爱清静，不喜外人打扰。待会儿见到先生，你要少说话，若有茶水，伺候即可！"

"好咧！"

鬼谷草庐外面的草地上，一个十来岁的童子正在挑逗几只蝴蝶。

随巢子二人沿路走来，越走越近。童子瞥见，扔下蝴蝶，迎上来，上下打量二人。随巢子朝童子深揖一礼。

见巨子向童子行此大礼，宋趼甚是错愕，亦忙长揖。童子向二人还礼，语气却不谦恭："请问老丈，您二人来到此谷，是砍柴呢，还是采药？"

随巢子应道："请问灵童，鬼谷先生可在舍中？"

见他出口即问先生，童子似吃了一惊，盯他看了一会儿，微微点头："家师在！"

"烦请灵童禀报一声，就说有个叫随巢的前来拜谒！"

童子退后一步，将随巢子由上到下又是一番打量，摇头道："回老丈的话，别的尚可商量，这个不行！"

随巢子皱眉，问道："哦，为何不行？"

童子目光从随巢子身上转向宋趼，落在二人磨破底的草鞋上，似是自语，又似是说给二人："瞧这模样，二位当是山外来的？"

"那又怎样？"

童子语气不屑："山外皆是凡俗之人，家师可不是什么人都能随便见的！"

"哈哈哈哈！"随巢子乐了，捋须长笑。

童子有些惊讶："咦，老丈，您笑什么？"

随巢子蹲下来，两眼平视童子，做惊讶状："请问灵童，尊师都愿见些什么人呢？"

童子声音很大，不无自豪道："不瞒老丈，家师的访客嘛……"微微闭目，陶醉于一种想象状态："应该是从大山深处，不不不，应该是从天空飘下来，'唰'地落在这谷里，全身上下纤尘不染，走起路来飘若浮云，脚都不沾地面！"

"呵呵呵，灵童所说之人，当是列御寇了！"

童子似是没有听见随巢子的话，依旧沉醉在腾云驾雾的感觉里。

见他没有反应，随巢子道："灵童？"

童子恍然醒来，冲二人上下又是一番打量，夸张地连连摇头，给出一个富有乐感的长叹："唉，似二位这样，褐衣草鞋，一身尘土，走起路来两脚踩在地上，怎么看也像个打柴的，莫说是家师不愿见二位，即使见了，也必是无话可说呀！"

宋趼看出他存心刁难，急了："喂，你这孩子，你怎么知道尊师与我们巨子无话可说呢？"

童子白他一眼："这位先生是和谁说话？"

宋趼火了："和你呀，这儿就你一个孩子！"

"这儿没有孩子，本灵童不与站着的人说话，"童子朝随巢子努下嘴，"学学人家老丈！"

宋趼脸色一红，张嘴结舌却无话可说，只好蹲下。

“这就对了。”童子满意地冲他点下头，“方才你问什么来着？”

宋趼不敢张口，看向随巢子。

“呵呵呵，”随巢子被童子逗得乐了，“回灵童的话，小伙子问的是，灵童怎么知道老朽见了尊师无话可说呢？”

“这是明摆着的呀，我们家师说话，似您二位想必听不明白！”

“呵呵呵，”随巢子缓缓捋一把长须，“这倒未必！”

“咦，”童子上劲了，“听老丈语气，是心中不服啊。”

随巢子故意做出不服的样子：“是哩，老朽不服！”

“这样吧，”童子眼睛眨巴几下，“童子先问二位一个难题，二位若是答得出，童子即引老丈拜见家师。老丈若是答不出，”两手摊开，做出无奈状，“本灵童也就爱莫能助了，老丈二位是砍柴还是采药，该干吗就干吗去！”

“嗯，灵童的提议公平合理，老朽赞同。”随巢子干脆坐下，微微闭目，“请灵童出题！”

童子也坐下来，微闭双眼，学鬼谷子的口吻：“请问二位，什么叫作‘宇宙玄机’？”

随巢子倒吸一口气，情不自禁地“哦”出一声，睁眼看向童子。

宋趼也是傻了，看向随巢子。

童子斜宋趼一眼，目光落在随巢子身上，笑道：“年轻人是不行的，还是由老丈作答吧！”

宋趼鼻孔里哼出一声，别过脸去。

“这个……”随巢子略略有些尴尬，“这个宇宙玄机嘛，就是……这个……这个……就是……”绞尽脑汁地想说辞。

“瞧这样子，”童子盯住他，笑道，“老丈别是答不出了吧？”

“敢问灵童，你答得出吗？”

“唉，”童子敛起笑容，像大人一样长叹一声，缓缓摇头，“要是本灵童答得出来，何须再问您二位呢？”

“这……”随巢子给他个苦笑，“是哩，这道题委实太难了。童子能否换个简单些的？”

“好吧，”童子点头，“童子再给老丈一次机会。”

“谢灵童！”随巢子拱手，不无慈爱地看着童子。

“请问二位，”童子指着旁边汩汩流淌的小溪，“小溪之水为何只从山上流到山下，不从山下流到山上？”

“请问灵童，”随巢子略一沉思，反问他道，“你在烧热水时，热气为何只从锅中飘向屋顶，而不从屋顶飘回锅中？”

“热气只从锅中飘向屋顶，而不从屋顶飘向锅中，”童子接连眨巴几下眼睛，喃喃重复道，“嗯，是啊，这是为什么呢？”凝眉陷入深思，有顷，抬头，再次打量随巢子一眼，点头，“嗯，老丈，这辰光看来，您有些意思了！”

“老朽有何意思？”

“就是……”童子挠头，“就是家师可以见您的意思呗！”

“这又为什么呢？”

“因为您看上去神神兮兮，说起话来拐弯抹角，跟寻常人有所不同嘛。”

“呵呵呵，这么说来，灵童愿带老丈求见尊师喽！”

“这个嘛，”童子略显尴尬，“不瞒老丈，童子得去禀报一声，要不然，家师就该责怪我了！”起身，深深一躬，走向草庐，掩上房门。

随巢子半是自语，半是叹喟：“没想到呀，先生竟然收徒了！”

“乖乖！”宋趼看着童子的背影，大为叹服。

与草堂连通的山洞深处，鬼谷子闭目端坐，静若雕塑。

童子走近，轻声道：“先生，有个老丈求见！”

鬼谷子似是早就知道，依然闭目：“是不是褐衣草履？”

“咦，神了，”童子惊愕道，“先生怎么知道？”

鬼谷子眼睛睁开，长叹一口气：“唉！”

“先生，您叹什么气呢？”

“你小子呀，净给为师添麻烦！”

“这……”童子赶忙解释，“先生，初见他时，我也看不上，后来，倒是觉得他……”

“唉！”鬼谷子再出一叹，缓缓起身，一步一步走出山洞，走进草堂。

草堂的栅门外面，随巢子、宋趼拱手肃立。

房门开启，童子让到一侧，鬼谷子站在门口。

随巢子拱手：“晚辈随巢拜见先生！”

听到“晚辈”二字，宋趼吃一大惊，赶忙跪叩。

“呵呵呵，”鬼谷子看他一眼，向随巢子还礼，“怪道老朽几天来心神不宁，原来是老墨子的高足驾到了！”

随巢子再揖：“晚辈冒昧登门，有扰前辈清修了！”

“来都来了，这还客气什么。”鬼谷子退后一步，让开房门，伸手，“巨子请！”

“先生请！”

鬼谷子也不谦让，头前走进草堂，在草席上坐定。

随巢子跟着走进，坐于客席，宋趼自是立于身后。

鬼谷子看向童子：“童子，看茶！”

童子沏好三盏茶水，放于案上，候立于鬼谷子之后。

随巢子端起茶杯，轻啜一口，品味，再啜，再品，如鉴赏古董一般：“仙品，仙品，仙品哪！”放下茶盏，拱手，“谢前辈仙茗！仅是此茗，晚辈就不虚此行了！”

“呵呵呵，”鬼谷子淡淡一笑，“是巨子口福好，赶得巧了！”

随巢子再品一口：“此茶可是先生亲手所培？”

鬼谷子摇头。

“哦？”随巢子惊愕道，“除了先生，世上还有何人能培出此茶？”

“此茶乃天地生成，自然化育，非人为之力所能培养！”

“即便如此，采撷之人亦非凡俗！”

“这个倒是让你讲对了。旬日之前，列御寇云游过此，此茶乃他所遗！”

“唉，”随巢子长叹一声，“听闻列子驾云御风，如天马行空，晚辈无福一睹。晚辈若有此能，不知可省多少草鞋啊！”

“呵呵呵，”鬼谷子笑出几声，“若是巨子拥有此能，天下诸侯怕就睡不安稳喽！”

鬼谷子此言有讽喻墨者为天下事四处徒劳奔波之事，随巢子抱拳道：“惭愧，惭愧！晚辈愚痴，见笑了！”

鬼谷子显然已知随巢子来意，以攻为守道：“列御寇留下的不只是茶，还有一个故事，赏心悦目啊！”

随巢子觉出鬼谷子话中有话，倾身问道：“晚辈愚拙，有幸品赏否？”

“童子，”鬼谷子转对童子，“你的记性好，就讲给巨子听听！”

“我……”童子不敢相信自己的耳朵，“先生，您是说……”顿住，目光急切地盯住他。

“呵呵呵呵，”鬼谷子笑道，“你小子别是没有记住吧？”

“童子当然记住了！”童子兴奋地应一句，跨到随巢子前面，挨鬼谷子坐下，对宋趼招手，“这位大哥，你也坐下！”

墨家规矩极多，等级森严，宋趼哪里敢与巨子并坐，嗫嚅道："我……"

"坐下好听故事呀！"童子指下随巢子身边的草席。

"仙童让你坐下，你就坐下！"随巢子笑道。

宋趼坐下，模样局促。

"随巢巨子，"童子清清嗓音，朗声道，"你二人听好了！"坐直身子，如说书一般："太行王屋二山，方七百里，高万仞。本在冀州之南，河阳之北。北山愚公者，年且九十，面山而居，惩山北之塞，出入之迂也，聚室而谋曰：'吾与汝毕力平险，指通豫南，达于汉阴，可乎？'"顿住，斜眼看向随巢子二人，"随巢巨子，您说，北山愚公和他的家人，傻不傻？"

随巢子微微点头："嗯，是有点儿傻。"

"也不是都傻。其妻献疑曰：'以君之力，曾不能损魁父之丘，如太行、王屋何？且焉置土石？'"

宋趼显然是听进去了，挠挠头，若有所思："是呀，往哪儿堆放土石呢？"

童子拖长声音："杂曰：'投诸渤海之尾，隐土之北。'"

宋趼惊愕了："这是一个浩大的工程啊！愚公搬山了吗？"

"当然搬了！"童子应道，"率子孙荷担者三夫，叩石垦壤，箕畚运于渤海之尾。"

"乖乖，"宋趼咂舌，"才三个人哪！"

"还得再加一个。'邻人京城氏之孀妻有遗男，始龀，跳往助之。寒暑易节，始一返焉。'"

"这……"宋趼越发惊愕，"一个刚换牙的孩子，能帮什么忙呢？"

"唉，是呀。"童子轻叹一声，"河曲智叟笑而止之，曰：'甚矣，汝之不惠。以残年余力，曾不能毁山之一毛，其如土石何？'"

随巢子看向童子："那个愚公怎么说？"

"愚公太息曰：'汝心之固，固不可彻，曾不若孀妻弱子。虽我之死，有子存焉；子又生孙，孙又生子；子又有子，子又有孙；子子孙孙无穷匮也，而山不加增，何苦而不平？'河曲智叟亡以应。"

随巢子微微闭目，陷入长思。显然，鬼谷子已经明了他此来的目的，借这个故事来堵住他的话头。

"这这这……"宋趼仍然沉浸在故事里，惋惜道，"愚公真是一根筋哪，即使子子孙孙无穷尽，但得搬到何年何月才是！"

"呵呵呵，"童子笑道，"说搬也就搬走了！"

“啊？”宋趼一怔，“怎么搬走的？”

“操蛇之神闻之，惧其不已也，告之于帝。帝感其诚，命夸娥氏二子负二山，一厝朔东，一厝雍南。自此，冀之南，汉之阴，无陇断焉。”

宋趼长嘘一口气，惊叹道：“乖乖！”

童子看向随巢子：“随巢巨子，故事讲完了。”

随巢子睁眼看向鬼谷子，抱拳道：“晚辈谢前辈点拨！”

“哦？”鬼谷子假作糊涂，“老朽怎么点拨你了？”

“前辈是借北山愚公喻示随巢！”

“呵呵呵，”鬼谷子笑道，“巨子夸大了，愚公哪里及得上你呀！”

“敢问前辈，为何不及？”

鬼谷子反问他道：“请问巨子，何为太行山？何为王屋山？”

“太行者，他之喻也；王屋者，我之谓也。列先生是说，大凡人心，皆有二山为障，一是心中有他，二是心中有我。”

鬼谷子连连点头，赞赏道：“所解甚是，巨子心中有道啊！”

“谢前辈谬赞！”

“在巨子心中，王屋一山早已搬走，唯余太行一山；而在愚公心中，太行、王屋二山俱在！巨子只需移去一山，愚公却要移去二山。移一山与移二山，孰难孰易，一目了然，愚公怎及巨子呢？”

“唉，”随巢子长叹一声，“前辈所言虽为大理，却是不合随巢之情。”

“你有何情？”

随巢子苦笑道：“愚公心中虽有二山，却矢志移之；晚辈心中虽只一山，非但无志移之，反倒为之烦恼不已，夜不成寐！”

“呵呵呵，真是人各有志，不可强求啊！”

“不瞒前辈，”随巢子凝视鬼谷子，直抒胸臆，“晚辈此来，为的正是这座太行山！”

见他直奔主题来了，鬼谷子连连摆手，语气决绝地把话堵死：“太行也好，王屋也罢，早与老朽没有瓜葛。巨子若是单为此山而来，看来只能抱憾而去了！”

随巢子心中一沉，眉尖微动，给出一笑：“呵呵呵，那就不提此山了。晚辈此来，还有一求，望前辈赐教！”

“说吧，还有何求？”

“先巨子早年收治一个患者。患者脓肿已成，久治不愈，先师引以为憾。仙去之时，先师将他托给晚辈。晚辈奔波数十载，劳心竭虑，仍旧回天乏术！

时至今日，患者毒已至骨，病入膏肓，近于不治。先师在世时，曾嘱晚辈，说前辈这儿有救治良方。晚辈原本不想打扰前辈清修，可实在是苦于无奈了！”

“呵呵呵，”鬼谷子捋须笑道，“绕来绕去，你这颗济世之心，终是难了啊！”

随巢子改坐为跪，叩首：“随巢恳请前辈以天地大爱为念，教晚辈一个救治良方！”

见巨子下跪，宋趼紧忙改为跪姿，五体投地。

“唉，你呀，”鬼谷子看他一眼，轻轻摇头，叹道，“真就和那老墨子一模一样，非要将那浑黄的河水滤清不可！”

随巢子再叩：“晚辈愚拙，恳请前辈赐教！”

“好吧，说说看，你是如何救治那个患者的？”

“晚辈所施，依旧是先师成方，先以膏药敷其病灶，以汤药释其毒素，再视其阴阳盛衰，损其有余，补其不足，徐徐调理。可惜的是，调理迄今，患者病情非但未见好转，反而加重，脓肿日大，毒已至骨，随巢苦无良策，苦恼不已！”

“你师徒所施，本是救治正方。之所以未见功效，是因为时日未到。慢药出慢效，老墨子之方旨在除根，功效只能彰显于日后，你急个什么呢？”

“能得前辈肯定，晚辈心中甚慰。只是囊肿日大，脓毒日多，为害日剧，患者日苦，随巢每每见之，心实不忍哪！”

“如此说来，巨子所困，不过是不忍面对脓肿，希望一夕除之！”

“唉，”随巢子轻叹一声，“此为晚辈奢望啊！不瞒前辈，若是能一夕除之，晚辈死无憾耳！”

“倘若如此，老朽倒有一方，只恐巨子不肯施为！”

“前辈请讲，”随巢子眼中放光，“晚辈已经走投无路，无论什么方，都愿一试！”

“你可持利刃一把，割开病灶，剜去脓肿，刮骨剔毒！”

随巢子闭目，良久，睁眼，缓缓应道：“重症之人忌用猛药，此为医家常理。前辈此法虽好，怕只怕此刀下去，脓肿未除，患者先已疼死！”

“患者也许会疼死。不过，疼死之后，患者仍可醒来。此时，病灶已除，巨子只需外敷生肌之药，内补所失元气，数月之间，伤口或可痊愈。届时再行温养之药，调理阴阳二气，损其有余，补其不足，患者必可恢复如常，身健体康！”

随巢子埋头有顷，拱手道：“前辈之方，化长痛为短痛，堪称绝妙！”略顿，叹喟：“唉，今日看来，晚辈一生所求，皆是方不对症，药未入里啊。”

“呵呵呵，”鬼谷子笑着盯住他，赶客了，“良方已出，请问巨子还有什么要求吗？”

“有有有，”随巢子连连拱手，“前辈之方快刀利刃，以毒攻毒，实非随巢所长。随巢斗胆求请前辈亲往探视患者，捉刀割瘤，剔骨疗毒！”

鬼谷子语气决绝：“老朽早已不问世间俗务，一意山野逍遥，巨子所请，实难从命！”

随巢子不依不饶：“前辈已经看透症候，开出良方，为何不多走一步，使患者早脱苦海呢？”

“人生在世，有乐就有苦。有苦也就有乐。人生苦乐皆由自然，亦皆归于自然，巨子何苦勉为其难呢？”

随巢子急了：“苍生自相残杀，青春死于非命，老弱孤苦无依……天下苦难，早非晚辈言语所能形容，以前辈慧眼，岂能不知？前辈既知，又何忍居此幽谷，独善己身？人生苦乐虽为自然，战乱杀戮却是人祸。既为人祸，当有人治。晚辈乏力，只能恳求前辈了！”再次改坐为跪，叩首于地。

宋趼再挨巨子跪下。

鬼谷子视若无睹，转看门外。

随巢子二人再无言语，一直跪着。

童子看不下去了，小声劝道：“先生，您就应下吧！”

“巨子，”鬼谷子横童子一眼，缓缓站起，“你二人早晚跪得累了，就自己起来吧。老朽功课未完，该进洞了！”转个身，头也不回地走进山洞。

见鬼谷子隐没在洞里，童子冲他的背影吐下舌头，做个鬼脸。

随巢子二人依旧跪着。

“唉！”童子轻叹一声，扯拉随巢子的胳膊，“巨子老丈，您就别求他了，童子为您做碗好吃的，补补元气，趁天色看看谷里的风景，晚上就在草堂里歇一宵，赶明儿趁早下山！”

随巢子长叹一声，缓缓起身，在童子的头上轻抚几下，迈起沉重的步子，走出草舍。宋趼冲童子抱拳作别，跟在后面。

童子送到路口，依依惜别。

时已向晚。

鬼谷山道上，随巢子师徒沿来路缓缓走着。

到谷口时，看着刻字的巨石，随巢子的步子越来越慢。

“巨子，”宋趼小声问道，“我们……这就离开此谷吗？”

随巢子轻叹一声，在巨石边坐下。

“巨子，”宋趼心有不甘，“要不，我们再回去，求求老前辈！”

随巢子没有应他，顾自思忖。

“巨子，弟子……有一惑。”

“说吧。”

“就是童子所讲的那个愚公的故事，山就是山，巨子为什么解作他念与我念？”

“此文为列子所撰，列子修身养性，已臻化境，堪称当世真人，此文是喻，非愚公移山，实乃修行要诀！”

“修行要诀？这……”宋趼更迷惑了。

“太行、王屋皆为喻体。太者，大也，行者，形也。太行即大形，大形即体大，体大即位尊。君子见尊长，称丈人，鞠躬，叩首，为的无非是蛰伏自己，尊崇他人，是以太行喻的是他念。王屋者，王之屋也，王之屋即宫殿，富丽堂皇，高大空敞，非位尊身贵者不可居之。人皆有私，私者，我也，人人都想独居王屋，唯我独尊，谁也不愿迁就他人，是以王屋喻的是我念。”

“乖乖！”宋趼咂舌，抬头看天，“巨子，天色已暮，要不，我们干脆返回草庐，依童子所请住下来，名为借宿，实则……不定老前辈肯回心转意呢！”

“唉，”随巢子长叹一声，“你是不知这个老前辈啊。想当年，先巨子与他本为知己，不料中途在救世之道上各有所执，终至不欢而散。先巨子发奋创立墨道，身体力行，鬼谷前辈则蛰伏鬼谷，修道悟真。先巨子与鬼谷前辈道虽不同，却惺惺相惜。许是有感于世道艰难，先巨子临终之时，叮嘱为师，实在想不明白时就来鬼谷讨教。今日之见，如开茅塞啊！”瞟到一处，眼睛一亮，起身走到十几步开外，弯腰摘起一朵蘑菇，细察一时，纳入袖中：“宋趼，我们走吧！”

随巢子大踏步走向谷外，宋趼跟后。

走有一段，随巢子从袖中摸出毒菇，塞进口中，咬掉半只。

没走多久，随巢子突然脚步踉跄，捂住肚子走到路边，扶树站下。

宋趼惊呆了，急奔过去：“巨子，巨子，您怎么了？”

随巢子额上渗汗：“快，扶我坐下！”

宋趼扶住随巢子靠树坐下。

送走巨子，童子站在溪水边的一块石头上，呆呆地望着随巢子二人消逝的方向。

渐渐地，太阳隐山，鸟儿归林。

童子轻叹一声，不无失落地走向草堂，在随巢子曾经坐过的地方又发了一会儿呆，起身走进山洞。

洞中光线昏昧，没有点烛。

童子直入鬼谷子的洞穴，在他对面站定。

洞中一片寂静。

童子开口道："先生！"

没有应声。

童子声音加大："先生！"

仍旧没应。

童子急了，扯了扯鬼谷子的衣襟。

鬼谷子睁眼："童子，你又闹腾什么？"

童子指指自己的心窝："我……我的心……"

"哟嘿，"鬼谷子盯住他，"你的心怎么了？"

"被个人揪住了。"

"是你的巨子老丈吗？"

"不是。"

"咦，不是那人，又是谁呢？"

"就是那个巨子老丈救不了的患者！"

鬼谷子吸口凉气。

童子缓缓跪下，叩首："先生，童子求您了，求您出去救救那个患者，割下他的脓肿，剔去他的毒素，再给他慢慢调理，让他恢复元气，要不然，他……他就死了！"

鬼谷子漠然以对。

童子扯了扯他的衣襟："先生，童子求您了！"

鬼谷子闭目入定。

"先生，"童子急了，点起两根松明子，将洞里照得亮堂，揪住他的衣襟，朝外扯他，"救救那个人吧，童子求您了！"

"唉，"鬼谷子长叹一声，"你小子哪能懂啊！天道人道，皆循其道，万物生灵，各有各的运数。你的巨子老丈一心想医治的那个病人，也有他的运数。如今运数不到，你的老丈，还有你小子，再急又有什么用呢？”

“先生不是有个医方了吗？”

“可为师已将医方讲给你的巨子老丈了呀！”

“咦，是哩。”童子挠挠头皮，“奇怪，老丈已经拿到医方了，为什么还要跪求先生呢？哦，对了，老丈说他不擅长动刀。老丈既然不会用刀，先生就去帮他个忙吧！”起身，“天色黑了，山路看不清，估计老丈不会走远，我这就去追他回来！”

“你不用追，他已经回来了。”

“啊？”童子先是一怔，既而十分高兴，“太好了！我这就迎他去！”拿起一根松明子，撒腿跑出山洞。

童子四处探看，又拿松明子到处照一圈，并无一人，纳闷道：“没见人哪，先生怎么说巨子老丈回来了呢？”略一忖思，点头，“嗯，先生不会骗我，老丈定是回来了，我且往远处寻寻！”

童子沿着小道边走边寻，没走多远，隐隐听到脚步声。

脚步跑得飞快，但因为看不清路，跌跌撞撞。许是看到火把了，一个声音急急传来：“鬼谷前辈，救命啊，鬼谷前辈……”

童子听得分明，飞快迎上，果见宋趼背着随巢子，急向二人招手：“老丈怎么了？”

宋趼喘气道：“吃……吃到毒……毒菇了……”

童子大惊：“天哪，快！”转身在前照路。

几人赶回草堂，童子点起几支松明子，进洞去喊鬼谷子。

童子拖着鬼谷子走出山洞。

鬼谷子走到随巢子跟前，蹲下来。

随巢子口吐白沫，脸色乌青，呼吸已很急促。

鬼谷子摸下脉搏，翻开眼白，又看看舌苔。

“老前辈，老前辈，”宋趼“扑通”跪地，带着哭腔，“您要救救巨子啊，晚辈求您了……”

鬼谷子看向他：“巨子吃的什么毒菇？”

“就是这个，”宋趼这才想起毒菇，从怀里摸出半只，“巨子……巨子只吃一半，就……”

“唉，”鬼谷子瞄一眼，长叹一声，“已经是根朽木了，竟然还要玩命。”

童子拿过毒菇，打眼一看，惊道：“先生，是穿肠菇啊，巨子老丈他居然……”

“是的，”鬼谷子接过毒菇，端详一会儿，看向童子，“这是山上最毒的菇，仅此半只，就可毒死两头黄牛。你的老丈敢吃半只，修为不浅了！”

“可老丈他……”见到这时候了师父还在开玩笑，童子急了。

鬼谷子掂量几下毒菇：“他也幸好只吃了半只，不然的话，莫说是老朽，纵使神农再世，怕也救不了他！”

“先生，这么说，老丈有救了！”

鬼谷子摇头。

“咦，”童子惊愕，“先生不是说，老丈只吃了半只吗？”

鬼谷子苦笑：“你这老丈一心求死，如何能救？你小子想想看，为师救下这次，他还有下次。这次是只蘑菇，下次不定闹出什么物事，你要为师如何救他？”

“先生，”童子连连摇头，“老丈不会的，老丈一定是误食毒菇了！”

宋趼连忙附和：“先生，巨子是误食，真的是误食，我亲眼看着他吃下去的。巨子平时就这么吃，所以我就没有在意！”

鬼谷子看着童子：“小子，你是真心想救巨子老丈？”

童子点头。

“跟我来。”

童子跟从鬼谷子走进山洞。

鬼谷子摸出两粒丹药，一粒黑的，一粒黄的，递给童子：“叫他服下这粒黑的，另外一粒就让他带在身上！”

童子接过药：“带在身上做什么？”

“要是他再误食其他毒物，怎么办呢？”

“先生说得是！”童子点下头，转身朝外跑去。

鬼谷子叫住他：“慢！”

童子站住，回头。

“待他醒过来，你可告诉他，那半朵菇不是误食。再告诉他，山人要闭关了！”

童子点下头，转身飞跑出去。

翌日晨起，随巢子躺在草堂里的木榻上，气色缓和，眼睛睁开。

守在一侧的童子、宋趼嘘出一口气。

童子走到锅边，舀出一碗热粥，端过来，送到随巢子唇边，关切地说："巨子老丈，我在粥里加了两味草药，清热解毒！"

随巢子喝下几口，朝童子笑笑。

"巨子老丈，家师让我告诉您，您不是误食蘑菇，您是故意吃的！"

随巢子微微点头。

"巨子老丈，您为什么要吃下这么毒的东西呢？"

随巢子的眼角潮湿了。

见他不愿说，童子替其回答："巨子老丈吃下毒菇，是想再见家师一面，求家师出山疗治那个病人，是不是？"

随巢子长叹一声，苦笑。

"巨子老丈，您不要再求家师了，家师说他要闭关了。童子晓得，家师是不肯离开这片林子的。家师若是不肯，老丈莫说是吃毒菇，纵使拿铁链子将他锁上，也是没用的！"

随巢子伸手抚摸童子，微微点头。

"童子想明白了。知道原因也好，不知道原因也好，山上的溪水总是要朝山下流，锅中的热气也总是要朝屋顶飘。巨子老丈，凡事得往开阔处想，天下诸事，勉强不得的！"

随巢子早已湿润的眼角滚出泪花。是啊，水下流，气上行。换言之，有人就会有纷争，有纷争就会有战乱，从而酿出千千万万个"平阳惨案"，岂是自己那绵薄之力所能阻之？随巢子轻叹一声，看向宋趼。

宋趼轻声道："巨子……"

"我们……出山吧。"随巢子缓缓起身，下榻。

宋趼扶住他，一步一步地走出门去。

童子将锅中的稀粥全都舀入瓦罐里，提罐追出。

童子一路送行至谷口刻字石处，停下来，朝随巢子缓缓跪下，连拜三拜："巨子老丈，您多保重，童子不送了！"

随巢子郑重回过一礼，蹲下来，轻轻抚摸他的小脑袋。

童子摸出一粒黄色药丸，递给随巢子："老丈，还有这粒解药，请您带上！"

随巢子接过药丸，审看："毒气已解，此药还有何用？"

"是家师送给老丈的，家师忧心老丈误食其他毒物，特为老丈备下这粒解药。家师说，无论何毒，此药皆可化解！"

随巢子凝视药丸，良久，长长叹出一声："唉。"将药重又递给童子：

"老丈也请灵童转告先生，就说随巢不需要解药。需要解药的，是天下苍生！"转过身，迈动沉重的步子，头也不回地出谷而去。

童子站在一块高石上，目送二人走远。

童子闷闷不乐地走回来，头一直低着。

正要走向草堂，身后飘来一个声音："小子！"

童子怔了下，抬头一看，是鬼谷子坐在草坪边的石头上，手中拿着随巢子尚未吃下的半只毒菇，似在把玩，又似在察看。

童子不理他，顾自走到另外一块石头旁，蹲在那儿，两眼盯着不远处的土丘。

鬼谷子瞥他一眼："小子！"

童子将头扭到另一边，看向小溪。

鬼谷子声音加大："小子？"

童子小嘴一噘，哼出一声。

"呵呵呵，"鬼谷子乐道，"我说小子，你噘着小嘴哼哼什么呢？是你的老丈的毒没有解开？"

童子摇头："不是！"

"是你的老丈仍旧赖在谷口，不肯下山？"

童子声音大了："不是！"

"那……是你舍不下那粒解药？"

童子扭过头，将脸对着他，声音更大："才不是呢！"

鬼谷子将头摇得极是夸张："这也不是，那也不是，我说小子，这就是你故意和为师捉迷藏了？"

童子闷闷应道："小子心里别扭！"

"呵呵呵，"鬼谷子捋一把长长的白须，"原来是你小子有心事了！说吧，心里为什么别扭了？"

童子忽地站起，大声数落道："看人家列子老丈，脚不沾地，说来就来，说走就走！再看人家随巢子老丈，为了一个病人，草鞋都走烂好多双，哪像先生您……"

鬼谷子故作惊愕："哦，老朽怎么了？"

童子从鼻孔里哼出一声："一天到晚待在这条山沟沟里，啥事都不做，哪儿也不去！小子真的弄不明白，先生住在这儿，一天，一天，又一天，一年，一年，又一年，究竟是为什么？究竟又有个啥能耐？"

“哈哈哈哈，”鬼谷子放声长笑，“你个小子，我道是个啥别扭，原来是嫌弃为师了！好好好，”将手中把玩的半只毒菇塞进口里，有滋有味地咀嚼几下，“为师去也！”

“先生……”童子惊坏了，一个箭步扑过来，两只小手拼命地去抠鬼谷子的嘴巴。

鬼谷子的嗓眼里咕嘟一声，半只毒菇被他吞下肚去。童子急了，拼命掰开鬼谷子嘴巴，将手指硬朝嗓子眼里掏。

“啊啊啊，”鬼谷子朝他直瞪眼，“你小子，指头快拿出来！”

童子不肯，一边掏，一边哭。

鬼谷子张大嘴，干脆让他去掏。

童子掏不出来，跪在地上，号啕大哭：“先生，小子没有嫌弃您，小子只是……”忽地想起什么，顿住话头，翻身爬起，掏出那粒万能解药，死命塞入鬼谷子的嘴里。

鬼谷子吐出药丸，盯住它细看。

童子心急如焚，带着哭腔：“先生，您快吞下去呀！”

“咦，”鬼谷子诧异了，“这粒解药，不是要你交给你的巨子老丈吗？”

“小子忘记禀报了。巨子老丈不要这药，老丈还要小子转告先生，老丈不需要任何解药。需要解药的，是天下苍生！先生，天下苍生在哪儿？天下苍生是不是也像老丈那样吃下毒菇了？”

鬼谷子心头“咯噔”一怔，陷入沉思。

“先生？”

鬼谷子将解药放到童子手中：“是哩，天下苍生吃下毒菇了。这粒解药，你就备在身边吧！”缓缓起身，径投草庐而去。

童子手捧解药，不无惊异地望着鬼谷子的背影，挠着头皮，自语道：“咦，奇怪呀，老丈吃下半只毒菇，差点儿死了，先生吃下半只毒菇，竟然什么事儿也没有！”猛地想到什么，“不好，毒菇之毒是慢慢发作的，先生不定……”撒腿就朝草堂里追去。

童子急乎乎地推开柴扉，叫道：“先生，先生——”

鬼谷子端坐于席，闭眼说道：“小子，你又怎么了？”

童子的两眼盯住他：“您……没事儿吗？”

“没有呀。”

童子挠头：“可那半只穿肠菇……”

“呵呵呵，”鬼谷子缓缓睁眼，“为师守在这座山谷里，一天又一天，一年又一年，啥事儿也不做，哪儿也不去，也就修了这点儿能耐。”

童子哭道：“先生，小子错了，小子不是那意思，小子是……”

“说吧，你小子不是那意思，又是啥意思？”

“小子是说，先生为什么不帮帮巨子老丈？”

“唉，”鬼谷子轻叹一声，“小子，等长大了，你就会慢慢明白，不是为师不肯帮他，是尘世间的事，原本就如一堆乱麻，不好解啊！”

“不好解不等于不能解，对吗？”

“你小子，怎能和你的巨子老丈一个腔腔说话？解是乱麻，不解也是乱麻，寻不到头绪勉强去解，只会是越解越乱啊。你的巨子老丈就是这样，解呀解呀，可就是找不到头绪在哪儿，结果呢，解了几十年，这不是越解越乱了吗？”

童子歪头：“这个道理，巨子老丈难道就悟不开吗？”

鬼谷子苦笑：“要是能悟开，他就不是巨子了！你看他，自己解不开，又来软磨硬缠，烦恼为师。人生苦短，为师此生寻觅大道，迄今莫说彻悟，纵使先圣那种恍兮惚兮的境界，也未达到，哪有闲工夫帮他去解这堆乱麻啊！”

“先生，老丈不会再来缠了。小子把老丈送到谷口，亲眼看他们出谷走了！”

“唉，小子你有所不知，你的这个老丈是这世上最会缠人的主儿，今日让他缠上，为师心里就不踏实了！”

云梦山下，随巢子的体力渐渐恢复，师徒二人一前一后，低头疾走。

不消多久，云梦山已在背后。

前面现出一个三岔道口，走在前面的宋趼停下来，转向随巢子：“巨子，前面是个三岔路口。”

随巢子仍在思考事情，漫不经心道：“哦。”

“共是两条路，通往三个方向，”宋趼指向其中一条，“一条是衢道，往北，通朝歌、邯郸，往东，过宿胥口，通卫都帝丘、齐都临淄和魏地大梁等。”指向另外一条，“一条是小路，通太行径，经雄定关南下，既可抵虎牢关，也可再沿轵关陉西至安邑，回到河西。”

随巢子指向小路。

“巨子，去河西吗？”

“洛阳！”随巢子头前朝西边小路大步而去。

第 012 章丨 陈上卿巧签和约 公孙鞅代魏选将

秦国袭占魏国河西的消息传到临淄，齐威公震惊了，当即召来田辟疆、田婴与邹忌三人谋议。

“嘿，”齐威公看向田辟疆，摇头苦笑道，“万没想到，这个嬴渠梁，还有魏罃，寡人还真是高瞧他们了！”

“公父，”田辟疆倒是兴奋，“秦争河西，对我们最是有利！以儿臣之见，公父可趁龙贾所部回救河西的良机，旨令田将军与魏印决战，将屠平阳的那窝禽兽灭了！”

齐威公嘴角撇出诡秘一笑：“若是灭了，好戏也就看不成了！”

邹忌听得明白，拱手道：“君上圣明！”

“田婴，”齐威公看向田婴，“你这就到田将军帐下，坐等魏使议和！”

“如何议法，请君上明示！”

齐威公吐出二字：“宋国！”

卫地衢道上，一行车马有条不紊地走着，旗号上打着“使”“陈”“魏”等字，共是十几辆车，几十名武卒及随员。

将近申时，戚光走到陈轸车边，敲窗说道：“主公，过平阳了，要不要赶急点儿，在天黑之前抵达帝丘？”

窗子没开，只飘出陈轸的声音：“着急去帝丘道歉吗？”

“这……”戚光怔了，“不到帝丘，去哪儿？”

“上将军大帐！”

“好咧！”戚光应一声，匆匆去了。

与帝丘相比，魏军营帐就近多了，待申时过去，使团已至辕门。闻听陈轸到来，公子卬迎至辕门。

进入中军大帐，陈轸的屁股一落客席，就长叹一口气，直抒胸臆：“唉，没想到玩蛇的竟然让蛇咬了！”

“哼，”公子卬一拳震几，“公孙鞅那龟孙，待在下河西擒住他时，看不活剥了他！”

“不能全怪公孙鞅呀，”陈轸不无懊悔道，“也怪我们过于轻信了。不过，公孙鞅这人也够无耻的，称得上天下第一无信、无赖之人，讲起来天花乱坠，做起来毫无君子气度！还有秦公，即使口说无凭，但他签下的契约呢？墨迹未干哪！难道他就不怕史家？”

“什么史家不史家的！”公子卬恨道，“对不讲诚信之人，本公子只有一个字——打！”

“闹到这般境地，不打也得打呀！”

“卫国这儿怎么办？”

“还能怎么办？在下就是求和来的！”

听到“求和”二字，公子卬仰面长啸一声：“闷杀我也！”

“比起下官来，上将军只是小闷而已！”陈轸感慨道。

“咦，你闷什么？”

“鸟起早为食，人摸黑为利，下官虽不图利，却也得在乎个虚名，是不？这些年来下官忙前忙后，本想利用秦人谋齐，东争泗下，在王上跟前立个功业，图个进取，能在老白圭留下的席位上坐上几日，不想这却……”陈轸再出一声苦笑，“里外不是人了！”

公子卬颇为不屑：“虚名算个屁，本公子就想痛痛快快地打个大仗！好不容易熬到与田忌决战，却又让狗日的秦人搅了！”

“上将军若想打仗，马上就可遂愿。比起齐人来，与秦人之战才叫痛快！”

“是哩！”公子卬一拳擂于几上，“在下明日就回安邑，向父王请战！”

“上将军莫急！”

“为什么？”

“先帮下官一个小忙，上将军再走不迟！”

“说吧，怎么帮？”

“王上使在下主持和谈，这般情势，在下心里有些发虚。有上将军在，好歹也给下官一点儿底气！”

“怎么和谈？”

“委曲求全的事，自然是下官来做，上将军能在一边帮我壮壮胆就成！”

“成！”公子印大包大揽。

与三国的仗虽没打起来，但事儿是魏国挑的，魏先求和，不败也是败了。败军难使，要想不辱使命，还真是个难事儿。

陈轸左想右想，决定先从卫国破局。

翌日上午，陈轸使专车请出卫室公叔老太师，引他先在大魏武卒的军营里巡视一周，继而请至公子印的中军帐，舞乐伺候，虚礼备至。

“公叔呀，”陈轸连连拱手，不无遗憾道，“多年来魏、卫睦邻而居，没有任何隔阂，在下真没想到今年竟发生这等事儿。我王南面，原本是针对齐人的，与卫人并无瓜葛，没想到卫公竟然……跟齐人闹到一块儿，唉！”

“唉，”老太师长叹一声，“不瞒上卿，是君上误听了孙机的蛊惑！”

“哦？”

“孙机祖上是兵家，好战，君上原本是要去逢泽的，老朽及朝臣也都主张他去，只有孙机一人反对。君上一时着迷，听信了孙机，方才酿成卫国百年来的最大惨剧。”

“哦，”陈轸大为惋惜，“要是在下早知此情，一切就不会发生了。”

“是哩，”太师接道，“平阳失陷后，孙机急了，亲去临淄求来齐兵，没想到齐人按兵不动，要不是秦人……”顿住，摇头。

“公叔可知齐人为何按兵不动吗？”陈轸紧盯住他。

“老朽不知。”

“理由有三！”

“老朽愿闻其详！”

“其一是，齐人出兵，压根儿就不想真打，不过是给孙相国一个面子。孙相国表面为卫室效力，实则是齐人。齐人回娘家求救，娘家人总不能不理吧？”

“嗯，”老太师点头应道，“上卿所言甚是！其二呢？”

“其二是，”陈轸看一下主位上威风凛凛的公子印，“近六十年来，齐魏交战不下十次，老太师可曾见过齐师胜过大魏武卒吗？”

老太师长吸一口气。

“这其三嘛，”陈轸指向西边，“齐人不敢在沙场上较量，只好使出卑劣手段，暗结秦人袭我河西。我王震怒，已诏命龙将军回援河西，待收拾完秦人，再回来与齐人算总账！”

“这……”老太师额头渗汗，看向公子印，“上将军不去河西了？”

“上将军，”陈轸转对公子印道，“公叔问您去不去河西？”

“这个要看卫公！”公子印两眼逼盯老太师，给出凶相。

“看卫公？这……”老太师吃一大惊。

“呵呵呵，”陈轸笑出几声，解释道，“上将军之意是，如果卫公不糊涂，不扯东扯西，不跟在齐人的屁股后面亦步亦趋，上将军就会撤兵，由在下签订睦邻盟约。如果卫公坚持糊涂，上将军也就只好留在这里，陪卫公玩下去！”

“老朽晓得。”太师连连点头。

“公叔呀，”陈轸放低声音，“在下奉魏王使命赴卫，谁也不见，先请见公叔您，就是晓得公叔是个明白人，想请公叔捎给卫公一句话，魏、卫一体，魏室原本不想成为卫室的冤家，烦请公叔劝劝卫公，齐国与魏国孰轻孰重，让他好好掂量掂量，不要再听一个齐人的唠叨，跟在齐公的屁股后面亦步亦趋，否则，事情再闹下去，在大魏武卒面前替齐人挡枪，吃亏的只能是卫人哪！”

“老朽晓得……”太师掏出丝绢擦汗。

卫宫太庙的主殿里，卫成公、公叔及公室子弟无不跪在列祖列宗的牌位前。

四周寂静，唯有卫成公时而絮絮叨叨，时而掩面而泣，谁也听不清他在说道什么。

太庙令召来大巫祝，悄问：“战争结束，魏人议和，这是件大喜事儿，君上为何悲伤？他在说些什么呢？”

大巫祝应道：“君上是喜极而泣，在向先祖之灵彰功哩。”

太庙令嘘出一口气。

诉有小半个时辰，卫成公总算述完，拭把泪，转对内臣道：“摆驾，相国府。”

一行人马在卫士们的前呼后拥下来到相国府，扑面而来的是披麻戴孝，哀乐声声的场景，府中正在大办丧事。

老太师愕然：“不会是孙相国他……”看向成公。

卫成公也是惶惑，急切下车，直进院门。

孙机、孙宾闻报迎出，皆披麻戴孝。

见老孙机在，卫成公重重地嘘出一口气。

“君上，太师……”孙机拱手道。

卫成公看向院中，见并排列着六具棺木，四具大的，两具小的，打个惊怔：“这……”看向孙机。

“回奏君上，”孙机语气伤感，“战事结束了，臣得些闲暇，”指向棺木，“想把孩子们送回老家去。”

“是……齐地的甄邑吗？”

“正是。臣想让孩子们魂归故土。”

“唉，也好。”卫成公抹把泪，转对内臣，“孙氏一门坚守平阳，尽忠报国，功业盖世，可歌可泣，敕封孙机为平阳君，食邑平阳！”

孙机跪地，叩首：“臣叩谢君上，臣斗胆奏请君上收回成命！”

卫成公愕然：“老爱卿？”

“臣行将就木，不求封赏，只想告老还乡，颐养天年，恳请君上恩准！”

“这这这……”卫成公急了，连连摆手，“这可不行！老爱卿乃寡人背脊，若无爱卿在侧，寡人就会寝食难安，六神无主！”

“是君上高看老臣了！”

“孙将军，”卫成公捋须有顷，看向孙宾，“你一家多口皆为平阳殉国，这个封号还有封邑，寡人就授给你了！”

孙宾叩首：“末将叩谢君上隆恩！末将斗胆祈请君上收回成命！”

“这……”卫成公看向太师。

太师淡淡道：“平阳是个死地。君上将死地封给功臣，功臣怎么能受呢？”

卫成公恍然有悟，将目光移向孙宾：“是寡人的错！孙将军，寡人改将楚丘封赏于你，如何？”

孙宾再次叩首婉拒：“末将不受，是末将不配受，无关死地活地！”

“哦？孙将军不配受，何人配受？”

“与魏之战，尽忠报国、可歌可泣的殉国将士数以万计，末将不敢贪受！叩请君上将平阳封赏给为平阳死难的万千将士和罹难百姓！”

“这……”卫成公面露难色，“他们已经殉国了！”

“他们或有后人和家人。”

“准爱卿所请！”卫成公略一沉思，转对内臣，“拟旨，凡是在平阳、楚丘、帝丘殉国的将士遗属，可领平阳无主良田一井，房屋一舍！封孙宾为平阳郡守，督行此旨！”

孙宾叩首，朗声应道：“末将受命！末将代所有殉国将士及罹难百姓叩谢君上隆恩！”

卫成公看向孙机：“孙爱卿，寡人寻您不为封赏，是有大事相商！”

“君上，”孙机指下棺材，“此地不宜谈论国事，老臣请进宫城面议！”

君臣当下赶往卫宫，卫成公直入正题，看向孙机与老太师：“秦人攻打河西，魏罃顶不住了，使陈轸前来求和，公叔，老相国，咱们议议，怎么个和法为好？”

“回禀君上，”老太师拱手道，“臣以为，魏势虽衰，但于弱卫而言，仍是巨兽，且就卧在家门口，随时都可打过来。无论从哪个角度，我们都不宜与魏硬争。魏人前来求和，于我等是个难得的机遇，是以臣主张议和，再签订睦邻盟约！”

卫成公看向孙机：“孙相国意下如何？”

“太师所言甚是，”孙机拱手应道，“臣同意议和，但怎么议，得讲个章法。”

“怎么个讲法？”

孙机情绪激动，振振有词：“魏人无端伐我，毁我城池，屠我臣民，犯下的暴行禽兽不如，因而我等不可轻易议和，须与魏人订立永不犯境盟约，昭示天下，魏人须对我臣民的损毁予以赔偿。”

卫成公轻叹一声：“唉，这个怕是难哪！”

“君上，‘多行不义，必自毙’。魏人恶行已致天人共怒，秦人攻其西，齐、赵、韩伐其东，魏势再强，首尾不能两顾，情势利我而不利于魏，此时我等若不争，将失天赐良机，君上恐追悔莫及。再说，卫人数万将士、臣民的鲜血也不能白流啊！”

“敢问相国，”老太师转对孙机，“秦魏相争，如果魏人打赢了呢？”

“回禀太师，秦魏之战，魏人必败！”

“尚未开战，相国如何断定魏国必败？”

“臣以为，”孙机语气坚定，“古往今来，决定胜负者，天道民心。魏无德称王，无端凌弱，屠城淫乱，失道于天下，若胜，不合天理。”

“好吧，”卫成公点头，“就依老相国所讲。老相国，你来筹备，将所有损毁之物造册，交给魏使。”

孙机拱手：“臣领旨！”

得知孙机欲将战争损毁物资造册，要求赔偿，陈轸冷冷一笑，将所带金子分作三箱，使戚光拿了一箱，径奔赵军大帐，被赵军主将、赵相奉阳君迎进帐中。

虚礼见过，陈轸击掌，戚光走进，将一只礼箱摆在帐中。

陈轸打开礼箱，指着箱中黄金，对主将奉阳君笑道：“相国大人，区区薄礼是我王特意犒劳相国的，望相国不弃！”

“哈哈哈哈，”奉阳君长笑数声，“魏侯的大礼，本相怎能推拒呢？”转对军尉，“喂，小子，验个色儿，过个秤儿！”

军尉夸张地过秤，朗声报道：“禀报相国，是足金，重三十三镒！”

“才三十三镒？”奉阳君敛起笑，看向陈轸，“传闻魏侯是个有钱的主儿，这也未免太小气了吧？”

“呵呵呵，”陈轸拱手，“让相国讲到了，我王向来是个慷慨的人，这点儿黄物不过是个见面礼而已！”凑近一步，压低声音：“只要相国率先退兵，我王另有大礼相赠！”

“哦？”奉阳君急问，“什么大礼？”

“卫国！”

“卫国？”奉阳君略顿一下，笑道，“呵呵呵，如果本相的胃口比这个再大一点儿呢？”

“哦？”陈轸凑近，“相国还想要什么？”

奉阳君身子前倾，眼睛发亮，一字一顿：“中山！”

“哈哈哈哈，”陈轸爆出一阵长笑，“本使临行时，特别问过中山之事，我王吩咐，中山之事，自有中山君操心！”

“痛快！”奉阳君击掌道，“本相这就撤军！”

从赵营出来，陈轸径奔韩军大帐，同样向韩军主将申不害送上装满三十三镒足金的礼箱，外加耳语一番。

“卫国？”申不害不可置信地盯住陈轸。

陈轸点头。

“可是你家君上之意？”

“正是。相比卫地，魏国更加看重河西！”

“嗯，”申不害微微点头，“这倒也是。”

“不过，”陈轸直盯申不害，“在下也有一请！”

“请讲！”

“相国率先撤军！”

“明日凌晨即撤，晚否？”申不害微微一笑。

“痛快！”陈轸轻轻鼓掌。

“上卿的这只箱子，在下也就不客气了！”申不害示意守候在侧的军尉。

军尉提起礼箱，大步走向帐后。

齐军大帐里，田忌正在审看地图，上大夫田婴匆匆进来。

“什么情况？”田忌抬头问道。

“回禀主将，”田婴应道，“韩军、赵军于今日凌晨全部撤走！”

“哦？”田忌吃一惊道，“不会是得到魏人的好处了吧？”

“如果不出在下所料，陈轸今日或来我营！”

话音刚落，守值辕门的军尉飞跑过来，跪叩：“报，魏国特使陈轸求见！”

“嘿，”田忌笑道，“说到就到了呀。”

“主将晓得如何对付这家伙吗？”

“搞外务你在行，说吧，该怎么办？”

田婴附耳低语，田忌呵呵笑道：“我看行！”

齐军营帐区井然有序。军尉在前引领，陈轸、戚光一行跟在后面，在营帐中缓缓而行。正走之间，一阵车马声急，十几辆战车迎面驰来。军尉急带他们避到道旁。

战车从营区驰道上疾驰而过，车上各站一员齐将，皆持令牌。

望着远去的车尘，戚光小声道：“主公，齐营好像有事了，不会也是撤军吧？”

陈轸淡淡一笑：“是做给本公看的！”

不一时，陈轸一行来到中军帐。田忌坐于案后，身边站着几个将军，一片肃杀之气。

陈轸进帐，拱手道：“陈轸见过田将军！”

“陈上卿，”田忌略略拱下手，劈头一句，“你不会是来下战书的吧？”

陈轸尴尬一笑，击掌。

戚光进帐，手中提着礼箱。

田忌看一眼礼箱：“此为何物？”

陈轸赔笑道：“是我王犒劳将军的一点儿薄礼，望将军笑纳！”

“嘿，”田忌冷笑一声，“你家主子什么时间当上王了？周天子禅让于他了吗？”

陈轸颇为尴尬：“这……”

“回去告诉你家主子，鸡就是鸡，鸭就是鸭，猴就是猴，不要动不动就把王字挂在嘴边，贻笑于天下！”

“这……”陈轸越发尴尬，“呵呵呵，将军真是直爽人，在下……”

田忌不耐烦地打断他：“既然不是来下战书，上卿还有何事？”

“本使受我王，不不不，受君上所使，特来与将军议和！”陈轸从袖中摸出使节，呈上。

田忌从袖中也摸出一道旨令，朝陈轸晃晃：“本将刚刚接到旨令与魏决战，未曾受命与魏议和，不奉陪了！”转对军尉，大声道：“送客！”

陈轸急了：“田将军……”

“对了，上卿大人，”田忌“啪”地扔下一封书函，“你既来了，就将这封战书顺便捎给那个屠婴禽兽，告诉他，本将苦候二十余天，方才候来今日，让他点齐人马，三日后与本将会猎于野！”摆手：“送客！”

军尉拾起竹简，交到陈轸手中，指向帐门：“魏使，请！”

陈轸大叫：“田将军——”

田忌扬袖，几名甲士赶来，将陈轸、戚光推出帐门，礼箱也被抛出。

在一行卫兵的押送下，陈轸、戚光灰头土脸地走向辕门。

二人正要出门，一溜几辆辎车直驰过来。陈轸等让到路边，为首的辎车却在陈轸前面停下了。

田婴跳下车，故作惊讶道：“这不是陈上卿吗？”

陈轸抱拳：“陈轸见过上大夫！”

田婴上下打量他，故作诧异：“上卿这是……”

“唉，”陈轸轻叹一声，将田忌的战书递上，“上大夫请看！”

田婴接过战书，看了片刻，归还，拱手道：“上卿可否到在下营帐一叙？”

陈轸回礼：“恭敬不如从命！”

田婴引陈轸来到自己大帐，替田忌圆场道：“不瞒上卿，兵者，机也。田将军迟迟未曾出战，原因有二，一是伺机，二是候旨。果然机缘成熟，昨夜将近子时，君上旨令刚好也到，今儿一大早，田将军就在调兵遣将，这不，连在下也被他唤来呼去呢！”

“唉，”陈轸做出个苦脸，“果真如此，在下就有辱使命了！”

“哦？”田婴问道，“上卿是何使命？”

“议和！”

“呵呵呵，是这样呀！”田婴笑道，“敢问上卿，这个和打算怎么议？”

“卫国之事交由齐公，如何？”

“这怎么成呢？”田婴半是揶揄，“卫国之事，当由卫公处置才是，我家君上不是魏侯，什么事都想插一手的！”

“呵呵，是哩……”陈轸干笑几声，“上大夫可有提议？”

“宋国之事仿照卫国，由宋公自行裁处，也不劳魏侯费心了！”

泗上诸国中，宋国地盘最大，人口最多，也最富庶，堪称齐、楚、魏都想吞并的最大的一块肥肉。几十年来，由于大魏武卒的存在，宋室一直受到魏国排挤，就连祖地襄陵也在吴起时代并入了魏土，齐、楚皆不敢多言。然而，时过境迁，今日田婴开口就是宋，显然也是抓准了时机。

“这……”事关重大，陈轸迟疑了。

“怎么了？”田婴盯住他。

陈轸眼珠子连转几转，拱手笑道：“宋公与我王是亲家，私交甚笃，常有往来，上大夫提议牵扯面甚大，在下不敢擅专，须禀明我王，再作决断，可否？”

“可以，可以，当然可以，”田婴呵呵笑出几声，拱手应道，“反正在下近无大事，这就守在营帐里，恭听上卿佳音！”

这分明是在要挟了。

陈轸苦笑一声，再次拱手：“贵军可否暂先撤退？”

“唉，”田婴做出无奈状，“在下虽为副将，却是文臣，不便插手军务。譬如上卿您，能役使上将军吗？”

“在下也是为贵国着想，若是长久屯兵于此，单是粮草也不是笔小数目啊。”

“哈哈哈哈，”田婴长笑几声，“上卿操多心了。此地离齐国边关也就一日车程，于田将军来说，撤与不撤一个样，再说了，无论是屯在齐境还是屯在卫境，人都是要吃饭的，马也都是要吃草料的，对不？”

“敢问上大夫，这个提议是您的愿景呢，还是田将军的？”

“都不是。”

“这……”

“是我家君上的旨意。”田婴亮出底牌，语气不容商量，“不瞒上卿，秦人一出兵，我家君上就使在下赶赴卫地，说是假定碰巧遇到上卿您，就托上卿转禀魏侯，要么一战，要么承诺不再插手宋、卫之事！这不，还真让在下碰上了！”

“明白了。”陈轸点头，“兹事体大，在下这就回去，禀明上将军，若是上将军同意，在下就有底气，向我王快马奏报！”

“在下恭候佳音！”

听完陈轸的叙述，公子卬从牙缝里挤出一字：“打！”

“上将军？”陈轸急道。

“哼，”公子卬恨道，“韩人撤走，赵人撤走，单剩下他一个田忌，还真以为本将怕他不成？”

“上将军，打不得啊！”

“为什么打不得？他有六万，在下立马从大梁各邑再调一万五千，也是六万！以六万对六万，我堂堂大魏武卒还打不过一群缩头乌龟吗？”

“上将军哪，眼前的关键是秦人，不是齐人！河西若是收不回来，别说是王上了，单是上将军您，能咽下这口气吗？”

公子卬一拳砸在几案上：“咦！”

“在下之意是，”陈轸半是解释，半是裁决，“头疼先顾头，其他慢慢再说。只要齐人撤军，上将军就可班师西进，与秦人一争高低。至于卫、宋二公，让他们逍遥几日又怎么了？只要上将军战败秦人，收复河西，就可挥师东进，兵压宋、卫，那时，我为胜利之师，看宋公、卫公敢不听话？看他田忌敢再出兵？”

“本将听你的！”

翌日，在齐营大帐，陈轸与田婴签订协议。

三国援军皆退，只剩一个弱卫了。

陈轸长舒口气，直入卫宫，语气虽不倨傲，却也柔中不失霸气：“启奏卫公，魏、卫两家近年来一直睦邻而居，相安无事，然而，在逢泽之会上，秦人作祟，构陷君上诽谤我王，我王于盛怒之下，才使上将军兴兵讨伐。今日观之，不仅是场误会，且又引发列国兵戎相见，实属不该。今秦原形毕露，犯我河西，我王得知端底，颇为追悔，特使轸来，一为向君上并死难者道歉，二为向列国解释原委，三为与君上订立永久睦邻盟约，保证此类悲剧不再发生。齐、韩、赵三国有感于我王诚意，皆已撤军，轸请君上亦作考虑，以诚相交！”

陈轸轻松地将伐卫的祸水泼到秦人头上，不失为一个好的说辞。卫成公憋了一肚子的责问话，竟是说不出来一句，只好长叹一声：“唉，魏使好口才，什么话都让你说尽了！”

“谢君上谬赞，”陈轸再次拱手，“轸不过是说出隐情而已！”

“罢了，罢了。”卫成公摆手，看向孙机，“老爱卿，你可有话说？”

孙机冷笑一声，二目直逼陈轸：“大国之事，与弱卫无关，弱卫也无意过问。孙机只想问问魏使，魏卒毁我城池，屠我妇婴，奸淫抢盗，丧失人性，无所不用其极，魏使只说一声‘道歉’，也是太轻巧了吧？”

陈轸似乎早已料到，看向他，悠然应道：“以孙相国之意，这个歉意魏该如何表达？”

“亡者有葬，伤者有抚。”

“这个自然。”陈轸朝外击掌。

戚光使人抬进齐国人退回来的礼箱，摆在殿中。

“打开！”陈轸朝礼箱努嘴。

戚光打开箱子。

陈轸手指礼箱：“这只箱里是黄金三十四镒，权作抚恤，请孙相国验收！”

“哼，”孙机冷笑一声，“数万冤魂，逾万伤残，特使就用箱中之物打发了事？”

陈轸转对孙机，拱手问道：“敢问相国，共有多少伤亡？”

“伤亡并财产损毁，君上已经使人详加核实，记录在册，上卿若是需要，我们可以提供！”

“册子何在？”

成公示意，一个宫人“唰”地拉开一道布帘，呈现在眼前的是一大堆竹简。

陈轸、戚光目瞪口呆。

孙机指向这些册子：“这些竹简，每一个字上都附着一个冤魂！”

“唉！”陈轸目光从竹简上收回，长叹一声，对孙机、成公、卫太师拱手道，“看到这些竹简，轸深为震撼。方才孙相国谈到魏军奸淫抢盗，丧失人性，在下完全赞同。然而，自古迄今，战争就是杀戮，一旦开战，一旦攻城略地，何来人性可讲？”目光盯住孙机：“敢问相国，可否为轸举出一例没有杀戮、没有污辱、由头至尾皆是温良恭谦让的战争？”

“唉！”老太师长叹一声。

孙机逼视陈轸：“特使就是这般为禽兽不如的行径辩护的吗？”

“相国大人，”陈轸回视孙机，振振有词，“什么叫作禽兽不如？鹰吃兔子时，分过雄雌老幼吗？蛇入鸟巢时，惜过蛋雏吗？狼猎群羊时，挑过拣过吗？莫说是禽兽，即使蝼蚁，一旦陷入争斗，行为也是一样。轸幼时亲眼看到两窝蚂蚁之战，场面真叫惨烈，尸横遍野不说，穴中蚁卵无一幸免。”指向那些竹简：“这些竹简是卫人列出的，如果在下叫上将军也列一个出来，死伤亦不下万人，而哪一个阵亡之士不是无辜的？哪一个没有家小？还有河西，就在旬日之前，秦人入侵，孙相国可去看看，妇幼老弱是否幸免？”

陈轸此言虽为蛮横，却也无懈可击。

孙机气极，颤抖着手指向陈轸：“你……你这是……狡辩……”

陈轸没有睬他，转向卫公，拱手道：“逝者长已矣。君上，三国之军皆已撤离，君上难道不想息事宁人，定要纠结于战争亡灵吗？”

“君上，”卫太师附和，“上卿说得是，连齐人都已撤军，我们只能签约了！”

“唉！”卫成公长长一叹，缓缓起身，有气无力地对老太师道，“拜托公叔……与他签吧。”

雨后的洛水岸边，道路泥泞，人喊马叫，男女老幼肩挑车拉，络绎不绝的运粮队伍在泥泞中艰难跋涉。

一辆载重骡车陷在泥坑里，一个老丈用鞭子猛抽拉车的骡子，他的两个儿媳和三个半大的孙子在车后全力推顶。车轮晃动几下，陷得更深。

身着便服的孝公、内臣和两名护卫从远处看到，急赶过来。孝公挽起袖子，走到陷得最深的车轮下扎住马步，内臣走到另一轮子下面，两名护卫走到车尾，寻好位置，扎下架势。孝公对老丈道：“老丈，你喊号子，劲往一处使！”

老丈扬鞭，叫道：“一、二、三，起！”

众人“嘿哟”一声，车轮滚出深坑。

老丈朝几人扬手笑笑，赶骡车扬长而去。

孝公看下泥坑，转对两名护卫道：“找点碎石，将此坑填上！”

两名护卫四处寻找石头去了。

孝公抬头，远远望见公孙鞅的车马疾驶而来。

公孙鞅走到近旁，看到孝公一身泥污，心里一酸，跳下车，在泥地上跪下。孝公想去扶他，看看自己手上的泥，又看向络绎而来的民众车辆，急道：“爱卿，你……快起来！这叫众人看见，岂不是……”

“君上，您……”公孙鞅站起来，声音哽咽，“哪能干起这个来了？”

“呵呵呵，”孝公将泥手朝衣襟上连擦几下，拱手道，“寡人也就这点儿能耐，见笑了！”

公孙鞅擦去泪水：“臣有大事禀报！”

“呵呵呵，来得好哩，寡人也正要寻你！”孝公指向远处一棵树，“走，那儿聊去！”

二人走至大树下，见地下湿，就蹲下来。孝公从腰中掏出一个装水的皮囊，仰脖饮一气，递给公孙鞅：“来来来，润几口再说！”

公孙鞅笑笑，接过，仰脖饮一气，拿袖子擦把嘴，还给孝公。

孝公接过：“说吧，是何大事儿？”

“臣得急报，齐、赵、韩三国撤兵，魏卫签订和约，魏印已率大军过来了！”

“嘿，动作够快的！”孝公吸一口气，眉头凝起，“寡人还在盘算卫境那儿多少出点戏呢！”

“是陈轸办的，这人是个歪才！”

“是哩。”孝公看向公孙鞅，“还有吗？”

“呵呵，”公孙鞅笑道，“有是有，但都不大，还是先听君上的！”

孝公没有笑，眉头拧得越发紧了：“近几日来，寡人心里越来越不踏实了！”

“敢问君上揪心何事？”

“我虽袭占河西，可魏人仅凭万余武卒，不但守住少梁、临晋关、阴晋三处要塞，还使我伤亡万余，战力惊人啊！”

“君上忧的不是武卒战力，而是一个人吧？”

“是哩，公孙衍！”孝公点头，“纵观河西守御，如你所判，这个公孙衍当真了得！”

“君上圣明，有此人在，可抵十万魏卒！”

“寡人揪心的正是此事！魏有如此大才，万一魏罃以他为将，这场大战怕是……”孝公顿住话头，有顷，转过话锋，“爱卿可有对策？”

“不瞒君上，”公孙鞅显然成竹在胸，“臣方才留下的话题，也是这个。”

“看来，我们君臣连忧患也通在一处啊！说吧，瞧你气色，想必已有妙策了！”

“臣以为，公孙衍眼下境遇与臣当年在魏时如出一辙。魏罃昔日不用臣，今日也必不用公孙衍！”

“果能如此，”孝公转忧为喜，“当是秦国大幸。正如爱卿所说，有此人在，可抵十万雄兵。眼下敌我对阵，旗鼓相当，决定胜负的不再是兵卒厮杀，而是将帅智谋。依爱卿之见，魏罃若是不用公孙衍，将点何人为将？”

公孙鞅嘴角浮出一丝黠笑：“君上的贤婿！”

“公子卬？”孝公一脸惊愕，“不可能！此战于魏而言，也是倾国相搏，魏罃是老谋深算之人，断不至于如此糊涂！”

公孙鞅微微一笑：“魏罃心不糊涂，耳根却软，君上尽管放心好了！”

孝公长嘘一口气：“有爱卿此言，寡人可以睡个安稳觉了！”

“不过，欲成此事，臣尚需一个机敏之人前往安邑！”

“嬴疾不是就在安邑吗？”

“公子疾得马上回来，否则，命或不保！”

“你是说，公子卬——”孝公猛地打个冷战，“他不会对紫云……”

“臣需要一个机敏之人赴魏，一是救出公子疾，守护公主，二是玉成上将军的美差！”

“爱卿相中何人了？”

“这个人最好与公主相熟！”

“女眷吗？”

公孙鞅摇头。

“子华如何？”

“就他了！”

陈轸一安顿好卫境的事，公子卬就拔营西征了。与此同时，魏王也抽调大梁诸邑守卒近三万，交由公子卬一并发往河西。七万大军借道韩境，过洛阳，浩浩荡荡，直奔崤山谷道。

将出崤关时，公子卬召来裴英，吩咐他引领大军过函谷，进驻临晋关与少梁待命，自己仅带几十个护卫短兵，与陈轸一起渡河水直入安邑。

公子卬急于赶回安邑是为两件大事，一是处置秦公的女儿紫云，二是盯住父王，莫让征秦主将的大印旁落他手，尤其是龙贾。听陈轸讲，孟津会后，若是真的伐秦，父王极有可能改拜龙贾为将了。

就在公子卬赶回安邑的前夜，被公孙鞅委以重任的公子华扮作仆女模样，在紫云贴身侍女的引领下直入紫云内室。

一见紫云，公子华就盯住她看。

紫云与他对视。

足足几个呼吸的时间，公子华没有移目。

从没有哪个女仆敢这般盯她，紫云怔了，面色愠怒：“你……”

公子华非但不惧，反倒走近她，像幼年在秦宫玩耍时那样扯住她的头发。

紫云本能地一躲，指着他怒喝：“大胆！”

公子华“扑哧”一笑，做出一个她十分熟悉的动作。

紫云先是惊愕，继而盯着他细看，似乎不敢确信自己的眼睛：“你是……华哥？”

公子华将女装扯下，现出真容。

“天哪！”紫云喜极，一头扑进他怀里，呜呜哭起来。

公子华安抚一阵，悄声道：“云妹，你放心吧，从今宵起，我就做你的侍女！”

紫云嗯嗯点头，将他抱得更紧了。

公子华松开她的手，凝视她：“云妹，公子卬的大兵过崤关了，估计明晚可到！”

“华哥，快点带我逃吧！”

“逃不掉，”公子华摇头，“我见过疾哥了，他们守得极严，尤其是你，他们盯得牢呢。”

紫云急了：“天哪，这该咋办？那个畜生……”

“既然走到这步，我们就必须咬紧牙，与魏人一战！”

紫云咬牙：“我想定了，拼我一死，先把那畜生宰了！”

“宰不得！”

紫云惊愕：“咋哩？”

公子华嘴角浮出一丝黠笑：“不但不能宰他，我们还要扶他当魏军主将！”

紫云惊叫：“啊？”

“只有他当上主将，我们才能战胜魏人呀！”

紫云恍然明白，微微点头。

“现在的关键是疾哥，上将军回来，或会拿他出气，不定还要拿他下油锅呢！”

“这……”紫云打个惊战，“这可怎么办？”

“我已安排好了，让他今夜逃走，外面有人接应。”

紫云嘘出一口气，忽又想起什么，心头又是一紧：“那畜生回来，会不会……”指指自己鼻子。

“据大良造判断，魏人暂时不会加害于你！”

“为什么？”紫云不解。

“因为他们将你视作人质，有可能把你带往河西，拿你来作为筹码！”

紫云咬牙：“那时我就死！”

见她动不动就谈到死，公子华心里一阵绞疼："云妹，你不许谈死，有华哥在你身边呢，你听我的就是！"

紫云点头。

是夜，两道黑影依次越过公子印府的围墙。

围墙外面，三个黑影接住他们，一行五人隐入黑暗中。

翌日，通往安邑的衢道上，一辆带篷的驷马辎车疾驰，御手正是戚光。车中公子印、陈轸相对而坐，随车颠簸。

陈轸探头问道："到哪儿了？"

戚光应道："禀主公，快到十里亭了。"

"那就悠着点儿，骨头都让你颠散架了。"

戚光收起鞭子："好哩！"

辎车慢下来。

陈轸缩回头，看向公子印。公子印许是想到什么，脸色凶狠，牙齿"咯咯"作响。陈轸盯他一会儿，扑哧笑道："上将军，不会是在想念尊夫人吧？"

"正是！"公子印的声音从牙缝里挤出，"上卿猜猜看，那个贱女人会是怎么个死法？"

陈轸摇头："轸猜不出！"

公子印目露凶光："我要一刀一刀剐了她！"

"嘿，"陈轸给出个怪笑，"瞧那细皮嫩肉的，上将军下得了手？"

公子印鼻孔里哼出一声："哼，等着瞧好了！"

"好是好，"陈轸话中有话，"可这等死法，轸是既不愿瞧也不能瞧啊！"

公子印听出话音，看过来："你是说……"

"上将军最好让她不死！"

公子印激愤道："她是秦人下的一个套，套的是你和我！"

"还有王上！"

"是哩！"公子印咬牙道，"所以她必须死！凡是陪她来的，统统得死！"

陈轸没有接腔，颇为叹服地自语："唉，思来想去，公孙鞅是真正落了一枚好棋子呀！"

见他竟为敌人喝彩，公子印十分不满："你……"

"不过……"陈轸看向公子印，"这枚棋子今日却又落在上将军手里！"

公子印听出话音了，问道："你是说，那个女人？"

“呵呵呵，”陈轸乐笑了，“应该说是上将军夫人！啧啧啧，真是一枚好棋子呀，晶莹圆润，秀外慧中，堪称天生尤物，就看公子打算怎么用喽！”

公子卬拱手：“魏卬愚拙，请上卿指点！”

陈轸附耳低语。

向晚时分，上将军公子卬回到府里，步入正堂。两名侍女侍候他脱去甲衣，换上常服。家宰摆下手，二侍女低头走出。

公子卬在席位上坐下，冲内宰道：“那女人怎样？”

内宰凑前一步：“夫人还好，只是……”欲言又止。

“只是什么？”

“那个陪护她的五大夫带着一个人走了！”

公子卬震惊：“怎么走的？”

“逾墙走的。”

“咦，溜得倒是快，本将正打算拿他涮肉吃呢！”

“想是得知上将军回来，他惧诛，这才逃了！”

“哼，”公子卬恨道，“逃得了他，逃不了其他人。传令，将府中所有秦人关押起来，等候处置！”

“那……夫人呢？”

“那女人除外。对了，将她身边的人全部换掉！”

“遵命！”

半个时辰之后，紫云寝宫里冲进一群家丁，为首的是内宰，朗声宣布：“凡是秦人，站到左侧，非秦人，站到右侧！”

众人面面相觑，十来个陪嫁宫女、两个去势内臣及几个杂事仆役站到左侧，右侧只剩下两个宫女，其中一个是公子华。

内宰扫向左侧一排：“将这一排全部押走！”

众家丁拥上，将一排秦人绑缚起来，押往门外。

紫云显然猜到了这一结局，冷冷地看着他们。

内宰走到公子华二人跟前，打量一番，看着另一奴婢：“哪儿来的？”

那奴婢应道：“奴婢是赵国来的。”

“何时来的？”

“有十多日了。”

内宰审她几眼，转向公子华。

公子华模仿女声："奴婢是韩国人，前日来的。"

"前日？"内宰盯住他，"说，你是怎么来的？"

公子华语带哭腔："家父欠下赌债，拿奴婢抵押，倒来卖去，奴婢也不晓得怎么回事儿，就到这儿了！"

内宰指向二人："先去杂役坊安歇，赶明儿起，就到浣洗坊去！"

听到内宰让公子华走开，紫云情不自禁地"啊"出一声，又旋即止住。内宰看过来，躬身道："禀夫人，上将军有令，夫人宫中所有侍从全部替换！"说完朝外击掌。

七八个侍女及两个内臣闻声走进来。

内宰吩咐道："好生侍奉夫人！"

众仆役应道："喏！"

紫云掩面悲哭。

公子印刚刚洗漱完毕，安排好家事，陈轸就过来约他入宫。

魏惠王没看陈轸，对公子印感叹道："印儿，你回来得好哇！"

"父王，河西……"公子印号啕大哭。

"印儿呀，"魏惠王安慰道，"眼泪不顶用，起来吧。"

公子印擦把泪水，起身，在席位上坐下。

魏惠王的目光落在陈轸身上，语气远没有过去亲密："陈轸，你是怎么让他们退兵的，讲给寡人听听！"

"回禀我王，"陈轸拱手道，"臣用了三箱金子，一箱送给奉阳君，一箱送给申不害，仅此而已！"

魏惠王怔了下："不是三箱吗？"

"另外一箱抚恤卫人了！"

"哦？"魏惠王倾身，"齐人呢？"

陈轸苦笑一声："臣见田忌时，他正在帐中调兵遣将，将臣并金子扫出帐门不说，还让臣捎给上将军一封战书，约定三日之后开战！"

魏惠王一拳震在几上："可恶！"

公子印摸出战书，双手呈上："父王，战书在此！"

毗人拿过，递给魏惠王。

惠王接过战书，看都不看便掷于地上，"呸"地吐上一口，看向陈轸："后来呢？"

“臣走到辕门，就要离开时意外遇到田婴，反身进他帐中。”

惠王急切道：“他怎么说？”

“田婴狮子大开口，索要宋国！”

“你可给他？”

“给了！”

惠王手指着他，气愤至极：“糊涂，糊涂，你好糊涂啊，宋国怎能轻易给他呢？”

陈轸嘴角浮出一笑：“臣给了，并不等于王上给了！”

“你可签契约？”

“签了！”

惠王气结：“那还不是一样吗？”

“契约上是臣的签押，并未加盖王玺。再说，即使盖了王玺，他能拿得走宋国吗？别的不说，楚王能让他独吞吗？齐、楚若是为宋开战，王上岂不是……”陈轸刻意顿住。

惠王稍稍气缓，语气缓和下来，指向席位：“平身吧！”

陈轸拱手：“谢王上赐席！”起身坐下。

“父王呀，”公子卬不失时机地插上一句，“为解三国之兵，陈上卿是四处举债啊！”

“举债？”惠王愕然，“举什么债？”

“三箱金子共是百镒，上卿却未从国库支取一两，若不举债，钱从何来？”

“这……”惠王惊诧不已，看向陈轸，“为何不去支取？”

“王上，”陈轸泪水出来，“臣有罪呀！罪臣误信奸人公孙鞅，致使秦人袭我河西，酿成大过，四处筹措三箱黄物，权作是补过了！再说，我与秦人决战在即，正是用金之时，罪臣又怎能再从国库支领呢？”

“爱卿啊，你……”惠王大为感动，长叹一声，“唉，公孙鞅之事不能全怪你，也是寡人之过！”

陈轸起身，跪叩，悲声：“王——上——”

“不早了，”惠王摆手，“你们回去好好歇息两日，寡人还有大事等候二位呢！”

公子卬、陈轸起身，叩拜：“（儿）臣告退！”

走向宫门外时，陈轸不无激动地向公子卬致谢道：“轸谢上将军美言！”

"什么美言？"公子印颇为惊讶。

"'四处举债'这几个字呀！"

"嗨，"公子印笑了，"本将也只能这么说呀！百镒足金，在安邑城里，除去父王，有哪个臣子能拿得出来？"

"还是上将军想得周全。不瞒上将军，在下虽未举债，却也是把元亨楼的家当悉数砸进来了，今得上将军的美言，能让它们发出个响，轸愿足矣。"

"待过去眼前这道坎，上卿再想个法儿补回来就是！"

"唉，"陈轸轻叹一声，"还补什么呀？能够用在国事上，也是它们的福分！再说，它们也花得值啊！自秦人变卦，在下头顶就悬了块石头，王上方才那几句话，算是让这块石头落地了！"

"哦，对了，"公子印突然想到什么，"父王说有大事等着我们，你忖摸一下这话，是什么意思？"

"应该是拜上将军为伐秦主将！"

"果真如此，诚吾愿哉！"公子印握紧拳头。

公子印兴致勃勃地回到府中，内宰迎上，轻声道："主公，夫人那儿整治过了，陪嫁秦人全被关押，其他人也都换走了，这辰光夫人身边清一色是咱府中的人！"

"她在干什么？"公子印问道。

"方才一直在哭，这辰光没听到声音，想是哭累了！"

公子印微微闭目。

"主公，夜已深了，今宵欲歇何室？韩姬、罗姬、燕姬听闻主公回来，也都在候着呢！"

公子印起身，牙一咬："就她吧！"

内宰略一迟疑："夫人吗？"

公子印白他一眼。

府宰领悟，迅速转身，朗声道："来人！"

侍从走进。

"禀报夫人，恭迎主公！"

紫云寝院里灯火通明。

府宰在前引路，公子印大步走进。所有仆役尽皆跪迎，独独不见紫云。

府宰扫视众人："夫人呢？"

侍从朝主卧室努下嘴。

府宰正要说话，公子印摆手道：“你们全都出去吧！”说毕大步走进寝室，顺手掩上房门。

寝室里，紫云一身紧衣，将自己裹得严严实实，缩在墙角。公子印走过来，在榻边坐下。紫云两眼圆睁，盯住他。

公子印冲她阴阴一笑：“夫人，还记得你我之约吗？”

紫云手指门口：“你……出去！”

“出去？”公子印慢慢地脱下衣服，“本将凯旋了！”

“你……”紫云怒斥，“你这畜生，出去，你给我出去！”

“哈哈哈哈，”公子印长笑数声，“畜生？你说本将是畜生，好吧，本将就是畜生，本将这就要看看你是什么？”将衣服脱光，“啪”地扔在地上，面孔狰狞，一步一步地逼向她。

紫云声嘶力竭：“出去……”摸出早已备好的短刀，手却紧张得发抖。

公子印拍着长满黑毛的胸脯，迎上刀尖：“来呀，刺过来呀！”

眼见他逼到跟前，紫云拼出全身力气刺出。公子印闪电般伸出手指，牢牢夹住刀刃。紫云拼命抽扭，那刀却如生了根一般。紫云正自惊惧，公子印另一手伸出，一把捉住她的手腕，稍稍一拉，就将她扯到身前，反手按在榻上，夺下刀，“噌噌”几下挑开她的紧身衣，将她压在身下。

紫云“啊”地发出凄厉的尖叫。

隔壁的奴婢寝房里，一长排地铺上卧着二十多个女仆，全被紫云凄厉的惨叫声惊醒。赵国奴婢忽地坐起，就要冲出，躺在她身边的公子华将她扯倒，按下。

紫云惨叫声声，刺破夜空，公子华两眼怒睁，面孔扭曲……

次日凌晨，公子印全身赤裸，身上搭个被角，一声接一声地打着呼噜。紫云拥被而坐，就着透进窗棂的晨曦死死地盯住他。

榻上一片血污，是她的处子之血。

紫云眼中冒火。

紫云的目光移开去，射到地上，射在她的短刀上。

紫云溜下榻，拾起短刀，回到榻前，双手擎刀，缓缓对准公子印的心脏。

公子印仍旧均匀地打着呼噜，显然仍在睡梦中。

紫云闭上眼，将刀高高擎起，喘气声越来越重。

刀尖眼见就要扎下，紫云的耳边陡然响起一个声音：“……不但不能宰他，我们还要扶他当魏军主将……只有他当上主将，我们才能战胜魏人……”

紫云的手僵在空中。

紫云的眼中流出泪水。

紫云退后几步，扔下刀，目光痴呆地坐在地上。

曙色里，公子卬眯缝着眼，瞥她一下，嘴角撇出一丝冷笑，背对着她，呼噜声打得更响了。

翌日晨起，七八个黑衣秦人聚在安邑一家杂货铺的后院，坐在中间的是公子疾。

一人脱下鞋子，拆开鞋底，取出一物，双手呈给公子疾：“五大夫，此函为大良造亲笔所写，务必由您亲启！”

公子疾读毕，要来火绳，点着，烧掉。

那人手指摆在地上的两只箱子：“这两箱东西也是大良造筹备的！”

公子疾打开箱子，满满一箱秦国金饼。

“上装，”公子疾转对一个黑衣人吩咐道，“宜阳新贵，贩乌金的！”

那人拿出行头忙活起来。不消一刻，待公子疾步出房间时，没有人能认出他了。人们看到的是一个宜阳新贵，手腕上戴着大金镯，手指上戴着镶有珍珠的大金戒，脖子上挂着又笨又重的金项链，络腮胡子遮掉半个脸面，一身华服，却又总觉得搭配不对，一看就是个没有品味的粗汉子。

早有一辆豪华驷车候在门外。公子疾命人将箱子装上车，一路驰向元亨楼。

驷车停在元亨楼门口，公子疾跳下车，朝门楣上望一眼，拿起羽扇，哼着个曲儿，大大咧咧地走到门口。

一看他这身打扮，门人躬身至地，朝远处唱喏：“贵宾驾到！”

公子疾不拿正眼瞧他，随口应道：“驾到，驾到！”扭头朝车上，“小子们，元亨楼到了，抬物事下来！”

车中一阵忙活，几个仆从抬下沉甸甸的两只箱子，随公子疾走进大门。

门人叫来迎宾杂役，安排公子疾于贵宾厅坐定。

一阵脚步声急，林容下楼，径至厅中，朝公子疾深深一揖：“得罪，得罪，在下林容有失远迎！”

公子疾两手略略一拱，算是回礼：“噢，是林楼主呀，在下初七，初来乍到，请多关照！”

林楼主略怔：“初七？”

“呵呵呵，大年初一的初，一二三四五六七的七。”

“嘿，这名字好听！”林楼主惊叹道，“敢问初爷来自何方宝地？”

“哈哈哈，”公子疾大笑几声，“狗屁宝地，就是那个宜阳！”

“哎呀呀，”林楼主连连拱手，“真没想到初爷是韩国人，失敬，失敬！”压低声：“听说宜阳遍地都是黑金子啊！”

“哈哈哈，”公子疾得意地从袖中摸出一块生铁，“楼主是说这个吧！”“啪”一声拍在几案上。

林楼主捡起来，详细端看，咂舌道：“啧啧啧，就是此物，听说值大钱呢！”

“前几年不成，打去年开始，走几趟咸阳，生意稍稍上去了些！”

林楼主打了个颤栗：“咸阳？”

“是呀，”公子疾指着两只箱子，“这不，刚从咸阳来，小赚一宗啊！”

林楼主瞄一眼箱子，吸一口气：“看初爷这架势，是做大买卖的！”

“什么大买卖，才二十多只炉子。”

林楼主咂舌道：“乖乖，二十多只炉子！”

“呵呵呵，小本经营，小本经营！”

“敢问初爷，”林楼主深鞠一躬，“您来这儿是……”故意顿住。

“听闻此地好玩，特来耍耍！”

林楼主再次瞄一眼两只箱子：“好哇好哇，初爷若是只为耍耍，算是寻对地方喽！”朝楼上击掌：“桃红！”

一阵轻巧的脚步声下楼，桃红进来，半掩面，酥胸半现。

公子疾看向她，吸一口长气，好像没有见过女人似的，紧紧盯在她半裸半隐的酥胸上。桃红媚眼抛去，拿出羽扇，欲遮还羞。

“哈哈哈哈，”林楼主看个正着，“英雄爱美人，美人配英雄，初爷与小桃红，真就是天作一对儿呢，一见面就对上眼喽！”

桃红娇嗔地发出一个让人酥麻的声音：“楼主——”

“呵呵呵，”林楼主笑着指指公子疾，“这位是初爷，从宜阳来的大贵人，好生侍奉！”

“晓得哩！”桃红应一声，对公子疾做个撩人的姿势，“初爷，小女子这厢有礼喽！”

公子疾砸吧一下舌头：“乖乖，好一个小骚人儿！”

林楼主朝桃红努下嘴：“还不给初爷斟茶！”

“晓得哩！”桃红伺候茶水。

林楼主转向公子疾，拱手："初爷，您先在这儿歇着，林某这就去为初爷备个场子！"

公子疾两眼只在桃红身上，朝他象征性地拱下手："客随主便！"

林楼主急急走出，吩咐仆役道："快，有请戚爷！"

戚光得报，急慌慌赶到二楼密室，林楼主大略讲过一遍，末了道："看那两只箱子是个金主儿，戚爷要不要亲自出马？"

"宜阳人？从咸阳来？"戚光喃喃几声，转对林容，"去，请那位爷过来喝杯淡茶！"

"好咧！"林楼主应声而去，不一时，就带着公子疾来到雅室。

公子疾这是第二次来了。

戚光迎到门口，拱手道："在下戚光有礼了！"

"呵呵呵，"公子疾还礼，"早就听闻安邑有个戚爷，今日得见，幸甚！"

戚光笑道："呵呵呵，哪里哪里，戚某不敢当，是众人抬爱！"两眼直盯公子疾，显然想看穿对方来历。

公子疾回视，毫无怯意。

对视有顷，戚光伸手指向客席："初兄，请！"

公子疾一拱手："谢戚爷！"坐下。

戚光斟上茶水，直入主题："听闻初兄在咸阳发财，敢问所发何财？"

公子疾扫一眼哈腰候在一边的林楼主，欲言又止。

戚光会意，朝林楼主努嘴。

林楼主拱手，赔笑道："二位爷慢谈，需要什么，吆喝一声就是！"转身退出。

听着脚步声下楼，公子疾冲戚光稍稍倾身，低声道："在下在宜阳鼓捣几个冶铁炉子，转卖给秦人，旬日前刚刚交货百车，钱货两讫！"

"哎哟哟，"戚光佯作惊叹，"初兄能与秦人做生意，定非寻常人啊！"

"呵呵呵，侥幸而已！"

"敢问初兄，怎么个侥幸法？"

公子疾压低声音："不瞒戚爷，舍妹伺候秦国太傅，而太傅主管的是钱粮！"

戚光抱拳："啧啧啧，初兄这是抱上了粗腿呀，在下恭贺！"

公子疾回礼："惭愧，惭愧！"

戚光话锋一转："既然初兄如此熟悉秦人，在下另有一事请教！"

“戚爷但讲无妨！”

戚光目光犀利：“秦人敢夺河西，难道就不怕大魏武卒吗？”

公子疾爆出一声长笑：“哈哈哈哈……”

戚光愣了：“初兄为何发笑？”

公子疾敛住笑：“看戚爷问的！大魏武卒横扫天下，哪家不怕？”

戚光挠挠头皮，佯作不解：“请问初兄，秦人既然惧怕，为何还敢强占河西？”

公子疾趋身，压低声音：“敢问戚爷，大魏武卒听谁差遣？”

“将军呀！”

“将军又听谁的？”

“主将呀！”

“呵呵呵，”公子疾坐直身子，“这就是了。秦人不惧武卒，就是算准了魏人主将！”

戚光吸一口气：“乖乖！”倾身，“敢问初兄，秦人算准何人为主将？”

“龙贾呀！”

“这……”戚光不解道，“初兄之言，在下听糊涂了！”

“戚爷何处糊涂？”

“主将是王上任命的。据在下所知，王上尚未就此下旨，秦人怎就断定龙贾是主将呢？”

“哈哈哈哈！”公子疾指他大笑道，“好一个戚爷，您这真叫‘不干哪一行，不知哪一行’啊！”

戚光拱手：“在下粗鄙，请初兄赐教！”

“不瞒戚爷，秦公也好，公孙鞅也罢，赌的就是龙贾。”

“龙将军久经沙场，威震列国，大魏武卒无不服他，秦人为何反不怕他？”

“呵呵呵，戚爷这是不知军旅呀！两军对阵，知彼知己者胜！龙贾虽善用兵，可他在河西一待二十几年，纵使一只耗子，秦人也摸熟了，早把他吃得透透的。不瞒戚爷，据在下所知，龙将军一放屁，秦人就知他要拉什么屎。这样的仗，能不敢打吗？”

戚光心头一颤，脸上却现出一笑：“哎呀，听初兄此说，戚某才知学问大呀。对了，初兄，您还没有回在下的问话呢。”

“什么问话？”

“为什么秦人认定王上要用龙贾为主将？”

公子疾摇头："唉，你呀！公孙鞅是何等样人，难道连这个也算不出来？戚爷您想，魏将之中，谁最了解秦人？龙贾！谁的资格最老？龙贾！谁最熟悉河西？龙贾！谁最有把握对战秦人？龙贾！依魏王之智，还能不晓得这个？"

"可……"戚光越发糊涂了，"魏国上将军是公子卬啊！"

"嘘！"公子疾打个手势，聆听四周，见没有动静，压低声音，"不瞒戚爷，就在下所知，公孙鞅眼下头疼的正是此人！前番公孙鞅使魏，是上将军看出他可能有诈，差点儿要了他的命！后来，上将军逼他强娶秦公的公主，这不是娶亲，是扣她做人质！听说回秦之后，公孙鞅让秦公骂了个狗血喷头，早晚想到上将军，那叫一个头大呀！不过，公孙鞅此番料定魏王是不会起用上将军的！"

"咦，为什么不会？"

"因为上将军没有打过大仗，这么大个事儿，魏王怎能放得下心呢！"

戚光眉头锁起："前番伐卫，上将军不是打得很好吗？"

公子疾又是一声大笑："哈哈哈哈，看来戚爷是真的不知军务啊。上将军伐卫，是强国打弱国，就如大人打小孩，莫说是上将军，即使戚爷带兵，也照样打胜！可眼下对阵的是秦人，是大国对大国，大人对大人，魏王能不踌躇吗？"

戚光眉头越发皱得紧了："既然如此，公孙鞅为何又会头疼上将军呢？"

公子疾诡秘一笑："这个嘛，戚爷得去问问那个公孙鞅了。兵法上的事，想必就跟生意场一样，各有各的路数。许是公孙鞅让上将军吓到了，未战先怯，许是上将军用兵之法，公孙鞅他尚未揣透吧！"

戚光拱手道："还真瞧不出来，初兄生意做得好，人也摸得透，在下叹服！"朝门外："来人！"

一阵脚步声，桃红扭着腰身，款款走进，深鞠一躬："戚爷，初爷，桃红有礼了！"

"好生侍候初爷！"戚光缓缓起身，对公子疾赔笑道，"在下尚有冗务在身，这就不奉陪了，望初兄能在此地玩个痛快！"

公子疾伸手揽过桃红的小蛮腰："好咧！"另一手扬扬："戚爷慢走！"

辞别公子疾后，戚光径至陈轸书房，将打听到的"机密"大致讲述一遍。陈轸目瞪口呆，半晌，盯住戚光："此人是何来路，你可吃准？"

戚光一脸不屑："一看那人的德行，就知是个口无遮拦的货，仗着他妹子发点儿小财，赶到这儿显摆！”

陈轸闭目有顷，半是自语道：“嗯，扯上了太傅，倒是可信。嬴虔本是带兵之人，历战无数，秦公却让公孙鞅做主将，只让他负责粮草，想必嬴虔不会甘心！心里有气，难免会在私下发泄。姓初的既有这层关系，所说或为实情。”看向戚光：“将这些备细写出，随本公面奏王上！”

正午前后，天气闷热。

魏宫御书房里，几盆冰块分搁几处。魏惠王静静地坐着，案上摆着龙贾发来的战报，脑海里浮想联翩：

公孙衍赴河西。

龙贾东征，授命公孙衍。

公孙衍整顿大荔关，斩首赵立。

吕甲不服公孙衍，饮酒。

秦夜袭长城，吕甲赶往少梁自杀谢罪。

公孙衍重点布防少梁、临晋关、阴晋三地。

秦得河西，强攻三地，魏浴血奋战，秦尸横城下。

…………

龙贾的声音在惠王耳边回响：“……王上，纵观秦袭河西，始于公孙鞅使魏，始于蛊惑君上南面。臣迄今犹记白相国终前之言：‘公孙鞅所谋，必在河西！如果老朽眼睛不瞎的话，不出一年，河西必有大战。白圭托付你的，是河西的七百里江山……’”

魏惠王拿起战报，目光落在最后一行：“臣荐公孙衍担任主将，臣愿辅之，与秦决战！”

魏惠王闭目，自语：“公孙衍？”

惠王眼前再次浮出公孙鞅上朝那日场景，耳边响起公孙衍的声音：“……魏国称王，列国必生救亡之志，何来臣服之说？列国既不甘心，又不臣服，势必视魏为敌，群起相抗，魏国难道不是众矢之的吗？俟魏与列国争端蜂起，大良造还能甘心臣服吗？即使大良造甘心臣服，秦公他甘心臣服吗？即使秦公甘心臣服，与魏血仇数百年、更有河西之辱的老秦人甘心臣服吗？”

公孙衍“哈哈哈哈——”长笑数声，一个转身，挺胸大步，昂然走出殿堂。

魏惠王叫道：“来人！”

毗人趋进。

“朱司徒何在？”

“回禀王上，”毗人应道，“朱司徒当在司徒府！王上若想见他，臣这就召他进宫！”

“摆驾，司徒府！”

毗人震惊：“王上？”

魏惠王看过来。

“三伏天，赤日炎炎，这辰光又是午后，日头多出几分毒啊！”毗人迟疑。

“摆驾吧。”

“王上，臣这就召请司徒，让他入宫觐见！”

魏惠王横他一眼，加强语气：“你啰唆什么呀，摆驾！”

“遵旨！”毗人趋步而去。

第 013 章 | 中奸计魏王犯昏 抢天元秦魏争聘

戚光将韩国富商的事备细写出，陈轸浏览一遍，改作奏报，纳入袖中："备车！"

"这辰光，王上怕是……"戚光看看天。

"顾不得了，先进宫再说！"

戚光驾车，载陈轸拐过一道弯，驶入宫前街。

就要到宫门前时，前面传来一阵喧嚣。

戚光紧急停车，急叫："主公？"

"怎么了？"

"王驾出宫了！"

"啊？"陈轸拉开窗帘，望过去，果见一支宫卫走出宫门，正向这方向走来。

陈轸拉上车帘："回避！"

戚光刚刚将车让到小巷，大队车马就从眼前滚滚驰过，排在中间的正是王辇。

戚光急道："主公，怎么办？"

"跟上去。"

陈轸一路跟踪，远远望见王辇停在司徒府前，朱威躬身迎出，惠王在毗人搀扶下缓步入府。

陈轸显然猜出是为何事了，急切吩咐道："快，上将军府！"

车马掉头奔驰。

大中午的见陈轸上门，正在午休的府宰吃惊不小。

陈轸拱手："府宰，上将军在否？"

“在在在，”府宰揉揉睡眼，拱手，“上卿没有歇个晌吗？”

“十万火急，在下求见上将军！”

“请！”府宰抖擞精神，伸手礼让。

公子华远远瞧见三人从大门口走过来，忙朝“赵女”使个眼色。二人横插过来，候在客堂院门外，寻块抹布擦拭。

三人走过来，府宰顺手招呼公子华二人。

府宰将二人请进客堂，指席位道：“二位稍候，在下这就禀报上将军！”转对公子华：“为贵宾斟茶！”

府宰紧步赶往紫云的院落，见公子卬身体半裸，正斜倚在木榻上欣赏歌舞。

一支八人乐队弹奏秦曲，紫云身披薄纱，优美的身体曲线毕现，一手持剑，一手持彩巾，正在厅中翩翩起舞。

公子卬扬手道：“停！”

乐曲停下。

紫云却没有停舞。

“夫人，”公子卬盯住她，“本公要你停住！”

紫云似是没有听见，继续舞动。

公子卬看向众人，摆手：“全都退下！”

众乐手退出。

公子卬看向为自己摇扇的侍女：“你也退下。”

侍女退出。

厅中再无他人，公子卬转对紫云道：“夫人，可以歇脚了吧？”

紫云停住，看向窗外。

“转过来，看着我！”

紫云转过来，看向公子卬。

“说说，为什么故意与我作对？”

紫云二目如剑，直刺过来。

“哈哈哈哈，”公子卬爆出一声长笑，“好一双俏媚眼儿，本公喜欢！”

紫云低下头，咬紧嘴唇。

“恨我吗？”

紫云没有应声，但如剑的目光再次射向他。

“说说，既然恨我，为什么前天凌晨把举起的刀子又放下了？”

想到当时的情景，紫云不禁打了个哆嗦。

“哈哈哈哈！”公子印放声长笑。

紫云似乎支撑不住自己，退后几步，靠在墙上。

“夫人，”公子印止住笑，“你大可不必害怕，本公已经晓得你为何放下刀子了！”

紫云略怔，抬头看过来。

公子印身子前倾，目光犀利：“因为你的处子之身让本公破了，因为你不再是你了，因为你终于明白，你已经是本公的女人了！”

紫云剜他一眼，别过头去。

“哈哈哈哈，”公子印复躺回去，“夫人哪，你大可放心，无论你的公父如何言而无信，本公也不会拿你出气，你是你，他是他，我们毕竟是一家人嘛！”

门外一阵脚步声急，府宰的声音飘进来：“禀报主公，上卿陈轸求见，说有火急之事！”

“哦？”公子印“嗖”地起身，鞋也没穿，寻件睡袍套上，光着脚丫子急跑出去。

公子印急匆匆地赶到客堂，陈轸起身迎道：“上将军，臣冒昧上门，有扰了！”

“什么急事儿？”公子印劈头就问。

“唉。”陈轸轻叹一声，坐在席位上。

“说呀，要把人急死不成？”

“如果不出在下所料，上将军的主将之位怕是……唉！”

公子印惊愕：“发生什么了？”

“上将军哪，还记得前日我们回来时，王上怎么说的吗？”

“说有大事让我们做。”

“你我这都回来三天了，大事在哪儿？”

“我也觉得奇怪，正说晚些辰光进宫问问父王呢。”

“在下方才进宫，本想向王上禀个急事，还没到宫门口，遇到王辇了。”

“王辇？”公子印一怔，“这么热的天？”

陈轸点头：“是呀！您猜王辇去哪儿了？”

公子印似是意识到问题的严重性了，目光征询。

“是到朱威府上。”

“父王去朱威那儿做什么？”

"如果不出在下所料，此去或与河西主将有关！"

公子印倒吸一口气："你是说，父王会属意龙贾？"

陈轸点头。

公子印咬牙道："那老东西能打个屁仗！镇守河西几十年了，他的战绩在哪儿？扳指头算算，哪一寸土地是他打下来的？领着大军浩浩荡荡杀奔卫境，本将还以为他能露一鼻子呢，没想到是个缩头乌龟！这边做缩头乌龟，那边呢，一夜之间就丢了河西！那个叫吕甲的号称他麾下第一猛将，也是他特别留下来镇守长城的，结果呢，一万武卒连声屁也没放，就在城墙上让秦人斩了脑袋！纵使一万头猪，也不至于那般窝囊吧！"

"上将军说得是，"陈轸附和，"轸担心的也是这个。打仗是年轻人的事，龙将军实在是太老了。"

公子印似是想起什么："对了，上卿方才说有急事奏报父王，能否透露一二？"

陈轸微微一笑："这个急事儿也与上将军有关！"

"上卿快讲！"

陈轸从袖中摸出戚光所写的竹简，递给公子印。

公子印阅毕，将竹简递还陈轸："此物来得恰到好处，只是具押稍有不妥！"

陈轸歪头："哦？"

"在这安邑，谁都知道戚家宰是上卿府中之人，若是换作林楼主……"公子印顿住。

"咦！"陈轸一拍脑袋，"疏忽，疏忽，轸疏忽了！"连连拱手："轸谢上将军指点！"

陈轸所料一丝儿不差，魏惠王摆驾司徒府，的确是为主将一事。

一套虚礼过后，君臣二人相对坐下。魏惠王开门见山，长叹一声："……唉，不瞒你说，近些日来，寡人无时不在想念白相国！寡人深悔未听白爱卿之言，终致此祸啊！"

朱威见王上终于醒悟，掩袖哽咽。

魏惠王惊愕："爱卿，你……哭什么？"

朱威抹泪："臣苦苦等候的就是王上的这句话啊！"

"唉！"惠王又是一声长叹，"爱卿啊，你也是个好臣子，你和白圭，还有龙贾，都是寡人的好臣子啊！”

朱威起身，叩地，涕泪交流：“王上……”

惠王起身，将朱威扶起。

站在一旁的毗人喜极而泣，悄悄抹泪。

二人重新坐定，惠王言归正传：“……不瞒爱卿，白相国撒手一走，寡人遇到大事，还真没有可以商议的人。思来想去，满朝人中，能帮寡人拿个主意的怕也只有爱卿了。”

朱威拱手：“王上错爱，臣实不敢当！”

“寡人大中午的上门寻你，只为一事。此番征秦，主将人选事关全局成败。寡人苦思数日，仍难决断，正想听听爱卿之见！”

“王上是何考虑？”

“朝臣中，能胜任此位的只有二人，一是子卬，二是龙贾。子卬的优势是，任上将军数年，熟悉各地军情，尤其是安邑、大梁等地，兵法韬略也不逊色，可以掌控全局，缺陷是未历重大战阵，与秦人对决稍显稚嫩。龙贾的优势是，十三岁即历战阵，更在十六年前的河西决战中重创秦人，战功显赫，此后一直主镇西河，熟知秦人，勇谋兼备，缺陷是年龄大了，岁月不饶人哪！”

“王上所虑甚是。”

“爱卿可有建议？”

“臣不懂军务，不敢妄言。就王上方才所论，臣在想，能否试试以龙将军为主将，上将军为副将呢？”

“寡人考虑数日了，也是这般想法，直到方才……”惠王从袖中摸出龙贾奏折，“爱卿请看这个！”

朱威接过，浏览一遍，将战报递还惠王：“王上之意如何？”

惠王接过：“前是白相国举荐，后是龙将军宁做绿叶也愿让贤，再就是河西守御之战，”看向手中战报：“若是此报属实，这个公孙衍不失为一个大才！”

见魏惠王说出此话，朱威身子前倾，趁热打铁道：“王上可知白相国如何推荐他吗？”

魏惠王眼睛发亮：“爱卿知道？”

朱威重重点头：“当时，臣就在身边！”

“快讲！”

“白相国的原话是，‘魏国已失公孙鞅，不可再失公孙衍啊！’”

魏惠王吸一口长气。

“白相国还说，方今列国，人才虽多，多为平庸之辈，守土或可有用，争天下则嫌不足。能争天下的，就臣目力所及，这世上只有二人，一个是公孙鞅，另一个就是公孙衍。眼下公孙鞅领兵犯我疆土，能够与他抗衡的，我们再无他人，怕也只有公孙衍了！”

“寡人以他为主将，如何？”

“王上，”朱威兴奋道，“想想秦公是如何用公孙鞅的！”

魏惠王心里一动：“你是说，以他为相？”

“大国不可无相啊！”

“可这……”魏惠王眉头紧锁，“眼前之急，是三军主将！”

朱威急了：“听闻秦公已拜公孙鞅为主将，而公孙鞅又是大良造，秦国无相，大良造实摄相事！”

魏惠王闭目，沉思。

陈轸听从公子卬建议，嘱托戚光将奏报又改一遍，主角换作林容。戚光改好，寻林容签押毕，呈给陈轸。

陈轸详审一遍，见再无纰漏，抖几下，看向公子卬道：“有了这个宝贝，上将军的好事，不定就成了！”

“陈兄，辰光不早了，”公子卬起身，拱手，催道，“在下拜托！”

“唉！”陈轸袖之入囊，缓缓起身，长长一叹，神色黯然。

“上卿为何长叹？”

“上将军的事，好歹有个谱，可下官……”陈轸又是一声长叹。

“哦？”公子卬略怔，“上卿何事茫然？”

“白相大位空置数月，由谁来坐王上迟迟未定。在下原还有个奢望，就是联合秦人，成就君上王业，未料秦人反复无常，使在下偷鸡不成反蚀米，这点儿奢望也就成了泡影！”

“上卿勿忧！”

“哦？”

“相位一日未定，上卿一日有望，若是定了，反倒不好办了！”

“上将军说得虽是，可于在下……唉！”

“上卿放心，”公子卬握拳道，“只要魏卬当上主将，战败秦人，上卿就是举贤之功，到那时，魏卬再向父王举荐上卿，你我共佐王上，书写青史！”

“果如此，公子大恩，轸没齿不忘！”陈轸深深一揖，一个转身，大踏步走出去。

天黑了。

魏王书房里没有掌灯，黑乎乎一片。

透过窗棂，隐约可见魏惠王端坐的身影。

从朱威那儿一回来，魏惠王就将自己关进书房，这已独坐了两个时辰。

真真切切，魏惠王迎来了他此生中最重要也最纷乱的历史性时刻，一时间心乱如麻，思绪万千。

“不行，我得再理一遍，”惠王迫使自己冷静下来，凝神于一，“……首先是孟津之会，然后是约诸侯伐秦，再后是公孙鞅来使，白圭死谏，再后是什么？对，是称王！称王错了吗？千年王业是寡人儿时之梦，今已年过花甲，再不为之，这个梦岂不就只能是个梦了吗？再后……对，是伐卫……卫公难道不该伐吗……阴一套，阳一套，竟敢阴结田因齐？再说，出兵也不单单是为伐卫，而是……再后是什么？是随巢子，对，随巢子。还别说，老夫子确有先见之明，现在看来，老夫子所说的黄雀，指的并不是三只猴子，而是这只黑雕！连毗人都解对了，寡人为什么偏就看不出呢？所谓当局者迷，看来，寡人是真的迷了……”

书房外面，没有灯火，天光微弱，院中渐渐暗黑下来。

毗人坐在门前台阶上，身后是紧关的大门。

负责膳房的宫人走过来，一脸焦急：“王上再不用膳，怕就……”

“晓得了！”毗人朝他摆下手，站起来，打开院门，到偏殿点燃一支火绳，蹑手蹑脚地推开书房的房门，点上几盏油灯。

屋子里明亮起来。

魏惠王眼睛睁开，看看毗人，又闭上。

毗人凝视惠王，轻叹一声，掩上房门，退出。

魏惠王的耳畔渐渐响起朱威后晌的力荐声：“……方今列国，人才虽多，多为平庸之辈，守土或可有用，争天下则嫌不足。能争天下的，就臣目力所及，这世上唯有二人，一个是公孙鞅，另一个就是公孙衍。眼下公孙鞅领兵犯我疆土，能够与他抗衡的，我们再无他人，怕也只有公孙衍了……王上，想想秦公是如何用公孙鞅的……”

接着是老白圭的声音：“魏国已失公孙鞅，不可再失公孙衍啊！”

白圭的声音在魏惠王耳畔一连重复数次，越来越响，振聋发聩。

魏惠王陡然站起，在厅中来回走动，口中呢喃："公孙鞅、公孙衍，同是公孙，同是相国门人，同受为国殉身的老相国器重……"猛地打个激灵，停住步子，朝门外喊道："来人！"

毗人推门而入："臣在！"

魏惠王朗声说道："召公孙衍、龙贾速回安邑！"

"公孙衍、龙贾？"毗人怔了，"公孙衍竟然排在龙贾前面，王上这是……"

"毗人？"

毗人回过神，朗声应道："臣领旨！"踏起小碎步出去。

毗人做好谕旨，交给传旨王使。

马蹄启动，传旨宫车渐去，嘚嘚的马蹄声渐渐隐入宫殿拐角。

听着远去的嘚嘚声，毗人不无感慨："唉，王上还是王上啊！"

毗人转身，正要回走，望见一盏灯笼由远而近，冲御书房而来。毗人驻步，又候一时，见当值宫人，后面跟着陈轸。

膳食搬进了御书房，几案上摆满菜肴。

惠王心情很好，跟前放着一壶一爵，正在大口进膳。

陈轸趋进，叩道："臣叩见王上！"

魏惠王边嚼边说："陈轸哪，你来得好哩！"

陈轸再叩："臣有扰王上进膳，诚惶诚恐！"

"呵呵呵呵，什么扰不扰的，来来来，"魏惠王指指对面席位，"坐吧。"对一旁侍膳的宫女："去，拿箸，拿爵！"

陈轸拱手："谢王上！"入席坐下。

宫女拿来箸、爵，斟满酒。

魏惠王举爵："喝！"

二人同干。

魏惠王放下酒爵："说是你有急事，这大半夜的，是何急事？"

"回禀王上，"陈轸压低声音，"臣得到密报，因事关重大，只能冒昧进宫，急奏王上！"

"哦？"魏惠王放下夹菜的箸，看过来，"是何密报？"

"王上请看奏报！"陈轸从袖中摸出由林楼主重新抄写的竹简，双手呈上。

毗人接过，呈予惠王。

惠王接过，详阅，皱眉沉思。

良久，惠王放下竹简，看向陈轸："这个林容是何人？"

"元亨楼楼主。"

惠王似有耳闻："元亨楼？"

"就是个赌场。那个叫初七的是宜阳人，是个玩家，其妹妹是秦国太傅嬴虔的宠妾，他用这个关系向秦贩卖乌金，赚下大钱，听闻元亨楼好玩，就带两箱金子来了。林楼主是个有心人，与他攀谈，又请他喝酒，那人也是喝多了，醉后吐出这些！林楼主不敢怠慢，报到臣这儿来了！"

"哦。"惠王盯住陈轸，"你怎么看？"

"臣以为然。秦人与龙将军前后打过数十年交道，对他定是了如指掌，也必期盼龙将军为主将！"

魏惠王将密折"啪"地扔在几案上，长笑数声："哈哈哈哈——"

陈轸让他笑愣了。

魏惠王瞄一眼密报："陈爱卿呀，还真别说，寡人要的正是这个呢！"

"王上？"陈轸用目光征询。

"不瞒爱卿，"魏惠王倾身说道，"寡人思虑几日，终于想定了，此番征秦，还真不用龙贾为主将呢！"

"哦！"陈轸略顿，"敢问王上，欲用何人为将？"

"呵呵呵，爱卿猜猜！"魏惠王端起酒爵，举一下，饮下。

陈轸也忙端起："若让臣猜，一定是上将军了！"

"你再猜猜！"

"这……"陈轸吃一怔，"不是上将军，有何人能够当此重任？"一气饮下。

魏惠王一字一顿："公孙衍！"

陈轸一口酒没及咽完，卡在嗓子眼里，又不能在魏王面前吐出，强自憋住，剧烈咳嗽起来。

魏惠王凑近他，几近得意："怎么样，惊到爱卿了吧？"

陈轸继续咳嗽。

"呵呵呵，"魏惠王不无满意地看着他咳嗽，"寡人要的就是这个效果！莫说是爱卿想不到，直到今天中午，即是寡人也还没想到呢！哈哈哈哈，看寡人杀他们个出其不意！"

陈轸咳嗽停住，闭目沉思。

惠王见他并不配合叫好，问道："陈爱卿，你睡着了？"

陈轸睁眼："臣不敢！"

惠王端起酒爵："来，为寡人这一决断，干！"

陈轸摆手："臣不能干，也不敢干！"

"哦？"惠王惊愕，"为何不能干，不敢干？"

陈轸端正身子，激昂慷慨道："为河西七百里，也为十几万甲士！"

"哦？说个理由！"

陈轸长吸一口气，直陈利害："理由有三，一是公孙衍身贱人轻，压不住阵势，如果拜为主将，必不服众。将不服众，如何能驾驭三军？臣闻河西之失，就是因为公孙衍！龙贾将河西守御重任刻意交给公孙衍，未料河西第一勇将吕甲不服！吕甲当面顶撞不说，还处处与公孙衍对着干，致使长城不守，秦人偷袭得逞！"

"嗯，这算一条，其二呢？"

"文以治立于朝，武以功立于军。公孙衍何功之有？无功而居重位，用人大忌。秦人若是得知我方主将是一门人，士气必振。我方军心不稳，敌方士气大振，只此一起一落，胜负不战已判！"

"还有其三？"

"公孙衍是否大才，臣疑之。截至目前，公孙衍之才皆是龙将军一面之词，而龙将军受了白圭金子，虽说未用于私，却也欠下一份大情。公孙衍赶赴河西，打的是相府牌子，叫龙将军如何处置？臣不怀疑龙将军的品行，想他不会以公谋私，但这个脸不能不给啊！结果如何？龙将军留下两万甲士，外加各城邑守备武卒，河西兵员虽不富足，也相当可观。可结果呢？短短三日，公孙衍就让河西大部沦陷了！"

魏惠王叹口气："唉，陈轸哪，叫寡人怎么说呢？你提的这三条，说小了算作偏见，说大了就是歪理呀。"

陈轸震惊："王上？"

"先说这第一，据寡人得报，吕甲失守，是因那日晚上召众将酗酒误事，酗酒是为大荔关令赵立，而赵立之死却是因为你陈轸哪！说是你在过关时，令赵立撤去边防，被公孙衍依律斩首！"

陈轸翻身跪在地上，叩首，涕泣道："王上，臣冤枉啊！"

"你有何冤枉？"

陈轸哭诉道："赵立的事，臣已禀过王上。臣过边关时，确实见过赵立，可臣并未要他撤去边防啊！赵立擅自撤防是因为吕甲，赵是吕甲爱将，吕甲对公孙衍不满，赵立抗命，实属自然！公孙衍杀赵立，是立威于军，是杀给吕甲看的，非为不设防。再说，当时，秦人率先撤防，作出假象，莫说是赵立，即使……”顿住话头。

“好了好了，”魏惠王摆手，“这一条不说，讲第二条吧，无功而居重位。当年公孙鞅在公叔身边多年，公叔几番荐他，寡人未用，结果让秦人得了便宜，这桩事情寡人想起就心疼啊！”

“王上，”陈轸急切辩解，“公孙衍怎么能与公孙鞅比呢？据臣考证，公孙鞅名为公叔门人，实为公叔心腹，王上拜公叔为将与秦大战河西时，公孙鞅亲历战阵，两军阵上公叔占尽上风，是与公孙鞅的暗中运筹分不开的，这也是公叔深知公孙鞅、几番力荐他的原因。而白相国不同，白相国是以商贾起家，治理产业有一套，但要他领兵打仗，就适得其反了。公孙衍跟从白相国做事，也或通些经济，若是治河修沟、交通有无、充实仓廪，王上可以用他，而眼下是与强秦开战，十几万将士啊，王上！”

陈轸所言也自成理。魏惠王深吸一口气，缓缓呼出，眉头渐渐凝成疙瘩。

见魏惠王有所动摇，陈轸趁热打铁：“王上，臣与公孙衍素昧平生，无冤无仇，臣之所以提出此谏，是为河西！与秦开战，非同小可啊，王上！此战若胜，河西稳固不说，不定王上还可赶秦人出关中，让他们跟戎狄撕咬去。然而，若是不胜，结局就不堪设想了！”

魏惠王揪住心，倾身问道：“那……依爱卿之意，可使何人为将？”

“在臣眼里，只有一人，上将军！”

昔日公子卬举荐陈轸为相时的情景在魏惠王的脑海中一闪而过，心中“咯噔”一震，面上却淡淡道：“说说你为何荐他！”

“臣荐上将军，理由也是三条：其一，上将军年富力强，智勇双全，熟知兵法，且在上将军之位多年，三军信服。其二，上将军虽未历过大战，但就卫境之战来看，进退有度，分寸有握，卫以举国之力相抵，也如龟缩，远在龙将军增援之前，齐、韩、赵三军皆至，却无一擅动。”陈轸手指惠王身边竹简，“就韩人初七所言，公孙鞅已对上将军有所忌惮，而忌惮原因是猜度不透。兵贵密。秦人既已摸透龙贾，王上若用上将军，当是出奇！至于其三，上将军为王上骨血，若做主将，就如王上亲征，三军士气必是高昂啊！”

魏惠王心头一动，面上依旧不动声色：“何人来做副将呢？”

“龙贾。龙贾熟知河西，也熟知秦人，可谓是知己知彼。有龙将军做副将，河西三军也易调遣。上将军有活力，龙贾沉稳。上将军有奇谋，龙贾善战。

二人搭配，必将所向无敌！此为天作之合，还望王上圣断！”

魏惠王沉思良久，微微点头：“知道了！”转向毗人：“旨令发出没？”

“已经发出了，”毗人拱手，“这辰光估计已在五十里外。”

“再派人去，暂缓召请！”

毗人惊愕：“王上？”

魏惠王大手一扬：“去吧。”

“遵旨！”

魏惠王突然想到什么，叫住他：“还有，传旨太庙，明日正午，寡人祭拜先祖！”

“遵旨。”

从宫中出来，陈轸长嘘一口气，连夜赶到上将军府中，向公子卬扼要叙述了方才之事，掏出丝绢擦汗，叹喟道：“唉，上将军呀，方才的场面那可真叫惊险，虽说是烽烟未起，却是一场真真切切的大战啊！”

公子卬似是没听见，顾自言道：“为什么父王要去太庙呢？”

“这不是明摆着吗？请神明决定主将人选。”

“这……”

“上将军，”陈轸压低声音，“能否成事，也许就在这个祭拜上！”

“哦？”

陈轸附耳低语道：“太庙的卜师是在下同乡，在下请他占过卜，灵验着呢，只要主公点头，在下这就吩咐他莫占偏了！”

神明不可亵渎，公子卬吃一惊道：“这这这……你这不是欺天吗？”

“哎呀我的上将军，”陈轸哭丧起脸，“已经火烧屁股了，你还想着欺不欺天！想想看，王上要去占卜，说明在王上心里，上将军与公孙衍各有轻重，决断不下，这才听凭天命。若是卜师卜定的是公孙衍，上将军岂不后悔终生？如果三军不得不听从一个商贾门人的摆布，十几万将士啊，我的上将军！”

公子卬吸口冷气，一咬牙：“好吧，魏卬听你的！”

翌日，安邑太庙中，场面庄严。

所有目光盯在一只龟甲上，龟甲下面是燃烧的荆枝。随着“啪”的一声响，龟甲开裂。大巫祝凑上去，移开龟甲，细审裂纹。

魏惠王急切问道：“横还是竖？”

大巫祝抬头看他，拱手道：“禀王上，是横！”

魏惠王微微闭目，有顷，睁眼，转对毗人："拟旨，拜上将军魏卬为主将，西河郡守龙贾为副将，太子魏申监军，大司徒朱威督运粮草，公孙衍为中军司马，参知军务，倾国之力，与秦决战！"

毗人拱手："臣领旨！"

上将军府后花园的荷花池边，紫云一路赏玩，几个侍女陪在身边。

府宰走过来，对紫云笑道："夫人，天大的喜事，主公被王上拜为三军主将，明日出征河西，特别吩咐夫人同行，请夫人尽快收拾细软！"

紫云先是一怔，继而喜上眉梢："真是大喜事！"

"夫人需要携带什么，老奴这就筹备！"

"不需筹备，就让随同我来的那些宫人跟我随行，她们是和我一块儿长大的！"

府宰一脸苦相："这个不行，主公有吩咐！"

"那就换上两个你府中的人，可否？"

"好好好，"内宰连连点头，赔笑道，"府中的人，夫人随便挑！"

"不挑了，就是那两个最后从我身边换走的人。"

府宰睁大眼睛，似是想起什么："夫人是说，那个韩人和赵人？"

紫云没好气地说："我就争口气，不行吗？"

"行行行，"府宰干笑几声，"臣这就吩咐！"

翌日晨起，艳阳高照。

安邑直通河西临晋关的衢道上，一行车马浩浩荡荡。其中一辆豪华、结实的庞大战车上，伐秦主将公子卬一身戎装，英武逼人。

战车后面是一辆同样豪华的庞大辎车，车帘里面，紫云公主随车颠簸，气定神闲。

她的对面赫然坐的是仆女打扮的公子华。

因为河西大战在即，秦国政治中心暂由咸阳挪到栎阳行宫，十几年前被迁空的栎阳宫城再次得到启用。

夜色渐晚，凉风习习。栎阳行宫的后花园里，公子疾详细禀报安邑的事，秦孝公、公孙鞅、景监、嬴驷、车希贤诸人听得个个喜上眉梢。

"呵呵呵，"秦孝公不无满意地冲公子疾竖起拇指，"能够哄住陈轸，疾儿好手段呀！"

公子疾憨憨一笑：“是公父谋划有方！”

“哈哈哈哈，”秦孝公大笑起来，“你就直说大良造谋划有方好了！”

公孙鞅拱手道：“臣不敢当，是天助君上！”

秦孝公摆下手，指向他的脑袋：“天助寡人，也得借用你公孙鞅的脑瓜子啊！”

景监不无振奋道：“魏印血洗平阳，屠人数万，可谓是人神共怒，臭名远播，魏王用他做主将，不战已是输了！”

车希贤点头：“此人色厉内荏，过于招摇，该让他吃点儿苦头了！”

公孙鞅微皱眉头：“不能这么看哪！”

几人皆看过来。

“就在下观之，魏印这人知兵好武，是个难得的将才。眼下做主将虽说稚嫩了点儿，但左有龙贾辅佐，右有公孙衍参知军事，仍旧不可小觑！”

“大良造说得是，”秦孝公目光扫过众人，“无论是谁做主将，我们都不可掉以轻心！此战，秦国实在败不起啊！”

众人皆点头。

秦孝公转向景监：“景爱卿，列国都在忙活什么呢？”

“禀君上，”景监拱手，“臣已得信，赵压兵中山，中山戒备，韩、燕尚无异动，齐五都之兵撤离卫境后并未分散，屯驻于大野泽，显然是在觊觎宋地，齐上大夫田婴赴宋，楚左司马昭阳闻报，发三军五万屯于苦县，齐、楚为宋较力；楚右司马屈武引兵数万征伐黔中，近闻大捷，得地不下千里！”

“唉，”秦孝公长叹一声，不无羡慕道，“还是南蛮子潇洒啊，动不动就是千里！”

“呵呵呵，”公孙鞅颇为不屑，“不毛之地，君上纵得万里，又有何益！”

“是哩！”秦孝公转对公孙鞅，“魏人拜将了，魏军也在陆续赶往河西，这一战该如何打，下一步如何落子，还得爱卿拿个主意！”

“谢君上信任！”公孙鞅拱手道，“臣以为，大国对局，胜负可有四判，一是伐交，二是伐谋，三是伐兵，四是攻城。伐兵与攻城，我与魏兵力相抗，互有克制，难分伯仲。伐谋我略胜一筹，已成功避开公孙衍，使魏印为将。至于伐交，迄今可谓各有一输，战个平手！”

“这个……还请爱卿详解！”

“伐交即张义。自平王东迁，天下虽无义战，但出师不可无名，对阵不可失义，否则，民心不凝，天下不服，胜负不战自判。魏罃称王失义，天下共伐之，先失一着，我等约盟在先，偷袭于后，胜之不武，亦失一着。”

公孙鞅讲到这个高度，众人无不震服。

秦孝公沉思有顷：“局已铺开，这个交怎么伐，这个义如何张，下一子该落何处，爱卿可有谋划？”

公孙鞅一字一顿：“天元！”

“天元？”秦孝公凝视公孙鞅，“这……爱卿可有解说？”

“拿棋局来！”

宫人拿来棋盘与棋子。

公孙鞅摆出棋局，边角摆下定势之子，黑子为秦，白子为魏，指向中空：“君上，棋局既开，边角皆定，决定胜负的就是中腹了。”指天元：“这就是中腹的核心！”

秦孝公眼睛睁大：“你是说，周室？”

公孙鞅“啪”地落下一枚黑子：“正是！”

秦孝公盯住天元，陷入深思。

嬴虔嗓子眼里咕噜出声：“枪就是枪，刀就是刀，一个没用的周室，关它屁事！”

公孙鞅早已习惯了他的刁难，朝他拱手，诡秘一笑：“回禀太傅，此位眼下虽无大用，若是占住了，则是大赢！”

秦孝公盯一会儿棋局，豁然开悟，“啪”地击掌：“妙哇，魏不尊周，我来尊周！”

经孝公这么一点，所有人都明白了，即使嬴虔，也是点头。

秦孝公看向公孙鞅：“说吧，这个子怎么个落法？”

公孙鞅一字一顿：“结亲！”

听到又是结亲，众人皆吃了一惊。

“这……”秦孝公皱眉，“紫云嫁给魏人，寡人今日想起，仍旧心疼！再说，寡人膝下，实在是无女可嫁了！”

公孙鞅微微一笑：“君上为何不想娶一个回来呢？”

“娶一个？娶谁？”

公孙鞅手指棋盘天元：“周天子的公主！”

“唉，”秦孝公眉头微皱，“眼下千头万绪，百务缠身，寡人哪有闲心去娶亲哪？再说，夫人那儿怎么交代？”

“呵呵呵，君上没有闲心，殿下或有！”公孙鞅看向嬴驷，“禀报殿下，臣在魏时，听魏印畅谈天下美女，赞叹天下绝色仅有二女，一个是紫云公主，另一个是周室的雪公主！”

在公父与众臣面前大谈女色，且矛头直对自己，嬴驷大窘，脸色通红，却又不便说出什么，便将头别向一侧。

公孙鞅见他害羞，微微一笑，转对孝公：“君上，臣之意，可将周室雪公主聘为太子妃！周室虽然没落，可天下人心依然向周，强梁夺势不夺心哪。前番魏侯戏弄天子，今又自立为王，天下诸侯无不心寒。君上反其道而行之，或能收到奇效，陷魏罃于失道寡助之境！”

“爱卿所言甚是，”秦孝公朗声应道，“周虽行尸，其名可用！”转对景监，“景爱卿，筹备去吧，聘亲周室！”

“此事重大，何人去为妥？”景监目光征询。

秦孝公略略一顿，看向公子疾：“疾儿，你去如何？”

公子疾拱手：“儿臣遵旨！”

秦孝公转对景监，朗声吩咐：“场面要大，聘礼要厚，还要向列国发出喜帖，让天下皆知寡人向周天子聘亲之事！”

景监拱手：“臣遵旨！”

离开别宫后，嬴虔叫住嬴驷，瓮声道：“驷儿！”

“公叔？”嬴驷已经走到自己的驷车旁，扭头看向他。

“公孙鞅落这一子，刚开始还真把我蒙了，到后来怎么就越想越觉得不对味儿呢！”

“公叔疑虑何在？”

嬴虔压低声：“公孙鞅前番将紫云强行嫁给草包将军，害了紫云一生，今番这又突然为你提亲，意欲何为？周室弹丸之地，三十年前也许还有个空名，此番有魏罃开头，诸侯个个都要称王，连个空名它怕是也占不上了。公孙鞅说聘就聘，将个百无一用的周室公主硬塞给你，这不是逼迫贤侄吗？借口战魏，肆无忌惮，绑架君上，处心积虑地陷害你们兄妹，他这安的什么心？”

嬴驷似已料到公叔会有类似言论，长吸一口气，重重叹出，给他个苦笑，跳上马车。

御手打个响鞭，车子扬长而去。

望着远去的车尘，嬴虔猛一跺脚：“咦！”

秦国欲聘周室公主为太子妃的喜帖很快传遍列国。魏惠王盯着秦国的喜帖，眼睛眯成两道缝。

“据函谷急报，”陈轸禀道，“秦公聘亲使团长约数里，仅是运送聘礼的彩车就达二十余辆，一路上锣鼓喧天，好不闹猛。诸侯聘亲，如此规模甚是少见，是以臣可断定，这里面大有文章！”

“什么聘亲？”魏惠王一拳震在几上，“他这是故意做给寡人看的！他这是在天下人面前恶心寡人！”

“王上圣明！”陈轸拱手道，“秦公前番拥戴王上南面，与周室分庭抗礼，今番这却结亲周室，显然是故意陷王上于不义！”

魏惠王闭目有顷，睁开眼，询问道：“爱卿可有对策？”

“臣之意，针锋相对。秦公能向周室聘亲，王上为何不能？两家争聘，难题扔给周室，至少也可搅得他聘不成！”

魏惠王眼睛一亮：“好主意！”

“基于此，”陈轸嘴角浮出一笑，“臣已快马吩咐崤关，让他们寻个缘由拦下秦使，阻他几日行程。待王上旨下，我们一同聘去！”

“正合吾意！”魏惠王兴奋道，“你可查过，周天子膝下有几名公主？”

“共有七女，五女为嫔妃所生，一女出嫁，二女尚幼，正宫蔡后生女二人，长女是雪公主，年方二八，次女是雨公主，尚待及笄！”

“这么说来，秦公往聘的是雪公主了！”

“正是。”陈轸压低声，“据传此女国色天香，贤淑聪慧，堪称绝色！”

魏惠王伸手捋须，有顷，阴阴一笑：“嘿嘿，赢渠梁有太子，寡人也有！既然此女贤淑聪慧，才貌俱佳，不妨为太子续娶一房！”

陈轸阴阴一笑：“据臣所知，天下绝色唯二女子，一是周室雪公主，二是秦室紫云公主。王上已收紫云为上将军夫人，若是再将雪公主纳为太子妃，就是天下美谈哪！”

“秦室使何人往聘？”

“五大夫公子疾！”

“咦，”魏惠王惊讶道，“他不是陪送紫云来安邑了吗？”

“嘿，”陈轸半是遗憾道，“二十日前，听闻上将军归来，此人惧怕上将军拿他祭旗，半夜里翻墙逃了！”

“呵呵呵，”魏惠王乐了，“赢渠梁是百密一疏啊，这么大个事情，仅派一个五大夫来，且是个翻墙逃兵，岂不是屈了雪公主吗？”看向陈轸，“陈爱卿，你去！礼品多带，架势扎大，给足周室面子。记住，不惜代价，把雪公主给我聘回来！”

陈轸拱手：“臣领旨！”

魏地崤山谷道的一个驿站里搭着一个简易草棚，棚下是一张木案，案上摆着三道菜，陈轸独自就餐。

副使快步跑来，叩道：“报，已令崤关放行秦使！”

“好。”陈轸吩咐道，“我们暂不声张，跟在秦使后面，保持五里间距！”

副使拱手：“遵命！”

洛阳西郊十里亭中，公子疾与几个身边人边喝水边啃干粮。副使抬头看看日头，对公子疾道：“五大夫，看辰光，中午之前就可抵达洛阳西门。”

公子疾道：“绕道东门。”

“为什么？”副使惊愕道，“西门既顺又近。”

“听说过五行吗？金木水火土，西为金，东为木，金主杀，木主生，我们这是去聘亲，不是去攻城，走东门更有韵味儿。”

副使咂舌道：“老天，走个门也有恁多讲究！”

“呵呵呵，学着点儿。”

有车疾驰而来，一人下车叩道：“报，有大队魏人跟在我们后面！”

公子疾正在吃干粮，遭此一惊，噎住了，喝水急冲几下，方才吃力咽下，又喝几口水，顺下气，问道：“多少人？”

“具体没数，不比我们的少。车上放着礼箱，张着彩旗，看样子也是来聘亲的！”

公子疾吸一口气，眉头凝住。

副使急问：“怎么办？”

公子疾沉思一时，扑哧笑了，咬口干粮，指向众人：“吃呀，吃饱了才有劲儿轧闹猛！”

听到笑声，副使心定下来，朗声问道：“五大夫，这个闹猛怎么个轧法？”

“让锣鼓响起来，让嗓子亮起来！”

副使拖出长音：“好嘞！”

秦使团走后不久，魏使团亦在亭中驻脚。陈轸坐在公子疾歇脚处，仰脖喝水。一车驰来，一人跳下车，叩道：“报，秦人没进西门，沿前面岔道拐向北，往东去了！”

“哦？”陈轸吃一惊，自语，“秦人意欲何为？”

“似乎是想进北门！”

陈轸“啪”地扔下水囊，吩咐副使：“管他进哪个门，跟上！”

副使拱手：“遵命！”亮起嗓门：“起程喽！”

“声势造起来！”陈轸又送一句。

“好嘞！”副使提高声音，“张旗，响锣鼓！”

洛阳南郊，井田里，炎阳似火，天上并无一片云。此时已交六月，从麦茬里长出的秋庄稼绿油油的没了脚跟。

谷田里一溜儿排着起落不已的四把长锄。排在左边的是个年约五旬的壮汉，名唤苏虎，依次挨着的是他的三个儿子。周人干活也是长幼有序，紧挨他的汉子不足三十，是苏虎的长子苏厉。排在第三位的名叫苏秦，身上挂着一柄木剑，颇为怪异。名叫苏代的小伙子排在最后，尚未入冠。

这日老天特别整人，日头越来越毒，风一丝儿都没有。父子四人汗流如雨，八只臂膀机械而有力地前后摆动。

苏秦的心思显然不在庄稼苗上，神情渐渐恍惚，一锄下去，一片谷苗应声倒地，自己却浑然不觉。

听到声音不对，苏虎扭头一看，脸色顿时黑沉，径直走到苏秦身后，心疼地捡起谷苗，瞪向苏秦。苏秦毫无感觉，又是一锄，几棵谷苗再次倒地。

苏虎越看越心疼，顺行看回去，苏秦锄过的一溜四行，隔三岔五就有几棵倒地的谷苗，一些大草依旧直直地长着。苏虎越看越上火，弯腰捡起一把，大步跨到苏秦前面，将庄稼苗扔他锄前，厉声喝道：“瞪大眼瞅瞅，魂丢茅坑里去了？草没锄掉，苗倒让你锄光光！”

苏秦吓一大跳，看向那把庄稼苗，拿袖子擦拭额上的汗水，一副恍然知错的表情。苏虎恨恨地剜他一眼，扭身走回，朝锄把上夸张地“呸呸”连吐两口，造出个声势，继续锄地。

苏秦回过神来，也忙拿起锄头。

刚锄几下，远处隐隐有锣鼓声传来。

苏秦闻声看去，惊呆了。

七八里外的衢道上，一行车马正从北面一条衢道拐向西行，显然要进洛阳。队伍里飘着不少旗帜，锣鼓声正是从那儿发来。

站在他旁边的苏代也停住锄头，看过去，惊讶道：“老天，这是干啥子哩？”

苏秦没有理他。

苏代凑近他，压低声音：“二哥，听声音，好像是聘亲哩！”

苏秦仍旧没理他，只是牢牢盯住那些车马。

苏代咂吧几下，又要问话，瞥到苏虎脸色阴沉，正恶狠狠地盯住他俩，赶忙低头锄草。苏秦却无觉察，依旧手拄锄把，两眼痴痴地凝视远处。

苏虎脸色红涨，目光直逼苏秦，嗓子眼里咕噜几声，几欲破口责斥，又强自忍住。

就在这时，苏秦突然扔下锄把，两条腿就像受到魔咒一般，机械地朝北跑去，完全不顾及脚下的庄稼苗。

苏虎呆了。

眼看苏秦的脚步越来越快，苏虎总算反应过来，厉声喝道：“你小子，哪儿去？”

苏秦根本就没听见，顾自踏着庄稼苗往前走。

苏虎震怒了，扔下锄头，紧追上去。

苏秦飞跑起来。

苏虎又要追，又要避开庄稼苗，距离越拉越大，终于放弃了。

苏虎站在田里，望着苏秦越来越小的背影，呼哧呼哧直喘粗气。

“阿大，”也想去看热闹的苏代小声道，“我去把二哥追回来！”

苏虎瞪他一眼，狠狠锄地。

苏代噘下嘴，不无失落地拿起锄头。

洛阳东门的城墙上，苏秦居高临下，远远地观望秦国聘亲使团的庞大车队打着清一色的黑旗，穿着清一色的黑衣，缓缓驰进城门。

秦国使团刚刚驰远，魏国使团也浩浩荡荡地开过来了。苏秦嘴皮子翕动，手指起落，似是在清点魏人的车乘。待魏国车队全部进门，后面再无人马，苏秦奔下台阶，紧跟在魏人后面，亦步亦趋。

多少年来就如死水一潭的洛阳城登时喧闹起来，男女老少全都出来看热闹，无不为他们的公主感到自豪。

看热闹的人群中，赫然出现了随巢子和宋趼。

宋趼的目光落在苏秦身上，悄声：“巨子，看那个人！”

随巢子看过去。

苏秦目不斜视，旁若无人，紧紧跟在魏人车队后面，动作态度不像是个看热闹的，俨然就是魏人中的一员。

“他这是怎么了？”宋趼挠头。

随巢子努嘴：“跟上！”

在这多事之秋，交战两国使臣不期而至，于周室来说，既非礼貌，亦非善意。负责接待宾客的周室大行人等整理衣冠迎出，依据周室仪礼，将率先抵达的秦国使团导引至公国使馆区。

车辆停下，大行人拱手道：“周室行人恭迎远邦贵宾！”

公子疾深揖：“大周公国秦使嬴疾见过大行人，冒昧打扰了！”

“敢问秦使，此行是……”

“嬴疾奉秦公使命，此来结亲周室，为太子驷聘迎长公主！”

大行人惊道：“长公主？”

“就是雪公主！”公子疾双手递上礼单和聘帖，“这是聘帖，敬请大行人转奏天子！”

大行人接过，指公馆区：“这儿是公馆，久未住人了。贵客造访，事发突然，馆内凌乱，尚未备妥，客人可否稍稍候些辰光，在下这就使人整理清扫！”

公子疾再揖：“谢大行人费心，我们自己来吧！”

见秦使初来乍到便喧宾夺主，大行人脸上挂不住了：“这……”

“发什么呆，卸车！”公子疾没有睬他，转身对随从喝道。

随从纷纷跳下车，忙活起来。

大行人正自尴尬，属下行人飞跑过来，对大行人道：“报，魏国使臣也到了，怎么安排？”

“还能怎么安排？”大行人没好气道，“带他们到侯馆区！”

行人奉命将魏国使团带至万邦驿馆的侯馆区。

戚光环顾四周，小声对陈轸道：“上卿，此处好像是侯馆！”

陈轸脸色黑下来，对行人略略拱手：“本使初来乍到，对此地尚不熟悉，请问行人，”指向馆舍，“能否将这些馆舍简要介绍一下，让本使开开眼界！”

“魏使请看，”行人指向一个大庙，“那个是文庙，”指远处正在忙活的秦使，“那儿是公馆区，这儿是侯馆区！”

“有没有王馆呢？”

行人心中“咯噔”一下，吞吞吐吐道：“这……”

“楚使若来，哪儿歇去？”

“在那儿，”行人指向另外一片，“是蛮夷区，专门接待楚、蜀、巴、越等蛮夷使臣。”

“哈哈哈哈，”陈轸爆出一声长笑，转对戚光，“我们做一次蛮夷如何？”

戚光会意，指向蛮夷馆区，朗声道：“特使有令，王馆安歇！”

无一人理睬行人，大队车马径投楚国使馆。

看到最后一个魏人走进王馆，苏秦若有所失，轻叹一声，一步一挪地走了。

距他不远处，宋趼看向随巢子。

随巢子显然不是对苏秦感兴趣，半是自语，半是说给宋趼：“秦、魏同聘雪公主，看来，河西的这把火烧到周室来了！”

“巨子，”宋趼低声道，“方才在大街上，我听到人们都在传说雪公主呢！”

“传说她什么了？”

“说她美得很呢，是天下绝色！”

“你有所不知，在她这年龄，她的母亲周王后才叫真美！”

宋趼愕然：“巨子见过她？”

“为师未曾见过，倒是有个人见过。不仅见过，想必他到现在还念念不忘呢！”

宋趼略略一怔，恍然有悟：“巨子是说，鬼谷先生？”

“呵呵呵，”随巢子脸上现出难得的笑，“走吧，先寻地方歇足去！”

万邦使馆虽分几个馆区，其实是一条直直的长街，长约几里。为方便觐见，距王城也只二里多路，步行一刻钟即到。

将行李搬进去后，趁下人打扫、安顿期间，陈轸拿起芭蕉扇，走几步摇一下，信步来到秦国使馆，靠在一棵香樟树上，眼睛时不时地瞄一下秦使馆门，显然是在等候什么。

果然，不一会儿，公子疾就出来了，巧合的是，他手中也拿一柄芭蕉大扇。

望见陈轸，公子疾佯作惊愕，走过来，脸上堆笑，拱手道：“咦，这不是陈上卿吗？”

“正是在下。”陈轸亦拱手道，“陈轸见过五大夫！”

公子疾再次拱手：“在下见过上卿！”审视他的衣冠，“您这是……”

陈轸挺直身子：“奉王命使周！”

“巧哩！”公子疾也直起腰板，“在下是奉君命使周！”

“呵呵呵，”陈轸率先挑战，“不仅是巧，本使还觉得不可思议呢！”

“哦？”

“如果本使没有记错的话，五大夫当是在安邑侍奉上将军夫人，怎么眨眼之间就成为使周的人了？”

“身为人臣，由不得已呀！”

“是啊，是啊，”陈轸连连点头，“不久之前，偶然与上将军闲话起来，说是在他回府前的那天夜里，有几个秦人翻墙跑了，敢问五大夫可在其中？”

见陈轸上来就揭这么个短，公子疾先是一怔，继而坦然笑了：“呵呵呵，有这么个事儿！”

“啊？”陈轸故作一惊，盯住公子疾，似是不可置信，“这这这……怎么可能呢？听闻五大夫也算是个丈夫，怎么做起梁上之事来了？不是有正门吗？”

公子疾凑近他，假作神秘：“上卿有所不知，大门有大门的好，翻墙有翻墙的妙啊！”

“哦？敢问五大夫，翻墙有何妙呢？”

“吃里扒外呀！”

“吃里扒外”四字，显然是在讽刺陈轸，暗指他在河西之事上吃着魏人的饭，却帮秦人的忙。

“五大夫，”陈轸面孔阴下来，“你这是何意？”

“呵呵呵，上卿不必多想，在下并无他意，说的是这个！”公子疾做出个翻墙动作，嘴里叼着一物，两手扒着墙外。

“敢问五大夫口中所叼何物？”

公子疾拿手比画一只火腿的样子：“主人家的一只火腿呀！”

“呵呵呵，”陈轸干笑几声，“五大夫真会享受！”

公子疾凑得更近，声音更低：“在下不仅翻了上将军的墙，还顺道去了趟元亨楼呢！”

陈轸震惊，手抖着指他：“你……你是……”

“上卿想必还记得一个叫初七的韩人吧？”

陈轸倒吸一口气，脸色苍白。

“唉，”公子疾两手一摊，轻叹一声，“可惜那日手气不佳，输了在下一箱金子！”

陈轸却像傻在那儿了，竟是一个字儿也回不出来。

“陈上卿，”公子疾悄声说道，“将行之时，君上特别吩咐在下，万一遇到上卿，一是道声谢，二是捎句话。上卿可愿听否？”

陈轸嘴唇哆嗦。

“君上说，上卿万一在安邑不如意，可到咸阳。上卿是个大才，大才须当大用！”

陈轸总算缓过气来，略略拱手：“轸谢过你家君上！轸也请五大夫转奏你家君上，河水滔滔，在水中淹死的多是水性好的。轸送给你家君上一个小小忠告，不要自以为得意，万一困在潜流里，可就出不来喽！”

“谢上卿提醒！”公子疾拱手，“敢问上卿，此来使周，所为何事呢？”

陈轸反问：“敢问五大夫，此来使周，所为何事呢？”

“聘周室公主为秦国太子妃！”

“呵呵呵，在下也是，聘周室公主为魏国太子妃！”

“敢问上卿欲聘何人？”

陈轸再次反问：“敢问五大夫欲聘何人呢？”

“秦公所聘，乃周王长女雪公主！”

“魏王所聘，也是周王长女雪公主！”

二人对视，不约而同地发出长笑：“哈哈哈哈——”

公子疾收住笑，夸张地摇头：“唉，可惜呀，雪公主只有一个，分不得身哟！”

陈轸亦收住笑，夸张地点头：“是呀，是呀，最终就看花落谁家喽！”

大周御史府宅的后花园里，御史时礼蹲在地上，正在聚精会神地看着什么，旁边站着一个奴婢。家宰带着大行人匆匆走过来，正要禀报，奴婢嘘出一声，朝地上努嘴。

家宰顿住脚步，示意大行人少安勿躁。

大行人一脸着急地冲家宰连打几个手势。

家宰悄悄地走过去，朝地上一看，却是一群蚂蚁在抬一只大青虫。青虫没死，仍在蠕动，但蠕动的动作已经很慢了。

家宰扭头看向大行人，苦笑一声。大行人朝他扬扬手中的聘帖，又指指时礼。家宰凑近，小声道：“禀报主人，大行人有急事求见！”

时礼的眼睛仍在大青虫上：“晓得了，不就是接待秦、魏使臣吗？”

“好像不是接待的事！”

“哦，让他进来。”

“他已经进来了，就在这儿！”

“哦！”时礼抬头，看向大行人。

大行人拱手道：“禀报御史，秦公、魏侯皆遣使朝觐，聘亲王室！”

“晓得这事了，动静闹得不小呢！可有聘书？”

大行人走上前，呈上聘书。

时礼接过，展开，将两道聘帖浏览一遍，脸色陡变。

大行人气恨恨道：“魏使尤其可恶，下官将他们安置在侯使馆区，可他们自称是王，强行住进楚使馆，气杀人也！”

时礼显然顾不上听这些，将两道聘书收入囊中，转对家宰：“备车！”

时礼急至王宫，宫里却是冷冷清清，几乎看不到人。时礼连寻几处，门皆锁着，没有值班臣子，也没有值班宫人。

时礼略作迟疑，直奔御书房。

周王的御书房大门紧闭，门外站着内宰。

时礼揖道：“请内宰转奏王上，臣有急事觐见！”

内宰苦笑一下，回他个揖：“王上有旨，谁也不见！”

时礼从袖中摸出秦使、魏使的聘书：“内宰请看这个……”

内宰瞧也不瞧，一把推开，顾自说话：“王上有旨，外事可问太师，内事可问两位周公！”

时礼步出宫门，驱车径去太师府。

门人见是御史，又见他神色惶急，知有大事，赶忙禀报。

老家宰迎出。

时礼长揖：“下官求见主公，烦请家宰禀报！”

家宰还个礼道：“主公正在会见远方贵客，请大夫改日再来吧！”

“事关重大，火烧眉毛了！”

“御史稍等，老奴这就禀报！”老家宰转身进府，不一会儿，急急走出，伸手礼让，“御史大人，主公有请！”

时礼随家宰走进府中，果见客位上端坐一人，年约五十来岁，秃头闪着亮光。年逾古稀、须发皆白的三朝元老颜太师坐于主位，正与光头聊得起劲。

时礼趋前，长揖：“下官叩见太师！”

“呵呵呵，起来，起来！”颜太师指着客人道，“给你介绍个大学问人，稷下先生淳于子！”

时礼转对淳于子一揖：“在下见过淳于先生！先生大名，在下久闻了！”

淳于髡还个礼，抬手指指自己的秃头：“呵呵呵，是在下这个老光头扎眼哪！”

“禀报太师，”御史顾不上闲扯，转对颜太师道，“下官可否借一步说话？”

淳于髡听得明白，起身笑道：“在自家屋里，怎么能借呢？光头这也坐累了，正想出去溜达溜达！”话音刚落，人已走到厅外。

老家宰跟在后面，与他一道走出房门。

颜太师看向御史：“什么急事儿？”

“魏室、秦室遣使来朝，欲聘公主为太子妃！”

“好事呀，女大当嫁，长公主这也到了受聘年龄！”

“可他们不是问聘呀，是……”御史说着拿出聘帖，“太师请看！”言毕呈上。

颜太师接过聘书，看毕，合上，长叹一声：“唉……”

时礼恨道：“听大行人说，魏使不住侯馆，强行入住楚馆，真把自己当王使了！”

“唉，”颜太师又是一声长叹，苦笑，“他没有住进王宫，已算是客气的了！”

“太师，”时礼应道，“虽说礼坏乐崩，可我堂堂大周，总该……”

颜太师打断他：“总该什么呢？”

“总该……说句什么吧！”

“说句什么呢？有什么好说的呢？”颜太师略顿一下，叹道，“唉，都是这个孟津之会害了王上！什么武王伐纣七百年大典，什么天下公侯朝觐天子，他魏罃是个什么货色，方今天下又是个什么情势，诸侯真要朝王，为什么不到王宫来……这些都是明摆的，老朽苦劝王上，要他莫去，可王上不听啊。王上这是没有看透啊！王上这是雄心不死啊！王上醉心于借此振作，这下算是死心了！自打孟津回来，所有朝事尽皆废了，小朝不说，即使大朝，王上几曾临过？老朽本欲再去劝谏，可思来想去，又能劝谏个什么呢？”拿起聘书，缓缓纳入袖中，摇头又叹：“唉，这些个公呀，这些个侯呀，天下都让他们搅尽了，仍旧不知足，连天子这块弹丸之地也不让安生啊！”

“太师呀，”时礼急了，“您扯远了，眼前火烧眉毛，该怎么办哪？”

颜太师继续叹气：“唉，扯远喽，扯远喽……”缓缓站起身子，颤巍巍地走向门口，口中唠叨：“老朽的确是扯远喽！想我堂堂天子之国，竟让两个属国拼抢公主，这……这这这……这是什么世道呀！”

时礼以为太师是要进宫面君，紧忙跟上，不料太师尚未走出屋门，就又拐回来，一屁股坐回席上。

时礼惊愕：“太师？”

“咦，”颜太师盯住他问道，“方才你说什么眉毛来着？”

“回禀太师，是火烧眉毛！”

“什么事儿烧到你的眉毛了？”

“这……”时礼怔了，“秦、魏两国各自遣使来聘雪公主的事！”

“聘雪公主？这是好事儿呀！聘书呢？”

御史哭笑不得：“哎呀，我的老太师呀，聘书方才已经呈给您了！”

“呈给我了？”老太师四处寻觅，“咦，在哪儿呢？”

时礼指向颜太师的袖子：“就在您老的袖子里！”

颜太师伸手入囊，摸出聘书，细看一遍：“呵呵呵呵，好事儿呀！”

时礼摇头，叹口长气：“唉——”

“咦，人家聘亲，你叹什么气呢？”

“我是说……我们该怎么办呢？”

“该怎么办就怎么办呀！”颜太师悠然笑道，“去，告诉两国媒人，让他们纳上彩礼！”

御史答应一声，转身急去。

望着他的背影，颜太师嘴角现出一笑：“唉，年轻人哪，好事儿就要多磨，你烧个什么毛呢？”

王城附近有条小巷，巷子里家家户户以卖空白竹简为生，门前及院里大多竖着做竹简用的青竹竿。然而，随着周室日衰，做竹简的生意越来越不好做，大部分店门都关闭了。

后半晌时，看完热闹的苏秦觉得肚子饿了，像往常一样走进这条巷子，想寻生活讨口饭吃。

苏秦的生活是到店里劈竹做简，或进书肆抄书。他从十二岁起就在这儿干活了，因而每个店家于他都是熟客户。苏秦干活不讲报酬，有口饭吃即可，因而每逢他来，总有店家争相叫喊，苏秦也总有干不完的活。

这一日却是不同。苏秦倒背木剑，从巷头走到巷尾，竟然没有一家留他劈竹。

天已近昏，不少人蹲在门前吃晚饭，见苏秦过来，时不时有店家邀他。

苏秦无不笑笑，扬手走过。店家也不勉强，晓得他从来不吃白饭。

天色黑定，苏秦饿着肚子拐入另一条巷子。这条巷子里有几个书肆，其中一家生意最好，苏秦总有抄不完的书。

店门半开，苏秦敲几声，见没有反应，就径直走进去，穿过铺面，来到后院。

一家人正在吃饭。

见苏秦进来，店主赶忙起身，扬手道："苏秦，吃饭没？"

苏秦给他个苦笑。

店主朝屋里叫道："他娘，苏秦来了，还没吃饭哩！"

女主人端着饭走出。

苏秦笑笑，不再客气，双手接过，蹲在地上大口吞食。

"咦，"店主问道，"你阿大不是叫你回家锄草了吗？怎么又来了？"

苏秦给他个笑，继续吃饭。

"苏秦老弟，我得给你讲个事儿。"

苏秦看向他，口中依旧吃着。

"最近生意不好，没有人买书，我也不能再请你抄书了！"

苏秦呆了，正在嚼的饭窝在嘴里。

"唉，"店主长叹一声，"实在没办法了，这书肆下月关门，我打算卖掉铺子，回老家置井田，混个饱饭。"

"这……这……这……"苏秦结巴道。

"苏秦老弟，"店主又叹一声，不无感慨道，"你在我这书肆抄书多年，从未讨过工钱。我晓得你的心思，你不在乎钱，你就想抄书。我这不干了，就讲给你一句实在话，甭说抄书了，即使像我这样卖书的，也是没出息呀，上上下下十几辈都在这条巷里卖书，可到我这儿，竟然连几个娃子也养不活了，唉，天子脚下，时过境迁哪！"

苏秦一脸落寞。

"苏秦呀，我也没什么能帮你的。"店主指向墙角，"墙角处有堆竹简，还有你用过的几支笔、砚和墨柱，我就送给你了，算你这些年来帮我抄书的报酬。天子太学里还有七八个学子，你得空可去那里转转，不定能够寻到买主，为他们抄写几卷，赚个营生！"

苏秦放下粥碗，拱手道："谢……谢……谢……"

填饱肚子，苏秦将一大堆空白竹简分作两捆，削根粗竹做成扁担挑上，揣上笔、墨柱与砚台等物，满载而归。

挑着完全属于自己的竹简，苏秦心旷神怡，一身轻快地走出洛阳城门，走向轩里村。将近伊水时，苏秦的脚步慢下来。苏秦眼前渐渐浮出绵绵不断的待锄禾苗及父亲苏虎横过来的眼神，耳边响起父亲那恶狠狠的声音："……瞪大眼瞅瞅，魂丢茅坑里去了？草没锄掉，苗倒让你锄光光……"

苏秦打个惊怔，顿住脚步。

苏秦扭转身，开始往回走。

前面就是洛阳的东城门了，苏秦再次驻足。

家是不能回了，进城又住哪儿呢？总不能寄住在人家的屋檐下吧？再说，有谁家的屋檐可以让他栖身呢？

天地苍茫，苏秦彷徨，举目四望，忽然看到左前方有个高坡，坡顶现出一座黑乎乎、孤零零的房舍。苏秦猛然记起这儿有个庙宇，心里一阵狂喜，挑担大步走去。

苏秦走上台阶，看到有个匾额，在星光下看不清楚。不过，从周遭看，显而易见，这是一座久被废弃的破庙。

苏秦推开院门，刚跨进去，忽听"嗖嗖"两声响，两个黑影从庙堂里蹿到院中，继而蹿上围墙。苏秦唬得一声惊叫，跌倒在门槛上，担中竹简碰到门上，发出响声。

四周归于沉静。

苏秦沉定下来，断定黑影是两只狐狸，嘘出一口气。

苏秦站起来，摸黑走进庙殿。

殿里一片漆黑。苏秦摸出火石，引燃火绳，借着微光，看到正殿坐着一尊塑像，像前竟然有盏油灯。苏秦吹着火绳，点亮油灯。

殿里亮起来。苏秦环顾四周，发现是个神庙，神位前面还有被狐狸咬过的供品。

苏秦走出殿门，将竹简拿回来，放进殿里，摘下一扇门板，寻个位置放好。

苏秦坐在门板上，拿出竹简，又拿出笔、墨柱与石砚。

灯光下，苏秦的脸上浮出浅笑。

第 014 章 | 遭逼亲周室狼跋 为道器神龙出山

周王城后宫的后花园中，周室长公主姬雪蹲在莲花池边，望着池水发呆。二公主姬雨蹑手蹑脚地走过来，雪公主浑然不觉。雨公主调皮一笑，在她身后突然“啊”出一声。

雪公主打个惊战，回头，嗔怪道：“阿妹！”

雨公主在她身边坐下，笑道：“嘻嘻，阿姐，观你一个时辰了，坐在这儿恍兮惚兮，想什么呢？”

雪公主朝水里努下嘴。

雨公主看过去，是一簇浮萍。没有一丝儿风，浮萍浮在静静的水面上，水面上映出两个美少女。

雨公主惊讶道：“咦，它何时飘到这儿来了？昨天还在小桥那边呢！”

雪公主长叹一口气。

雨公主看向她：“阿姐是在为它伤感吗？”

雪公主又叹一口气。

雨公主问道：“浮水之物，随波逐流，这是天性，阿姐叹个什么气呢？”

“你不懂！”雪公主缓缓站起，若有所失地走向不远处的一处小院，那是她们姐妹二人的闺房。

雨公主冲她的背影做个鬼脸，捡起一块石子扔进水里，激起一圈圈涟漪。那浮萍受此一激，又移几分。

离二位公主的闺房不远处，就是王后所处的周室正宫。

宫正匆匆走进宫门，王后迎上来，急切道：“王上怎样了？”

“还是那样啊，”宫正苦笑一声，“从早上到现在，一个人闷在书房里，谁也不见。”

王后眉头凝起。

“唉，”宫正长叹一声，“娘娘呀，这样下去真的不得了！朝事就不说了，王上闭门忧思，不利于龙体啊。怒伤肝，郁伤肺，思伤脾，百病生于气，天下不天下的都是身外之事，龙体安好才是真章啊！”

王后点头：“你说得是！”

“娘娘，王上最听您的，您得想个法子劝劝他呀！”

王后看向宫正：“雪儿、雨儿从先生习琴已有数年，今日天气不错，本宫正想开个琴会，恭请王上考评。”

“太好了，”宫正不无叹服道，“看到雪公主、雨公主琴艺长进，王上一定高兴，王上一高兴，就会忘掉那些烦心的事了！”

“你这就去辟雍，用本宫的銮驾迎请先生！”

“好哩！”

辟雍就是大周的太学，在平王东迁洛阳不久后就兴建起来，春秋时最是红火，盛极一时的守藏室就在院内，守藏史老聃一生中的大多数时间就是在这院中度过。那时节，前来求学的列国士子、公子王孙络绎不绝，辟雍人满为患，哪像今日这般破败不堪，一眼望去，偌大一个学宫，竟是冷冷清清，乱草丛生，只有这高墙大院和一幢幢相接相连的古式建筑，使人隐约联想到昔日的辉煌。

辟雍正门处，没有门卫。大门有些年头了，虽然雄伟，但长满杂草，一片落寞。

不远处的一棵大树下，苏秦端坐于地，将一捆竹简码作几案状，上面放着一砚，墨水已经磨好，毛笔在砚中。在旁侧是另一捆竹简，也拆开了。地上插着一根竖起的竹简，上写：“代抄，赠简！”

远处一阵铃响，十来个学子涌出房门，嘻嘻哈哈地走出来。一看就知是帮纨绔子弟。其中一个红衣学子远远看到苏秦，兴奋道：“快看，有稀奇哩！”

众学子闻声围过来，张仪摇着羽扇夹在其中。

一下子来了这么多贵族子弟，苏秦坐得更是端正。方才说话的学子看向插在地上的竹简，纳闷道：“代抄？赠简？这是何意？”

一个紫衣学子指指自己的脑袋：“别是……这儿出毛病了吧？”

红衣学子冲苏秦大声问道：“喂，小子，你代抄什么？”

苏秦不说话，顾自端坐，眼中的怯意被张仪看个真切。

一个黑衣学子朝苏秦阴笑道："简是赠的，代抄收钱不？"

苏秦摇头。

"呵呵呵，"紫衣学子扬扬得意，"让我猜着了，这人有毛病，这不，代抄也不收钱！"

张仪上下打量苏秦，阴阴一笑："抄书的，写个字看看！"

红衣学子附和道："对呀，对呀，写个字看看，字写得不好，白送也不要呢！"

苏秦拿出毛笔，蘸好墨，看向张仪。

张仪指着他："写个飞！"

众学子嬉笑，起哄："对对对，写个飞！"

所有字中，"飞"字是最难写的一个。苏秦写出一个"飞"字，许是紧张，手有点儿抖，字没写正，结构更是不对，相当难看。

"嘿嘿，"张仪冷笑一声，"就你这手破字儿，竟然敢在天子太学门前班门弄斧！"抢过笔，饱蘸墨水，在地上"唰唰"几下写出一个漂亮的"飞"字，将笔"啪"地摔在他面前，扬长而去。

众学子哗笑，一哄而去。

苏秦脸色惨白，无地自容。

就在此时，在门口观看已久的老琴师缓缓走过来，在他面前蹲下，捡起笔，饱蘸墨水，递给苏秦："小伙子，再写一个字。"

苏秦诚惶诚恐，怯怯地看着这个衣冠朴素的老人。

琴师给他一个笑，面容慈祥，目光鼓励。

苏秦点头，目光征询。

琴师指着地上张仪写的字："就写这个！"

苏秦看看地上，在旁边又写了一个"飞"字。字小许多，也远没有张仪的洒脱，但一笔一画，皆现拙功。

琴师捋须，欣赏一番，微微点头："小伙子，你的字写得很好呀，尤其是最后两笔，若没下过苦功夫，还真写不出呢！"

听评语，显然是个行家。得到行家认可，苏秦感动至极，泪水盈出。

"小伙子，"琴师声音温和，"请问尊姓大名？"

"我……我……苏……苏……苏……"苏秦结巴道。

"呵呵呵，"琴师看出了他的紧张，"就叫你苏生吧。请问苏生，能否为老朽抄上一卷呢？"

苏秦连连点头。

琴师从怀里摸出一捆竹简："就抄这一册！"

苏秦双手接过，改坐为跪，叩首。

"咦，"琴师不解道，"苏生，老朽请你帮忙抄书，应当谢你才是，你为何磕头？"

苏秦也不答话，又是几声响头。

琴师正要再问，一阵马蹄声急，一辆金碧辉煌的銮车直驶过来，在琴师跟前停住。

宫正下车，冲琴师深鞠一躬。

琴师还礼。

宫正拱手道："娘娘有请先生！"

"谢娘娘盛情！"琴师给苏秦一个笑，上车。

銮车掉头，"嘚嘚"而去。

苏秦呆在原地。

直到銮车无影无踪，苏秦才回过神来，低头细审手中先生交给自己的竹简，竟然是姜太公的《易》，多年来他一直想看而未得的书。

苏秦顾不得抄写，如饥似渴地阅读起来。

像往常一样，显王用过午膳就又一头扎进御书房中，连内宰也被他赶出去，将大门关牢，欲独享一份清静。

但对于显王来说，这世上不存在"清静"二字。正如颜太师所说，自孟津之会后，作为堂堂大周的天子，显王姬扁窝下了一肚子的火。

姬扁不足四旬，作为男人，正是大有作为的年龄。然而，自从姬扁记事起，周室天下就只是名义上的。二十三岁那年，先王崩天，姬扁承继大统，加冕那日，他曾面对列祖列宗的牌位郑重起誓，一定要在有生之年重振周室。

转眼之间，十几年已经过去，周室非但未见振作，反而在他治下每况愈下，仅有鲁公、卫公、蔡公等小国来使朝过，大国公侯早将他抛到九霄云外。继位后的头几年，他也曾有意振作，但周室不过弹丸之地，横竖不足百里，还没有泗上的薛国大。可怜的是，即使这点儿袭土，又在先王手中一分为二，分封予两位叔父，只为他留下一个小小王城，当真是要钱没钱，要人没人，成了一个真正的孤家寡人。十几年下来，他的凌云之志早被磨损得所剩无几。偏在此时，魏侯约定众公侯孟津朝王，着实让他欣喜有加。谁想孟津会上，作为堂堂天子的他竟然成为魏侯的戏弄对象，只要想起，就让他羞惭不已！

显王闷头呆坐，不由又将孟津之事从头细想一遍，无名之火又盛一层。火气攻心，显王极是难受，勉强站起来，来回踱步排解。正踱之间，显王瞥见墙上挂着的一柄宝剑，径走过去，将剑取过来，在几案前坐下，拔剑出鞘，一下接一下地在几案上划着道，好像拿在手中的不是利剑，而是孩童的玩具刀。

细看过去，案面早已刀痕累累，不知有几千几百道刻痕。显王刻得既专注，又无意识，动作慢得像是蜗牛移动。

不知是想到什么了，显王眼里盈出泪，动作突然加快，剑刃有力地划过案面，一来一往，吱吱作声，乍看起来不像是用剑，而像是在用锯。“锯”了一时，显王将剑拿在手中，凝神观看。

赫然入目的是剑柄上一行端庄的刻字：“先王愿景，吾将以此剑述之！”

显王清楚地记得，这行小字是他在登基那日亲手刻下的。如今，宝剑依然，字迹依然。周显王睹物伤情，潸然泪下。

显王咬牙，继续使剑。正伤心间，外面传来脚步声，有人小声嘀咕，然后是开门声。显王停下，将剑放于案上，闭目静候。

内宰走进，小声禀报：“王上，娘娘有请！”

显王淡淡应道：“何事？”

“雪公主、雨公主近来习琴上心，有所长进，娘娘心情高兴，有意考评二位公主琴艺，特请王上圣裁！”

显王睁眼，脸色和缓，现出慈爱的笑：“哦，是吗？何时？”

“就这辰光！”

显王伸出一手给内宰。

内宰拉他起来。

显王走进更衣室，梳洗一毕，由内宰换上王服，戴上王饰，威仪具足。

待二人赶到琴房，里面已是人声鼎沸。王后早在陪位坐下，琴师坐于客席，厅中央摆着一琴一筝，宫正、几名太监及王后、公主身前侍女站于两厢，济济一堂。两位公主席坐于地，面色微红，显然有些紧张。

看到显王，琴房所有人等尽皆叩拜。

显王径至王后跟前，扶她起来，携其手走至主位，扶王后坐下，自己方于主位坐定，摆手叫大家平身。

王后一脸微笑，看向显王，见他点头，转对琴师道：“先生，启奏吧！”

琴师看向雪公主，冲她点下头，微微一笑，目光中含着鼓励与期许。

一身紫纱的雪公主回以一笑，款款起身，到显王、王后跟前各拜三拜，再到琴师面前三拜，方才走到琴前，坐定，两手抚琴，面若桃花，二目流盼，宛如仙女下凡。刚好发育成熟的酥胸前荡着一只黄澄澄的金蝉，为她平添了几许高贵。

厅中静寂无声，所有目光无不射在姬雪身上。

姬雪眼望琴师。

琴师语气郑重："雪公主，请奏《高山》！"

姬雪二目微闭，双臂扬起，纤指落下。一时间，琴声流溢，鸟语花香。嘈嘈切切，错错杂杂，雪公主将一曲《高山》弹得九曲回环，滴水不漏。

曲终之时，众人齐声喝彩。

雪公主羞涩一笑，朝众人深揖一礼，款款回至原位，坐定。

一身白纱的雨公主却是另一道风景。不待琴师相请，雨公主已是起身，也照雪公主的样子拜过父母和琴师，大步走至筝前，"腾"地坐下，尚未发育完全的胸脯微微一挺，伸手将胸前荡来荡去的乳色玉蝉儿一把捉住，朝胸衣里一塞，伸开手臂，连扬数扬，似要唱歌般咳嗽一声，引得众人失声大笑。

显王怜爱有加，目视王后。

王后粲然一笑："看这孩子……"

又是不待琴师发话，姬雨"啪"地落下手指，筝弦响处，却是俞伯牙的《流水》。《高山》《流水》都是极难弹的。若是技艺不精，绝对不敢动指，尤其是在显王、王后这些音乐方家面前，纵使一丝儿破绽，也是无个藏处。

姬雨噼里啪啦弹完，琴房里再起一阵喝彩。雨公主拱手谢过，嘻嘻笑着走到姐姐跟前，搂住姐姐的脖颈坐定。

接下来，最要紧的就是天子的评判。一直闭目静听的显王睁开眼睛，望着琴师，面呈微笑："雪儿、雨儿琴艺大长，先生功不可没啊！"

琴师起身叩拜："草民叩谢王上褒奖！两位公主慧根天成，一点即通，草民何敢居功？"

周显王将头转向王后，王后会意，转对琴师道："本宫久未听到先生雅奏了，劳烦先生也弹一曲！"

琴师再叩："谢娘娘抬爱！不知娘娘欲听何曲？"

"就是雪儿、雨儿方才所奏，先生只弹首尾两节！"

"草民献丑了！"琴师起身，走至琴边，双目微闭，在一阵静静的沉寂之后，陡然起指，果真非同凡响。

琴师奏完，起身，作礼。

王后对两位公主招手："雪儿，雨儿！"

姐妹俩款款走来，偎依在王后两侧。

王后一手抚摸一个女儿，轻轻说道："听到了吧，这才是《高山》《流水》！抚琴在心，不在手！"

雪公主、雨公主各自点头。

王后正欲说话，内宰走进，在显王身边悄语："王上，太师求见！"

周显王情绪好多了，略一沉思，微微点头："宣他书房觐见！"

周显王回到书房，颜太师已经跪在门口。

显王走过来，扶他起来，携他走进厅中，分主仆坐下。

看到老太师面色阴郁，显王知道朝中又有大事，且不是好事，盯他看了一会儿，说道："您来就是有事了。说吧，什么事儿？"

"也算是桩好事儿！"

"哦？"

"秦公、魏侯于前日遣使朝觐！"

一听到"魏侯"二字，显王怒气上来："他魏罃不是自己称王了吗，怎么又来朝觐？"

颜太师早料到他会有此反应，拱手道："魏使是上卿陈轸，上呈聘书，攀亲王室，欲聘雪公主为太子妃！"

"秦使呢？"

"秦使是五大夫嬴疾，亦上呈聘书，攀亲王室，欲聘雪公主为太子妃！"

显王微微闭目，可看出他呼吸加速，胸脯起伏。

颜太师摸出聘书和礼单，放在几案上："这是二位使臣分别呈送的聘书和礼单，聘礼不菲呢！"

显王伸手，不自觉地摸过几案上插着朱笔的玉筒，呼吸更见急促，胸脯剧烈起伏，身体随胸脯的起伏微微颤动，面部仍在竭力保持镇静。

玉筒被他越捏越紧，似要被他捏碎。

颜太师不急不缓道："从聘书来看，秦公言辞甚恭，诚意具足，魏使稍显轻慢，且对安置在侯馆表示不满，自行搬入楚馆；从规格上看，秦使位列五大夫，魏使位列上卿；从聘礼来看，秦使聘礼略略输于魏使！"

周显王捏玉筒的手渐渐松开，看向颜太师："诸侯争聘，是个好事。可雪儿只有一个，如何是好？"

“王上勿忧！”

“哦？”

“二使之来，不为聘亲，只为争风！魏侯称王，构怨于列国，齐、韩、赵三国联兵伐之，秦乘魏人应对三国之时，袭取河西。魏侯醒悟，示好三国，举倾国之力回头战秦，双方尽皆调兵遣将，在河西摆开阵势，大战在即。秦公攀亲王室，想在道义上压制魏侯，魏侯遣使来，则是搅局！”

周显王微微点头：“爱卿可有良策？”

颜太师反问道：“臣问王上，愿否将雪公主嫁予秦室？”

周显王摇头：“秦人无信。”

“王上愿否将雪公主嫁予魏室？”

周显王鼻孔里哼出一声，算是作答。

颜太师嘴角浮出一笑：“王上既然不愿将雪公主嫁予任何一家，两家也非实意聘亲，臣只有一策，拖！”

周显王眼睛一亮，急切问道：“怎么拖？”

“诸侯求聘公主，虽为国事，也为家事，王上何不征询二位王叔，看看他们是何主张？”

周显王豁然大悟，点头：“此议甚好！”转对内宰：“有请二位王叔！”

周显王的两位王叔，均为周烈王喜的弟弟，一个是二弟，一个是三弟，在辈分上皆为显王叔父。烈王崩前，封三弟于西郊的河南邑，食邑三十里，史称西周公；封二弟于东郊的巩邑，亦食邑三十里，史称东周公。烈王崩前，传大位于姬扁，使两位周公辅政。周室本就七十里，两个王叔各占三十，剩给显王的，就只有洛阳王城及近郊十里了。

就倾向来说，西周公亲秦，东周公亲魏，是以陈轸、公子疾各自递交聘书之后，第一件事就是求助于两位周公。待周显王传召他们时，陈轸、公子疾都还正在做客。

先说西周公府宅，公子疾将三个箱笼依次打开，里面是各色秦地物产。公子疾更从袖中摸出一颗夜明珠，双手呈上道：“此为公父亲赠，区区薄礼，还望前辈笑纳！”

西周公接过夜明珠，拱手作谢：“秦公也太客气了。唉，说起秦公，老朽倒是有个愿，就是在有生之年到秦地走走，领略一下秦地的名山大川，风土物俗，只可惜……”顿住。

公子疾连忙拱手道："前辈此愿，实乃秦人之幸啊。待雪公主嫁入秦室，前辈就是殿下的祖父，殿下得知前辈此愿，必使人迎请前辈入秦，亦必竭秦地物产美姬，娱乐前辈！"

西周公捋须一笑："果是如此，老朽不虚此生矣！"

恰在此时，内宰趋入，拱手道："禀君上，王上召请！"

"呵呵呵，"西周公看向公子疾，"王上召老朽入宫，想必是谋议此事了！"

公子疾起身，给出一笑："殿下这桩美事就托给前辈了！"笑容敛住，拱手："敬请前辈转奏天子，当此乱世，秦公聘亲周室，一心只为护卫天子，除逆降恶！秦公已将聘亲之事昭示列国，再无退路。天子若是不明，秦公就会委屈。中原向无二王，魏人已经问鼎，势必不容周室，周室七百年宗祠，除去秦公，无人可保啊！"

西周公听得明白，打个寒战："老朽……晓得！"

至于东周公，干脆就是乘了陈轸的辎车来到洛阳的。

车子将到洛阳东门，东周公拱手道："陈上卿，这就入城了，老朽就此别过！"

陈轸回礼道："轸别无话说，只把殿下的好事儿托给王叔了！"

"上卿放心，王上是在老朽膝下长大的，老朽的话，他一定听！"

"待好事玉成，魏室另有厚报！"

东周公再拱手："老朽谢了！"

陈轸话锋陡转："还请王叔奏明天子，秦魏正在河西开战，谁胜谁负尚未决出，周室若是结错姻亲，惹得魏室不开心，洛阳不定会出什么乱子呢！"

东周公心里一寒："老朽明白！"

周显王安排两位周公于周宫偏殿觐见，同时召请颜太师，让他参与这桩家事。

落座之后，周显王授意，颜太师就魏侯、秦公使人求聘一事作了简要介绍。早已知晓端底的东、西周公各捋胡须，目光直射显王。

显王回视两位叔父，直截了当道："仲父，季父，秦、魏皆遣使臣聘迎雪儿，可雪儿只有一个，是嫁予秦，还是嫁予魏，寡人不敢擅专，由二位叔父议决！"

东周公决定先声夺人，他抿一口茶，缓缓说道："禀王上，女大当嫁，雪儿已到出嫁年龄，有大国争聘，可喜可贺！依仲父之见，雪儿嫁予魏室方为合适。方今天下，魏势最强。前番孟津之会，天下为之震动。周室若能与魏室联姻，就可号令天下！”

东周公上来即提孟津之会，正犯大忌。周显王面上虽无显露，心里却是一寒，目光转向西周公：“季父之见如何？”

西周公横了东周公一眼，朗声驳道：“若与魏室联姻，只怕号令天下不成，连九鼎也将不保！”又转对显王：“依季父之见，雪儿只能嫁予秦室。秦变法改制，国势强盛，如日中天，天下有目共睹。周室唯有与秦室联姻，方可确保千年基业！”

东周公与西周公向来不睦，两家常为琐事怄气，开始几年心虽不和，面上也还过得去，近几年连面子也不要了，一个若是说东，另一个必会说西，见面即吵。颜太师对此心知肚明，之所以建议显王去问二人，冲的也是这个。无论何事，只要这两个人物在场，永远无法达成一致，更不会产生解决方案。而眼下这桩难事，最佳方案就是没有方案，最好的解决就是不去解决。

果然，东周公一听西周公唱反调，震几暴怒：“秦人算什么东西？秦为虎狼之邦，向来不习中原教化。秦公更以暴戾著称于世，大行严法苛政，与我大周宽仁治世之道向来相左。周室若与秦人联姻，岂不是与虎狼结亲？”

西周公冷笑一声，揶揄道：“若论暴戾，秦室何及魏室？魏室本为外姓大夫，弑君犯上，始乱天下。先王封其为侯，意在责其悔过自新，不想魏侯不思悔改，反而愈行愈远。前番约诸侯孟津朝王是假，图谋天下方是其心！果不其然，前后不过数月，魏侯就已现出原形，自称为王，与我大周分庭抗礼。如此乱臣贼子，我当得而诛之，如何能与其联姻呢？”

西周公的陈词直击要害，东周公一时气结，猛喘几口，看向显王：“王上，天下礼坏乐崩，并非始自魏室。自春秋以降，大战数百，灭国数百，天下哪有义字？哪有礼字？如今人心皆坏，岂能怪罪于一个魏室？”

东、西二周公尽皆站起，各自胡子翘动，互指鼻子，越骂越烈。周显王伸出两手，缓缓捂在耳上。西周公瞥见，恨恨地白了东周公一眼，收住话头，坐回席位。东周公回剜一眼，亦坐回席位，看向显王。

见两人不再吵嚷，周显王松开两手，抬头望向颜太师，缓缓说道：“两位叔父争执不下，老爱卿可有两全之策？”

颜太师应道：“老臣无能，并无两全之策，请王上圣裁！”

周显王转向二周公：“既然二位叔父争执不休，太师也拿不出定见，聘亲之事，容后再议。两位叔父还有何奏？”

东周公显然不肯罢休，拱手道：“魏使陈上卿托仲父捎话王上，秦魏正在河西开战，谁胜谁负尚未决出，周室若是结错姻亲，惹得魏室不开心，洛阳不定会出什么乱子呢！”

显王打了个寒战，眼前浮出孟津之会的场景。

西周公朝东周公冷笑一声，转对显王道：“王上，秦使五大夫也有转奏，秦公聘亲周室，一心只为护卫天子，除逆降恶！秦公已将聘亲之事昭示列国，再无退路。天子若是不明，秦公就会委屈。中原无二王，魏人既已问鼎，必不容周室，周室七百年宗祠，除去秦公，无人可保！”

周显王两手再次捂耳，声嘶力竭：“走走走，都给我走！”

见龙颜震怒，三位老臣互望一眼，起身，拱手：“臣告退！”

为国事忙活大半天，颜太师身疲心累，拖着沉重的脚步回到府中。在厅中小坐一时，想起友人，问家宰，得知到后花园去了。颜太师晓得淳于髡多智，决定听听他的主意，遂打起精神，拿起芭蕉扇，扇着风移步后花园。

树荫下，淳于髡正饶有兴趣地与一个小侍女玩弹子儿。小侍女见是颜太师，赶忙叩地，吓得身子发抖。

淳于髡把她拉起来，抱在怀里，拍她的头安抚道：“别怕别怕！”转对颜太师，劈头一句：“你个朽老头子，看把我的小姑娘吓成什么样了！”

颜太师显然没心情与他说这个，对小侍女皱下眉道：“还不下去！”

小侍女挣脱，起身跑走。

颜太师长叹一声：“唉！”

淳于髡冲他笑道：“看你老头子魂不守舍的，什么破事儿？”

颜太师又是一声长叹：“唉。”

“唉，”淳于髡学他一声长叹，“说吧，”顺手捡拾一地的弹子儿：“今朝这点儿兴致反正是让你搅黄了！”

“还不是那桩烦心事儿？”颜太师切入正题，“方才在宫里，一个东周公，一个西周公，嘿，那个争呀，那个吵呀，简直就如那些街头卖货的！唉，堂堂周室竟至于斯，情何以堪哪！”

“两位叔父争吵什么呢？”

颜太师苦笑：“一个要将雪公主嫁予秦室，一个要将她嫁予魏室，互不相让，差点儿打起来了！”

“咦？”淳于髡停下手中的活，盯住他道，“你不是在念拖字诀吗？这正是你想要的呀！”

“淳于兄有所不知，这个拖字诀只能顾上眼前一时，不能解决长远呀！”

“唉，你们这些咸人哪，净操些没盐吃的心！秦、魏不是在河西开战吗？搁话出去，比武招亲，谁家打赢了，雪公主嫁给谁家就是！”

颜太师苦笑，摇头：“你个光头呀，出的净是些馊主意！”

淳于髡急了：“怎么馊了？”

“天子在孟津伤透心了，这两家里，无论嫁予谁家，天子也不情愿呀！”

淳于髡两手一摊：“那就谁也不嫁呀，两边都不得罪！”

“唉，”颜太师连连摇头，“这也不成呀。天下被这两家闹得沸沸扬扬，已经不是嫁与不嫁、嫁予谁家的事，事关面子里子，家国尊严了！”

淳于髡点头：“嗯，你说得是！”闭目有顷：“有了！”

颜太师急看过来。

“光头刚从燕地来，与老燕公相谈甚笃，感觉此公与周室倒是投缘。”

颜太师怔了下：“老燕公？”看向他：“你的意思是……”

“让燕公也来聘亲呀！”

颜太师连连摇头：“这这这……这个不成，老燕公也太老……”

“呵呵呵，你真是个老朽之人呀，怎么也不拐个弯儿？”

“什么弯儿？”

“既然此事涉及面子里子，你我何不也来凑个乐子呢？秦、魏能来聘亲，老燕公有何不能？有老燕公赶来凑个份儿，这局棋想不热闹都难哩！反正是个乐，谁家也没当真，雪公主最终花落谁家，还不是由天子一人说了算？”

“堂堂天子公主，这不是……被人戏弄吗？”

淳于髡连晃几下老光头：“唉，什么天子公主呀，你个老朽之人也不睁眼看看世道。时过境迁，今非昔比，大周撑到今日能不断祠，已是不幸中的万幸喽！”

颜太师长叹一声，低下头去。

“颜兄，想玩玩不？要是不想玩，光头就要起程喽，再到楚地耍耍。”淳于髡说完，动身就走。

颜太师摆手叫住他：“淳于子，留步！”

淳于髡停下脚步：“不瞒颜兄，光头原以为洛阳好玩儿，不想却是乏味之地，还好遇到这个乐子，你却……”

颜太师陷入沉思。

“呵呵呵，老头子，甭多想了，人生在世，无非一个玩字。反正周室已是这样了，你就满足一下老光头的玩心吧！”

颜太师老眉紧拧：“这……待我奏请天子……”

淳于髡苦笑：“奏什么天子呀！秦使奏没？魏使奏没？”

“即使如此，也得有个使节吧！”

“使节？”淳于髡一拍大腿，“光头有呀！为在途中讨个吉利，临出行时，光头特意向老燕公讨了一个，不想却是废物，这辰光还在我的那辆破车子里睡大觉呢。”

“若是此说，”颜太师拱手道，“就有劳淳于兄了！”

“呵呵呵，”淳于髡晃下脑袋，“口说有劳是没有用的，我这帮你出力，好歹你得借几个人手和几辆破车用用，锣鼓之类也不能少，看光头玩他们个小花样出来！”

日落西山，天色昏暗。

马蹄嘚嘚，一阵又一阵震天的锣鼓声由东城门响到西城门，又一路响到万邦驿馆。前面是三辆又老又旧的辎车，车后照例跟着看热闹的周人。

周室行人提着灯笼，在车队前面引路，边走边叫：“远邦使臣到！远邦使臣到！”

车队在紧挨秦使的馆舍门前停下。

大行人得报，早在馆舍门前候着。秦馆、魏馆人员闻听声音，各点火把、灯笼出来观看。陈轸、公子疾也都赶过来，不约而同地看向来使的旗号。天光昏黑，也没有风，旗子耷拉着，就着火把也看不清楚。

淳于髡一手拿着芭蕉扇，一手持着使节，在一个老仆役的搀扶下从中间一辆辎车里走下来。大行人迎上，鞠躬道：“大行人恭迎燕国使臣！”

淳于髡将芭蕉扇递给老仆，鞠躬回礼：“燕国使臣淳于髡有劳大行人久等！”

“燕使旅途劳顿，请馆中安歇！”大行人指向馆舍，礼让道，“请！”

淳于髡拱手：“谢大行人！”从老仆手中拿过扇子，光头一步一晃，在大行人的陪同下走向馆舍院门。

十几个“燕人”忙前忙后地从车上卸货并搬运行李。

直到此时，陈轸、公子疾方才明白是燕国来使，相视有顷，好奇心起，不约而同地跨前几步，截住淳于髡。

陈轸率先发问，拱手道：“来使可是稷下先生淳于子？”

淳于髡回礼："听说魏国有个上卿名唤陈轸，可是你喽？"

"正是晚辈！"陈轸深揖一礼，"晚辈陈轸拜见先生！"

淳于髡收扇，拱手："老朽淳于髡见过上卿！"目光瞥向公子疾："这位是……"

公子疾揖礼："秦使嬴疾见过淳于先生！"

"嬴疾？"淳于髡自语，似是回想，"嗯，听说秦人中有个叫什么疾的颇为伶俐，不想竟就碰上了！"拱手回礼："老朽淳于髡幸会秦使！"

陈轸试探道："听闻先生在稷下讲学，怎么这……"

"呵呵呵呵，"淳于髡干笑几声，"稷下待久了，闷气，就出来走走，到了燕国。"

"可这……"陈轸看向他手中的使节，目光征询。

"吃人酒水，替人跑腿！老朽连吃燕公数月酒水，只好替他跑次腿喽。"

陈轸拱手："敢问先生，所为何事？"

"呵呵呵，"淳于髡笑道，"瞧老朽这点儿能耐，还能做点儿什么事呢？也就是提个亲，说个媒，吃口软饭而已！"

"提亲？"公子疾震惊，"敢问先生，可是为燕国太子聘娶太子妃？"

淳于髡连连摇头："若是为个太子妃，就用不上老朽来跑腿喽！"

陈轸、公子疾不约而同地"哦"出一声。

"先生这是……"陈轸欲言又止。

淳于髡晃着光光的脑壳子："燕国夫人已薨三年，燕公有意攀亲周室，老朽此来，只为玉成此事！"

公子疾扑哧一笑："燕公已过半百，雄心倒是不老哟。"

陈轸语带讥笑地附和："敢问先生，所聘何人呢？"

"老朽记不住名字了，"淳于髡摸摸光头，"咦，对了，请问上卿，周室公主中，都有何人及笄？"

陈轸一惊："可是雪公主？"

"对对对，"淳于髡一拍脑门，"瞧我这记性，这么重要个名儿竟给忘了，燕公欲聘的正是这个雪公主！"

陈轸、公子疾不无惊骇。

过了好一会儿，二人同时回过神来，也同时手指淳于髡爆出长笑："哈哈哈哈……"

"哈哈哈哈……"淳于髡笑得更是响亮，一步一摇地晃进馆驿。

是夜，燕使馆不远处的树影里，两个褐衣人静悄悄地站着。待燕使进馆，人群离散，星光下才现出随巢子的脸。

随巢子赶赴洛阳仍旧是为鬼谷子。天下纷争愈演愈烈，而随巢子自己却如一盏燃烧已久的灯，油将耗尽，精力大不如前。后学弟子中，虽不乏忠于墨道的勤奋者，但要力挽狂澜，他还真寻不到一个合适的人。莫说是他们，即使自己，从受命之日起折腾到现在，累得筋疲力尽，天下非但没有片刻安宁，反倒是越来越动荡。更让他不安的是，他开始怀疑墨道了。他晓得，先巨子将行之际必定也有过这种疑虑，只是没有说出而已，要不然，先巨子不会在将行之际叮嘱他万不得已时前往鬼谷求方，因他知道先巨子早年曾为天下何去何从与鬼谷子争执过多次，每一次都是不欢而散。时至今日，他却真的得请老爷子出山了。

随巢子更加清楚地知道，鬼谷子是不愿出山的。鬼谷子认定道法自然，人世间的事也是自然，该当由着它去。想当年，他与先巨子的争执根源也在这儿。一个在先巨子面前都不买账的人，他这个晚辈后生又如何请得动呢？从鬼谷里出来，随巢子苦思冥想，正自无计，脑海里猛地浮出一个女人，一个可能是鬼谷子在这世上唯一惦记的女人，遂与宋趼大踏步地赶奔洛阳。

这个女人就是周王后。

随巢子原计划直接进宫面见王后，求她进山说服鬼谷子出山救世，没想到一进洛阳竟赶上了这档子事儿，连王后自己也陷入苦恼了。

对于这场不期而至的王室危局，随巢子却是悲中有喜。悲的是，天下欲火直接烧到了堂堂周室，喜的是，他想到了一个请鬼谷子出山的完美计划。

翌日晨起，随巢子寻到一家裁缝铺，左挑右拣，选中一款颇为怪异的服饰，比画几下，要店家当场修改后，穿在宋趼身上。

宋趼显然没有见过这样的衣服，面对铜镜左瞧右看，颇觉别扭。随巢子打量一番，指指袍摆，要店家改得再短一些。

店家改好，随巢子付完衣钱，带宋趼走到街上。

宋趼穿着怪异，引来路人注目。

宋趼极不自在，看向随巢子："巨子，这……"

"呵呵呵，"随巢子却是开心，赏看一时，满意地笑了，"这说明你至少看上去像个蔡人了！"

"蔡人？"宋趼诧异道，"蔡国不是早被楚国灭掉了吗？"

"蔡祠不在，蔡人在呀。走，我们这就觐见那个蔡人去！"随巢子带上宋趼，大步走向王城方向。

二人走到王城正门，随巢子指着宫门道："去吧，就说你是蔡人，有要事觐见王后，请军尉通报即可！"

宋趼若有所悟，兴奋道："是为鬼谷先生吗？"

"主要是为王后。"

"王后怎么了？"

"王后正在过道大坎，你去了，或可助她！"

"弟子这……怎么助她？"

随巢子摸出一只锦囊，递给他，低声吩咐。

宋趼收好锦囊，大步走向城门。

这日晨起，颜太师直入宫城，觐见显王，呈上聘书与礼单道："王上，燕公使臣于昨晚赶到，这是燕使淳于髡呈送的聘书并礼单，礼物虽薄，情义却真！"

"燕公？"周王大为诧异，"他来聘什么？"

"说起此事，倒是巧了。燕公夫人早薨，未曾续娶。数月之前，稷下先生淳于髡北游于燕，见燕室后宫凌乱，疏于治理，遂问此事，燕公苦不堪言。淳于子劝燕公续弦，燕公说，没有可娶之女。淳于子说，天下公侯不止一家，以燕公之尊，聘个公主当非难事，燕公摇头叹息，说是诸侯虽多，却无遂其愿者。淳于子问之，燕公对曰，小国之女难镇宫室，韩、赵、魏三室，外加田齐，皆为乱臣篡上，不可结亲，楚为蛮夷，秦为狼邦，纵观天下，竟无可娶之女。淳于子说，既是此说，何不求聘周室？燕公忐忑，说天子之女何其贵也，他一个老朽残躯，怎能匹配。淳于子笑说，若是燕公真有此意，他愿走一趟洛阳，玉成美事。燕公喜之不尽，使淳于子为媒，一路迢迢，于昨日傍黑抵达洛阳，今晨呈上聘书并聘礼！"

见又是一个来提亲的，周王眉头凝起："这……除雪儿之外，寡人并无可嫁之女，他想求聘何人？"

"臣也是此问，燕使说，他想求聘的是长公主！"

"这怎么能成？"周王苦笑，"燕公比寡人还老，这不是……乱套了吗？"

"燕公虽老，辈分却低，刚好匹配长公主，合于礼法！"

"可这……"周王仍旧摇头，"害了雪儿呀！"

颜太师长叹一口气："唉，臣也这么想过。可这……礼法并未规约长幼。长公主既已及笄，天下诸侯皆可求聘。"

周王嘴唇嚅动几下，又合上了。

颜太师压低声："王上，臣以为，秦、魏争执未果，燕使之来，正当其时。"

"这……"

"燕使此来，也是求聘。一女三聘，让他们争抢去，王上只奉一个'拖'字。时间拖久了，秦、魏或会放弃。待两家放弃，燕公那儿也就好说了。否则，河西之争终有结日，到那时，王上怕是连个退路也没有啊！"

"好吧，既然如此，你就安排吧！"

颜太师拱手道："王上圣明！"

周天子从万安殿里出来，回到御书房独坐有顷，越想越是难过。堂堂天子，遇到事儿竟然无人可以商量。两位叔父有等于无，只会添堵。颜太师的主意虽然可行，却是馊主意一个。别的不说，单是想到要将雪儿嫁予老燕公，他这心里就不是个滋味儿。唉，细想颜太师，也是无奈。大周天下走至今日这般境地，也够难为老太师了。

心中烦闷，显王自然而然地想到了王后。又坐一时，他叫上内宰，一步一步地朝靖安宫挪去。

听闻天子驾到，王后及众宫女叩迎。周显王扶起王后，朝内宰、宫正及众宫女摆手。众人知趣，叩首退出。

宫中只余二人时，周显王却又想不出如何开口，只阴沉着脸，在厅内来回踱步，几次欲言又止。

王后看出他有心事，先出声道："王上心神不宁，可为雪儿之事？"

显然，她已尽知内情。

周显王的步子更显沉重，呼吸加重。

"王上，瓜熟蒂落，雪儿既已及笄，也是该出嫁了！"

周显王停住步子，一脸震怒："雪儿是该出嫁，可秦、魏哪儿是来聘亲？他们是来……是来……"随手抄起身边玉瓶，摔在地上。

"啪"一声脆响，玉瓶应声而碎。

玉瓶是王后的陪嫁之物，也是王后的至爱。显王陡发雷霆之怒，玉瓶于顷刻间成为一堆碎片，王后承受不住，心中一阵绞痛，泪水盈出。王后拼力噙住，缓缓走到窗前，跪于地上，一声不响地捡拾碎片。

周显王来到王后跟前，"扑通"跪下，像个做错事的孩子："爱妃，寡人……寡人不是故意的！"

王后没有应声，只是一片接一片地捡拾碎片。

显王愈见内疚：“寡人……寡人真的不是故意的！”

王后仍在捡拾。

“爱妃你说，寡人算什么？寡人是什么？！”

王后抬头，凝视他，柔声道：“您是天子！您是大周天子！”

周显王凄然哂笑：“大周天子？大周何在？《诗》曰：‘普天之下，莫非王土，率土之滨，莫非王臣。’放眼望去，王土何在？环顾左右，王臣何在？寡人不过是这些逆臣枪头下的缨子，剑柄上的珠子！寡人……寡人窝囊啊！寡人这心里……堵啊，堵啊，每天每夜都在堵啊，我的好爱妃啊！”

王后听得难过，缓缓放下碎玉，纤纤玉手握住显王的大手：“王上，天下又不是只有魏、秦两家，王上觉得不称心，为雪儿另择一家就是！”

显王的脑海里闪过在孟津时老燕公那日见衰老的面容，轻轻摇头：“另择何人？天下公侯，弱国敢怒而不敢言，强国哪一家不是鲜廉寡耻的？哪一家顾念过我周室尊严？魏、秦不必说了，楚人向不服周，庄王时还来问鼎，赵、韩本是大夫篡政，与魏一丘之貉；齐自桓公之后，再无君子，到田氏代姜，齐人也就不知何人了。老燕人虽说尚存正脉，可燕公老迈，燕室弱而偏远，无济于事啊！”

王后轻声安慰道：“这些不是一日两日的事了，王上不必伤悲。王上有志振作，亦当徐徐图之！”

显王凄然说道：“叫寡人如何振作呢？寡人仅存的一丝振作之心，也在孟津之会上随风而去了。爱妃呀，寡人是眼睁睁地看着先王的基业土崩瓦解，眼睁睁啊！”

显王愈说愈是难过，泪水不由自主地顺着腮流淌，滴落在砖地上。

一阵沉默之后，王后轻叹一声，抬头道：“王上，若是一时三刻寻不到合适人家，雪儿的婚事就拖一拖吧！”

周显王擦把泪水：“爱妃啊，眼下不是嫁与不嫁的事，而是……嫁也不可，不嫁也不可。嫁，不知嫁予谁家；不嫁，谁家也不肯善罢甘休！寡人思来想去，左右都难啊。召请二位叔父谋议，他俩各执一端，吵得寡人耳朵生疼。颜太师虽有主意，可他……唉，出的净是些歪招儿，寡人一肚子的苦，竟是无处可诉！”

王后抱住显王，揽在怀中，轻轻安抚，似是在哄一个不肯睡的孩子：“王上，天底下没有过不去的坎，万不可过于忧心，伤及龙体！至于雪儿之事，容臣妾三思！”

"雪儿可知此事？"

王后点头："王城之内人人皆知了。"

"可雪儿不会知道，王城之内谁也不会知道，寡人心里有多苦啊！"周显王长叹一声，摇头起身，拖着沉重的步子走出宫门。

听着显王渐去渐远的脚步声，王后脸色凝重，陷入沉思。

公主闺房前的水池边，碧水如镜，水中漂着一簇簇的睡莲，几朵莲花盛开，又有几个打着苞儿的，将水池装点得分外娇娆。

一身英武的姬雪手拿宝剑，在池边舞剑。舞有一会儿，姬雪的动作越来越慢，似是在想心事。

慢慢地，姬雪放下宝剑，走至围栏边，半倚在栏杆上，凝视池中的倒影。

池水中陡然落进一粒石子，池水荡出圈圈涟漪，将姬雪的倒影扭曲开去。姬雪回头一看，见是姬雨不知何时闪在身后，倚在一根亭柱上，歪头凝视她："阿姐，你在想什么呢？"

姬雪轻叹一声："阿姐在想，如果我是个男儿身，该有多好？"

"男儿身？"姬雨淡淡一笑，"男儿身有什么好？你看看满朝文武，哪一个不是男儿身？再看看太学里的那帮公子哥儿，哪一个不是男儿身？再往远处看，列国公侯，还有数不清的太子、公子，哪一个不是男儿身？可你数数看，在这些男儿身当中，有几个是有出息的？有点才具的，脸上莫不写着虚伪，心里莫不藏着贪婪；没有才具的，不是行尸走肉，就是禽兽不如！"

姬雪"扑哧"一笑："你这一棒子就把天下的男人全打死了！"

雨公主解气道："打死他们活该！"

姬雪摇头笑道："你呀，就是爱钻牛角尖！"

"阿姐，那你说说，如果是个男儿身，你想做什么？"

"我……我……"姬雪显然没有想过这个问题，一时语塞。

姬雨乐了，模仿姬雪的口吻，替她作答："重振先祖基业，恢复大周祖制，使天下万民乐业，再无征伐！"

姬雪娇嗔道："你……"

姬雨走过来，靠在姬雪肩头。

"阿妹，我来问你，如果你是男儿身，此生最想做的是什么？"

姬雨不假思索："我压根儿就不想做男儿！"

"呵呵，你这是只想做女人了！"

姬雨摇头。

“咦，”姬雪惊讶道，“男儿不想做，女人也不想做，那你想做什么？”

姬雨从衣襟里掏出那只如羊脂般的乳色玉蝉儿，轻轻抚弄：“我呀，就想做只自在的蝉儿，想飞就飞，想唱就唱！”

“要是人人都像雨儿，天下岂不乱套了？”

“要是人人能像雨儿，天下就再也不会乱了！”

“好好好，阿姐不与你贫嘴，阿姐问句实在的。雨儿，依你眼力，秦国太子和魏国太子，哪一个更有可取之处？”

姬雨“扑哧”一笑：“说来说去，原来阿姐不是想做男人，是想嫁给男人哩！”

姬雪面色娇羞，嗔怪道：“你……又来了！”

姬雨抿嘴一笑：“好吧，阿姐说的这两个太子，依雨儿之见，没有一个是好东西！”

姬雪辩解道：“阿姐指的不是他们两个人！”

“那……阿姐指什么呢？”

“阿姐想问的是，秦国和魏国，从长远处看，哪一国更利于重振我大周？”

姬雨一下子怔住，好半晌，方才明白姬雪的心事，轻叹一声：“唉，阿姐呀，雨儿说句不该说的，天下早已没有大周了。你看看父王，你看看父王身边的哀哀诸公，你再看看列国诸侯……”

姬雪脸色转阴，泪水缓缓流出，似是自语，又似是说给姬雨：“天下大势，阿姐早就看清了。可阿姐不甘心，阿姐相信大周仍有希望！这个希望哪怕只有一星点儿，阿姐也要奔着它去。雨儿，近几日来，阿姐反复思量，魏国貌似强大，可失道寡助，定不久长。秦人虽说荒蛮，却有后发之力。阿姐若能成为秦国太子妃，有朝一日太子当政，阿姐或可影响未来秦公，大则重振大周，小则为父王分忧解难！”

姬雨甚为感动，泪水夺眶而出：“阿姐……”

“唉，阿姐的这份心思，却又说与谁知？”

姬雨抹去泪水：“阿姐，有话你就说呀，憋在这儿又有何用？”

“我……”姬雪欲言又止。

姬雨忽地起身：“阿姐，你等好，雨儿这就诉予母后！”说完一溜烟儿跑了。

望着姬雨远去的背影，姬雪先是一怔，继而嘘出一口气，眼中充满期待。

靖安宫里，王后跪在窗前，一动不动地注视着什么。宫正和两个宫女各垂脑袋，候在一侧。姬雨飞跑进来，见是这般光景，怔了。姬雨轻步走到王后身后，见王后正在凝视那只玉瓶。

姬雨轻轻叫道："母后！"

王后正自冥思，见是姬雨，指着旁边的砖地："坐下！"

姬雨两腿一弯，在王后旁边跪下。

王后手指玉瓶："雨儿，你看看这个！"

姬雨看向玉瓶，这才注意到它是重拼起来的碎块，震惊道："母后，这不是您的……嫁妆吗？"

王后点头。

"它……怎么碎的？"

"怎么碎的不重要了，雨儿，母后问你，可有物事将它们胶合起来？"

姬雨摇头。

王后泪水流出，缓缓站起，自语道："是哩，它再也合不起来了！"

姬雨陡然明白，王后指的并不是破碎的玉瓶，而是玉瓶之外的东西，当下心里一动，跟着站起："母后，雨儿……有话要说！"

王后顿住步子，回头望着姬雨。

"阿姐或有办法黏合，母后可否让她试试？"

"哦？"

"就在刚才，阿姐对我说，她或能寻到可以黏合此瓶的胶物！"

"哪儿寻去？"

"秦地。阿姐说，她愿往秦地一试！"

王后陷入沉思，良久，回看玉瓶，苦笑一下："算了吧。碎了就是碎了，胶起来，它仍是碎了！"

姬雨急了："母后，阿姐她……"

"雨儿，"王后显得甚是疲惫，"要是没有别的事儿，母后想小歇一时！"

姬雨"扑通"跪下，涕泣道："母后，与其为这破瓶伤心，不如放手让阿姐一试，雨儿恳请母后对父王讲讲，成全阿姐的苦心吧！"

王后泪水流出，轻轻拍她的头："雨儿，去吧，对你阿姐说，公主就是公主，嫁予谁家，由不得自己啊！"

姬雨抹着泪水走出宫门，耳畔不断响起王后的声音："……公主就是公主，嫁予谁家，由不得自己啊……”

姬雨走了没几步，猛地擦下眼泪，自语道：“我这就寻父王去！”说完，撒腿朝御书房跑去。

姬雨沿着宫中小径一路跑去，将至御书房时，脚步却又放慢了，正要往回拐，远远望见有人沿小径迎头走来。姬雨定睛细看，是守门军尉和衣装怪异的宋趼。

姬雨好奇心起，隐于树后，待他们走近，斜刺里冲出来，把军尉与宋趼吓了一跳。

军尉缓过神来，看清是姬雨，拱手道：“雨公主吉祥！”

姬雨手指宋趼：“他是何人？”

“回禀二公主，是蔡人，说是从云梦山来，有急事求见娘娘！”

“蔡人？云梦山？”姬雨将宋趼上下打量一番，对军尉道，“禀报母后否？”

“见他是蔡人，又见他事急，末将就引他进来了，这正要去禀报呢！”

姬雨眼睛眨巴几下：“请随我来！”

姬雨引二人至靖安宫外，吩咐道：“你们在此候着，我去禀报！”说完大步走进去。

王后躺在榻上，似睡非睡。姬雨走到榻前，王后睁眼，问道：“雨儿，你又回来了？”

“有人求见母后，雨儿带他来了！”

“什么人？”

“观他衣饰，是个蔡人，想是……”姬雨顿住话头。

王后惊愕：“蔡人？他从哪儿来？”

“云梦山。”

王后忽地坐起：“此人在哪儿？”

“就在门外。”

王后起身，快步走到梳妆台前，理过云鬓，整好衣饰，走出寝室，来到正厅，在案后坐定，对宫人吩咐道：“悬帘！”

宫人悬下珠帘。

王后端正坐姿，对宫正道：“宣蔡人觐见！”

宫正朗声道：“娘娘有旨，宣蔡人觐见！”

宋趼趋进，隔珠帘叩拜：“草民叩见娘娘！”

王后将他上下打量一番，缓缓说道：“观你衣饰，似是蔡人。听你言语，却非蔡人！请问高士何人？”

“娘娘圣明！草民确非蔡人，这身衣饰是家师特为草民缝制的，说是这样可以觐见娘娘！”

“听说你从云梦山来？”

“正是。”

“尊师所为何事？”

“家师要草民捎书一封，呈娘娘御览！”宋趼从袖中掏出随巢子的锦囊，宫正接过，掀起珠帘，呈递给王后。

王后拆开一看，急切问道：“尊师现在何处？”

“昨日尚在王城，今日不知何去！”

“尊师尊姓大名？”

“家师嘱咐草民转奏娘娘，家师是乡野一叟，娘娘不必记挂！”

王后微微点头，转对宫正：“赏高士锦缎十匹！”

“谢娘娘恩赐！”宋趼拜谢道，“草民恳请娘娘收回成命，没有家师嘱托，草民不敢受礼！娘娘万安，草民告退！”再拜，退出。

王后也不客套，转对姬雨：“雨儿，送送这位先生！”

姬雨答应一声，追出门外。

宋趼在前，目不斜视，在宫道上大步走着。姬雨一溜小跑，仍旧跟不上，只得扬手喊道：“高士，等等！”

宋趼放慢步子。

姬雨赶上，喘气道：“高士，你……走……这么……快呀！”

“这算是慢的！”

“啊？”姬雨惊愕道，“天哪，我觉得就像是飞一样！”

宋趼憨厚一笑：“公主真会说话！”

姬雨好奇心起，问道：“你平时就是这样走路吗？”

“是哩。”

“我怎样才能走得这么快？”

“天天走就可以了！”

姬雨看向远处的宫墙，长叹一声。

见她不再发问，宋趼停住步子，拱手道：“公主，如果没有别的事，草民告辞了！”说完转身就走。

“别别别！”

宋趼再次顿住步子，回头看她。

姬雨凝视他，恳求道：“能否让我见见尊师？”

“这……”宋趼面露难色，“不行，家师有交代，见过娘娘后就出来！”

“他在哪儿？”

宋趼迟疑一下：“我也不知道。”

姬雨急得跺脚：“哎呀，我就看他一眼嘛！”

宋趼果决摇头：“不行！”揖礼，“公主，草民告辞！”一个转身，如飞而去。

姬雨发疯似的狂追，扬手叫道：“先生等等！”

宋趼却在眨眼间拐过一道弯，没有影儿了。待姬雨追到宫门口，人早已出宫。姬雨停下，气喘吁吁，待缓过气来，呆立原地，惊叹道：“天哪，这还是个人吗？”

姬雨走后，王后屏退宫人，再次打开宋趼捎来的锦囊，细读几行偈语：“服下赤丹，怪病连眠，十五日后，续服青玄；欲除病根，鬼谷求仙！”

王后闭目祈祷一阵，焚去书信，取出一块丝绢，咬破手指，以手代笔，书写起来。

王后写毕，端详一阵，寻到一个锦囊，将丝绢小心叠起，塞进锦囊，仔细缝好，朝外喊道：“来人！”

宫正趋进，拱手：“娘娘，有何吩咐？”

王后指一下案上锦囊：“你走一趟云梦山，务必寻到鬼谷，将此锦囊转呈谷中一位白眉仙人！”

“白眉仙人？可有名号？”

“仙人长居鬼谷，自号鬼谷子！”

“老奴听说过此人。”

“去吧。”王后摆手，“事关周室安危，万不可泄密！你可多带盘费，越快越好。”

宫正拿起锦囊，纳入袖中，拱手道：“老奴遵旨！”就缓缓退出。

宫正走后，王后独坐一时，从锦囊里倒出两粒药丸，果见一粒为丹丸，一粒为青玄，遂取过丹丸，以温水服下，将另外一粒藏于枕下。

王后端坐几前，微闭双目。没过多久，药力发作，王后大叫一声，歪倒在地。

众宫女听到声响，疾步进来，见王后口吐白沫，昏迷不醒，纷纷惊叫起来。

周宫大乱。

伊洛水边，东周公、陈轸闭目垂钓。

远处响起车马声，不一时，车马驶近，东周内宰跳下车，对东周公禀报道："君上，君上……"

东周公不耐烦道："什么事儿？"

"启奏君上，"内宰拱手，"王后突患急病，冷热无常，昏睡不醒，王医正在救治，王上六神无主，正召君上入宫呢！"

东周公、陈轸互望一眼。

"突患急病？"陈轸自语一句，看向东周公，"王后可有什么大病？"

东周公摇头："没听说过。"

陈轸闭目有顷，看向东周公道："请问王叔，王后如果生病，是否就……"

"周室惯例，父母病、丧，子女不聘！"

陈轸猜到原因，长吸一口气："若是此说，王后之病就是大事了，轸请求探望！"

东周公面现难色："这个……"

"轸没别的意思，只是探望，不定还可救王后一命呢！"

东周公故作惊愕："上卿也通医术？"

陈轸诡秘一笑："不见病人，医术再高又有何用？"

"若是此说，上卿这就随老朽进宫，奏请王上请上卿诊治！"

陈轸随东周公前脚赶到靖安宫，西周公后脚也就跟来了，随他而来的还有秦使公子疾。双方寒暄刚过，远处再度传来喧嚷声，众人循声望去，是淳于髡晃着光头跟在当值宫人后面，正朝这儿走来。

待淳于髡赶到门前，秦使公子疾、魏使陈轸皆迎上去，似是一下子寻到了爆发点。

陈轸率先开口，瞄一眼公子疾，对淳于髡拱手道："燕使也是来探视王后之病的吗？"

"呵呵呵，"淳于髡晃下光头，"生死病痛，人皆有之，有什么好探视的呢？"

"咦，不为探病，燕使此来何干？"

"凑热闹呀！"

"热闹？"陈轸怔了，"这儿有何热闹？"

“呵呵呵呵，”淳于髡扇起芭蕉扇，目光依次扫过陈轸、公子疾，“娘们生病，两个素昧平生的大老爷们竟相探视，世上还有比这更热闹的事吗？”

陈轸、公子疾互望一眼，各露干笑，正自尴尬，内宰走出宫门，朗声宣道：“王上有旨，娘娘病重，正在诊治，不方便见客。王上诚谢诸位使臣善意，敬请诸位暂回馆舍安歇！”宣完转身就走。

陈轸扬手叫住他：“内宰且慢，魏使有话！”

内宰顿住，回头看他。

陈轸拱手道：“魏使请内宰转奏天子，娘娘之病，魏使请诊！”

众人皆惊，纷纷看向陈轸。

内宰上下打量陈轸，诧异道：“敢问魏使，你可通医？”

陈轸语气肯定：“祖传医术，专治疑难杂症！”

陈轸请治娘娘之病，莫说是公子疾，就是淳于髡也蒙了。

内宰略略一顿，拱手道：“魏使稍候，容在下奏报王上！”便转身急进宫中。

听完内宰禀报，周显王全身发抖，一拳震在几案上：“岂有此理！”

“王上，”颜太师老眼珠子一转，小声道，“不妨让他进来！”

“颜爱卿，你……”周显王瞪他一眼。

颜太师起身凑到显王身边，低语有顷。

周显王转对内宰：“好吧，传他进来！”

内宰出去，待引领陈轸进来时，但见王后榻前横起一道珠帘，显王、颜太师尽皆不在。

珠帘后面，王后静静地躺在榻上。陈轸眼睛睁得再大，也只能看个隐约。

内宰指向珠帘：“娘娘就在帘后，请魏使诊治！”

“这……”陈轸急道，“看不见人，叫我怎么诊治？”

“后宫惯例，男女有别，王后有恙，凡男性疾医皆悬帘诊视！”

“魏使请求把脉！”

“为魏使悬丝！”内宰吩咐宫人。

一名宫女将一根丝线缠在王后手腕上，牵到前面，将丝头递给陈轸。

陈轸傻了。

内宰拱手：“丝脉已至，请魏使把诊！”

“这……”陈轸尴尬，赔笑道，“这样诊病，轸未曾经历过，只能抱憾了。轸请告退！”便转身退出。

陈轸悻悻走出宫门，公子疾、淳于髡及东、西二周公皆迎上来。

公子疾急问：“王后病况如何？”

陈轸瞄他一眼，苦笑。

“呵呵呵，”淳于髡晃着光脑袋，“魏使看的不是病，是美人吧！”

“咦，”公子疾顺势打趣，“淳于先生，您怎么看出魏使不是诊病，是看美人呢？”

“呵呵呵，”淳于髡笑着反问，“你见过这么快就看完一个疑难杂症的吗？”

“哎呀呀，”公子疾一拍脑袋，似是恍悟，“您老慧眼，在下怎就没想到呢？”看向陈轸，拱手：“敢问魏使，可曾看到王后芳容？听闻王后是天下第一美人哪！”

“哈哈哈哈，”陈轸的目光依次扫过二人，长笑一声，压低声音，“要想晓得梨子的味道，最好自己品尝！”说完迈开大步，扬长而去。

宫正乘坐一辆驷马辎车，沿着通往韩、魏的衢道，与御者轮流驾车，日夜兼程，换马不换车，终于在第四日抵达云梦山，正要打听道路，看到两个山人模样的人沿小路朝他们走来，便急急叫住。

来人不是别个，正是随巢子与宋趼。

原来，自宋趼出王宫后，随巢子就带着他运步如风，抄近道直奔鬼谷，刚巧赶在宫正之前来到山口，见他不知路，便亲自冒作采药人引他前往。

随巢子带着宫正走到鬼谷的谷口，朝谷中一指：“前面就是鬼谷，约走五里有个草庐，住着一个白眉老人！”

宫正拱手谢过，径投鬼谷，来到草堂前，轻叩柴扉。

无人应声。

宫正轻推一下，柴扉微启，没有闩死。宫正晓得这里住了人，嘘出一口气，将门又拉上，再敲，同时叫道：“有人吗？”

一阵脚步声响来，童子开门，打量宫正：“你是……”

宫正揖道：“在下从洛阳来，有急事求见鬼谷仙人！”

“客人找错地方了吧，这儿没有鬼谷仙人！”

宫正惊愕：“这儿不是鬼谷吗？”

“是呀。”

“那……”宫正略一沉思，“可有一个白眉老人！”

“他是家师！”

宫正再揖："在下从洛阳来，有急事求见尊师，敬请禀报！"

童子再次打量一番，摇头。

宫正急了："真的有急事呀！"

"家师正在修炼，谁也不见！"

"这这这……我有天大的急事呀！"

"天大的事？"童子望望天，做个手势，"像天那么大吗？"

"这这这……"宫正急得跺脚，"我是说，是非常大非常大的事！"

"哦，"童子道，"那就是非常大非常大的事。说吧，什么大事儿？"

宫正面露难色："这个不能讲的！"

"咦，"童子盯着他问道，"不能讲，你来鬼谷做什么？"

"我这……是说不能对孩子讲！"

"这儿没有孩子，我是童子！"

宫正反驳道："童子就是孩子！"

"不不不，"童子连连摇头，"童子是童子，孩子是孩子！"

"唉！"宫正一脸无奈。

一个声音从洞中传出："远客可是从洛阳来？"声音嗡嗡回响，宫正吓了一跳。

"回先生的话，"童子转身喊道，"是从洛阳来的，说是有非常大非常大的事要见先生！"

鬼谷子的声音再次传来："请他草堂饮茶！"

童子让开门，拱手，礼让："客人，请草堂饮茶！"

童子引宫正走进草堂，请他坐于客席。不消一时，鬼谷子缓缓走出，在主席坐定。

宫正看到两道白眉，大喜，起身叩首："奴婢叩见鬼谷先生！"

"起来吧，"鬼谷子摆手，"这儿不是洛阳，不用磕头。"

宫正坐起。

鬼谷子凝视他，直入正题："说吧，千里迢迢来寻老朽，所为何事？"

宫正拱手："奴婢为天子正宫宫正，奉娘娘之命求见先生！"摸出锦囊："这是娘娘亲书，敬请先生拆看！"

鬼谷子接过书信："娘娘可曾交代你什么？"

"娘娘只让奴婢将此书函呈送先生，叮嘱奴婢快去快回！"

"你可以回了！"鬼谷子起身，转对童子，"送客！"

童子送客。

鬼谷子拆开锦囊，瞄一眼，竟是王后的血书。

鬼谷子的一双老眼微微闭上，耳畔传来王后的声音：“先生，周室有难，事关社稷安危，二女命运，汕儿百思无解，唯有求助于先生……”

鬼谷子的眼前渐渐浮出曾经的一幕：

蔡宫后花园里，蔡公主汕儿痴痴地望着蓝天。一队鸿雁飞过头顶。

鬼谷子看向那队鸿雁：“汕儿，你想飞翔？”

汕儿看向他，惊诧地问：“先生怎么晓得？”

鬼谷子莞尔一笑：“呵呵呵，说说，为什么想飞？”

“我不想住在这高墙里面，我想飞在天上，飞呀飞呀，飞到南国去，飞到北国去……”

鬼谷子凝视她，目光征询：“你愿意跟随老朽，做只大雁吗？”

汕儿盯住他看，郑重点头：“愿意！”

“没有锦衣玉食，没有荣华富贵，天当被，地当榻，风餐露宿，你也愿意？”

汕儿目光天真而坚定：“愿意！”

…………

若干年后，身穿嫁衣的汕儿一步一步地走向天子王辇。汕儿走到王辇前，就要登车时，回眸。人群中，鬼谷子赫然现身。

汕儿一个转身，朝鬼谷子飞扑。几人截住她，在她的哭声中，将她架上王辇。

…………

鬼谷子思绪回来，长叹一声，缓缓起身，走出草庐。

鬼谷子一路走到草庐外的空场上。

童子送客折回，看向他：“先生，方才那人，乍一看，怪里怪气的！”

鬼谷子给他一笑：“怎么怪了？”

童子一脸困惑：“年纪一大把，却不见一根胡子。长着男人身，声音却跟女人似的！”

“他是宫人！”

童子好奇心起，睁大眼睛，问道：“什么叫宫人？”

“宫人就是……”鬼谷子迟疑一下，“住在王宫里的人！”

“啥叫王宫？”

“王宫就是许许多多又高又大的房子连在一起！”

童子回头看下山洞，尽力想象：“难道比咱这山洞还大？”

“大多喽！你小子，想不想下山去看看王宫？”

童子两眼一亮：“下山？看王宫？”又迅速暗淡下去，摇头：“不想，童子一辈子守在这山洞里，陪着先生。”

鬼谷子目光征询：“你真的不想？”

“这个……”童子挠头，“如果先生要下山的话，童子愿陪先生一遭！”

“呵呵呵，”鬼谷子乐了，“你小子，嘴巴倒是溜哩！你的心中想的什么，别以为老朽瞧不出来！在这道山沟沟里一蹲六七年，你小子早就憋不住了。走吧，为师成全你，让你见识见识山外的尘世，看你烦也不烦！”

“嘻嘻嘻，”童子凑上来，笑道，“先生，凭你咋说，童子跟您下山就是！要带什么不？”

“棚架上有个小招幡儿，有些年头没用过了，你去拿下，扛在肩上，或能为你混口饭吃！”

童子回到草堂，不一会儿拿出一面旗幡儿，晃动几下：“先生，是这个不？”

鬼谷子背起两手，朝山道上努下嘴：“走吧！”

童子扛起旗幡儿，兴冲冲地头前就朝谷道里走去。

云梦山的山口附近有一个不大的山丘，丘顶上，一双眼睛牢牢地盯住山口。

是宋趼。

鬼谷子师徒晃晃悠悠地走出来。

“巨子，巨子，”宋趼看得真切，疾步过来，大声叫道，“快看，鬼谷先生出来了！”

正在倚树歇息的随巢子忽地起身，急急走到山顶，眺望山脚下正在蠕动的两团黑影。

“乖乖，”宋趼咂吧几下，“宫正前脚出去，鬼谷先生后脚就跟出来了！”

一丝难得的笑意浮在随巢子饱经沧桑的脸上。

“巨子，”宋趼想到什么，看向他，“弟子有惑！”

“说吧，何惑？”

“巨子以死恳请，鬼谷先生不为所动。王后娘娘一封书信，鬼谷先生立马出山，前后反差之大，实让弟子费解！”

“呵呵呵，”随巢子捋须笑道，“一把钥匙一把锁嘛！”

“若此，鬼谷先生出山，为的就不是天下苍生，而是王后娘娘了！”

随巢子又是一笑，反问他道：“王后娘娘难道就不是天下苍生吗？”

“可她是天子之后，是天下至贵至尊之人哪！”

“呵呵呵，你呀，日日吟咏墨道，临到事上却犯糊涂！”

“这……”宋趼尴尬。

随巢子抬头望天，语重心长：“天下兼爱，何来至尊？天下大同，何来至贵？天子、娘娘俱是人，有情有欲，有子有女，有亲有友，有痛有苦，有生有死，有乐有愁……娘娘眼前处境，与天下苍生何异？”

“可这……”宋趼仍旧惑然，“鬼谷先生若是只为一人一家，与我墨者何异？只要巨子一声令下，王后之困，可得千百个解，何劳鬼谷先生出山？”

“呵呵呵，”随巢子看向他，再次捋须，缓缓说道，“你有所不知，你我纵有千百个解，也不如鬼谷先生一个解啊！”

“弟子之惑正在于此！”

“这么说吧，天下犹如一团乱麻，娘娘就是这团乱麻的麻头。只要鬼谷先生去抽这根麻头，要想脱身，怕就难喽！”

宋趼恍然明白，深深叹服。

随巢子眺望山下，见两个黑影已经转过山角，走向宿胥口方向。

宋趼看向随巢子。

“走吧，这儿算是有个眉目了。”随巢子大踏步下山。

宋趼跟上：“随从先生去洛阳吗？”

“洛阳那摊子乱麻，就让鬼谷先生理去吧！”

“我们去哪儿？”

“近些日，我的两个眼皮儿总是跳，只要恍惚过去，就会有噩梦纠缠，想是哪儿又有事儿了！”

“会有什么事儿呢？”

“眼下让为师揪心的只有两个地方，一是河西，二是卫国。”

宋趼不假思索：“一定是河西了！”

“河西之事已经摆明，为师的眼皮怎么会跳呢？”

“可……”宋趼不解道，“魏国已经撤军，卫国的事儿也是摆明了呀！”

“是啊，”随巢子苦笑一下，缓缓点头，“为师希望它能无事。”

“先生，”宋趼指向宿胥口，“过河没多远就是卫国，若是有事，这儿早就闹起来了。可我们来往几次，均未听到有任何异动呢！”

“好吧，就依你，我们先回大营看看！”

第 015 章｜ 平阳城祸不单行 卫成公祭瘟事天

卫境平阳一条街巷上，郡守孙宾大步走在中间，平阳郡的司徒、司空等人左右陪伴，后面跟着一群热切等待分配家产的烈士遗属。每到一户，司徒就将房契交给身边的某个遗属。拿到契约的遗属们无不欢天喜地，跪地叩谢天恩。

一行人走至巷子尽头最后一座院落，跟在身后的只有石碾村的老石匠一家了。

司徒打开竹筒，抬头审查门楣上的批号："呵呵呵，没错，就是这处院子！"转对石匠一家，扎好架势，拖长声音，表情肃然："平阳郡石邑石碾村子民陂氏一家听旨！"

老石匠招呼家人跪下。

"君上口谕，前番魏寇入侵，石碾村子民陂二槐遵从君旨守护平阳，以身殉国，寡人特赐此宅，彰其忠勇！"念完诏，司徒放松表情，转对老者，"呵呵呵，陂老丈，这处宅院，连同里面的所有财物，从今日起就是你们一家人的了。这是你们的房契，领旨谢恩吧。"说着递上房契。

老石匠接过房契，叩首道："谢君上恩赐！"转对孙宾、司徒叩首，"谢郡守大人、司徒大人行赏！"

孙宾躬身还礼，面带微笑，和蔼地回道："不必客气，这是你们应该得的！你们还有一井田地，正由司徒府丈量，待田契做好，报呈大司徒府审核后，宾另择吉日发放！"

老石匠再叩："谢君上隆恩，谢郡守大人操心！"

一家人跟着叩首。

孙宾上前，一一将他们扶起，揖别。

分给陂氏一家的宅院，原先是户殷实人家，共有三进院落，夯墙瓦顶，画栋雕梁。

天降豪宅，老石匠一家无不欢欣，长子大槐带着两个女人四处察看，大大小小四五个孩子在几进院子里嘻哈叫闹着窜来跳去，唯有老石匠一动不动地站在院中，悲喜交集，望着大宅子垂泪。

大槐他们巡看一圈，见一切皆好，遂领二槐女人和她的一对龙凤胎孩子走过来，见老石匠仍在伤感，晓得他的心思："阿大，您又在想二槐了吧？"

经他这么一说，老石匠登时落泪。二槐女人小声悲哭，两个孩子紧紧扯住她的衣襟。

"阿大，"大槐看向老石匠，"我想定了，这房子和财物是二槐拿命换来的，理当是弟妹和两个小侄的。待把这儿安顿好，我就带几个娃子仍回村里，有门手艺饿不着。"

二槐女人急了，转对老石匠道："阿大，哥咋能走哩？哥要是走了，这么大个院子，还有一井地，让我们娘仨咋办哩？"

大槐转对二槐女人，安慰道："没事的，有阿大陪着你们！"

老石匠沉默少顷，对大槐道："大槐，你领娃子们后院转转！"

"好哩！"大槐引着孩子们走了。

院中只剩公、媳二人了，老石匠望向二槐媳妇，小声问道："二槐家的，阿大想讨你个心底话。"

二槐媳妇应道："阿大，您说。"

"你哥这人咋样？"

"好哩！"

"二槐家的，"老石匠轻叹一声，"二槐没了，你还年轻。阿大在想，要是你不嫌弃你哥，就守着你哥过吧。你嫂子是个明白人，想必不会说啥。"

二槐媳妇满面羞红，头低了下去。

"二槐家的，"老石匠猜到她这是默认了，仍旧不动声色，"这事儿不急，你先想上几天，等想好了，再告诉阿大。"

"阿大，"二槐媳妇头没抬，声音却出来了，"我不再想了，就听阿大的。"

"好呀！"老石匠呵呵乐了，"待这房子整好，阿大给你们办个宴席，请亲朋好友热闹热闹，至于你嫂子那儿，自有阿大解释！"

"好哩。"二槐媳妇突然抬头，鼻子吸几下，"阿大，我闻到有股怪味。"

老石匠只顾高兴和伤感，没有在意到这个味道，这听二槐家的一说，一下子就嗅出来了，抬腿走向主屋。

“阿大，”二槐媳妇叫住他道，“几个屋子我都查过了，没有什么，味道也不浓，倒是在这前院里，味道重哩！”

老石匠遂在前院里转一圈，见到处干干净净，没见异样，便抬腿走出院门。

二槐媳妇也跟过来。

二人走至院墙东侧一块空地上，看到有个石碾。石碾是这个街区的人所共用的，但显然久没使用了。

一阵微风从西边吹过来，怪味突然淡了些。

一看到这个石碾，老石匠喜从中来，抚摸碾盘感慨道：“真正巧哩，这个碾盘还是阿大年轻辰光锻出来的呢！”

“真是太巧了，”二槐媳妇也是欢喜，“阿大，您咋晓得是您锻的？”

“呵呵呵，”老石匠笑道，“凡是咱家锻过的碾盘，阿大都会在碾盘底下刻出一行字，平阳石碾村陂氏，你若不信，趴在碾盘下面就能看到了。”

“咋能不信阿大哩。”二槐媳妇笑了笑，四处嗅嗅，“好像没啥味了，我到西边看看。”说着拐向院子西侧。

望着儿媳走远，老石匠满意地笑了。

老石匠显然也想佐证一下是否真的是自己刻的，遂弯下身子，趴在地上，欲钻进碾盘底下察看。

人还没有钻进去，老石匠便惊呆了。

赫然在目的，竟是两具腐尸。

显然，他们是躲在碾下而被魏卒乱枪捅死的。许是隔得时日太久加之天气炎热，腐尸已成两具骷髅，恶臭气味正是从这儿散发出来的。

老石匠退出来，喘几口气，走到一侧干呕几下，回到院里。

二槐媳妇也从西院回来，对老石匠说道：“阿大，我没看见什么。”

“嗯，是没有什么，想是远处的……”老石匠冲院里叫道，“大槐！”

大槐闻声跑来。

老石匠看着他道：“宅子这算看过了，你这就带上媳妇、娃子们先回老家收拾行李，我们寻个吉日搬过来。”

“阿大，”大槐急道，“您不回了？”

“咋能不回哩？”老石匠给他个笑，“我有个朋友，听说他的孩子在司徒府里当差，我想托他问问咱家的那井田，要是还没落定，就求他为咱选块好地段儿，最好是离城近点儿。”

“行！”

与小辈们告别后，老石匠走到平阳郊野，挖下一个大土坑。待到夜深人静，老石匠挑着两只麻袋走来，将之扔进坑里，推土掩埋。

埋毕，老石匠在旁边跪下，祷告道：“二位难兄难弟，你们死在老陂氏碾下，又让老陂氏收尸，也算是个缘了。常言道，缘有聚有散，人入土为安。我们的缘分至此尽了，你俩入土虽说迟些，却也算是得个安了。”

一阵冷风吹来，老石匠许是穿得少了，打个冷战，紧忙裹紧衣服，叩首：“二位兄弟，夜已深了，老陂氏还要赶路，就不陪二位了。待再过几日，老陂氏搬进新居，就为你们带些供来，请二位慢慢享用！”

老石匠起身，没走几步，又打一个冷战，抬脚再走，脚下却被什么绊住了，由不得打了个趔趄。老石匠忽然起了惊惧之心，爬起来撒腿飞跑。

天色昏黑，没有月光。

老石匠跌跌撞撞，越跑越急，不知跑了多久，仍旧望不到村子在哪儿。待星光隐去，曙光出现，老石匠不无惊惧地发现，他一直是在荒野里兜圈子，且一直未能离开他刚刚埋起来的那个土堆。

老石匠两腿发软，面孔扭曲，额头汗出。

石碾子村，翌日凌晨，大槐早早起来，打开房门，走到墙角里拿起扫帚，在院落里四下打扫。扫到柴房门口时，大槐听到里面有些响动，吃一惊，推开柴门，赫然见到缩在柴堆里簌簌发抖的老石匠。

大槐扑进去，跪地呼叫：“阿大！”

老石匠脸色铁青，目现青光，已经说不出话了，只用颤动的手指着门外，似在催促他快快离开。

大槐不由分说，将他拦腰抱起，快步走向家里。

大槐将老石匠放到炕上，盖上被子。

大槐刚出房门，二槐媳妇就从她家院子里走过来。

大槐急道：“弟妹，快，熬碗姜汤，阿大病了！”

“啊？”二槐媳妇大惊，“阿大啥辰光回来的？”

大槐苦笑一下：“天晓得哩，我见他时，他在柴房里躺着，全身乌青，不会说话了。你先烧碗姜汤，我去寻个医来！”

二槐媳妇跑进老石匠房里，伸手试探鼻息，已气绝了。二槐媳妇拿被子将他蒙上脸，跪地号哭。

好端端的老人一夜暴毙，老石匠一家悲伤欲绝，哭得死去活来，邻居及亲属全被惊动了，无不赶来奔丧。因见老石匠全身铁青，众人皆不知他得的是何怪病，有人说是叫厉鬼抓了，有人说是叫恶魔缠了，里里外外没有一个好说辞。家人也觉得他死相难看，弄来寿衣匆匆给他穿了。刚巧邻居一个老丈有副现成的桐棺，家人出钱买过来，当日将他入殓。

按照习俗，平民死后，入殓三日方葬。村人留他连过两夜，于第三日向晚时分，一路上敲敲打打，将他抬往村南的祖坟上安葬。

送葬途中，一长溜人披麻戴孝，号哭声声，其中四人抬着黑漆棺材走在中间。

前面就是坟地了。

抬在棺木前面的二人，一个约四十多，另一个是二十来岁的年轻人。

年轻人小声对中年人说："六叔，前日入殓时，我看到里面这人，"朝棺材努下嘴，"就是老陂叔，脸色乌青，吓死我了！"

六叔额头虚汗直出，明显是在勉力支撑。他瞪他一眼："别再胡说，小心被他听见，收了你的魂！"说完打个趔趄，但又挺住了。

年轻人冲他做个鬼脸，突然呆了，盯住他："六叔，你……咋的了？"

六叔又是一个趔趄。

"六叔，你脸上咋……咋也发青哩？"

六叔再也支撑不住，两腿一软，歪倒在地，棺木也因此失去一角支撑，滑到地上。

年轻人放下抬杠，大声恸哭："六叔，六叔——"

众人闻声齐围过来。

年轻侄儿抱住六叔，走到路边。

六叔脸色越来越青，一手紧抵喉咙，一手指着棺材，费尽力气，说道："是……是……他……"

侄儿陡然意识到什么，两眼发直，惨声惊叫："鬼呀，鬼呀，鬼抓人喽！"说完疯了般撒丫子就逃。

众人正在惊惧时，披麻戴孝的人群中又有一人脸色乌青，歪倒于地。

众人一看，竟是大槐，一下子全部傻了。

恰在此时，不知是谁又发出一声喊，大家全都慌神了，四散逃去。

此后几日，附近村里死者频频，路上，田边，处处可见全身青紫的尸体。

活人都学乖了，各自躲在家中，没人去埋死者。村头一棵大树下面，几个被鬼抓的佝偻在那儿等死，另有一人跪于地上，似在向上天祈祷。

平阳城中，人群惊慌，刚刚来到这座城市尚未安顿下来的人们又都拖家带口地逃出城门。

田野里，年轻男女纷纷逃离疫区，人影晃动。

接二连三的死亡信息迅速传到平阳郡守府，孙宾坐不住了，当即召集府中官吏谋议，谁也不晓得是怎么回事。

孙宾急了，请到一位年长疾医，急切问道："请问先生，百姓连续死亡，究竟是怎么回事儿？"

"唉，"疾医长叹一声，"如果老朽没有猜错的话，当是瘟病！"

"瘟病？"孙宾惊愕。

疾医不无痛苦地点头。

孙宾吸口长气，转问军尉："死了多少了？"

"回禀郡守，"军尉拱手道，"石碾村不下二十人，具体难以计数，听说是厉鬼抓人，人们一见死人就逃。"

"城内可有人得病？"

军尉略作迟疑："已经死了一个了！"

孙宾倒吸一口气，转对疾医："先生，这病……可有救治？"

"唉，"疾医重重摇头，略顿，"它长着腿呀，它长着嘴呀，它不分青红皂白，是见谁就追，见谁就咬呀，一旦让它咬上……你跑得越快，它也……"顿住。

孙宾长吸一口气，转对军尉："关闭城门，张贴告示，安抚百姓，各个路口设置关卡，任何人不得乱跑，尤其是罹病的人。"转对御史："快，急报帝丘！"

信使抵达帝丘时，已是次日凌晨。

这日无朝。孙机几天前吃坏肚子，连拉几日痢疾，身体乏力，正躺在榻上养精蓄神，急报来了。

孙机匆匆阅过，顾不得病体，跌跌撞撞地走向书橱，在书架上翻找良久，一无所得，就又搬来梯子，爬到书架高处，终于在一个角落摸到一卷尘封已久的竹简。

孙机取下来，拍掉尘灰，急不可耐地翻阅一阵，将竹简"啪"地扔到案上，轻叹一声，朝外叫道："来人！"

老家宰闻声走进。

“平阳出瘟情了，”孙机吩咐道，“速将帝丘的疾医全部请来，我这就进宫禀报君上。”

老家宰疾步走去。

与此同时，瘟情也传到了太师府。

是太庙令禀报的。

老太师倒吸一口气，良久，似是不信任地盯住他：“是吗？”

太庙令点头，声音极轻：“是的，说是死人盈野！”

老太师的眼睛缓缓闭上。

“臣见过大巫祝了，大巫祝说，是天杀！”

“天杀？”老太师猛地睁眼，似是不解。

“前些日，君上不顾上天示警，强动刀兵于平阳，上天震怒，方使瘟神降罚！”

老太师吸口长气，两手捂在脸上，上下左右揉搓，边搓边将长气缓缓呼出。

“太师，”太庙令凑上前，“瘟神不比战神，它……不怒则已，一旦生怒，就是生灵涂炭，不分贵贱哪！”

老太师似是没有听见，依旧搓脸。

太庙令本就对相国孙机抱有成见，这下逮到良机，自是不肯放过，恨恨地数落道：“怪就怪那孙老头子，满朝人中就数他折腾，偏巧君上信他，大事小事全听他的，连上天也不敬了！”

老太师停住揉搓，看过来。

太庙令压低声音：“臣之意，我们可借这个机缘，让他靠边儿去！”

“哦？”

太庙令凑近，轻声嘀咕。

“唉，”老太师长叹一声，“大灾在即，还想这么多做什么？你去知会大巫祝，请他先向瘟神见个礼，告诉他，一个时辰后，本公或会与君上前往太庙，礼敬瘟神！”

太庙令退后一步，拱手：“臣遵命！”

老太师叫道：“来人！”

家宰进来：“奴仆在！”

“去趟宫里，有请君上！”

家宰颇觉为难："这……"

"去吧，"老太师的语气不容置疑，"就说老朽病了，想见他一面！"

太庙令匆忙赶回太庙，见大巫祝正在殿中端坐，拱手道："在下有扰上仙了！"

大巫祝眼睛没睁，略略拱手，指指对面席位。

太庙令坐下。

"太师怎么说？"

"太师吩咐，一个时辰后，君上或驾临太庙，礼敬瘟神！"

"哦？"大巫祝陡然睁眼，二目射出冷光。

"禀上仙，"太庙令小声说道，"自相国孙机入卫以来，以力凌人，蛊惑君上远离鬼神，尤其是前番魏人入侵之事，孙机一力主张以弱抗强，致使平阳生灵涂炭，血流成河，天怒人怨，上天震怒，方才役使瘟神下凡。太师希望上仙作法祭天，沟通瘟神，请他不要犯境帝丘，殃及宫城，同时要上仙秉承天意，借此契机使君上敬天事鬼，不再听那孙机蛊惑！"

大巫祝眼中的冷光收拢，二目闭合："转禀太师，小仙心中有数了！"转对小巫祝："传令，张灯，结彩，起瘟神牌位，奏礼瘟雅乐，恭迎君驾！"

当孙机跌跌撞撞地走进宫中时，卫成公盯住他道："老爱卿，您这是……"

孙机奉上急报："君上，平阳告急，起疫情了！"

"疫情？"卫成公蒙了。

"就是瘟病。患者全身青紫，重则一日暴卒，轻则残喘数日而毙。迄今为止，死者近百，民心惴惴！"

"这……"卫成公慌神了，"这可如何是好？"

"据史书所载，禹时洪水泛滥，雍州闹瘟，历时三月，尸横遍野，死者逾十万计；武王伐纣之时，殷地闹瘟，死者难计其数，国无御敌之兵……君上，瘟祸不比兵祸，兵来尚有将挡，可这瘟祸……臣……"

卫成公带着哭腔："苍天哪，难道你真要亡我卫室不成？"

当值内臣趋进，拱手道："报，太师病了！"

"公叔？"卫成公看向他，"什么病？"

"没说什么病，只说想见君上！"

"快，"卫成公站起身，吩咐内宰，"摆驾太师府！"走有几步，似是想起孙机，转对他："老爱卿，你也去吧，看看公叔！"

孙机体力虚乏，拱手道：“公叔想见的是君上，臣不凑热闹了。”

“也好。”卫成公转对内宰，“叫上御医！”

家宰引卫成公进来时，老太师正躺在他的竹榻上，额上裹条白巾，面前案上还放着一只空药碗。

卫成公疾步上前，急切地问：“公叔，您这是……怎么了？”

老太师挣扎着坐起，被卫成公按下，苦笑一下：“君上……”

卫成公摆手示意他不要再说话了，招手御医。御医过来把脉，边把边问：“老太师，都是哪儿不舒服？”

老太师白他一眼：“你这不是在诊吗？”

御医干笑一下：“老太师，请伸出舌头。”

太师伸出舌头。

御医审过，放下他的脉搏，语气肯定：“太师所患，怕是心病吧？”

“你诊的是！”太师坐起来，朝外叫道，“来人，赏御医十金！”

御医谢过，知趣退出。

卫成公猜出大概，吸一口气，看着太师：“公叔？”

太师指指心窝：“御医说得是，公叔之病只在这儿！”

“公叔，您若有话，但讲无妨！”

“平阳出事了，君上可知晓？”

卫成公点头：“知晓了！”

“是孙机禀报的吧？”

卫成公点头。

“孙机可有对策？”

卫成公摇头。

太师苦笑：“是啊，瘟神不是魏人，是个神哪！”

卫成公吸一口气：“不瞒公叔，速儿听闻此事，六神无主，正想寻公叔谋议呢。”

“唉，”老太师长叹一声，“公叔本欲进宫奏报，可一想到老孙机有可能在，就打消了念头，生出这个馊主意来，劳烦君上亲躬了！”

一个老相国，一个老太师，堪称卫室两大“活宝”，明争暗斗这么多年，连这国难当头仍然……卫成公心中凄凉，面上却是不动声色：“公叔召速儿来，想是已有送瘟之策！”

“君上，”太师略略皱眉，“瘟神不能送，该当礼敬啊！”

“对对对，”卫成公连连点头，“该当礼敬！请问公叔，如何礼敬方为妥当？”

“公叔与瘟神素不相识，如何礼敬，也是不晓哩！”

“这这这……”卫成公急了，“连公叔也是不知，该如何是好？”

“听太庙令说，大巫祝与瘟神相善，想必晓得！”

卫成公转对内宰：“传旨，有请大巫祝觐见！”略顿一下：“不，寡人亲去太庙！”

“敢问君上，”老太师缓缓问道，“是明日去呢，还是这辰光去？”

“瘟情火急，寡人候不得了！”

老太师转向家宰：“知会太庙令并大巫祝，恭候君上礼敬瘟神！”

孙机从宫里回来，见厅堂里黑压压地坐满了疾医，少说也有二十多人。

厅中静穆。大家显然也都听说了瘟病，无不神情严肃，气氛消沉。

“诸位先生，”孙机也不多话，直入主题，“平阳疫情蔓延，时不我待了，本相紧急召请你们，是想求个良策，控制疫情！”看向坐在首席的年长医生：“老先生，您先说说！”

“唉，”老医师长叹一声，拱手，“相国大人，”指向众人：“我等皆是寻常疾医，所诊多为四时风寒、经络不通等寻常疾患，而瘟病为疫鬼所使，非四时之病，我等委实无力啊！”

“可有古方？”

老医师看向众医：“你们谁家藏有治瘟之方？”

众人皆是摇头。

孙机扫视众医：“既然是病，就一定有方，本相恳请诸位回家后盘下自家老底，若有成方，速报相府！”

众人点头，纷纷起身。

卫国太庙位于宫城东南约三里处，从地势上讲，是帝丘城内的制高点。太庙很古老了，始建于三百多年前，是先卫公东迁帝丘后盖起的首批建筑，无论是建筑规模，还是奢华程度，均高于后它而建的宫城。但宫城几经扩建，太庙却在建成后再没动过，沿用至今，看起来有些破旧了。尽管如此，打眼望去，太庙仍旧不失其初建时的尊贵和典雅。

自从太庙建成，国家大小事项，从任免吏员到民事外交，凡不能立断的，历代卫公均到太庙里求大巫祝问卦。这也使太庙变了性质，名义上是卫室的祭祀场所，实际上却是卫国的权力中心，是决策卫国大政的最终裁判所。正因如此，掌管太庙的太庙令在朝中一直炙手可热。而按照祖制，太庙历来由太师管辖，决定太庙令、大巫祝人选的自是当朝太师，因而，太师在朝中往往是一言九鼎，上至卿相，下至大夫，无不对他敬畏有加。

自成公起用孙机为相，太庙的作用明显降低，因为国家大事，无论多么棘手，孙机总有办法应对，且大多应对得还算得体。时间久了，卫成公遇事就找孙机，只在年节祭祀、婚丧嫁娶时才去太庙。太庙的权力大大削弱，太师自然也风光不再。前番魏人打来，老太师看准情势，极力主和，不想孙机却坚持抗战，搞得他在满朝文武面前灰头土脸，面子尽失。老太师本寄厚望于战事的结局，不想又出意外，秦人突袭河西，魏人主动撤兵，孙机死命一战竟然保全了社稷。太庙令、大巫祝等正自失落，偏偏瘟神下凡相助来了！

卫成公驾临时，太庙中已经临时搭起一个祭坛。祭坛四周，点着四个大火堆，坛中供着一幅瘟神巨幅画像，巫乐声声。

小巫祝扮作瘟神模样，在巫乐声中跳大神。只见他全身赤裸，涂满红色，在四周的火光映照下，更见血红了。十二个巫女也几乎没穿衣裳，全身涂着怪色，围在小巫祝身边，随巫乐跟跳。瘟神的画像随同巫乐协动。

见此情景，卫成公及随来的内臣等人，无不惊愕，尤其是卫成公，惊中有惧。

祭坛旁边放着一只大酒坛，酒坛前面摆着十只大碗。小巫祝跳一圈，喝一碗。当喝完第十碗时，碗未放下，他就口吐白沫，轰然倒地。

瘟神画像随之不动。

巫乐非但没停，反而更紧了。

小巫祝缓缓站起，不再跳跃。许是喝多酒的缘故，他步态蹒跚，神态宛如一个君临天下的主。

太庙令跪叩于地，小声禀报："君上，瘟神驾到！"

卫成公一惊，亦忙改作跪姿。太师等众无不跪叩。

"瘟神"声如洪钟，说出一堆怪字符。

紧接着，大巫祝闪亮登场，叩见"瘟神"。他也是全身赤裸，涂满颜色，喝了酒。

场地上火光耀目，酒气冲天。

大巫祝与"瘟神"相互见礼，彼此说着谁也听不懂的话。说有一时，"瘟神”突然声色俱厉，不停发怒，大巫祝则礼敬有加，唯唯诺诺。

许是二人交流完毕，小巫祝再次倒地，瘟神画像又动起来，自己飞到火堆上，焚烧殆尽。

卫成公看得目瞪口呆。

祭祀礼仪毕，众人齐至太庙的偏殿。大巫祝坐于主席，卫成公、太师侍坐，太庙令则候立于侧。

卫成公朝大巫祝拱手：“敢问上仙，方才瘟神说什么了？”

大巫祝还过一礼，道：“瘟神生气了！”

“瘟神缘何生气？”

大巫祝苦笑一下：“瘟神正在奉命执差，小仙硬召他来，瘟神不高兴呀！”

卫成公吸一口气：“奉命执差？他奉什么命？”

大巫祝端正身子，翻右掌指向上方：“奉天帝之命前往平阳行罚！”

卫成公惊愕：“天帝行罚，可有说辞？”

大巫祝闭上眼，不置一词。

卫成公正自尴尬，太庙令从侧旁跨出，朝卫成公拱手：“回禀君上，恕臣犯言，六月戾气上冲，慧尾扫庚，乃是上天示警。大巫祝嘱臣将上天所示奏报朝廷，朝廷却置上天所示于不顾，强力战魏，致使平阳屠城，楚丘和帝丘被围，生灵涂炭。战事完结，朝廷忙于奖功犒劳，抚伤恤孤，未曾敬天事鬼，及时化散戾气，致使冤魂怨怼，闹至上天，天帝震怒，役使瘟神下凡行罚！”

“这……”卫成公辩道，“魏人无端伐我，我乃保家卫国，怎么就错了？”

太庙令语塞，看向大巫祝。

大巫祝缓缓睁眼，看向卫成公：“何为无端？魏侯约会，君上执意不去，亲植祸根哪！”

卫成公激愤道：“魏侯约会是为南面称尊，挑衅天下，寡人堂堂周室公爵，若是去了，何以面对列祖列宗？”

“魏侯南面称尊，为天意所使。魏侯祸乱天下，上天另有惩罚。君上未去，拂违天意，引火烧身，上天示警，是君上执意不听啊！”

卫成公吸一口气，低下头去，良久，抬头，看向大巫祝：“是寡人错了。请问上仙，寡人若想补过，该怎么做才是？”

“敬天事鬼，忏悔过失！”

“怎么敬，怎么事，怎么忏悔，敬请上仙指点！”

“自今日起，君上不可回宫，不可离开太庙，日焚香，夜咏咒，牺牲供奉天帝七七四十九日，天帝或可宽谅。天帝宽谅，戾气自散，瘟神也就离去了。”

“寡人应允。”

“还有，君上事天之时，须唯天命是从，任何朝臣不得觐见！”

如此相当于将国家大权放手于他人七七四十九天，卫成公何等城府，自然心知肚明，眉头紧皱：“这……”

“君上？”大巫祝犀利的目光射向他。

卫成公解释道：“寡人若是四十九日不朝，百官或会不知所措，国事……”

“未来四十九日，卫国只有一件国事，敬天事鬼。再说，君上只是不朝，仍旧可以旨令百官呀！”

“若是疫情肆虐，万民无生，如何是好？”

“小仙已与瘟神谈妥，只要君上举国事天，瘟神承诺不扰帝丘，只将其属民带走！”

卫成公略怔：“属民？”

“就是罹瘟之人！”

卫成公闭目有顷，缓缓道：“寡人敬从！”

大巫祝拱手：“请君上传旨，举国事天，从小仙号令！”

卫成公转对内宰：“传旨，举国事天，唯大巫祝之令是从！”

在卫成公摆驾太庙后不到两个时辰，十几个皂衣宫人手持令箭走出太庙，各乘驷马宫车，分驰全国各地。

帝丘西门洞开，出入的人络绎不绝。

两辆宫车驰至，众人纷纷让开通道。一车出城，如飞般驰去，另一车在城门处停下。传旨宫人跳下车，看向城门尉：“城门尉听旨！”

城门尉跨前一步，叩首：“末将接旨！”

传旨宫人朗声宣道：“平阳、楚丘瘟神肆虐。君上有旨，自今日始，举国事天，唯大巫祝之令是从！”

“末将遵旨！”

宫人的话音刚落，同行的小巫祝即朗声传令：“传大巫祝令，关闭城门，许出不许入，违令者斩！”一枚令箭当空抛下。

城门尉捡起令箭，拱手道：“末将得令！”转对门卒：“关城门！”

吊桥扯起，城门关闭。

平阳郊外，卫魏边境一个临时设起来的关卡，成群结队的人拖家带口地聚在关卡前面。

关卡后面，一排兵卒荷枪执弓，严阵以待。离关卡约一箭远处画着一道白线，百姓聚集在线前，群情激愤。

几个年轻人越过白线，欲冲关卡。关上“嗖嗖”飞来几支箭矢，落在他们面前。其中一个胆大的不听，继续冲前，一矢中其左腿。那人“哎哟”一声，蹲在地上。

一车驰至，一个年轻将军跳下车来，走向关卡。

是平阳郡守孙宾。

孙宾察看一下，走向那道白线。

守关军尉见是孙宾，冲他急喊：“孙将军，去不得呀，那病咬人！”

孙宾听若未闻，继续走向白线。白线后面，所有的目光无不盯向孙宾。

走至白线处，孙宾朝众人深深一揖：“诸位父老乡亲，我是平阳郡守孙宾，此卡是我下令设置的。我们这里发生瘟病，这病长着腿，会咬人，大家跑得越快，跑得越远，这病也就跑得越快，去咬更多的人！所以，孙宾在此恳请诸位乡亲，各回各村，各回各家，以静制动，这病没有腿了，走不动了，也就咬不到人了！”

一个长老模样的人走上前，拱手还礼：“孙郡守，老朽今年六十有九，将近古稀，不惧死了，”指众人，“可他们年轻，他们不想死啊！”

众人齐跪下来：“孙郡守，我们没有得病，我们全都好端端的，我们……不想死啊！”

孙宾看向长老：“请问长老，你们是哪个村的？”

长老应道：“我们是大柳村，不是石碾村，我们村没有一人得病的，可……我们害怕呀，我们要到外地躲一躲！”

“若是放走你们，其他人就会跟来，其中或有带病的人，这病就越传越远了！”

中箭的年轻人看向孙宾，恨恨说道：“孙郡守，实话告诉你吧，我们出去，就是想传病的！”

孙宾看向他，惊愕道：“壮士，此话怎讲？”

中箭人面孔扭曲：“我们商量好了，我们哪儿也不去，只到魏地。这病是魏人给的，我们还回去，我们要跑遍魏地，让所有魏狗都得瘟病！”

孙宾倒吸一口气，果决回道：“若是此说，本郡守就更不能放你们过去了！”

中箭人急切问道：“为什么呀？”

孙宾一脸严肃：“魏人也是人哪！”

中箭人将头扭向一边，恨恨说道：“他们不是人，是恶鬼！”

知他已被仇恨蒙蔽了双眼，孙宾不再看他，转向长者：“请问老丈，你们到魏国后，准备住在哪儿？”

“老朽有个弟弟住在朝歌，我们想投他去。”

孙宾盯紧他，目光锐利：“敢问老丈，一百年前，朝歌属于哪一国？”

长老脱口而出：“当然属于我们卫国！”

“诸位乡亲，”孙宾再对众人长揖，“一百年前，朝歌属于我们卫国，朝歌的乡亲是地地道道的卫国人，他们与我们血脉相连！你们投到朝歌，万一将瘟病传给我们曾经的亲人，于心何忍？乡亲们哪，我们……我们不能这么做啊！”

中箭人仍旧心有不甘，咬牙道：“那……我们就到大梁！”

孙宾没有理他，扫一眼众人：“乡亲们哪，一百年前，大梁也不属于魏国！列国纷争，旌旗变换，没有哪一个城邑，没有哪一方百姓，永远属于哪一国，永久归于哪一君。魏人伐我，屠我平阳，不是魏人的错，不是魏卒的错，只是魏君、魏将一时意气所致！我们若为逃难，尚有情可谅，若为泄愤于他方乡亲，就是不该啊！”

孙宾之言句句在理，众人面面相觑。

“唉，”长老长叹一口气，“我们……就算是逃难吧！”

孙宾摇头：“此时逃难，众乡亲四方奔走，必致疫情加速蔓延，祸殃天下，后果不堪设想啊！”

“可……孙将军，您让我们怎么办？难道要我们必须守在死地吗？凭什么是我们？”

“这……”孙宾答不上来了，“我也说不清，可……我还是恳请各位暂先回家，备足粮食、水，不要串门，不要乱走，斩断病魔的腿，让病魔……自生自灭！”

见孙宾执意不肯，长老看向众人，仰天长叹。

就在此时，一车驶至，平阳御史下车，向孙宾拱手道：“报，君上旨到，请郡守速回府中接旨！”

“父老乡亲，”孙宾朝众人拱手，“在下再次恳请诸位，暂回家去，莫要乱跑！”

“孙将军，我们听您的！”长老拱手回礼，转对众人，“走吧，回家去吧！”

中箭人内心悲怆，带着哭音说道：“你们回吧，我一个人去！我的阿大，我的娘，还有我哥嫂一家，全都死在平阳，这下该我了，我……我不想死在家乡，我不想祸害亲人，我要死在魏地，我要让魏人血债血偿！”说着猛地拔出腿上的箭矢，含在口里，吃力地站起，一拐一拐地走过孙宾，走向关卡，袒出胸脯，拍打它：“射吧，射吧，你们就朝这儿射吧！”

几个年轻人跟上他，无不裸出胸脯。更多的人跟过来。

关卒惊呆了，拿弓箭的手开始颤抖。

“唉，”孙宾长叹一声，向关卒摆手，“让他们……过吧！”

关卒远远避开，让出大道。逃难车辆启动，所有的人，包括长老，浩浩荡荡地走过关卡，奔向魏境。

孙宾呆立原地，良久，两手捂脸，不无痛苦地蹲在地上。

待孙宾匆匆回到郡守府时，传旨宫人与传令巫人已经等得不耐烦了。

传旨宫人掏出诏书，朗声宣道：“平阳郡守孙宾听旨！”

孙宾跪叩：“臣孙宾候旨！”

“君上旨令，自今日始，举国事天，唯大巫祝之令是从！”

“孙宾领旨！”

传令巫人跟着布令：“传大巫祝令，天皇降罪，使瘟神行罚，凡平阳生民，皆为瘟神属民，生者不可游走，死者就地葬埋。凡罹瘟之家，皆不可救赎，当封其门户，待瘟神行罚之后，焚其屋舍，火祭瘟神！违令者，杀无赦！”

府中之人尽皆震惊。

见孙宾发呆，传令巫人道：“孙郡守？”

孙宾缓过神来，拱手道：“臣有辩！”

“你有何辩？”

“魏人伐我，平阳守卒尽皆死于国难。君上降恩，赐其遗属以平阳屋舍田产。这些臣民皆是烈士遗属，来自卫国各地，尚未落根，又逢此难，若是这般听任瘟神行罚，臣……不忍直视！”

传令巫人冷冷应道：“郡守有疑，可赴太庙向大巫祝论辩！”

“恕臣不接此令！”

传旨宫人颇是震惊：“孙宾，你敢违旨？”

“臣不敢，只是，据大巫祝令，臣，还有他们，”孙宾指府中众人，“都是平阳生民，也都是瘟神属民，皆在不可救赎之列，此府门户亦当被封。若连府门都出不去，叫孙宾如何接令？如何施令？”

传旨宫人显然没想到孙宾会有此说，看向巫人。

“这……”巫人张口结舌，眼珠子连转几转，“孙郡守，小巫这就回去，向大巫祝禀报实情！”转对宫人：“走！”带头大步走出去。

孙宾略略一顿，看向司徒。

司徒急切问道：“郡守，怎么办？”

“暂缓布令，宾这就回宫，面奏君上！”

小巫祝回到太庙，就向大巫祝禀报孙宾不肯听令的事。

“哦？”大巫祝嘴唇未动，声音却出来了。

太庙令急问：“他为何不听令？”

“他说他无法听令！”传令巫人应道，“他说，他与平阳府中所有吏员皆是平阳生民，依令皆为瘟神属民，门户当封。门户被封，他连门也无法出，怎么施令？”

“这……”太庙令看向大巫祝，苦笑，“真是个刺头！”

“特令，”大巫祝面部肌肉微动，“平阳郡守并所有吏员、差役、军卒，皆为朝廷命臣，不为瘟神属民！”

“得令！”传令巫人拱手，转身走出。

一阵脚步声急，守值巫人趋进，禀道：“西门尉急报，平阳郡守孙宾请开西门，特此请求！”

太庙令两眼一瞪：“不开！这个刺头从疫区来，万一……”

守值巫人低声道：“听门尉说，他有急务求见君上！”

“见君？”太庙令震怒，“他是想把瘟神带给君上吗？”

“开门！”大巫祝断然下令，“让他到太庙来！”

太庙令不解地看向他。

大巫祝阴阴一笑：“既然是刺头，他就不适宜待在平阳。”起身：“小仙这就面君去！”

是夜，值勤兵卒一队接一队地走过大街，打更的人敲锣喊叫：“传大巫祝令，举国事天，全城宵禁，臣民不可随意走动，违令者斩！”

夏风习习，月明星稀。太庙的大门外面，奉命前来的孙宾久久跪在台阶下面，一动不动。

天大亮时，庙门“吱呀”洞开，内宰走到台阶上，朗声唱道：“孙宾听旨！”

孙宾叩首：“臣候旨！”

“君上口谕，孙宾妄解大巫祝令，擅离职守，私至帝丘，有为瘟神引路之嫌，依令当治重罪，姑念孙氏一门为国尽忠，寡人免你重罪，削平阳郡守职位，闭门思过，不可妄动！”

孙宾心中一震，叩道：“君上，臣有奏！臣——”

“孙将军呀，”内宰不耐烦地打断他道，“甭再说了，快点儿回家吧。”转身进门，嘚嘚的脚步声渐去渐远。

孙宾心灰意冷，一步一步地挪回相国府门。

老家宰闻报迎出，兴奋道：“公子，您总算回来了！”

孙宾勉强给他个笑：“回来了。爷爷呢？”

“在宗祠里，”老家宰悄声说道，“在那里闷坐一天一夜了，茶饭不思啊！”

孙宾吃一大惊，疾步走向宗祠。

宗祠门大开着。

孙宾站在门口，看向祠里。正堂墙上挂着一排画像，排在最中间的一个身披重甲，面目慈祥，下面摆着一个牌位，上写“先祖孙武子之灵”。两边依次是仙去的列祖列宗，孙宾父母孙操夫妇、叔父孙安夫妇的牌位排在最后边。孙安夫妇牌位的前边立着两个小牌位，是他们的一双儿女。

画像前是香案，案上摆着供品，燃着香烛。

孙机跪在孙武子的画像前面，犹如一尊雕塑。

孙宾站在门口，凝视爷爷。

孙机感觉出来，沉声道：“是宾儿吗？”

孙宾走进，跪在爷爷身边：“爷爷……”

“说说疫情！”

“最早是在石碾村，一个老石匠死了。老石匠的次子叫二槐，是我阿大的身边短兵，战死在平阳了。他家受君恩分到一处宅院，是宾儿带他们一家认的门户，不想次日老石匠就得暴病死了。听人说，他得的是瘟病，凡是参与葬礼的村人与亲人大多得病，老石匠一家……只剩下两个孩子……”

孙机心里一揪：“两个孩子呢？”

“在家里呢，我去看过，是对龙凤胎，可乖巧了！”

孙机打了个惊怔：“你……去了瘟区？”

“是哩，”孙宾点头，“身为平阳郡守，宾儿不能不去！”

孙机关切道：“没有事吧？”

“没有事儿。宾儿是前日去的，可爷爷您看，”孙宾活动一下手脚，“宾儿哪儿都是好好的！”

“呵呵呵，”孙机松了一口气，“观你气色，倒是不错。看来这病不是见人就咬，而是选人来咬。对了，两个孩子怎样？”

“也没事儿，就是没人照料。宾儿本想带走他们，可又怕……”孙宾欲言又止。

孙机显然知道他想说什么，郑重点头：“是哩，谨慎为上。平阳城里如何？”

“有病人了，我回来之前已死了一个，这辰光不晓得。我已吩咐，凡得病之家不要出门，由府中统一供应水米。”

见孙儿年纪虽小处事却是井井有条，孙机颇为感慨，赞道：“做得好！”

“爷爷，”孙宾不无疑虑道，“此番瘟祸，我们真的……熬不过了吗？”

“能否熬过，要看天意！”

“天意？”孙宾眼中一亮，“爷爷是说，我们仍然有救？”

“是哩，”孙机点头，“上天有好生之德，从来不会给人绝路！”

“路在何处？”

“还记得墨者吗？”

“墨者？”

“墨者好生，或有治瘟之方！”

“爷爷，”孙宾急道，“宾儿这就去寻墨者！”

“墨者四海为家，你哪儿寻去？”

“宾儿晓得，”孙宾应道，“前番墨者帮我们守城，宾儿结识一个叫告子的，听他说，墨者住在楚地尧山，一过鲁关就到了！”

“可……”孙机眉头紧皱，“你若走了，平阳怎么办？”

“宾儿已经不是平阳郡守了！”

孙机愕然：“哦？”

“方才宾儿前往太庙面君，内宰亲传君上旨意，免去宾儿职位，要宾儿闭门思过！”

孙机长叹一声：“唉！”

孙宾站起：“爷爷保重，宾儿这就走了！”

孙机也站起来，拍拍他的肩膀：“去吧，宾儿，爷爷在平阳迎接你！”

孙宾怔了：“爷爷，您……要去平阳？”

“君上免了你的职位，并未免去爷爷的。你这走了，平阳百姓谁去关照？

他们都是烈士的家属，他们已为卫室失去了太多，不能再让他们无依无靠啊！”孙机泪水溢出，“唉，大巫祝这般治瘟，你也看到了。帝丘如此，疫区更将是雪上加霜。有爷爷这把白胡子在那儿飘上一飘，他们心里就有安慰，多少能起一线生念！”

孙宾跪地：“爷爷，宾儿……恳求您，不要去了，一切交给宾儿！”

“孩子，”孙机慈爱地抚摸孙儿的头，“快寻墨者去吧，这才是大事，疫民的生机或就系在他们身上。爷爷的这把老骨头，硬着呢，它硌瘟神的牙！”

孙宾连拜数拜：“爷爷……您保重！”说罢起身，大踏步走去。

祠内再入静寂。

后院响起孙宾的车马声。

在孙宾夜半出城寻求墨者的次日凌晨，老相国孙机坐着由老家宰驾驭的辎车，叫开西城门，扬长而去。

消息立马传至太庙，太庙令没有直接禀报卫成公，而是在第一时间赶到了太师府。

老太师腰疼有一段时间了，每天都要趴在榻上，接受老医师针石按摩约大半个时辰。太庙令赶到时，老医师正在为他诊治。

“禀报太师，”太庙令哈腰站在榻前，小声禀报，“孙宾是昨夜三更出的城，孙机是今日凌晨日头初升时出城的。”

许是按到病灶了，太师疼得龇牙咧嘴，禁不住“哎哟”一声。医师看得真切，两手紧按灶区，逐渐加力。太师咬紧牙关，隐忍不响。按有一阵，见太师神情放松，医师再度揉捏起来。

太师的目光移向太庙令，示意他继续说下去。

“若是下官所料不差，这祖孙二人必是投疫区去了！”

太师吸口长气，轻轻叹出。

太庙令压低声音：“此时去疫区，无疑是找死！”

太师伸手给医师，在医师协助下翻身坐起，重重一叹：“唉！”对医师摆手：“先生，您先在外面歇会儿，我们议个事儿！”

医师揖过，缓步退出，顺手掩上房门。

太庙令压低声：“若是他们真的让瘟神收去，倒是省心！”

太师捋下长须：“见过大巫祝了吗？”

“下官就是打上仙那儿来的。”

"瘟神何时离开卫境，上仙有说否？"

"有。上仙昨晚神游天宫，面奏天帝。天帝谕旨，卫人当有百日瘟灾！"

"百日？"太师震惊，"这般行罚，卫地得死多少人哪？再说，万一君上失去耐心，岂不更糟？"

"听上仙说，瘟神行罚，非百日不可，急切不得。至于要死多少人，上仙的说法是，只要不使罪人流窜，瘟神就会安心享受他的美餐，闹不出大乱。再说，孙机蛊惑君上不事鬼神，百姓皆受蛊惑，死他几个人，也是应得！"

"好吧，就依上仙！"太师长叹一声，盯住太庙令，"孙机出城，奏报君上了吗？"

"尚未奏报！"

太师顾不上按摩，当即与太庙令赶赴太庙偏殿，觐见卫成公。

"公叔？"正在念咒的卫成公看到太师，略略一怔，盯住他道。

太师拱手："臣有急事奏报君上！"

"哦？"

"孙相国出城了！"

"孙爱卿？"卫成公震惊，急问，"他出城做什么？"

"臣也不知。"

"那……他去哪儿了？"

"想是赶赴平阳去了！"

"天哪，真真一个老糊涂哩！"卫成公急切吩咐内宰，"快，追他回来，就说寡人有急务！"

内宰转身就走。

"慢！"太师摆手止住，转对成公，"君上，臣已派人前往寻访了。"

卫成公略略一顿，嘘出一口气："好吧，俟有佳音，速禀寡人！"

太师拱手："臣遵旨！"

大巫祝免去孙宾的郡守职，下令将疫区内所有百姓尽皆封门，无论是否生病，尽皆交给瘟神处置。

作为祸首的石碾村更是首当其冲。在孙宾被免职的次日，就有一队兵卒开进村落，个个如临大敌，神色凝峻。兵卒冲向各家各户，不由分说，用长枪将所有人赶回屋子，再用木条、铁钉将门窗钉死。

两个兵卒走进二槐家，一个扶住封门的木条，另一个"叮叮咣咣"地拿锤子敲钉。正敲打中，屋里传出小拳头的捶门声与一个女孩子的求告声："叔叔，不要钉门，我们不出去，我们就在屋里，我和弟弟没有得病，叔叔……我们没有得病呀……"

正在敲钉的兵卒眼中滚出泪花，但没有停锤。

屋里传出一个男孩的声音："姐，我渴！"

女孩子应道："桶里不是还有吗？"

男孩子的哭声："我……我喝没了！"

女孩子哽咽道："叔叔，能给我们一桶水吗？半桶也行……"

敲钉兵卒心里一酸，放下锤子，再也抑制不住情绪，望向正在封门的士兵，眼中泪出："你们等着，我弄桶水去！"

封门士兵瞪他一眼，眼中却也噙泪："找死啊你，我们……"沙哑嗓子，哽咽："快……钉……"

敲钉声再度响起。

与此同时，一辆辎车驶出卫境，在衢道上疾驰，不一刻，来到魏国边关。

车上之人正是由帝丘城一路驰来的孙宾。

墨家大本营位于楚国方城之内的尧山，而要想去尧山，最近的路线就是由平阳入魏，过大梁，经由新郑南下鲁关，由鲁关入方城，再到尧山。

关门紧闭。

孙宾朝关上大叫："请开关门，我要过关！"

守关魏卒叫道："你是何人？来自何处？"

"我是卫人，欲过境赶往韩国！"

"若是卫人，请看公告！"

孙宾看向旁边，果然有个闭关公告。

孙宾大急："我是卫国平阳郡守孙宾，有急务过境，请行个方便！"

守关魏卒大声应道："孙郡守，这是关令，你是卫公也没有用，请速回，不可在此滞留，否则，我们就放箭了！"

话音刚落，一排弓弩手亮相于城头。

孙宾明白魏国人害怕什么，轻叹一声引车退回，掉头驰回卫境，拐向宋国方向，绕道宋境入楚。

孙机连续拉了几天肚子，身体尚未恢复，拖着病体上路，一路上走走停停，由帝丘至平阳原本不足一天的路程，竟然走了两天，于翌日午后方才抵达平阳北郊。

辎车缓缓爬上高坡，在坡顶停下。

顺坡望下去，一个村庄赫然在目，村中冒起几股浓烟。

“这是何村？”孙机指着浓烟道。

“回禀主公，是石碾村。”老家宰指向坡顶一处石刻路标，“再走十里就是平阳了！”

“石碾村？”孙机心里一震，似自语，又似是说给家宰，“听宾儿说，瘟病就是从这村里发出来的。我们去看看！”

“好哩！”老家宰驱车下坡，径朝村里驰去。

石碾村里一片冷清，室外除兵卒之外，再难看到一个活人。家家户户的门窗皆被钉死，几处房舍起火燃烧，浓烟滚滚。

三名军卒手拿火把，小心翼翼地走进一家院落。

屋子里隐隐传出哭泣声，为首军卒听了一会儿，挠头道:“是老头子在哭呢，看来，今天走的是他老伴！”

另一军卒接道：“奇怪，昨日儿子死，听到老伴哭，没听到他哭；今儿老伴死，他却哭了。看来，老伴比儿子重要！”

“你晓得个屁！”第三个军卒哂笑道，“听说过‘大音希声’吗？人若过于伤心，反倒哭不出来！儿子走时不哭，老伴走时哭，恰恰证实，儿子比老伴重要！”

为首军卒白二人一眼：“这是争执的地方吗？前面还有十几家呢，耽搁久了，小心瘟神爷咬住你！”

第二个军卒大咧咧地应道：“你们放心，瘟神不会咬我们！”

为首军卒盯他一眼：“为啥不会？你长得美吗？也不撒泡尿照照你那熊样！”

第二个军卒压低声，神秘兮兮道：“上仙说了，我们不是瘟神属民，瘟神不咬我们！”

“你晓得个屁！”为首军卒瞪他一眼，“你去问问百夫长，刘三斗是怎么死的？”

第二个军卒目光错愕：“啥？”

第三个军卒打了一惊怔：“三斗死了？”

为首军卒压低声：“昨晚后半夜埋的！”

两名军卒的脸色瞬间苍白。

“发什么呆呀，下一家！”为首军卒努下嘴，走到隔壁柴扉，朝屋里喊道：“喂，有人没？”

没有应声。

为首军卒提高声音：“我再叫三声，有人没？有人没？有人没？”

没有任何反应。

为首军卒转对二卒：“堆柴吧。”

两名军卒跑向院中柴垛，抱干柴堆放于大门、前后窗子及屋檐下面。为首军卒拿火把点了，浓烟四起，熊熊燃烧。

三名军卒又问两家，来到了二槐家的院落。

为首军卒推开柴扉，站在院子中间喊道：“喂，屋里还有人吗？”

没有声音。

为首军卒趋至门口，抬手敲门：“还有人吗？有就吱一声！”

仍旧没有应声。

为首军卒退回院中，朝身旁两名军卒努嘴：“抱柴去吧！”

两名军卒到柴房里抱来干柴，分别堆放。

为首军卒拿起火把走到门前，点上火。火烧起来，浓烟滚滚。第二名军卒走到窗口，正要将火把伸进柴堆，里面传出一阵响动，一只小手从封死的漏洞里颤抖着伸出来，微微晃动，接着是一个嘶哑的声音：“叔……叔……”

军卒大吃一惊，火把掉在地上。

为首军卒看过来，诧异道：“怎么了？”

第二名军卒手指屋子，急叫：“快，快熄火，人还活着！”

为首军卒急了：“快，灭火！”

三人拿起长枪，将柴堆挑开。

然而，两扇木门已被点燃，着起火来。门上即是屋檐，若是控制不住，屋内孩子必被烧死。

两名军卒冷汗直出：“天哪，怎么办？”

为首军卒急中生智，撩开战袍，照火头浇去，大叫：“快，撒尿！”

另外二人也都撩开战袍，朝火头浇去。

火被扑灭，尿臊味弥漫。几个军卒互望一眼，嘘出一口长气。

三人扭身刚要离开，窗口里的小手再次晃动。第二名军卒要走过去，为首军卒横他一眼，重重咳嗽一声。

里面传来一个声音，较前更显微弱：“叔……叔……水……水……”

第三名军卒转身出去找水，为首军卒再出一声咳嗽。

第三名军卒站住，看向他。

为首军卒压低声音，责道：“你们忘了，上仙怎么说的？”

两名军卒打了个寒噤。

为首军卒朝门外努嘴，几人转身走向院门。

后面的小手再次伸到窗外，绝望地晃动着，但已没有声音发出。

三人走到门口，皆吃了一惊。

院门处赫然站着孙机。

一进村子，孙机就来了精神，下车步行。老家宰见马渴了，刚好看到有口水井，赶过去打水饮马。

村中一片死寂。

孙机挨门巡视，见各家各户的门窗皆被钉死，不少房舍冒着浓烟，正自纳闷，望见这边有几个军卒，遂赶过来问个明白。

此时此刻，孙机却是顾不上问询他们了，目光盯在伸出窗外的那只小手上。

孙机绕过三人，三步并作两步地走到窗前。

窗里再次传出一个沙哑的声音：“水……水……”

孙机从腰里取下水囊，递给小姑娘。

然而，窗口封得太牢，漏洞过小，水囊塞不进去。孙机使出全力将钉着的木条掰断，弄出一个大洞。颤抖的小手接过水囊，拔下塞子，跳下去。

里面传出两个人分别“咕咕”喝水的声音。

不一会儿，窗洞上现出一个小姑娘的脸，声音沙哑：“谢……谢爷爷……”

孙机老泪流出：“孩子，屋子里还有谁？”

“是我弟弟。爷爷，救救我们吧，救救我弟弟，爷爷，我们没有水喝了，我们没有得病呀，爷爷……呜呜……”

孙机的声音颤抖了：“孩子，爷爷这就救你们出来！”转对三个军卒，厉声责问：“两个孩子好端端的，为什么不放出来？”

三个军卒互望一眼，为首军卒欺上一步，两眼盯住孙机：“咦，老先生，我还没问你话呢，你反倒过来训起人来！我这就告诉你，大巫祝有令，凡私拆官封者，一律治以死罪！念你年过花甲，也是出于好心，本军爷暂不与你计较，也不问你姓甚名谁，来自何村了，只是奉劝你一句，少管闲事，快快走路，否则，就把你也关进这屋里去！”

孙机非但不动，反而指着门上的封条，一字一顿："拆掉！"

为首军卒一愣，上下左右打量孙机，见他一身布衣，一脸疲惫，眼睛一横："嗨，你个怪老头子，本军爷有意放你一条生路，你却不走！这叫什么？这叫不识相！弟兄们，拿下他，关柴房里去！"

两名军卒上来，左右拿住孙机。

为首军卒指向一侧的柴房："关到那儿去，把门封上！"

二军卒正要把孙机扭进柴房，一辆马车驰至，在门外停下。老家宰跳下车，疾步走进，大喝一声："住手！"

三军卒怔住。

老家宰对扭住孙机的军卒怒斥道："还不放开相国大人！"

三卒皆是震惊，面面相觑。

"相……相国大人？"为首军卒蒙了。

老家宰指着孙机："这位就是孙老相国，你们几个有眼不识泰山啊！"

孙老相国无人不晓，两名军卒松开孙机，三人叩拜。

为首军卒跪地叩道："小……小人不……不……不知……"

孙机轻叹一声，指向门窗，缓缓道："拆掉封条！"

三名军卒起身，拆掉封条。

孙机进屋，将饿晕在炕上的男孩子抱出院门。老家宰也走进去，抱出小姑娘。孙机吩咐老家宰："快，拿干粮来！"

家宰走回车上，拿出几块干粮，匆匆递给孙机。孙机接过，将一块嚼碎，喂在小男孩口中。三个军卒看到，寻来一只大碗，拿水将干粮泡在碗中，喂给小姑娘吃。

小姑娘最是清醒，吃几口干粮，"扑通"一声跪在孙机面前，叩头。

孙机抱起她："孩子，你叫什么名字？"

小姑娘应道："阿花！"

"你阿大呢？"

小姑娘声音哽咽："我阿大叫二槐，战死在平阳了！"

孙机打个惊怔，耳边响起孙宾的声音："……老石匠的次子叫二槐，是我阿大身边的短兵，战死在平阳了。他家受君恩分到一处宅院，是宾儿带他们一家认的门户，不想次日老石匠就得暴病死了……老石匠一家……只剩下两个孩子……"

孙机一手揽起一个孩子，不禁老泪纵横："孩子，孩子，爷爷来迟了……

爷爷害你们受苦了……”

阿花伏在孙机怀里，痛哭失声：“爷爷……”

孙机拍拍她的小脑袋：“孩子，莫哭，莫哭，有爷爷在，一切都会好的！”又转对为首军卒：“这个村里，还有多少人家被封在屋子里？”

为首军卒拱手道：“回禀相国大人，大巫祝说，这个村子犯下大罪，瘟神行罚，家家户户都被钉上了！”

“荒唐！”孙机怒吼，“你们这就查看一下，仍旧活着的，全放出来，给他们水喝，给他们东西吃！”

为首军卒面现难色：“这……”

老家宰怒目瞪过来：“这什么呢？相国大人叫你放人，还不快去？”

为首军卒拱手：“小人遵命！”说着招呼两名军卒急急而去。

平阳街道上一片死寂，隔几户就有被封门户的。楚丘守丞兼平阳郡守栗平陪着小巫祝一行几个巫人沿街巡视。小巫祝一边走，一边指手画脚。

一行人巡有一时，一个兵卒快速跑来，跪叩：“报，前面拐角躺着一人，似是瘟神属民！”

众人皆惊。

小巫迟疑一下：“走，验验去！”

几人赶至街道拐角处，果见一个罹瘟者缩在墙角，脸上浮出绿色。众人不敢上前，小巫祝声音冰冷：“堆柴，火祭瘟神！”

也许是听到火祭，那人动了一下。

栗平看向小巫祝，急道：“上仙，他还活着……”

小巫祝白他一眼，厉声道：“传上仙令，火祭！”

栗平做个苦脸，对几个兵士下令：“堆柴！”

几个兵士抱来柴草，远远扔到那人身上。一人泼上油，另一人将一支火把掷过去。顷刻间，火焰熊熊。罹瘟者在火堆里轻微蠕动几下，就不再动了。

众人不忍见此惨状，纷纷背过脸去。

小巫祝视若无睹，继续前行。

一车驰至，一个军尉跳下来，对栗平拱手道：“报，相国大人到了石碾村，责令拆除封条，放走瘟神属民！”

众人皆惊。

小巫祝略一思忖，转对栗平道：“带上你的人，奔赴石碾村！”

栗平拱手："敬从命！"

小巫祝一行赶到石碾村，果见封条全被拆除，仍旧活着的人被士卒们扶到户外，村中心的场地上三三两两躺着十几个人，孙机与老家宰正在给他们喂水与食物。

小巫祝目睹这一切，一时惊得呆了。

栗平疾步走向孙机，半跪："相国大人……"

孙机正在给一个病人喂水，见是栗平，惊喜道："栗平！"

孙机站起，迎上去。

然而，刚迈出几步，孙机便觉一阵眩晕，差点儿歪倒。

栗平看得真切，跨前一步扶住："相国大人，相国大人……"

孙机额上虚汗直冒，在栗平的搀扶下，勉强走到一棵树下，靠在树干上。

栗平关切地问道："您这……没事儿吧？"

孙机吃力道："水！"

栗平递上水囊。

孙机连饮几口，喘会儿气，给他个苦笑："唉，看样子，老朽真是老了，拉几天稀，就顶不住哩！"

"相国大人，您……下官刚刚听说您到这里，迎得迟了！"

孙机指向村民："这些村民中，有的患病了，有的却是无病，如此不分青红皂白，一概封门，怎么能成？"

"这……"栗平看向小巫祝，"下官身不由己呀！"

小巫祝惊惧地盯在院中躺着的几个罹瘟者，见孙机看过来，这才转过头，与他对视。

小巫祝的目光死死盯住孙机的脸，盯住他的眼白与额角的汗珠。小巫祝本能地后退几步。

孙机擦一把汗，语带讥讽："小巫祝，你是瘟神的身边人，害怕个什么呢？"

小巫祝这也回过神了，气恨恨地回道："孙相国……"指着地上的人和封条："您私拆封条，擅放罪民，对抗瘟神，是公然违抗君命，罪……"略略一顿，放缓语气："罪不可恕！"

孙机又擦一把汗，沉声道："我的罪可恕与不可恕，就让上天决定吧。"旋即指向百姓："然而他们，顺时应令，劳作营生，温良恭谦，真实纯朴，罪从何来？以屠戕无罪生民来惩罚‘有罪’之人，天道何在？”

“这……”小巫祝一时语塞。

孙机声音冰冷：“回去转告大巫祝，让他转禀太师，治瘟当治有瘟之人，不可滥杀无辜。这般治瘟，纵使赶走瘟神，也是伤民。天下至贵者，莫过于生命。若是只为一己之私，草菅人命，实非智者所为！”

“你……好好好，小仙我这就回禀上仙！”小巫祝急切转身，与随从巫人跳上马车，疾驰而去。

栗平看向孙机，关切道：“相国大人，天不早了，您老身子骨要紧，我们这就赶到平阳，您老好好将息一下！”

“唉，”孙机长叹一声，“你们走吧，老朽哪儿也不去，老朽只想待在这个村子里，”看向院中的村人，“跟他们唠唠嗑儿！”

“这……”

“栗将军，你给个实话，罹瘟百姓究竟有多少？”

“从平阳到楚丘，方圆百里皆有患者。迄今为止，像石碾村这样整村封门的共有八个村落，千二百多户，挑选封门的约三百多户，平阳城中也超过十户了。百姓听闻罹瘟就要封门，纵有病人，也不上报，谁家有死人，多是悄悄埋掉，因而眼下究竟有多少人罹瘟，死掉多少，下官实在说不清楚！”

孙机长叹一声：“唉，前番魏人屠城，平阳虽空，尚有烟火，今日这般封门事瘟，这是灭门哪，这是绝根哪！平阳……曾经人丁兴旺、鸡犬之声相闻的百里沃野，眼见就是无人区啊！”

“可……君上旨意，如何是好？”

“将在外，君命有所不受！”孙机端正身子，目光坚定：“都到这个时候了，还什么旨意不旨意的……”略顿，苦笑一声，“是君上让瘟神吓糊涂了，听凭一群奸人摆布。没有百姓，何来国家？没有国家，何来社稷啊？”

孙机越说越激动，加之拖着病重之身，连连咳嗽，大口喘气。

栗平轻拍他的后背：“敢问相国，下官该当如何做才是？”

“把疫区的人区别开来，有病的集中一处，能救治的就救治，不能救治的，虽可封门，但要予以安抚，要保证他们有水喝，有食物吃，要让他们死得体面。对于那些迄今仍没生病的，当是不会得瘟的人，要给他们活路，不能让他们活活饿死、渴死在自家的屋子里啊！他们多是烈士的家人，他们……不该遭受这样的对待啊！”

栗平涕泣道：“下官……遵命……”

第016章｜ 偷学艺苏秦背剑 争上风张仪赌师

又是一日晨起，洛阳轩里村苏家院落里天一亮就开始忙活。

看到苏虎、苏厉皆在收拾耧具、锄头，苏代有点儿纳闷，看向苏虎道："阿大，地都锄过一遍了，今儿做啥？"

苏虎应道："伊水边你哥新垦的那块地！"

"咦，不是锄过了吗？"

"是锄过了，"苏虎白他一眼，"可你锄净了吗？你没看到的小草不会再长大吗？"

苏代嘟哝："哪有田里不让长一根草的？"

苏虎的脸阴起来，正要责备他，苏姚氏从灶房里走出来，急切说道："他大呀，秦儿咋还没回来呢？这都半个多月了！"

苏虎恨恨道："偷懒去了！"

"他大呀，"苏姚氏为爱子辩护，"秦儿从不偷懒呀，干啥都是出死力的！"

苏虎剜她一眼，喘着粗气："死力个屁！他这样儿，还不是你个老乞婆宠出来的？"

"好了好了，"苏姚氏赔笑，"都怪我，待会儿给你熬碗顺气汤喝喝！"

苏虎没有理她，转对苏代道："代儿，去，寻那鳖货回来！"

"阿大，庄稼差不多锄完了，地里也没啥大活，叫我二哥回来做啥哩？"

苏虎眼一瞪："叫他回来白吃饭，成不？"

"代儿，"苏姚氏小声嗔怪道，"叫你去你就快去，对答个啥？"

苏代冲她龇牙一笑，扬扬手："去喽！"就跑出门去。

鬼谷子心中有事，怕童子走不久长，就在入衢道后雇了驷马驿车，一路乘至虎牢关。

过关之后，鬼谷子不急了，让童子扛起招幡，优哉游哉，于次日迎黑赶到洛阳郊外。

将到洛阳时，童子一步一扭，显得吃力。

鬼谷子冲他笑道："小子，走不动喽？"

童子小嘴一噘："谁才走不动哩！"

"那你扭来扭去，扭什么呢？"

童子面露苦相："左脚打了个泡，疼哩！"

"不是给你挑掉了吗？"

"又打了一个！"

"呵呵呵，你小子，待在山里，你觉得憋气，这下到山外了，好玩不？"

"先生，"童子答非所问，"您说天黑之前能到洛阳，天就要黑了，咋还没看到呢？"

"寻个高处就看见了！"

童子眼珠子四下一转，用幡子一指："前面就有一个，还有房子哩！"说完，也不顾脚下疼痛，"噌噌"跑去。

童子一路跑到坡顶，看到一座庙宇，庙门关着。童子极目远眺，果然隐约看到洛阳的城墙与城门楼。

"先生，"童子指着城墙，兴奋叫道，"看到了，是道墙，就在前面，没多远！"

鬼谷子跟着也走上来，望望远处的洛阳城，又转向庙宇，见门楣上写着"轩辕庙"三字，转对童子说道："小子，看来你是走不动了，这地儿不错，今儿就在这儿歇脚儿！"

"好哩！"童子上前就推院门。

门"吱呀"一声开了。

童子走进院中，见里面打扫得干干净净，正殿大门敞开，便扭头道："先生，有人住呢！"

"哦？"鬼谷子也走进来，四下打量几眼，走进殿门。

大殿里，苏秦端坐于地，一扇殿门做几案，挥笔如飞，正在往简上抄写。由于天色渐黑，苏秦的眼睛快要凑到几案上了。

许是过于专注，苏秦对来人视若无睹。

土庙没有偏殿，只有正殿三间，中无隔墙，左右两根粗柱撑着屋顶，甚是空荡。正堂靠墙处坐着一尊泥塑的轩辕帝，面前摆着少许供品。

鬼谷子携童子在轩辕帝前跪下，拜过三拜。

童子的目光依旧盯在苏秦身上，小声强调："先生，已经有人住了！"

"他住他的，你歇你的嘛！"

"好咧！"童子应过，将旗幡靠在柱子上，"噌噌"走到院中，抱来许多干草，在东侧麻利地铺出两个软榻。

鬼谷子走过去，在软榻上坐下。

苏秦已经不抄了，坐在那儿，既不看他们，也不与他们说话，两手一下接一下地刮着什么。

鬼谷子的一双老眼落在苏秦身上。

童子忙活完毕，终是忍不住好奇，蹑手蹑脚地走近苏秦，在他前面蹲下。

天色黑定了。童子睁大眼睛方才看清，苏秦正用一把小刀聚精会神地刮着一柄木剑，每刮几下，还用一块破布擦几下，像是在抛光。一把木制剑鞘摆在旁边。

木剑本是儿童玩具。童子心里痒痒的，看有一时，见他仍旧一言不发，一门心思只在刮磨，终于忍耐不住，伸手去摸旁边的剑鞘。

说时迟，那时快，苏秦陡然出手，迅速将剑鞘拿起，瞪他一眼，见对方是个孩子，遂将剑鞘移至膝上，朝童子咧嘴一笑，算是致歉，依旧刮擦他的木剑。

苏秦的过激反应使童子大吃一惊。见他发笑，童子知他并无敌意，正要问个明白，门外传来脚步声，接着有人敲门。

童子起身开门，见是一个跟那人差不多高下、差不多相貌的小伙子。

小伙子见是童子，怔了。

童子问道："你找谁？"

小伙子应道："找我二哥！"

是苏代。

"哦，知道了。"童子朝殿里一指，"在呢！"

苏代走进殿门，见到果是苏秦，惊喜道："二哥，我在城里寻你一整天了，直到迎黑才打听出你住这里！"

苏秦头也不抬，依旧在刮他的木剑。

“二哥，阿大要你回去呢！你出来有些日子了，娘也想你哩！”

苏秦不作声，只是埋头刮他的木剑。

“二哥呀，”苏代急了，“你就死了这个心吧！阿大说了，富贵是好，可富贵不是咱庄稼人的！咱庄稼人是啥？是苍头，是臣仆，生就下田干活的命，咋能跟富贵人比哩？阿大还说，人家富贵人打小就习六艺，就读诗，就知礼，可咱呢？打懂事起，就晓得种地！”

苏代一口一个阿大，苏秦听得烦躁，朝他白一眼，起身，将刀具收起，将木剑小心翼翼地插入剑鞘，将抄好的竹简码齐，拔腿朝门外走去。

苏代一愣，紧跟出去。

童子追到庙门口，见兄弟二人已经一前一后走下台阶，走向山下。

童子回到殿里，颇为不解地对鬼谷子道：“先生，山外真是怪人多呀，你看那人，已经是个大人了，还玩木剑！人家对他说话，他一句也不应！”

鬼谷子瞄一眼苏秦所抄的竹简，转对童子道：“看看他的竹简，抄的什么？”

童子走过去，瞧一眼竹简：“是《易》！”

《易》不是寻常人可以读的，鬼谷子淡淡一笑：“呵呵呵，让你说对了，是个怪人。”

天色黑定，苏家中堂里焕然一新，几案漆光闪闪，几盏烛光照得满堂透亮。

苏虎走到里间，弄来一只高凳，站上去，从棚架上取下一个锦绸包裹，仔细解开，现出一个匾额，上刻“天道酬勤”四字。

苏虎小心翼翼地将匾额搬到中堂，在墙上悬好，退至远处端详有顷，觉得满意了，又从几案下面的抽屉中取出列祖列宗的牌位，依序摆好。

见一切布置停当，苏虎大步走到院中，拿回几根剥光皮的荆条，摆在显眼位置。

苏虎刚刚摆好，苏姚氏走进来，打眼一看，吃一惊道：“他大，又不是逢年过节，咋又摆弄起这些物事哩？”

苏虎白她一眼：“不是叫你杀只鸡吗，鸡呢？”

“在锅里煮着呢！”苏姚氏小声嘟哝，“他大，你这是为啥哩？”

“为你的那个二小子！”苏虎没好气地应道，“我算是看透了，他的心思根本没往庄稼上放！”

听到是为这事儿，苏姚氏心疼起那只鸡来：“你个糟老头子呀，好端端的下蛋鸡，你怎么能……”眼睛落在荆条上，吃了一大惊，放软声音，半是恳求：“他大，你……你想咋的？”

“咋的？”苏虎气呼呼地吼道，“就让他跪在列祖列宗跟前，对天子赐的锦匾起个毒誓！”

苏姚氏嘟哝道：“都是自家骨肉，起啥毒誓哩？”

“不让他起毒誓，他就不会老老实实地待在家里，也就不会老老实实地伺候庄稼！”

“起誓就起誓，你弄荆条做啥？”

“让他长点儿记性！”

苏姚氏急得直跺脚：“老天呀……”

“去去去，”苏虎横她一眼，“别在这儿啰唆，看看鸡煮熟没？”

苏姚氏给他一个白眼：“他阿嫂在煮哩！火候不到，急死也是白搭！”

“那你就到村口看看那个鳖货回来没？”

“晓得了！”苏姚氏没好气地应一声，抬腿走出。

苏姚氏刚到村口，就见两个黑影晃晃悠悠地走过来，紧忙招手叫道：“是秦儿吗？”

说话间，苏秦已经走到跟前，头低着：“嗯！”

“秦儿呀，你总算是回来了，把娘想死哩！”

苏秦仍旧低头。

“秦儿呀，”苏姚氏急切地叮嘱，“待会儿到家了，该认错时你就认个错，千万不能与你阿大犟嘴！”

见母亲话中有话，苏代惊讶道：“娘，咋哩？”

“你阿大在摆中堂哩！”

苏代心中一震：“摆啥中堂？”

“教训你二哥呀！”苏姚氏半是责怪道，“老头子让鬼迷了，又是洗又是涮，从后晌一直倒腾到这辰光，又让我杀了只下蛋鸡，我还以为是来了啥个稀奇客哩，没想到是……”

“二哥，”苏代转对苏秦，“要是这样，你还是别回去了吧！”

“我……你……”苏秦看下苏代，又看向苏姚氏。

“我编个谎儿，就说没有寻到你！”

苏秦连连点头，在他肩上重重一按，朝苏姚氏鞠个大躬，一个转身，大踏步走了。

望着苏秦远去的背影，苏代眼珠子一转，对苏姚氏道：“娘，我先回，你过会儿再跟上，就装作没见到我！”

苏代大步流星地回到家里，远远看到苏虎守在院门口，忙迎上去：“阿大，我回来了！”

“咦，人呢？”苏虎看向后面。

“阿大，别看了，”苏代做出个苦脸，“我在洛阳城里寻了个遍，连一个影儿也没看到！”

苏虎蒙了。

“咦，阿大，家里来稀客了？”苏代装作不知，大步走向中堂，见鸡已摆好，香也燃起，苏厉已在堂前跪着。

“稀你娘个脚！”苏虎这也回过神来，眼睛一横，冲他吼道，“你个白吃饭的，洛阳也就屁大个地方，他能飞到天上去？”

“阿大呀，”苏代做了个鬼脸，“是天子之都啊，不能带脏字！”

苏虎自知失言，呼哧呼哧喘会儿粗气：“这个逆子，气死我了！”

说话中，苏姚氏也走回来，见苏虎气得面红耳赤，假作不知：“咦，代儿，你啥时候回来了？”

苏代看向她，做个怪脸：“娘，我刚到家！”

“你二哥呢？”

“没找到呀。”

“他大呀，”苏姚氏转对苏虎，轻叹一口气，“秦儿这辰光还没回来，你看这……”

苏虎呼哧呼哧又喘几口，黑起脸，气冲冲地走到院外去了。

“厉儿呀，”看着他的背影，苏姚氏偷偷乐了，小声对苏厉道，“你也起来吧，先把东西收起来，等秦儿回来了再摆！”

“行。”苏厉应过一声，爬起来收拾中堂。

翌日晨起，天刚麻麻亮，苏秦就拿起扫把打扫庙院。里里外外全扫一遍，苏秦将殿门安到门框上，又将捆好的竹简挑在肩上，“咯吱咯吱”地出庙去了。

童子看着他做完这一切，走出庙门，方才小声道：“先生，那人走了！”

“小子，你想一直守在这个庙里吗？”

童子摇头。

“那就跟着他呀！”鬼谷子朝庙门外努嘴。

童子紧忙拿起幡子，跟出庙去。鬼谷子优哉游哉，跟在后面。

将近午时，烈日炎炎。

苏家谷田里，苏虎、苏厉、苏代父子三人仍在劳作，挥汗如雨。

正干活中，苏虎冷不丁放下锄头，望着苏代道：“代儿，昨日去王城，看到啥热闹了？”

“嘻嘻，”苏代亦停下锄头，“阿大呀，您咋也问这个哩？”

苏虎脸一虎：“问你啥你就说啥，打啥岔哩？”

“是是是，”苏代连连点头，“要说热闹，大着哩。秦国、魏国，还有燕国，三国都派使臣来聘娶长公主，满城人都在议论呢！”

“唉，”苏虎吸一口气，低头忖道，“近来只顾忙活庄稼了，这么桩大喜事儿，竟是一丝儿不知！”眉头一紧：“怪道那小子没有魂哩，莫不是他……思春了？”豁然开朗：“嗯，定是这般了。这小子前年就已入冠，我在他这年龄，早为人父了！嗯，是了，若是有个媳妇守着，他没准儿就收心哩……”越想越觉得理顺，便将锄头搭在肩上，转对二子：“你俩慢慢锄，我有个事儿，得回去一趟！”说完，大步走了。

苏虎走进自家宅院，将锄头靠在墙上，动作极大。

苏姚氏正与苏厉妻在院子里拧被单，一人握住一头，使劲拧水。

“他娘，”苏虎看向苏姚氏，“过会儿再拧，先到鸡棚、鸭舍抓只鸡、逮只鸭！”

“他大，你……”苏姚氏吃惊地望向他，“这又是干啥哩？鸡、鸭都在生着蛋哪！”

苏虎白她一眼：“要你去，你就去，啰唆个啥？”

苏姚氏嘟囔几声，放下手中活计，与苏厉妻一道走到后院，不一会儿，一人拎只鸡，一人抱只鸭，回到院里。

将鸡鸭放下，苏姚氏心疼不已，抱怨的眼神凝视苏虎，嘴唇动几下，似要说句什么，又止住。

苏虎没有理她，自去寻来两根绳子，将鸡、鸭的腿绑上，一手提溜一只，大步出门，走向位于村西头的媒婆麻姑家。

苏虎站在柴扉外面，大声叫道：“大妹子，在家不？”

麻姑听到喊声，系着围裙从灶间里走出，见是苏虎，夸张地嚷道：“天麻麻亮听见几只喜鹊儿喳喳喳叫，妹子就琢磨有稀客，这不，老哥儿说到就到了嗬！”扬扬白乎乎的手，“这在和面哩，我就不沾手了，老哥自己开门，院子里坐！”

“好哩！”苏虎推开柴扉，走进院子，将鸡、鸭放到地上。

麻姑扫一眼仍在扑腾的鸡、鸭，明知故问道：“老哥儿呀，恁忙的天，你不下田干活，绑着这俩小东西来妹子这儿，想干啥哩？”

“呵呵呵，还能干啥？给大妹子补补身子呀！”

麻姑也不客套，开门见山：“老哥儿呀，直说吧，是哪个？”

“托大妹子的福，老大已经结亲，这该老二了！”

“唉，老哥儿呀，”麻姑长叹一声，瞄一眼鸡鸭，“这鸡这鸭，你还是拎回去吧，妹子消受不起哩！”

苏虎略显惊讶：“咋哩？”

“还能咋哩？”麻姑出口如发连弩，“要是为你家三公子跑个腿儿，大妹子二话不说，可这位老二，说话口吃不说，走路也不拿正眼瞧人，一天到晚心儿不在肝儿上，看着就让人揪心哪！”

见她将话说得这么直接，好面子的苏虎面现不悦：“听说东庄有个少条腿的，大妹子都给玉成好事了呢！”

“老哥儿呀，”麻姑儿苦笑，“人家只是少条腿儿……”指心：“这儿不缺眼哪！”

这分明是数落苏秦既口吃又缺心眼，实实在在是个废物。苏虎颇为不悦，脸色阴下来。

“唉，”似乎意识到过分了，麻姑儿略带歉意地解释，“不是妹子不肯帮忙，是这个忙实在不好帮呀！你家老二名声太响，方圆几十里无人不知。莫说是家境殷实的，纵使寻常人家，也不好寻呀。不瞒老哥儿，为东庄做媒时，妹子也为你家老二留了个心眼，顺口打问过几家，可人家闺女宁愿嫁个少腿的，也不肯嫁他！”

苏虎从袋里摸出几块布币，塞给麻姑，脸上堆笑道：“肯不肯嫁，还不全在大妹子这张金口上？这桩好事儿老哥儿谁也不托，就托给大妹子了！”

“唉，”麻姑将布币收入囊中，长叹一声，“也只有妹子这人，嘴皮儿硬，心肠儿软。老哥儿既然放下这个狠话，妹子也只好为你家老二豁出去了！”

苏虎躬身揖道：“有劳大妹子了！”

王城大街上，童子扛着招幡儿，两只大眼左转右转，不无新奇地打量着两边连绵不绝的店铺。

鬼谷子被他好奇的举动逗乐了："呵呵呵，瞧你小子，眼都使不过来了！"

"先生，"童子兴致勃勃道，"我们这是到王宫了！"

鬼谷子故作惊讶："哦，王宫在哪儿？"

童子指着两边的店铺："这不是吗？"

鬼谷子捋须长笑："呵呵呵，这哪儿是王宫呀？"

"咦，"童子一怔，歪着头，"这些房子又高又大，一个个连在一起，比咱的山洞长多了，不是王宫，又是什么？"

"呵呵呵，你小子呀，这些是店铺，比王宫可就差远喽！"

"啊？那……王宫在哪儿？"

鬼谷子指向一直走在前面百步开外的苏秦："跟着那人，不定你就看到了！"

"先生，为什么您老让我跟着他呀？"

"你不是说他怪吗，让你看看他究竟是怪还是不怪！"

"他一直不说话，能不怪吗？"

"不说话就一定怪吗？"

童子盯向苏秦的木剑："他是哑巴吗？还有他的那柄剑！"

"剑怎么了？"

"剑是木头的！"

"剑为什么就不能是木头的呢？"

"木头的剑怎么杀人？"

"为什么要杀人？"

"咦？"童子惊讶了，"剑不用来杀人，要它何用？"

"杀心哪！"

童子眼睛忽闪几下："杀心？先生，心怎么杀？"

鬼谷子指向苏秦："你问问他，就晓得怎么杀了！"

"可他不说话！"

"你怎么晓得他不说话？"

"从昨晚到现在，就没听见他说过话！"

"你没听见就等于他不会说话吗？"

童子似又发现什么，指向苏秦的木剑："先生，看！"

"看什么？"

"他的剑是怎么拿的？"

"背着呀！"

童子指向街上背剑的人："先生，看看人家是怎么背的？剑柄朝上，挂在腰里，可他的呢？剑柄朝下，斜在背上！"

鬼谷子故作惊讶："咦，是哩！"

"先生，看，他拐弯了！"

前面是十字街口，苏秦消失在左侧街道上。

童子显然来劲了，加快脚步，追上。

鬼谷子依旧优哉游哉地跟在他背后。

靖安宫里，周王后依旧昏睡，几个御医轮流望诊，无不迷茫。周显王焦急地看向年纪最长的御医。老御医面色沉重，轻叹一声，朝他摇头。

显王抚摸王后的脸，泪水流出。

老御医长叹一口气："唉，已经是第十五日了！"

王后长睡不醒，最急的是雪公主，坐在木榻上一直抽泣，圆润的肩膀随着她的抽动而微微起伏。

雨公主打外面回来，见姐姐哭得这般伤心，赶忙过来，轻叫："阿姐……"

"雨儿，"雪公主涕泣，"母后……母后若不醒来，阿姐可就……悔死了！"

"咦？"雨公主不解道，"母后之病，是秦人、魏人逼出来的，与阿姐何干？"

"若是没有阿姐，秦、魏就不会逼亲，父王就不会为难，母后也就不会……"

"不管有没有阿姐，该来的，躲也躲不掉！"

"雨儿你说，母后她会不会……"姬雪顿住，似乎不敢说下去。

"阿姐，我有主意了！"雨公主眼珠子一转，"母后喜欢听琴，尤其是《高山》《流水》，要不，我们这就为母后弹奏此曲。母后听到此曲，不定就会醒过来呢！"

"甚好！"雪公主抹去泪水，转对雨公主，"走！"

苏秦一路走至太学，在门口放下担子。一个守门老丈迎住苏秦，一脸笑容，显然是熟人了。苏秦朝他鞠躬，老人还礼，摆手让他进去。

童子指着苏秦道："先生，他进那一家了！"

鬼谷子朝太学里努下嘴："想不想进去看个稀奇？"

童子点头："想。"

二人走近，果是高门大院，气势巍峨，门楣上赫然刻着"辟雍"二字，童子惊得合不拢口。

"小子，张着口做啥？"鬼谷子冲他笑道。

"啧啧啧，王宫就是不一样！"

"这也不是王宫！"

"啊？"童子震惊，"不是王宫，这是哪儿？"

鬼谷子指向门楼的匾额："看那儿！"

童子认不出，指向"雍"字："辟……后面那个字是啥？"

"雍！"

童子挠头："辟雍，啥意思？"

"就是太学。"

守门老丈迎出，看向童子的幡子。

鬼谷子拱手，老丈还礼道："先生，是要进去看看吗？"

"守藏室还在否？"

"在在在，进门右转，拐两个弯就到了。"

"谢了！"

老丈伸手礼让："先生，请！"

走进大门，童子左顾右看，一切皆是新奇。

"小子，你东瞅西瞧，瞅啥哩？"

"啥叫守藏室？"

"就是先圣老聃治学的地方，先圣是守藏史，"鬼谷子指向远近房舍，"这些地方全归他管！"

"管啥哩？"

"管书呀。那楼里到处是书！"

童子做个苦脸："童子最烦的就是书了，一看见竹简头就发蒙！"

"呵呵呵，"鬼谷子乐道，"说说，你最不烦的是什么？"

"花啦草啦鸟啦鱼啦风啦雨啦什么的，再就是一个人待着，跟先生一样。"

"看来你是不喜欢守藏室喽！"

童子指向前方，兴奋道："先生，看那儿！"

鬼谷子顺眼看去，是苏秦。

两百步之外，苏秦端坐于一幢房舍的墙根下，两眼微闭，神情痴迷，双手架在前面，就似抚琴一般，脑袋还一晃一摇的，极是投入。他的那担竹筒就搁在十步开外的大树后面。

“先生，他这是做啥？”童子纳闷道。

“你猜猜。”

童子豁然开悟：“他在弹琴！”

话音落处，一阵琴声破空而至，悠扬激荡，绕梁不绝。童子眼睛闭上，倾心去听。

鬼谷子走到树下席地而坐，听有一时，微微点头：“嗯，有点儿长进了！”

“什么长进？”童子插进来。

“琴哪，弹得不错了呢！”

“哼，”童子不屑道，“比先生可就差远了！”

“哦？你且说说，他差在哪儿？”

“听他琴声，童子只能看到小鸟、流水、清风、草木，却嗅不到花香，听不出蝶舞！”

“呵呵呵，”鬼谷子捋须笑道，“你呀，弹得不咋的，求得却是高哩！这么说吧，他能奏到这个地步，已经无愧为人师了！”

“咦，”童子盯住他，“听先生话音，想是认识这个奏琴的了？”

“认识。”

“这……先生还没见到他的面，怎么就说认识他呢？”

“听琴哪！”

“先生怎么认识他的？”

“早些年，他几番进山，想拜为师习琴！”

“先生收他没？”

“收了！”

“这……他是先生的弟子，童子怎就没见他进过谷里，也未听先生讲过他呢？”

“也没有收！”

“唉，”童子晕头了，“先生，您一会儿收了，一会儿没收，到底是收了还是没收？”

“呵呵呵呵，”鬼谷子发出几声笑，“收是不收，不收是收！”

空空荡荡的天子太学里，琴室大概是唯一有人气的地方，宫廷琴师正在指教十来个学子习琴。这些学子端坐于席，各人面前摆着一把琴，琴架旁边是琴谱。张仪坐在最后一排，两眼眨也不眨地盯视这个据说是天下第一琴的琴师。

琴师弹完《高山》，将琴轻轻朝前一推，双目微闭，侃侃说道："……古之善琴者，有伯牙，有子期，有钟仪，有师旷。古之琴曲，有《高山》，有《流水》，有《阳春》，有《白雪》。老朽方才所弹，乃伯牙之《高山》……"

琴师讲没多时，众学子已是东倒西歪，昏昏欲睡了。琴师止住话头，重重咳嗽一声："唉，既然不想听，你们就自己练吧！今天习练《高山》，琴谱就在架上！"

众学子你推我搡，纷纷坐直身子，两手抚琴，丑态百出，琴音杂乱无章，唯张仪端坐不动。

琴师摇头，复叹一声："唉，朽木不可雕也！"

张仪发出一声哂笑。

琴师睁眼，盯向张仪："你……为何哂笑？"

张仪朗声回道："伯牙之曲，学生七岁就已习之，还请先生另教雅曲！"

学子们皆来劲了，瞌睡全醒，哄笑起来。

琴师气结，手指张仪："你……你这狂生，你且弹来！"

张仪双手抚琴，铮然弹之，果是音韵俱在，与那琴谱一丝儿不差，乍一听无可挑剔。琴师苦笑一下："好吧，你既会此曲，可以另选曲目习练！"

"另选何曲，请先生示教！"

琴师朗声道："你且听之！"

琴师抚琴弹奏。

琴师刚刚弹完序曲，张仪脱口而出道："此乃《陬操》，为春秋儒者仲尼所作。先生再换曲来！"

琴师略一沉思，又换一曲，刚弹几下，张仪又道："此乃《太公垂钓》，周公旦所作。请先生再换曲来！"

想是不曾料到这些败家子中竟然有此高才，琴师吸一口长气，睁大眼睛盯住张仪。

众学子以为先生被难倒了，纷纷起哄。

"先生，听说你是天下第一琴哩，怎么不弹了？"

“快弹曲来，我们等得不耐烦哩！”

“哈哈哈哈，教不了就撂挑子嘛，赖在这儿混饭吃呀！”

“啧啧啧，张兄弟，好样儿的！”

…………

琴师一脸涨红，手指众学子，身体打战：“你……你们……”

正在此时，张仪似是听到什么，打了个手势，口中“嘘”出一声。

众学子停住喧嚷，所有目光看向张仪。

张仪蹑手蹑脚地走到后墙，在一大堆竹简里选出一捆最大的，悄悄移近窗台，轻轻打开窗子，用力掷出。

竹简不偏不倚，刚好砸在苏秦头上。

苏秦猝不及防，抱头惊叫：“哎哟！”

红衣学子听到声音，大叫：“快，窗外有人！”接着“噌”地起身，直奔门口。

众学子纷纷推倒琴架，争先恐后地跑出来。苏秦遭此惊变，未及逃走，众人已涌了出来。苏秦惊呆了，傻傻地低头坐在地上。

红衣学子戏谑道：“嘿，没想到会是你小子，在这里做什么？”

苏秦手足无措：“我……我……我……”

看着苏秦的狼狈样儿，众学子无不开心，纷纷加入，竞相调侃：“瞧这穷酸样儿！瞧这手，又粗又糙，瞧这身衣服，啧啧啧啧，种田的还想学琴！”“是呀是呀，穷小子，琴是尔等粗人所能学的吗？”

有人学着琴师的样儿，捋下还没长出来的胡须：“呜呼哀哉，礼坏乎，乐崩乎，癞蛤蟆想吃天鹅肉乎！”

众学子爆出更大的哄笑。

“穷小子，知道我们来这里要交多少钱吗？你一枚铜板不掏就想习练琴艺，这叫偷师，你晓得吗？偷就是窃，偷师就是盗窃，你晓得吗？”

“对呀，让这臭小子交钱，不能白偷！”

“咦，你不是抄书吗，行头哩？”

众学子开始寻找竹简。

一紫衣学子手舞足蹈道：“找到了，在这里！”说着挑着两捆竹简过来。

红衣学子从他手中拿过一捆，哗地拆开，猛踹一脚，竹简四下乱飞。另一捆也被众学子拆开，竹简满地皆是。

苏秦怯怯地蹲在地上，不敢吱声。

学子们又开始调侃起来。

“穷小子，说话呀，哑巴了？”

“偷东西，输理呀，他不敢说！”

“来，我喊，大家跟上哟。”红衣学子冲苏秦挥拳头，“小偷小偷小偷……”

众学子齐挥拳头，声波一浪接着一浪：“小偷小偷小偷……”

苏秦面红耳赤，又被逼急了，口吃得愈加厉害：“我……没……没……没……没……”

见苏秦说不出个囫囵话，红衣学子来劲了，惊呼道：“听呀，小偷是个口吃！”

众学子无不笑得前仰后合：“哈哈哈哈，原来是个口吃！”

…………

苏秦将头低下，任这帮泼皮如何嘲笑，只不作声。

琴师看不下去，拨开众人，在苏秦跟前停下，对众学子解释道：“诸位学子，你们误会了，是老朽请他来的！”

听是此说，众学子面面相觑。

“咦，先生，”专与先生过不去的张仪跳出来找别扭了，“这就得有个讲究了！你请他做什么来着？”

“请他抄书来着！”

“抄的书呢？”

琴师在地上瞄一圈，捡起一册：“就是这册，他是送书来的！”

张仪盯住他，目光逼视：“先生是请他送书，不是请他学艺，对不？”

琴师有点儿尴尬：“这……”

张仪手指苏秦：“他在窗外偷艺断非一日，我留心他好几日了！”

琴师急了：“是我请他来听的！”

“先生，你凭什么请他？”

红衣学子跟着附和：“对呀，你凭什么请他？”

琴师手哆嗦着指向众人：“你……你们这群朽木……自己不读书，连别人窗外听一听也不让吗？”

“先生，”张仪阴阴一笑，“你讲过不止一次，君子要堂堂正正，先生既然请他来听讲，就该让他堂堂正正地坐到教室里，似这般躲在墙外，不是小偷，又是哪般？”

琴师语塞：“你……”

红衣学子拍拍张仪肩膀："我说张兄，甭与先生扯嘴皮了，来个痛快的！"说着"唰"地叉开两腿，"穷小子，爱学习好呀，本公子成全你，只要你肯从我这裆下钻过去，本公子就替你交足学费，让你堂堂正正地坐在学堂里！"

"钻哪，臭小子！"一黑衣学子走到红衣学子身后，也叉开腿，从囊中摸出一块金子，"连我这裆一道钻了，这块金子就白送你！"

众学子纷纷站作一排，叉开腿，只有张仪原地站着，饶有兴趣地看着这场热闹。

苏秦出身卑微却志向高远，显然受不了这等侮辱，呼呼直喘气，额上青筋暴出，头低得更低了。

青衣学子见他不买账，扫一眼众人："臭小子不肯赏脸，怎么办呢？"

黑衣学子恨恨道："揍他！不花钱就想听琴，天下哪有这等便宜事？"

众学子齐围过来，纷纷作势要打苏秦。琴师气得胡子乱颤，手指他们："尔等竖子，成何体统，成何体统啊……"

雪公主抱着琴盒，雨公主背着琴，在后宫的小径上急匆匆地走着。将到靖安宫时，雪公主突然放慢脚步。走在前面的雨公主察觉到了，回过头："怎么了，阿姐？"

"阿姐有点儿担心！"

"你担心什么？"

"阿姐琴艺不精，若是弹误了，母后岂不更伤心？"

"这……"雨公主略略一怔，"有了，我们去请先生来，由先生弹奏！"

"阿姐正是此意！"

姐妹二人拐向宫门，刚刚步入太学的大门，就听见里面隐约传来一阵大似一阵的喧嚣声。

"阿姐，是先生的琴房！"雨公主细细一听，急道。

姐妹二人加快脚步，继而飞跑起来。

将近琴房时，姐妹二人眼前赫然现出吓人的一幕：众学子各自叉腿，站作一排，苏秦龟缩在地，一动不动。

红衣学子拉长腔："一二三，钻钻钻！"

众学子合声："臭小子，钻钻钻！"

黑衣学子拍手打着节拍："四五六，裆下走！"

众学子附和："偷艺贼，裆下走！"

青衣学子用脚跺着打节拍："七八九，不钻是只狗！"

众学子附和："不钻是只狗！"

…………

张仪似乎觉得他们玩得过分了，大手一扬："诸位，诸位，且听在下一句！"

众学子停下，目光射向他。

张仪手指苏秦："此人是个呆子，看在先生面上，暂且饶他这次吧！"

"咦，张兄呀，"红衣学子纳闷道，"好不容易有个乐子，你扫什么兴呢？今儿不让这小偷钻一个，本公子就让你钻一个！"将腿叉得更开，众学子发出更强烈的哄笑。

苏秦脸上青一阵红一阵，嘴唇哆嗦，羞怒惧卑交加，佝偻着身子缩在地上。

张仪的目光落在苏秦屁股下的木剑上，灵机一动，悄悄走到他身后，猛地一抽。

苏秦没有提防，剑被抽走。

张仪拔剑出鞘："诸位请看，这是个什么物件儿？"

众学子一看，无不哄笑，纷纷扔下苏秦，赏起剑来。

黑衣学子从张仪手中抢过木剑，随手舞几下："好玩，好玩，真是好玩！"

红衣学子接过来，掂在手中闪了几闪，大笑道："哈哈哈哈，这也叫剑？就这根破木棍儿，在下一扭就断！诸位看好了！"作势折剑。

眼见红衣学子就要折剑，苏秦陡然蹿起，饿狼扑食般冲上去，将他撞倒在地，反手一把夺回木剑。红衣学子恼羞成怒，打了个滚，翻身爬起，"呀呀"吼叫着一头撞向苏秦。苏秦不及躲闪，被他撞倒在地，众学子一哄而上，将他牢牢压在身下。

好虎架不住群狼，不消一时，苏秦就被他们七手八脚地扭个结实。红衣学子夺回木剑，气喘吁吁地狠踢了苏秦一脚："你个臭种地的，竟敢在本公子面前耍横？诸位学兄，既然他不肯钻，我们就来个硬的！"说着又"唰"地叉开腿："来，大家帮他钻！"

众学子纷纷手指苏秦："对对，不钻也得钻！"

众学子拿住苏秦，将他按倒在地，眼见就要推他钻过去，张仪摆手道："诸位诸位，钻裆没什么趣味，瞧我来个新鲜的！"

黑衣学子来劲了："张兄快说，是啥新鲜的？"

张仪转对红衣学子："仁兄，借他木剑一用！"

那学子将木剑递给他。

张仪接过，晃了几晃：“就是这把剑了！这小子不是视作宝贝吗？我们就给他来一个小子背剑！”

众学子齐声道：“好咧！”

几个学子扭牢苏秦，张仪解下身上腰带，将木剑插在苏秦背后，再将他的两手用腰带反绑在木剑上。

苏秦疼得额头渗汗，狼狈不堪，紧咬牙关，只不作声，怒视张仪。

张仪阴阴一笑：“诸位站作一个圈！”

众学子站作一圈。

张仪发声喊，陡地将苏秦推向对面学子。对方再发声喊，将苏秦推向下一学子。苏秦就这样被他们推来搡去，站也站不住，倒也倒不下。

望着他这狼狈样，众学子狂笑连连。

被晾在一边的琴师，急得不停跺脚：“尔等竖子，成何体统？成何体统啊……”

不远处的大树下，鬼谷子闭目而坐，置若罔闻。

童子转对鬼谷子，急道：“先生，他们在欺负那个怪人呢！”

鬼谷子似已入定。

童子扯他衣襟：“先生？”

鬼谷子眼皮都没睁：“做什么？”

“去救救他呀！”

鬼谷子故意打起呼噜。

童子正自惶急，一阵脚步声近，雪公主、雨公主飞跑过来，在离他们不远处站下，一边娇喘，一边看向琴室外的喧闹。

一阵芳香袭来。童子揉下鼻子，看向二位公主。

鬼谷子眼角微睁，瞟向二女。

看到不是欺负先生，二位公主嘘出一口气，一步一步地走过去。

琴室外，众学子仍在推搡苏秦，边推边数：“……三十五，三十六，三十七……”

二位公主走到张仪、琴师的背后，站在离他们仅有几步远的地方。

陡然看到两位公主，红衣学子就像见猫的耗子似的，悄悄离开圈子，溜向一侧。

众学子回头一看，无不如中邪一般，纷纷溜过去，凑作一个堆儿。

苏秦被他们推搡得头晕眼花，突然失去推力，站立不住，跌倒在地。

见学子们撒手，张仪起初不解，继而觉得身后有异，回头一看，整个儿成了只呆鸟。

琴师这也看到了，迎上去，躬身深揖："老朽见过二位公——"

姬雪截住他，回一揖："弟子见过先生！"

琴师明白了，再揖："老朽见过雪姑娘！"

姬雨原本冷傲，此时生了气，俏脸虎起，不怒自威，手指苏秦，两道目光剑一般扫向众人，厉声道："谁干的？"

众学子面面相觑。

红衣学子看向独立一侧的张仪，众学子也都纷纷看他。

姬雨走向张仪，冷若冰霜，一字一顿："是你吗？"

张仪舌头竟是僵了，退后几步，嗫嚅："我……我……"

姬雨杏眉冷竖："还不快将这位公子解开？"

就如鬼使神差一般，张仪急到苏秦身边，为他松绑。

姬雨扫视众人，呵斥道："瞧瞧你们这副德行，像是太学的学子吗？滚回琴房去！"

众学子个个就如触电似的，灰溜溜地走回琴室。

张仪解开苏秦，傻愣愣地站在苏秦身边，惶惶不知所措。

姬雨瞪他一眼："还有你呢！"

张仪打个惊愣，这才明白是在责备他，急急溜向琴室。

姬雪转向琴师，问道："请问先生，为何闹成这样？"

"唉，是老朽无能！"琴师手指苏秦，"这位学子家贫好学，以抄书为生，老朽见他用心，就让他旁听学业，岂料他自忖身贱，只在窗外听讲，不想却被这些学子……唉！"

姬雪心里生出莫名的感动，凝视苏秦一眼，径直走过去，对苏秦深深一揖，语气温柔、祥和："这位公子，莫与这帮纨绔子弟一般见识！"回转身子，两只如水的眼睛望向琴师："先生，自明日始，就让这位公子坐进教室听课，一应费用由弟子支出！"

琴师深鞠一躬："老朽谨听吩咐！"

苏秦翻身爬起，两膝跪地，叩首："苏……苏……苏秦谢……谢……谢……"

"苏公子不必言谢！"姬雪听他口吃，轻声问道，"敢问苏公子家居何处？"

"城……城……城东轩……轩……轩……里……"

"苏秦！"姬雪念叨一声，又喃喃重复几遍，似要记牢这个名字，又似不是，"苏秦……苏秦……"

苏秦仰脸凝视姬雪，似要记牢恩人的容貌。

苏秦再叩："敢问姑……姑……姑娘芳……芳……芳……芳名？他日若……若是得……得……得意，苏……苏……苏秦定……定……定……定有厚……厚……厚……"

已到这步境地，还在想着回报，姬雪不由再次望他一眼，见他眉目端正，贱而不卑，更有一身傲气，心中一动，眼光落在被张仪解下后弃在一边的木剑上，走过去，弯腰拾起，端详有顷，看向苏秦："此剑可是你的？"

见她在意这把木剑，苏秦满脸羞红，低下头去，有顷，微微点头。

"是你自己做的？"

苏秦再次点头。

姬雪将剑抽出，再审一时，插入剑鞘，赞道："真是一柄好剑！精诚之作啊！"款步走到苏秦跟前，双手将剑递给苏秦，报出名字："姬雪敬重苏公子勤奋上进之心，望苏公子在此好好习读，早日出人头地，成就功名！"

苏秦抱剑于怀，泪水夺眶而出，连连叩拜："苏……苏秦谢……谢……谢……"

见苏秦流泪，姬雪轻叹一声，从袖中摸出一块丝绢，弯腰为他擦拭。

苏秦不相信这一切竟是真的，紧闭两眼，泪水更如断线的珠子，越发不可止落。

姬雨显然觉得姬雪过分了，过来扯住她的胳膊："阿姐……"

许是看到苏秦的窘迫、不屈、感恩和泪珠，许是联想到自己受人摆布、无法掌控的命运一如面前这个口吃，姬雪心中一酸，不仅没有走开，眼中反倒滚出泪来。

姬雪的泪水如珠子般滴落下来，砸在苏秦的额头上。

苏秦觉得有异，伸手一摸，抬头一看，见是姬雪在落泪，以为那泪水是为他流的，不由分说，将头一下接一下地重重磕在草坪上，放声悲泣："姬……姬……姬姑娘……"

姬雪欲哭不能，欲忍不住，一个转身，捂脸快步跑开。那块丝绢飘落下来，不偏不倚，刚好掉在苏秦怀中。

姬雨急叫："阿姐——"

姬雪头也不回，扬长而去。

姬雨怔了下，走到琴师跟前，拱手，悄声：“先生，我和阿姐是来求请先生为母……母亲奏曲！”

琴师拱手：“老朽从命！”

姬雨礼让：“先生，请！”

琴师、姬雨扔下苏秦，匆匆离去。

张仪与众学子躲在琴室里，或隐在门边，或挤在窗台上，无不踮着脚尖，屏住呼吸，瞪大眼睛紧盯草地上发生的这幕。看到琴师、姬雨渐去渐远，众学子总算缓过神来，七嘴八舌道：

“乖乖，简直就是天仙下凡！那臭小子真有艳福！”

“大家评评看，她们二人，哪个更美？”

“这还用说，当然是那个没骂人的！你们知道她是谁吗？”

“对呀，她是何人？”

“没见过世面了吧？她就是当今天下第一美女，大周天子的长公主，人称雪公主，秦、魏、燕三国争聘的，就是她！”

一语惊煞众学子，所有人都呆了。

琴室里静得出奇，所有人似乎全都屏住了呼吸。

好半天，黑衣学子咂舌：“啧啧啧，怪道方才在下丢了魂呢！那……另外一个呢？”

红衣学子不无得意道：“雪公主之妹，大周天子的二公主姬雨，人称雨公主！”

黑衣学子深吸一口气，缓缓吐出，环视左右：“不瞒诸位，本公子来此，名为学艺，其实就想一睹天下第一美女的风采！哈哈哈哈，不想今日得偿夙愿矣！”

青衣学子击掌道：“太是了，在下来此，也为一睹芳容。挨这顿骂，值！”

红衣学子手指窗外：“看，那个口吃！”

众人这才想起苏秦，不约而同地望向窗外的草地。

草地上，苏秦缓缓站起，将姬雪的丝绢纳入袖中，将地上的竹简一捆接一捆地捡起来，挑在肩上，如同换了个人似的，倒背木剑，精神抖擞地大步而去。

紫衣学子盯住苏秦：“诸位看清楚没？方才雪公主落泪了，是为这小子！”

红衣学子醋意横生，骂道：“他娘的，便宜这叫花子了！我说诸位，咱们这就出去，追他回来，揍他一顿，出出这口恶气！”

黑衣学子长叹一声：“唉，要去你去吧，本公子这得回房睡一好觉，不定能梦见两个小美人儿呢！”见张仪仍盯着姬雨消失的方向：“咦，张兄，人都没影儿了，你还发啥癔症哩？”

张仪缓过神来，没睬他们，撒腿就朝外面跑去。

张仪跑过鬼谷子师徒所在的那棵大树，不一刻儿，就消失在拐弯处。

童子指向拐弯处：“先生，他在追人家呢！”

鬼谷子缓缓起身：“走喽！”

“先生，哪儿去？”

“为你挣枚铜板呀！”

姬雨、琴师一前一后，快步走向王城偏门。

张仪尾随于后，紧追不舍，直到二人走进宫门。

张仪怅然若失。

自发病以来，王后在床榻上一躺半月，不吃不喝，昏睡不醒，若不是体内尚存温热，鼻孔尚有气息，整个就如死人一般。

眼见王后日日沉睡，周显王茶饭不思，日日责成御医查出病情，抓紧诊治。宫中御医，有能耐的早到他国谋生去了，留下来的多是庸医，遇到这种怪病，根本无从下手，莫说是瞧出病因，即使脉象，也无一人摸出。当姬雨引领琴师走进靖安宫时，几个御医仍在宫外合议，个个神色茫然，人人愁容满面。

姬雨与琴师走进大门，在珠帘外面摆开琴架。宫正见状，怦然心动，传令众御医暂回太医院讨论，又拐回宫里，安排众宫女守在宫里，吩咐琴师起奏。

人海茫茫，知音难觅。对于琴师来说，王后不仅是衣食之源，更是难得的知音。但凡有事，无论是喜是忧，王后总要使人请琴师弹奏，且每次必点俞伯牙的《高山》《流水》。这两支曲子，莫说是姬雪和姬雨，即使宫人，也多听得熟了，因而，只要琴声响起，只要是这两支曲子，大家准知是琴师到了。

此刻，面对知他用他、不久前还曾有说有笑、而今却浑然无觉的高贵王后，琴师百感交集，两手抚琴，将《高山》《流水》弹奏得淋漓尽致，于清幽中加一丝悲凉，于舒婉中添一分哀怨，听者无不动容。

帘后，姬雨跪在王后榻前，握紧母亲之手，侧耳贴在母后胸上，倾听她的缓慢心跳。在琴师快要弹完时，姬雨听到王后心跳加剧，强而有力，当即激动万分，颤声叫道：“先生，母后有反应了！”

得知王后竟有反应，琴师更是激动，抖擞精神，两手鼓琴，从《高山》起始，直到《流水》，将曲子又弹一遍。《流水》不及弹完，姬雨感到王后的手指在微微颤动。姬雨更紧地握住王后，将脸贴在王后脸上，轻声呢喃：“母后，母后……”

姬雨连叫数声，王后终于从长睡中缓缓醒来，费力地睁开眼睛。

姬雨热泪盈眶，哽咽：“母后，您醒了，母后，您终于醒了，母后……”

王后朝姬雨微微一笑，重又合上眼皮。

宫正喜不自禁，急切地吩咐宫人：“快，奏报王上，娘娘醒了！”略顿：“慢，我去奏报！”说完撒腿跑出。

琴声欢快，流水声声，琴师似入忘我状态。

王后睁眼，对姬雨吃力一笑：“雨儿！”

姬雨颤声叫道：“母后……”

“雨儿，母后……母后这是在哪儿？”

“在宫中呀，您看……”姬雨边说边四处指给她看。

“是吗？”王后环视左右，“是哩。看来，方才所历，皆是虚境！”

“母后，您已经昏睡半个月了！”

“是吗？”王后闭目少顷，渐渐回到现实中，长叹一声，“唉！”

姬雨指向珠帘之后的琴师：“母后，是先生弹琴，将您召回来了！”

王后微微一笑：“雨儿，代母后谢谢先生！”

姬雨“嗯”了一声，侧耳听了一会儿，小声道：“母后您听，琴声多么欢畅，先生太高兴了！”

王后侧耳听琴，琴师正入佳境，两眼闭合，十指翻飞，完全忘我。

王后听有一时，猛地想起什么：“宫正呢？”

“在呢。看到母后醒了，宫正亲去禀报父王。父王无时不在挂念母后，刚刚还在这儿！”

“母后知道。”王后嘘出一口气，笑道，“雨儿，母后有件急事，你马上去办！”

“雨儿谨听母后！”

“你到街上走走，为母后寻访一人。母后估算，他该来了！”

“寻访何人？”

“一个白眉毛的老丈，眉毛有这么长！”王后拿手比画了个长度。

姬雨吃一大惊："这么长呀？"

王后点头。

"若是见到他，雨儿要请他入宫吗？"

"不用。你什么也不必说，只要见到他在就成！"

姬雨点下头，欲走，却又恋恋不舍。

王后催道："去吧，雨儿，这事儿要紧，不要对任何人讲！"

姬雨点头，在王后额头轻吻一下，疾步出宫，远远看到周显王、宫正、内臣三人从御书房匆匆赶来。另一条道上，姬雪及几个御医也赶过来。姬雨放下心来，拐向另一条小径，撒腿跑去。跑有一段，姬雨似是想到什么，拐向自己的闺房。

姬雨匆匆跑进，对侍女道："春梅，快，拿衣饰来！"

春梅看向他："小姐，什么衣饰？"

姬雨白她一眼："你笨哪，我要出宫！"

见是出宫，春梅一脸兴奋："好咧！"便麻利地拿出一套商女服饰，为她穿上，自己也换了一套平民的侍女服。

洛阳市集一角，人声鼎沸，到处是摊位与铺面。

张仪、小顺儿悠然闲逛。正走间，一阵幽香袭来。顺儿夸张地连吸几口气，抬头一看，是姬雨二人脚步匆匆地从他们身旁走过。

张仪在他头上敲一下，一努嘴，脚步加快。

顺儿紧跟其后。

姬雨头戴遮阳斗笠，肩披纱巾，腰悬宝剑，沿大街一路走去，两眼不停搜索。

姬雨二人转过街角至另一街道，春梅惊道："公……"捂嘴："快看那人！"

姬雨顺手势看去，是在学宫里遭人羞辱的苏秦。苏秦挑着竹简缓缓走着，木剑倒背，两眼不停地瞄向街道，显然在寻一块适合他摆摊抄书的摊位。

春梅盯住那把木剑，低声道："瞧那人的剑，是倒着背的！"

姬雨瞄过去，扑哧笑了，遂放慢脚步，将斗笠拉下一点点儿，免得被他认出。

苏秦走到十字路口，停下来若有所思。站有一会儿，他从袖中摸出姬雪的丝绢，放在掌心审看一时，又放在胸口处，闭眼喃喃几句，似在祈祷。然后，他小心翼翼地将其折好，纳入袖中，抬头走去。

前面一处显眼位置摆着个算命摊位，招幡正在风中飘。童子笔直地站着，鬼谷子端坐于地，两眼微闭，似在打盹。行人来来往往，有的直走过去，有的扫视招幡一眼，没有一人停下看相。

童子的肚子饿得咕咕直叫，实在憋不住了，低下头去，轻声对鬼谷子说道：“先生，童子的肚子叫得越来越欢实了！”

鬼谷子瞥到苏秦走过来，嘴一努：“呵呵呵，你小子运气好，看，送铜板的来了！”

童子看向苏秦，做个苦脸：“啊，他呀！”

“站直，打起精神，热情接客！”

童子站直身子，打起精神。

苏秦认出二人，见他们旁边有块空场，遂放下担子，挤出个笑，朝鬼谷子揖个礼，指指旁边空地，希望能在这儿摆上摊位。

鬼谷子似是没有感觉。

童子得了鬼谷子的话，以为他是为占卦来的，热情说道：“喂，这位大哥，是算命还是打卦？”

苏秦看向童子：“我……我……我……”指指旁边空位，“想……想……”

童子将招幡晃几下，发出“嚓嚓”的声音：“客人，请看招幡！”

苏秦看向招幡，见上面书着一副对联：“远观万里鹏程，近判旦夕祸福。”

“这位大哥，”童子一心想做这笔生意，“就占一卦吧，我家先生的卦灵着呢！”

“我……我……”苏秦再次看向旁边空位。

姬雨的眼睛早已瞟见鬼谷子的两道白眉，压住狂喜，急走过来，在苏秦后侧几步外站定。看到有人算命，路人也有停下来的，不一会儿，苏秦身边围起七八个人。张仪赶到，专门站在姬雨身侧，却又不敢靠她太近。

童子不看别人，只盯苏秦：“大哥，占一卦吧，不定鹏程万里呢！”

许是“鹏程万里”四字刺激了苏秦，苏秦朝鬼谷子鞠一躬，蹲下：“先……先……先……”

鬼谷子眼睛未睁，声音却出来了：“年轻人，欲求何卦？”

许是周遭人多了起来，苏秦愈见紧张：“我……我……”

“远可观过去未来，近可求旦夕祸福，大可问人生机运，小可见婚丧嫁娶！年轻人，你欲卦什么？”

“就……就……就……就请先……先……先生卦……卦……此生机……机……机……”

苏秦“机”不出来，众人哄笑起来，围观的人更多了。

鬼谷子不由分说：“年轻人，请付卦金！”

苏秦伸手入袖，边摸边问：“请……请问先……先生，多……多少卦……卦……卦……”

“人生机运，一金；婚丧嫁娶，十铜！”

苏秦掏钱的手僵住了。

“年轻人，欲占什么？”

苏秦尴尬不已：“我……我……”

更多的行人围拢来，张仪引小顺儿挤到了最前面。

“先……先生……我……”苏秦愈见窘迫，转身欲逃。

鬼谷子沉沉的声音从背后传来：“年轻人，观你是来求问人生机运的，伸出手来！”

鬼谷子的声音如有一股神力，苏秦情不自禁地伸出左手。鬼谷子搭到苏秦脉搏上，微闭两眼，似在诊病。

这般看相别具一格，众人七嘴八舌起来：

“咦，大家快看，打的是看相的幡，干的是把脉的活！”

“各位各位，有谁见过把脉算命的？算命先生瞬时变郎中，哈哈哈哈！”

众人跟着哄笑。

张仪早忘了站在一侧的姬雨，两眼圆睁，紧盯鬼谷子搭脉的手。

“诊”有一时，鬼谷子松手，微闭双眼，朗声道：“年轻人，你天赋异禀，贵至卿相，老朽恭贺你了！”

众人无不愕然。

有人手指苏秦，讥笑道：“就他？”捧腹大笑：“哈哈哈哈，贵至卿相？哈哈哈哈，瞧瞧这个乡巴佬吧，还是个口吃，哈哈哈哈，哪位见过口吃卿相？”

众人又是一番哄笑。

有人认出苏秦来了，揶揄道：“咦，这不是轩里苏家的二小子吗？什么贵至卿相呀，他是个出了名的浪荡子儿，不肯种田，一到农忙就逃，他的阿大差点儿让他气死了！”

不知是谁接口道：“没几下子，怎能叫作天赋异禀呢？”

众人的哄笑声更大了。

苏秦不羞不恼，朝鬼谷子缓缓跪下，连拜三拜：“谢……谢……谢先生……吉……吉言！可晚……晚……晚生没……没……没有一金……”摸出一枚铜板，恭恭敬敬地放在鬼谷子面前："只……只此一枚铜……铜币，不……不……不足以酬……酬先……先……"

鬼谷子微微睁眼，瞥他一下，复又闭上："年轻人，老朽要的就是你的这枚铜板，至于余下酬金，待你官至卿相时，再付不迟！"

苏秦叩首："晚……晚……晚生谢……谢……谢……"

人群中猛地爆出一声冷笑，众人视之，是张仪。

姬雨也认出张仪，吃一大惊，忙将斗笠斜在脸上。

张仪显然也早认出姬雨，刻意瞥她一眼，冲鬼谷子略一抱拳，朗声说道："看相的，你这话讲得也忒大了点吧！"

鬼谷子眼睛未睁，淡淡说道："年轻人何出此言？"

张仪手指旗幡："那招幡上写的是，'远观万里鹏程，近判旦夕祸福'。鹏程万里一时无法验实，谁都可以胡诌。晚生敢问，旦夕祸福，先生可能算准？"

"当然！"

张仪眼睛一眨："若说旦夕，晚生有点为难先生。晚生且问，一月之内，在下可有福祸？"

鬼谷子微微睁眼，看下张仪，复又闭上："一月之内，倒是无事，有事只在一月之后。"

"之后多久？"

"从命相上看，是三十日！"

"你是说，我两个月之内有事？"

"命相如此。"

"什么事儿？"

"人生大悲！"

"你……"张仪勃然震怒，"一派胡言！好吧，我再问你，依你所说的这位贵至卿相的年轻人，一个月之内可有福祸？"

"没有。"

"两个月呢？"

"人生大喜！"

张仪彻底震怒："什么？我是大悲，他却大喜，"又看向众人："诸位说说，天下可有这等巧事儿？"

众人皆是不信，七嘴八舌。

“不可能！”

“一听就是胡诌！”

“哈哈哈哈，这般算命，我也会！”

…………

张仪冷笑一声：“老先生，观你眉毛，想也有把年纪了，这般信口胡诌，却为哪般？”目光瞥向地上的那枚铜币：“哈哈哈哈，在下明白了，想是为了那枚铜币吧！”

童子显然被他最后一句激怒了，二目圆睁，气呼呼道：“哼，谁稀罕那枚臭币！”

张仪看向童子：“你小子，不为臭币，又为什么？命尚未算，先让掏钱，天底下可有这般做生意的？”

“我们就是这么做的。对了，你的命已经算过了，掏钱！”

“哈哈哈哈，”张仪长笑几声，“掏钱？我的命是算过了，可我这鼻子眼儿全不信哪，我没有信，你又怎么让我掏钱呢？”

鬼谷子睁眼又看张仪一眼，再次闭上，语气肯定：“命数如此，信与不信，年轻人自便！”

“算命的且慢闭眼！我再问你，六十日之内，如果先生所言并不灵验，该当如何？”

鬼谷子没有睬他，依旧闭目。

“哈哈哈哈，”张仪再次大笑，“我就晓得你是一派胡言，不然的话，为何不敢接话？”

“年轻人，老朽在此候你六十日就是！”

“好！”张仪重重点头，转向众人，左右拱手，“诸位看客，你们权且做个见证。六十日之内，若是灵验，在下向这位老先生磕三个响头，付卦金一镒！若是不灵验……”瞟一眼童子身边的招幡儿：“你的这个小招幡儿，在下可就扯下来了！”

童子瞪他一眼：“你敢！”

观众再爆哄笑。

鬼谷子声音沉沉道：“年轻人，待到那时，怕是你就没了这份儿心气！”

“哈哈哈哈，”张仪仰天一阵狂笑，又像变戏法似的瞬间止住，冷眼直逼鬼谷子，“君子一言！届满六十日，此时此地，晚生敬候先生！”

张仪出足风头，转身一看，却是傻了，身边佳人不知何时已经离开，不见踪影了。

“闹剧”结束，人群渐散。鬼谷子缓缓站起，显然早已明白苏秦所为何事，呵呵笑道：“年轻人，这块地儿让给你了！”转对童子：“小子，捡起你的铜币，买饼吃去！”

“好咧！”童子应一声，捡起铜币，收起招幡。

鬼谷子在前，童子在后，晃晃悠悠地走向一条街道。

苏秦看看鬼谷子留下的地儿，又看向鬼谷子二人远去的背影，眼前浮现出轩辕庙中的情景：三人同住一殿，雄鸡啼晓，鬼谷子依旧不睡，只在那儿坐着。

苏秦忖出鬼谷子是个奇人，不再摆摊了，挑起担子，紧追鬼谷子而去。

所有人都走了，只有张仪守在原地，望着姬雨可能离去的方向，怅然若失。

小顺儿小声道：“主人，人都走了！”

张仪回过神，抬眼望去，见苏秦挑担走开，心中一动，努下嘴，不紧不慢地跟在身后。

第 017 章｜ 张仪豪宴戏苏秦 姬雪被逼嫁燕翁

姬雨回到靖安宫，见只有宫正一人，觉得奇怪，问他道：“父王、姐姐和御医呢？”

“嘘，”宫正小声应道，“御医说，娘娘需要静养！”

姬雨急道：“母后怎么样？”

“娘娘正在候你！”

姬雨急到榻前，见王后气色已有明显恢复，嘘出一口气，轻声道：“母后，雨儿回来了！”

王后缓缓睁眼：“快，扶母后起来！”

姬雨扶王后起来，在她背后垫上枕头，喜悦之情溢于言表：“母后，雨儿寻到他了，那个白眉老丈！”

“快，”王后急不可耐道，“坐母后身边，细细说给母后！”

姬雨坐下，将方才街上所见从头至尾细述一遍。

王后长舒一口气，微微笑道：“这么说来，此人必是了！”

“母后，白眉老丈是谁？”

“是位得道的高人，住在云梦山的鬼谷，号鬼谷子！”

“啊？”姬雨惊得合不拢口，“他就是鬼谷子呀？”

“怎么，你知道他？”

“是呀，”姬雨一脸兴奋，“琴师不止一次提到他呢！”

“哦？先生怎么讲的？”

“先生称他为当今琴圣，即使俞伯牙再世，也要矮他半头！”

王后微微一笑：“鬼谷先生岂止是个琴圣！”

“母后，难道他是神仙？”

王后点头：“在母后眼中，他就是神仙！”

“呵呵，”姬雨笑起来，“是哩，看起来还真有点儿道骨仙风。母后，您怎么晓得他来了洛阳？不会是他托梦于您了？”

“是母后求他来的！”

姬雨吸一口气：“母后认识他？”

王后点头。

姬雨来劲了：“母后快说，您怎么认识这位神仙的？”

“唉，”王后轻叹一声，“讲起此事，就是母后之憾！”略顿，似是回到过去，缓缓讲出一段往事：

多年前，王后年幼时，肤粗发黄，是蔡宫里出了名的丑丫头。然而，蔡公晚年得女，对她甚是疼爱。十二岁那年，她突患一场奇病，高热不退，黄发脱落，神志不清，昏睡不醒。几个老医生轮流把脉，皆是摇头。

蔡公焦急，在宫门外张榜求医。没过多久，一位白眉老丈揭下榜文，进宫诊治。

白眉老丈细审王后，见她头发掉光，全身出疹，身上无一处好皮肤，不忧反喜，对蔡公说：“此病草民可治，但草民有个请求，望蔡公应允。”

蔡公喜问：“什么请求？”

“此女为道之器，从今日起，可叫汕儿。”

“汕儿？嗯，这名字好，就叫汕儿吧。”

“俟汕儿病好，”老丈话锋一转，“老朽要将她带走。”

蔡公愕然：“带走？带哪儿去？”

“带进山林，承道纳丹。”

“这……”

白眉老丈双目逼视：“蔡公舍不下吗？”

蔡公眼珠子转了几下，狡黠一笑：“呵呵呵，好说好说，只要上仙能够医好汕儿的怪病，一切都好说！”

…………

“母后，”姬雨急道，“老丈治好您了吗？”

“要是治不好，怎么会有母后呢？”王后给她个笑，“白眉老丈在母后身上连扎数针，留下几包草药后辞别。将行之际，老丈说他住在云梦山鬼谷，可叫他鬼谷先生，说他一百八十日后来接母后。母后服药四十九日，康复如常，再四十九日，头上长出黑发，全身蜕皮，再四十九日，生出一身柔皮，光滑细嫩，听宫里人说，这叫脱胎换骨。”

“后来呢？”姬雨听得入神，急问，“母后为何没有随鬼谷先生进山修道？”

“唉，”王后长叹一口气，“因为你外公呀。一百八十日后，鬼谷先生如约来接他的汕儿，你外公却生悔意，再三推托，要求鬼谷先生再候三年。三年之后，鬼谷先生践约再来，你外公却不顾母后再三哭求，将母后献给周室。母后出嫁那日，鬼谷先生就站在宫外，眼睁睁地看着母后含泪走进迎亲的王辇。鬼谷先生长叹数声，扬长而去。仅过一年，楚人灭蔡，你外公他……也就死于战祸了！”

“再后呢？”

“鬼谷先生再未露面。后来，母后生下你姐妹二人，渐也断去修道念想。三年前，母后梦见鬼谷先生，先生说，他仍旧记挂母后，只要母后愿意，他随时可来接母后进山！母后醒来，想到此生所失，颇多叹喟，哭了整整三日！”

“母后，您……还想进山修道吗？”

“唉，”王后又是一声长叹，“怎么不想呢？可修道首在抛却尘念，而这尘念母后割舍不下呀！”

“母后有什么割舍不下的？”

“一是你们的父王，母后既然是他的人了，又怎能舍他而去呢？二是你们姐妹！眼下秦、魏逼聘雪儿，你们的父王左右为难，母后苦无良策，这才求助于鬼谷先生，”王后泪出，“没想到先生他……竟然来了！”

“母后，鬼谷先生真的能帮咱渡过难关吗？”

王后重重点头，以毋庸置疑的语气说：“只要先生在此，母后心里就踏实了！”重新躺下：“雨儿，去吧，母后累了。记住，此事不可外扬！”

姬雨点头，在王后额头轻轻一吻，退出。

市集上，鬼谷子师徒不紧不慢地走在前面，苏秦不远不近地跟在后面。

看到旁边有家小饭栈，师徒二人拐进去，寻个几案坐下。店家招呼，童子递上铜币，要店家随便上些吃的。店家看一眼师徒二人，拿出几只饼、一盘凉菜和两碗稀粥。

二人吃得很香，尤其是童子，还真饿极了。

苏秦站在离他们几十步外的街面上，搁下挑子，远远地看着。苏秦显然也有点儿饿了，由不得咽下口水。

正在饕餮的童子瞥到苏秦，低声道："先生，你看那人！"

鬼谷子顾自咬嚼。

"看样子，想必他也饿了。"

鬼谷子似没听见。

童子有些过意不去了："我们吃的是他的钱！"

鬼谷子仍旧没睬。

见先生始终不发一言，童子迟疑有顷："先生，要不，给他个饼吧，反正我们吃不完！"

鬼谷子瞪他一眼："吃你的吧！"

童子给他个黑脸，将头扭到一侧，不忍再看苏秦。

苏秦显然不是为只饼守在这儿的。他要守的是鬼谷子，他怕先生万一不回破庙，就再难寻到他了，而他窝着一肚子的疑要问，一肚子的惑待解。

苏秦正自守候，肩上被人轻拍了一下，扭头一看，是张仪和小顺儿。

因有前面两次交集，苏秦显得慌乱，弯腰深揖一礼。

"喂，"张仪嘴角撇出一笑，"是该称呼你苏卿呢，还是苏相？"

苏秦晓得麻烦来了，朝后退一步："我……我……"

"呵呵呵，"张仪一副油嘴滑舌的样子，"叫苏卿相吧，既有卿，也有相，算是齐全了。"又指自己："在下姓张名仪，魏地河西人。"动作夸张地鞠个大躬："河西张仪叩见卿相大人！"

苏秦脸色涨红："张……张……张公子莫……莫……莫开玩……玩笑！周人苏……苏……苏……"

"呵呵呵，是苏秦吧，在辟雍里听到卿相向两位女子亮过家底！"

苏秦脸色绯红，却不敢接腔，将头垂下。张仪朝鬼谷子努下嘴："看人家大快朵颐，卿相的肚皮怕也按捺不住了吧？"

苏秦不敢接话，挑起担子欲逃。

张仪看向顺儿，嗔怪道："顺儿，怎么没个眼色，还不快帮卿相大人挑上？"

小顺儿去挑担子，苏秦却不松手。

张仪扯住苏秦，堆笑道："呵呵呵，苏公子，挑担是粗活，怎能委屈卿相大人呢？让下人挑去！”说完不由分说，将他担子取下，扔给小顺儿。

苏秦不知他意欲何为，紧张道：“张……张……张公子，你……你要做……做……做……”

许是被苏秦这滑稽的样子逗乐了，张仪爆出一声长笑：“哈哈哈哈，在下不做什么，在下不过是请苏卿相吃个便饭。屈天屈地，屈人屈己，不可屈了肚皮，是不？只是……”指向这一溜食摊：“这些饭食太差，只配下人填填肚皮。依卿相之尊，自当换个高雅所在才是。”扭头看向小顺儿：“顺儿，这王城里面，何处可配卿相进膳？”

小顺儿眼珠儿一转：“回主人的话，万邦驿馆附近有家万邦膳馆，说是专以招待列国使臣、达官显贵，在王城里首屈一指啊！”

“万邦膳馆？嗯，名字不错，正配卿相进膳。”张仪转对苏秦，拱手，“在下就在万邦膳馆恭请卿相小酌，望卿相赏脸！”

苏秦面色羞红：“我……我……不……不……”

“苏卿相，在下诚意相请，您就赏个脸吧，算是在下赔罪了！”

“赔……赔……赔什么罪？”

张仪做出诚恳的样子：“方才在太学里，是张仪难为卿相了！”

“苏……苏秦不……不……不怪张公……公子！”

“苏卿相可以不怪，在下之礼却是要赔的。苏卿相，请！”

“嘻嘻嘻，苏卿相，我家主人有的是钱，主人请客，您不吃白不吃，吃了也白吃，何必饿着肚子逞能呢？走吧！”小顺儿挑起挑子，“咯吱咯吱”头前走去。

张仪将苏秦胳膊顺势挽起，连拖带拉，将他推走了。

外面一幕被童子看了个真切。

“先生，”童子急道，“太学里的那个人把那个人拖走了！”

“什么那个人那个人的，吃你小子的吧！”鬼谷子慢条斯理道。

张仪拖着苏秦来到万邦膳馆。

万邦膳馆位于文庙对面，是周室接待万邦来宾的核心建筑之一，与万邦驿馆配套，皆归行人府管辖。膳馆场面很大，朝觐期间最热闹时曾有过逾百厨工，同时接待过上千来宾。然而，时过境迁，今日的膳馆门可罗雀，厨师也没几个了，得亏近日的秦、魏使团，馆里总算有了生气，炊火重起。

显然，这儿是苏秦不曾来过的。看到高大的门楼、大门两侧的怪兽及一长排大红灯笼时，苏秦惊呆了。

门口停着几辆辎车，皆显奢华。小顺儿放眼望去，有点儿慌了，将张仪拉到一侧，悄声道："公子，是否换个地儿？"

张仪瞪他一眼："滚一边儿去！"

小顺儿眼球儿四处转悠，显然是在寻地儿。

张仪指向一棵大树："你就守在那棵树下，看好卿相的宝贝儿！"

小顺儿挑起担子，走到树后。

张仪招手："过来！"

小顺儿一溜烟又跑过来。张仪附耳低语一阵，小顺儿点几下头，回到树下。

张仪转对苏秦，伸手做个大礼："卿相大人，请！"

苏秦不知他俩在搞什么名堂，退后一步，心慌不已："我……我……我……"

"呵呵呵，"张仪笑着指指几辆辎车，"看到没，能来这儿的非卿即相，正配苏公子进膳！请！"

苏秦愈加后退。张仪不由分说，推着他直入大门。

二人走进膳馆的大厅，但见华灯普照，却无一人。望着由上至下的奢华装饰，苏秦揉揉眼睛，像是做梦一般。

张仪大喊："人呢？怎么不见人呢？"

行人闻声赶来，打量二人："二位是……"

张仪斜他一眼："叫你家主事的来！"

见他衣着华丽，行人鞠个大躬，赔笑道："这位公子，今天客情大，魏使、秦使，还有燕使，都在迎请贵宾，大行人忙不过来呀！"指左右："公子请看，连厅里也没人哪，都在雅室里侍候呢！"

张仪眼一瞪："岂有此理！别人是贵客，本公子就不是了？"

"公子息怒，行人这就禀报大行人！"行人匆匆离去。

不一会儿，大行人疾步走来，向二人揖礼道："大行人见过二位公子。"言毕打量二人，看向张仪："敢问公子何方人氏？"

张仪回礼道："在下张仪，魏邦河西人氏！"

大行人吸一口长气："河西？"连连赔笑，深深鞠躬："贵宾光临，在下未能远迎，抱歉，抱歉！"目光落在苏秦身上："敢问张公子，这位是……"

张仪指着苏秦道："这位是苏公子，今晚在下迎请的贵宾！"

大行人朝苏秦鞠躬："大行人见过苏公子！"

苏秦不敢接腔，只往后退。

张仪拱手："在下欲请苏公子在此小酌，请大行人引个雅处！"

大行人面露难色："不瞒张公子，您事先未订，所有雅舍尽皆客满了！"

"什么？"张仪大眼一横，"堂堂万邦膳馆，居然连个雅舍都没有吗？"

大行人眼珠子连转几下，赔笑道："张公子息怒，在下想起来了，倒是还有一处，只是……"

"怎么了？"

大行人苦笑："不瞒张公子，周室冷清，本馆久未待客，只在近日重新启用，匆忙收拾出几间雅舍，不想今日全部客满。不过，在此旁侧另有一处雅舍，也是接待贵宾用的，张公子若是不急，在下这就使人清扫！"

"呵呵呵，不急，不急，在下有的是辰光！"

不消半炷香的工夫，行人将张仪、苏秦引至一处雅致小院。望着处处考究的华丽装饰，苏秦仿佛是在梦境。

行人指着小院道："二位公子，这处雅舍虽说是刚刚整理出来的，却也并无异味。"

张仪四处打量一眼，转头对苏秦道："苏卿，这处雅舍可称意否？"

苏秦方才回过神来："我……我……"

张仪转对行人："苏卿说，这儿不错，就它了！"

"二位好眼力，"行人压低声，"不瞒您说，这处雅舍是专门接待伯爵的，遥想当年，郑伯觐见天子，就曾在此舍饮宴！"

"乖乖，"张仪咂舌道，"经你这么一说，本公子这要畅饮了！"

行人兴奋地问道："敢问张公子欲食何谱？"

"郑伯当年都吃什么来着？"

"是八热八凉，其中有熊掌、鱼翅、豹唇、麋心四品，皆为天下珍肴！"

"还能做出吗？"

"这些是本馆招牌，几样珍物四季常备，皆在冰窖存放。"

张仪显然对菜肴不甚了解，不假思索道："就这个食谱吧！"

"好咧！敢问张公子欲饮何酿？"

"你这馆中都有何酿？"

"清一色大周陈酿！"

"多少年陈？"

行人如说绕口令般："有三年陈、五年陈、七年陈、十年陈、二十年陈、五十年陈，还有一坛八十年陈酿，天下少有，当是酒中极品了！”

张仪手一扬：“就来那坛八十年陈酿！”

“好咧！”行人应一声，快步走出。

难得遇此阔少，行人匆匆去向大行人报喜。

大行人不喜反忧，眉头紧锁：“他们能订这么好的菜？”

“是哩！”行人兴奋道，“小人说那雅舍是郑伯曾经用过膳的，张公子甚喜，顺口点了郑伯用过的膳食。”又压低声：“还有那坛八十年陈酿哩！”

“啊？”大行人目瞪口呆，“算过没，多少钱？”

行人扳扳手指头：“粗算下来，不下四镒！”

大行人咂舌：“乖乖，三家使臣所点，合起来不足一镒！”

“这般慷慨的金主，多年没遇了！上不？”

大行人略一沉思，果决说道：“上！”

紧挨张仪雅舍的是魏使雅舍，总共三个人，陈轸、戚光与一个老丈，老丈是从安邑刚刚赶到的魏宫御医。陈轸为他接风。

看样子，酒过多巡了。

陈轸再次斟酒，双手捧爵，切入正题：“天子娘娘的病，在下就有劳老先生了！”

“呵呵呵，”老御医捧爵回敬，“都是奉旨，上卿不必客气。上卿能否讲讲王后之病？”

陈轸压低声：“在下怀疑，王后没病！”

“哦？”老御医吸一口气，“王后没病为何装病？”

“河西对抗，秦与我竞聘长公主，周室夹在中间，难作决断，王后行此苦肉之计，也是难为她了。”

“唉，”老御医轻叹一声，摇头，看向陈轸，“老朽此来，若是不为诊病，能帮上卿何忙呢？”

“呵呵呵，”陈轸诡秘一笑，“不瞒您老，在下请您老来，不为诊病，只为搅局。”指下隔壁，压低声：“秦公派来御医，说是终南山来的仙姑，也是今日刚到。秦医怎么说，我们也怎么说，秦医怎么治，我们也怎么治！”

给人看了大半辈子病，老御医深知如此有违医道，长吸一口气：“这……”

“呵呵呵，”陈轸满脸堆笑，举爵，“庙堂不比医堂，来来来，老先生，喝酒，喝酒，干！”

在其隔墙是秦使雅舍，几案上仅有几道素菜、一壶浅茶。几案旁边，面对面坐着秦使公子疾与终南山来的林仙姑。

公子疾举爵："在下奉君命使周，代君上攀亲周室，岂料娘娘玉体欠安，得了怪病，周室也就无心亲事了。在下如实禀报大良造并君上，竟至于扰动了仙姑清修！在下代君上并殿下向仙姑致谢，谨以此盏为仙姑洗尘！"

林仙姑举爵回敬，拱手道："治病救人为医家本务，五大夫不必客气。"

正说话间，一个黑衣人进来，在公子疾身边附耳低语。

公子疾吸一口长气："魏国张公子？河西？"眯住眼："盯住他们！"

黑衣人闪出。

膳馆的最中心，也即最奢华的雅舍，被燕使淳于髡包下了。他的客人是他自己，且自带三个女伎，一人操琴，一人鼓瑟，一人手拿竹梆，边打边哼小曲。淳于髡独坐于席，眯起一双老眼，自斟自饮，喝个不亦乐乎。

张仪雅室里，菜肴上齐，苏秦、张仪面前的几案完全摆满仍没放下，余下的被临时放在旁边的一个支架上。

望着眼前他从未见过的美味佳肴，苏秦目瞪口呆："张……张公子，这……这……这么多，岂……岂……岂不是糟……糟践了？"

张仪没有理他，顾自打开陈酿，酒香四溢。

"哈哈哈哈，"张仪斟满两只酒爵，不无兴奋道，"苏卿相金身玉体，几碟小菜，怎么能是糟践？"举爵："来来来，开喝！"

张仪不停劝酒，两人一爵接一爵，不到一个时辰，便将一坛八十年陈酿喝得见了底。几案上杯盘狼藉。如此陈酿，酒劲自是奇大，看脸色，张仪、苏秦皆喝高了，尤其是苏秦，由于平时较少喝酒，脸色红中带紫。

张仪摇摇壶，见没酒了，举起坛子，将坛中余酒悉数倒入壶中，斟满一爵，推给苏秦。张仪举爵，醉眼惺忪："呵呵呵，大周不欺人哪，八十年陈就是八十年陈，真他娘的过瘾！来来来，苏卿，请！"

苏秦酒劲上来，豪气也出来了，举爵："喝……喝……喝……"

房门裂开一道缝，戚光探进个头。

张仪眼角余光瞄见，以为是侍者，呵斥道："伸个头干啥？"指空坛："酒没了，再来一坛！"

门"吱呀"一声洞开，戚光走进，两眼四处扫视。

见他鬼鬼祟祟，张仪再度呵斥："快拿酒来，看什么看！"

戚光赔笑，抱上空坛子走出，返回自家雅舍，向陈轸附耳低语一番。

“哦？”陈轸看向他。

“一共两个人。一个是咱魏人，说是从河西来，另一个像是周人。都喝多了，河西来的叫张公子，举止张狂，上的是一等好菜，点的酒是八十年陈酿，还叫那个周人为苏卿相。对了，那周人是个口吃，一句囫囵话也说不出，不明白张公子为什么叫他卿相。”

“八十年陈？”陈轸眯住眼，“盯住他们！”

戚光拱手：“老奴明白！”

戚光刚一钻进魏人雅舍，秦国的黑衣人也忙钻进秦人雅舍，禀报公子疾道：“姓戚的进去了，似是斟酒，抱着个空坛子出来，拐进陈轸的地方。”

“哦？”公子疾急问，“他们说什么了吗？”

“没有听清，估计是一伙儿的。”

公子疾摆下手，那人退出。公子疾转对林仙姑，苦笑道：“唉，都是这些杂事儿，让仙姑见笑了！”

顶级雅室里，淳于髡躺在席上，呼噜声此起彼伏。三个仍在奏乐的女孩互望一眼，停下音乐。不料淳于髡的呼噜声突然停住，眼睛睁开：“咦，光头正听得美呢！”

三个女孩相视一笑，乐声再起。

张仪继续斟酒，斟到第二杯时，酒壶空了。苏秦显然喝高了，神态较之先前更无怯意。张仪酒劲兴起，拍几案，大叫道：“来人哪！”

行人闻声走进。

张仪看向他，一脸诧异：“咦，不是让你们拿酒的吗？”

行人赔笑道：“张公子，还要何酒？”

“就方才那酒！”

行人惊愕：“八十年陈只此一坛！”

张仪一拳击在案上：“什么，堂堂大周，美酒才只一坛？”

“这……”行人瞧一下他的醉态，随口应道，“张公子息怒，还有一坛七十五年陈的，可否？”

“不要！”张仪将铜壶“啪”地扔到地上，发出清脆声响，“去，叫你们当家的来，拿好酒，本公子只要八十年陈！”

行人匆匆出去。

张仪将满满一爵递向苏秦，舌头也不囫囵了：“苏……苏卿相，最后一爵，在下这……这……这……这请……”

苏秦接过酒爵：“张……张……张公子，你……你……你……”竖拇指：“这个……”一饮而尽，将空爵“啪”地搁在几案上：“倒……倒……倒……”

张仪抱拳，阴阴一笑：“卿相稍等，在下这去催酒来！”起身，摇摇晃晃地走出房门。

苏秦冲门外拱手：“张……张公子只……只管前……前……前去，苏……苏……苏秦候你再……再……再……再开一坛！”

张仪离开房间，摇摇晃晃地走出膳馆大门。

行人以为他想赖账，追上，急叫：“张公子，您去哪儿？”

张仪看向他，惊讶道：“咦，不是让你拿酒去吗？酒呢？”身子一晃，“嗷”一声就要吐。

行人上前欲扶。

张仪将他猛力一推：“去去去，快拿酒来！”

行人被他搡倒。

张仪没再理他，一晃一晃地走向大街，边走边松腰带。

行人爬起来再追，小顺儿迎上，拦住行人，轻声道：“我家公子喝多了，这是要出恭哩！”

“馆里就有茅房！”

小顺儿苦笑：“你有所不知，我家公子有次喝多了，一头栽进茅房里，差点儿让屎尿淹死，此后喝酒，再也不进茅房了，只在空旷处出恭，且得有小人陪着！”

“这……”

小顺儿干笑几声：“呵呵呵，你尽管放心，公子出完恭就回，他朋友还在馆里候着呢！”

行人想到苏秦，陪笑道：“好哩好哩，张公子要行方便，尽管去就是！”便驻足守在原地。

张仪扭头，指楼上，喷着酒气：“你……还不快去拿酒？我……我们再来一坛，要八十年陈酿！”

行人见他醉成那样，摇摇头，朝大门走去。

小顺儿上前搀起张仪，步态踉跄地走向阴影，张仪扭头看到行人已进门楼，一把扯起小顺儿撒丫子就跑。

夜深了，陈轸陪同老御医缓缓走出雅舍，路过张仪雅舍时，见院门开着，里面听不见声音了。陈轸努嘴，戚光闪进去，急向陈轸招手。陈轸走到门口，嗅到酒气刺鼻，进门见苏秦躺在地上，呼呼大睡。

陈轸苦笑一声，出来走了。

秦室雅舍里，林仙姑早已离开，公子疾独坐。

黑衣人急进，低声道："张公子跑了，他的朋友酩酊大醉，睡得正香。"

公子疾眯起眼："魏人呢？"

"走了。老光头仍在打着呼噜听曲儿！"

"奇怪！"公子疾自语一声，起身，伸个懒腰，"留下二人守在此地。"便大步出去。

张仪也真喝高了，一路上手舞足蹈，长笑不绝："哈哈哈哈，好酒啊，好酒，真他娘的过瘾！"

"嘻嘻，"小顺儿搀扶他走进客舍，扶他躺下，"主人，听这声儿，您没醉，顺儿还以为您喝多了呢！"

"当然没醉了！"张仪瞪他一眼，敛住笑，"我倒是想喝醉啊，只是一坛子酒，又得让给那个口吃，本公子……唉！"

小顺儿想起什么："那口吃……"

"哦，"张仪手一指，"去，瞧瞧他！"

小顺儿快步出去，没过多久，又小跑步回来。

"怎么样？"张仪急问。

小顺儿气喘吁吁："顺儿不敢进去呀，几个壮汉正在打着灯笼四处寻您呢！"

"你个猪呀，"张仪指着他骂道，"我问的是那个小子！"

"听他们讲，那口吃醉成一摊烂泥，仍在地板上打呼噜呢。他们还说，要是寻不到张公子，明早就把他送官！"

"哈哈哈哈，送官好呀！"张仪狂笑起来，"有人不是说他贵至卿相吗？有人不是说他人生大喜吗？本公子倒要看看，这被关进大牢里，他的喜从何来？他的贵又在何处？"

"呵呵呵，是哩。主人，还要顺儿做啥？"

"端盆凉水，给本公子冲个凉，醒醒酒，本公子要美美地睡上一觉！"

翌日晨起，远处鸡啼。

淳于髡醒过来，睁眼一看，三个女伎玉体横陈，各抱乐器，睡姿迷人。

淳于髡乐了，从扇子上拔下一根羽毛，朝其中一个身上拂痒痒。羽毛拂在哪儿，那女伎哪儿就动弹一下，面部也有反应。

淳于髡来劲了，挠这个，拂那个。几个女伎睡得踏实，任他怎么拂弄，只是不醒。

淳于髡正在乐呵，外面传来断断续续的叫喊声："来……来……来人……放……放……放……放开我……"

淳于髡打了个愣怔，走出房门。

院中，苏秦两手被反绑着吊在一棵树上，木剑仍旧倒背着。

淳于髡打量他。

"先……先……先生……"苏秦求救道，"放……放……放我下……下……"

淳于髡凝视他，似要将他看透："你是何人？"

"洛……洛……洛阳苏……苏……苏……"

"哦，你是周人呀。他们为何吊你？"

"我……我……我也不……不……不……"

淳于髡眯眼："你没犯事吧？"

"没……没……"

"你为何到这里来？"

"吃……吃……吃……"

淳于髡听出他是口吃，点下头："哦，你是吃饭来了！咦……"目光落在他的衣饰上："你……怎么能到这里吃饭？"

"朋……朋……朋……"

"哦哦哦，"淳于髡捋须道，"老朽明白了，是朋友请你吃饭。你的朋友呢？"

"不……不……不……"

"咦？"淳于髡有些惊讶，抬头，"也罢，我先放你下来，再问问他们是何缘故！"

淳于髡上前就要解绳，行人匆匆走来，急急扬手："燕使，放不得！"

"呵呵呵，"淳于髡转对他，"老朽正要去寻你们呢。"手指苏秦："怎么回事儿？"

“回禀燕使，”行人恨道，“是这样，昨晚他与张公子来此吃饭，点下陈酿佳肴，酒足饭饱，那张公子却逃了，欠下巨额餐费，大行人震怒，吩咐将此人送司徒府惩戒！”

淳于髡看向苏秦，目光征询：“可为此事？”

“张……张……张……公子不……不……不……不是逃……逃……”

“不是逃，他人呢？”

“他……他……他会……会……会……回……回……”

一阵脚步声急，两个壮汉走过来。

行人看一眼苏秦，冷冷道：“放他下来，押他送司徒府处置！”

一个壮汉解下绳头，苏秦“咚”一声落地，疼得哎哟一声，龇牙咧嘴。

二人将他推走。

苏秦冲淳于髡大叫：“不……不……先……先……先生救……救我……”

淳于髡扬手：“慢！”

二壮汉停下，不解地看向他。

淳于髡转问行人：“共欠多少餐费？”

“足金四镒！”

淳于髡倒吸一口气：“四镒！几个人吃？”

“只他二人！”

淳于髡又吸一口气：“都吃什么了？”

“熊掌、鱼翅、豹唇、麋心……”行人略顿，刻意提高声音，“还有一坛八十年陈酿！”

“啧啧啧，”淳于髡咂舌，“八十年陈哪！”唏嘘几声，看向苏秦：“好你个小子！”摸出一个方方正正的金块，递给侍者：“称一称，够四镒否？”

行人愕然：“这……”

淳于髡摆手：“拿去吧，若是够分量，老朽就将此人带走，若是不够……”晃晃袖袋。

“这……”行人怎么也不解，“敢问燕使何以花重金赎他？”

“哈哈哈哈，”淳于髡捋须长笑一声，“老朽带他回去，是要开膛破肚，看看这坛八十年陈酿究竟是个什么味儿！”

行人吓傻了：“这……”不敢接钱。

淳于髡一脸惊讶：“咦？”

行人赔笑道：“燕使且慢，在下这就去禀报大行人！”

不一会儿，行人与大行人急走过来。

大行人朝淳于髡拱手道：“在下见过燕使！”

淳于髡拱手还礼：“老朽见过大行人！”

大行人赔笑：“听闻燕使……”看向苏秦。

“呵呵呵，这是一个奇人哪！”

“敢问燕使，奇在何处？”

“身为周人，竟以布衣之身、口齿之滞，闯进万邦膳馆与三国使臣同时进膳，且吃的是熊掌、鱼翅、豹唇、麋心，饮的是大周八十年陈酿，难道还不奇吗？八十年陈酿比老朽年龄还长许多，这等口福，这等奇趣，即使老朽走南闯北，也还是闻所未闻哪！”

苏秦羞愧低头。

“惭愧惭愧，”大行人以为淳于髡是在挖苦大周，连连拱手，“是本馆疏忽，见笑于燕使了！”转对行人，厉声喝斥：“愣个什么，快将此人押入刑狱！”

“慢慢慢，”淳于髡一扬手，“敢问大行人，你以何罪押此人入狱呢？”

“僭越之罪！”

“你开膳馆，人家进膳，雅舍是你们腾的，佳肴是你们炒的，陈酿是你们供的，进膳之时不曾僭越，酒足饭饱了，却说人家僭越，你们大周就是这么断事的？”

“这……”大行人理屈词穷。

“呵呵呵，若是老朽没有猜错，治人家罪，无非是为这个，”淳于髡将手中金块掂了几掂，走到苏秦跟前，“小伙子，这块金子，老朽借给你了，付膳费去吧！”

苏秦傻了：“我……我……”

淳于髡将金块塞他怀中，一个转身，扬长而去。

苏秦欲动不得，欲追淳于髡，手脚却被绑着，结结实实地摔在地上，金块滑出。

大行人、行人望着金块，面面相觑。

行人手指金块，看向大行人，目光征询：“这……”

大行人黑起脸：“松绑！”弯腰拾起金块，大踏步离去。

酣睡一宿后，张仪乍然醒来，打个哈欠，扭头看向身侧，见小顺儿仍在大睡。

张仪一下子弹起，朝小顺儿屁股猛踢一脚："日头晒到屁股上了，还不起来？"

小顺儿"哎哟"一声爬起来，摸摸屁股，冲他做个鬼脸。

张仪虎起脸："端洗脸水去！"

小顺儿端来洗脸水。

张仪正在洗脸，猛地想起什么，停下来，看向顺儿："顺儿，拿钱袋来！"

小顺儿拿来钱袋。

张仪朝袋子努嘴："数数金子！"

"嘻嘻，"小顺儿笑道，"顺儿每天都要数它几遍，金子多得是呢！"

张仪横他一眼："多少呀？"

"一镒单三钱，足够主人再花三个月！"

"够了就好，"张仪胡乱洗一把，拿布擦干，换件衣服，"全都带上！"就大步出门。

小顺儿提上钱袋，跟出来："主人，哪儿去？"

"万邦膳馆！"

"咦……"小顺儿愕然，"去那儿做啥？不是说……"

"说你个头呀！"张仪厉声打断他，"吃了喝了，难道你还想赖账不成？"

主仆二人出门时日头已有一竿子高，大街上行人不绝，早市闹猛。

小顺儿看看太阳："主人，结巴怕是已被送官了！"

张仪没有应他，但脚步加快。张仪的住处离万邦膳馆并不太远，不消两刻钟，就已赶到驿馆所在的街道。

"公子，快看！"小顺儿一脸惊愕，手指前方。

张仪急看过去，见苏秦正从膳馆里走出来，许是两手被绑麻了，边走边活动两臂，脚也有点儿跛。

张仪吃一惊："咦，他怎么出来了？"

小顺儿摸摸头皮："对呀，怎么没被送官呢？"

张仪闪到街边，躲在一棵树后，目不转睛地望着膳馆大门，心里怦怦直跳。

没有人追出来。

苏秦脚步悠然地朝他们的方向走过来，走有一阵，似又想起什么，拐回去，走到小顺儿藏身的树后，寻找一阵，空手出来。

"顺儿，"张仪转问小顺儿，"卿相的竹简呢？"

"哎哟，糟糕，"小顺儿一拍脑袋，"昨儿一急，我就给忘了！"

张仪横他一眼："你小子，赔人家去！"

"嘻嘻，"小顺儿摸头皮，斜睨张仪，见他依旧拿眼横他，改作怒，拳头一紧，"他娘的，啥人这么吝啬钱，连几捆破竹简也要来捡！"

"破你个屁，那竹简是人家的饭碗，晓得不？"

小顺儿假装叹气："唉，可惜让顺儿给摔破了！"

张仪做个手势："嘘！"

不知何时，苏秦已到近前。小顺儿欲出去，被张仪扯住。

苏秦从二人眼前走过，目不斜视。

张仪扯起小顺儿，远远跟在后面。

苏秦拐过几道街，径出东门，沿一条土径一步一步登上洛阳东郊的一处小坡。坡顶上隐约可见一座老庙的庙顶，苏秦推开庙门，走进去。

小顺儿问道："公子，他进庙里做啥？"

张仪眉头一紧："走，瞧瞧去。"

二人来到庙外，在一段矮围墙处站下。围墙颇高，张仪踮起脚尖，看起来仍旧吃力。张仪指下地，嘴一努。

小顺儿会意，蹲下，让张仪站到他的肩上。

张仪站上去，还没站稳，小顺儿忽一下就站起来了。墙头并不高，张仪踩他身上刚好露出个头，他这一站起来，张仪的上半个身子就完全暴露在墙头上。张仪急了，猛蹬他的头。小顺儿这才明白过来，紧忙缩下，靠墙蹲着。

张仪偷眼看去，嘘出一口气。殿门外面，苏秦正五体投地，一动不动地跪着，根本没有注意到墙外的动作。

殿里传出收拾东西的声音，继而童子扛着旗幡站在门槛上："这位客人，你一直跪在这儿干什么呀？"

"晚……晚……晚……晚……"苏秦卡在"晚"字上。

"卦已占完了，你还想做啥？"

"不……不……不……不……"

"你的门板还是你的，没有人动过，想睡你就睡！"

"不……不……不……"

童子不耐烦了："你这不那不，究竟想做什么？"

"小子，辰光不早了，该做营生喽！"鬼谷子说完，人已晃出殿门，从苏秦身边走向庙门。

童子扛着幡子，跟在身后。

二人出庙门，沿着小径下坡，投东城门而去。

苏秦爬起来，没有进屋，而是跟出庙门，远远地跟在他们身后。

听到声音走远，张仪“噌”地翻墙进院，小顺儿也跟了进来。

张仪走进殿门，巡视一圈，见殿的东侧有两个草铺，西侧是一扇被拆下来的殿门，两端各垫两块石头，其他别无用品。

小顺儿手指门板：“听这小子话音，口吃就睡在这块门板上！”

张仪阴阳怪气地笑起来：“嘿，嘿嘿，嘿嘿嘿……”

“主人，您笑啥哩？”

“笑好笑之事！”

“什么好笑了？”

张仪一字一顿：“老白眉！”

小顺儿不解：“咦，老白眉怎么好笑了？”

“他演了一出好戏呢！”

小顺儿挠头皮：“好戏？”

“他初到此地，要讨生意彩头，就得有个敲边鼓的。谁来为他敲呢？不二人选就是口吃，明白没？”

小顺儿依旧不解：“可他……付了钱哪！看昨天那景况，老白眉拿他的钱买了饼吃，那小子就只能挨饿，若不是主人……”

张仪打断他，恨恨道：“这正是老白眉的可恶之处！口吃此来，想是讨要他的那枚铜板，老白眉没钱给他，口吃只好跪求，老白眉无奈，只得拉上童子出走，想是讨到生意后再还他的钱吧！口吃跟在后面，或为继续敲边鼓，或为等他还钱！”

“嗯，是了。想是昨日主人搅了他的生意，他才故意给公子算个恶卦，吓唬公子！”

“恶卦？”张仪一脸不屑道，“哼，我倒要看看他的卦是怎么个恶法！走！”

王城大街上，鬼谷子、童子不紧不慢地走在前面，苏秦不远不近地跟在后面。

一直尾随在后的张仪朝小顺儿使个眼色，快步上前，截住苏秦。

张仪故作惊讶道：“哎哟，苏卿，你让在下好找呀！”

见是张仪，苏秦一脸惊喜：“张……张……张公……公子，可……可……

可见……见到你……你了！”

张仪连连拱手，语带歉意：“昨日喝多了，出去上个茅房，不想竟然迷路了，不知摸到哪儿，遭风一吹，竟如一摊烂泥，一直睡到方才酒劲儿才过，睁眼一看，嘿，竟然躺在一个苇塘子里，差点儿喂了王八！爬上水塘回家，却又不见这小子，晓得他是寻我去了。紧忙换身衣裳，正洗澡间，猛然想起苏卿，啥也顾不得了，拔腿就朝膳馆里奔，途中遇到这小子，说是苏卿一大早就离开膳馆，不知哪儿去了！在下与小子满大街寻找苏卿，寻出一身大汗，不想苏卿却在这儿！”

苏秦拱手还礼：“谢……谢……谢张……张……公……”

“谢个什么呀，走走走，卿相这就请随在下前往膳馆，将所欠餐费一并结清！”

“不……不……不劳公……公子费……费心！”

“咦，好酒好菜吃了，咱不能赖账，是不？”

“结……结……结过了！”

“啊？”张仪惊愕不已，看下小顺儿，又看向苏秦，“谁结的？”

苏秦手指自己：“在……在下……”

“啊？”张仪又是一惊，“这……多少钱？”

“四……四……四……”

“四两金子？”

苏秦摇头：“不……不……不是。”

“不会是四十两吧？”

“四……四……四镒！”

张仪张口结舌：“四……四镒！”

“天哪，四镒是八十两！”小顺儿不由看向自己的钱袋，吃了颗定心丸似的长嘘一口气。

“你……”张仪难以置信，“哪儿来的钱？”

“借……借……借……”

“借的？”张仪更加不信，“谁借给你的？”猛地一拍脑袋：“可是那个算卦的？”

“不……不……不……”

“这这这，谁能借给你那么多钱？”

“燕……燕……燕使！”

“燕使？”张仪吸一口长气，看向小顺儿，“乖乖，天底下竟然有这等事儿！”盯住苏秦：“奇怪，他为什么借给你？”

苏秦摇头。

张仪自语：“怪道他们放你出来了呢！”心中忖想：“难道这小子真的是个富贵相？”旋即自嘲道：“不可能的事，我张仪怎么能信这个！”

苏秦拱手道：“张……张……张公子，在……在……在下有……有事，告……告辞！”

张仪亦拱手：“卿相慢走！”

苏秦扭身，大步追去。

张仪眼珠儿一转，心道：“口吃此去，定是去寻那个老白眉。若是听任他们搅在一起，没有大喜也可整出一个，那时节，我可怎么拆穿他呢？”想到这儿，急追几步，扬手叫道：“喂，卿相留步！”

苏秦顿住步子，回望张仪。

张仪跑上来：“敢问卿相，这去何处？”

“找……找……找老……老丈！”

张仪阴阴一笑，心道：“还真让我猜到了呢！”换作笑脸：“呵呵呵，敢问卿相，寻那老丈何事？”

苏秦愣怔有顷，摇头：“我……我……我……不……不……不知！”

“咦，既然不知，你又何必寻他呢？”

“我……我……”

“呵呵呵，明白了。我说卿相，那人根本就是胡诌，甭信他的！”

苏秦表情怅惘。

“敢问卿相，家住何处？”

“城……城……城东轩……轩……轩里！”

“卿相每天都回家吗？”

苏秦摇头。

张仪明知故问：“咦，卿相不回家，夜晚何处栖身？”

“轩……轩……轩辕……庙……”

“哎呀，”张仪应道，“依卿相之尊，怎么能住在破庙里呢？”

“我……”

“这样吧，”张仪略一思忖，热切地看向苏秦，“在下居处倒还阔绰，卿相若不嫌弃，就与在下同住，可否？”

“这……这……”苏秦有点儿受宠若惊。

“呵呵呵，不要这这这这了，”张仪一把扯住他的胳膊，“走走走，在下的早餐还没吃呢，你我先去填饱肚皮再说！”走几步，转对小顺儿：“顺儿？”努嘴：“去，膳馆里转转！”

小顺儿明白主子要他实地摸底，以验实苏秦所讲，应一声“好咧”，便撒腿而去。

靖安宫里，王后坐在榻上，两眼微闭，神情放松，脸上溢着笑意。姬雪弹琴，姬雨鼓筝，显王坐在榻沿，轻轻握着王后的手，和着乐音轻哼。

就在一家人其乐融融时，内宰趋进，轻声道：“陛下，娘娘，东周公引魏使觐见！”

周显王看向他，脸色阴沉：“所为何事？”

内宰凑近：“魏侯派来宫医，说是……”顿住，看向王后。

周显王会意，不耐烦道：“传谕魏使，娘娘已经痊愈，不劳他们费心！”

“王上？”

周显王立马意识到什么，怔了下，看向王后。

王后点头：“王上，他们想来探病，就让他们来探好了！”

“可这……”周显王看向王后恢复较好的面容。

王后给他个笑，从枕下取出一粒青玄色药丸，送入口中，要杯水，服下：“传旨吧。”

周显王略感诧异：“爱妃？”

王后再给他个笑：“传吧，让他半个时辰后望诊。”

秦国使馆里，副使绷着一张木头脸，哈腰禀道：“膳馆的事查清楚了，是场闹剧。那个叫张公子的实则是一个纨绔子弟，从河西来，名唤张仪，是太学里的学子。另外一人名唤苏秦，说话口吃，是附近村落的农夫之子，但不思农事，异想天开，整日里在洛阳城中浪荡。不寻常的是，张仪点下四镒黄金大餐，本欲戏弄苏秦，不想却被燕使淳于髡解救。四镒金子非同小可，不明白燕使此举何意！”

“四镒巨资解救一个浪荡口吃？”公子疾大吃一惊道，“这个光头倒有意趣！不会是喝多了吧？”

“是晨起，喝得再多也该醒了！”

“好了，”公子疾摆手道，“若无他涉，此事可以放下。”听到外面的马车声，“快，王叔来了！”

二人急迎出去。

果然是西周公，已经下车了。

公子疾拱手：“有劳王叔了！”

西周公直入主题：“敢问五大夫，何事急切？”

“魏使从安邑请到一个医师，已被东周公举荐入宫，为王后诊病。”

“哦？”

“王叔呀，若是让魏使占了先，我们可就前功尽弃了！”

“五大夫是何主张？”

“娘娘之病，我家君上也很挂牵，特别请到终南山神医，劳烦王叔荐给天子，不定就能治好娘娘之病呢。”

西周公拱手：“谢秦公费心！”

周王后榻前依旧悬着一道帘子。周王坐在榻沿，身边站着姬雨，挂着利剑。

东周公、陈轸、魏室御医及一个魏室女医官在珠帘前叩首，陈轸朗声道：“大魏陛下听闻大周王后玉体欠安，特使御医诊治，恳请大周陛下允准！”

陈轸声音洪亮，宫中回响着“大魏陛下”几字。

周显王脸色铁青，握王后的手微微颤动。一旁的姬雨杏目圆睁，纤手按向剑柄，左手大拇指已将剑锷微微推出，几欲拔剑出鞘。

宫中一片沉寂。

内宰沉声道：“魏使，此处是大周宫室，天子面前不可妄语！”

东周公似也挂不住脸了，用臂弯轻碰陈轸。

陈轸似是没有感知：“大魏御医请求为大周王后诊病，请王上允准！”

周显王强力压住火气，声音如同从喉管里挤出：“准允魏医切脉！”

宫正声音冰冷：“悬丝！”

两个宫女将一根红色丝线引出珠帘，悬在老御医面前。

老御医闭目摸丝，丝线随着王后的脉动而微微颤动。

宫中静寂如死。

时光一丝一丝地过去，老御医仍在把丝，但额头汗出。

内宰看向老御医：“请问魏医，脉可切好？”

老御医收手，拱手道：“臣已入耄耋，请求为娘娘望诊，奏请陛下恩准！”

周显王看一眼王后，见她点头，转对内宰："带他进来。"

宫正过来，引老御医、女医官入帘。

老御医看向王后，见她额泛青气，面颊猩红，眼白充满血丝，呼吸极其微弱。女医官伸手把脉，把一会儿，让给老御医。

老御医切脉，面色凝重。

老御医看向女医官，女医官托住王后下巴，使她张口，现出舌苔。女医官翻开王后眼皮，现出眼白。

折腾有顷，老御医深揖一礼，走出宫门。

陈轸追出门外，急切问道："神医，王后所患何症？"

老御医看向他，眉头紧："怪异！疑是寒症，又似热症……"

"这……是有病还是没病？"

御医断然回道："有，是怪病！"

陈轸"哦"一声，凝眉有顷，沿宫中小径顾自走去。

二人走出周宫，正在步下台阶时，刚好西周公、公子疾正一左一右地陪着林仙姑走上台阶。

陈轸驻步，俯视公子疾，目光落在林仙姑身上。

公子疾急进几步，距陈轸约两级台阶时驻步，拱手揖礼。

"呵呵呵，"陈轸不无得意道，"五大夫，今朝是你迟到一步哟！"

"上卿可知后来居上乎？"公子疾还一个揖，迎头反击。

陈轸略略抖动几下肩膀，看向脚底下的台阶："呵呵呵，居上的好像不是五大夫吧？"

"敢问上卿，您这是一直居上呢，还是在拾阶而下呢？"

公子疾的这一句反击绝妙，陈轸一时想不出应对之辟，嘴角嚅动几下，却无声音出来。

公子疾"噌噌"两步跨到陈轸同一台阶，朝他笑笑，又是几步，跨到陈轸上方，回头笑道："陈上卿下阶，五大夫就不陪喽！"说完长笑一声，扬长而去。

陈轸目光如两把尖刀射向他，似是要将其开肠破肚，末了气恨恨地哼出一声，转身"噔噔"下阶。

魏使走后，周显王气呼呼地回到了御书房。

内宰奉上茶水："王上，喝一口润润嗓子！"

周显王咕咕几口饮下，“啪”地将茶盏摔在地上：“欺人太甚！”

内宰安慰道：“世风日下，王上龙体要紧哪！”

“传旨，”周显王声音冰冷，“藩邦属臣无论何人，不可再入后宫！”

内宰略略一顿，拱手道：“臣——”

“领旨”二字尚未说出，一阵脚步声紧，当值内臣趋进院门。

内宰看向他：“何事急切？”

当值内臣拱手道：“禀王上，西周公、秦使请求觐见！”

内宰看向显王。

显王脸色黑沉：“晓谕秦使，娘娘玉体欠安，寡人概不会客！”

当值内臣苦笑：“臣也是这么回的，可秦使说，他们正是为此而来。秦公听闻娘娘玉体欠安，特从终南山请来仙姑，说是神通广大，或能诊治娘娘之病！”

显王“咚”一声将拳头重重砸在几案上，怒喝：“什么终南山？什么仙姑？藩邦属臣，无论何人，不可再入后宫！”

“这……”当值内臣看向内宰，低声道，“是西周公带他们来的，这就候在门外了！”

内宰趋前，轻声道：“王上，魏医诊过了，若是不允秦医，臣恐……”

周显王这才冷静下来，苦笑一声，摆手道：“罢了，晓谕秦使，依大周礼仪，带秦医为娘娘诊病！”

内宰引领秦医径入靖安宫，宫正禀过，掀开珠帘，引林仙姑趋近王后床榻。王后头裹丝巾，似已昏睡。

不同于魏医，林仙姑既不搭脉，也不望闻，而是离王后数步处停步，揖过礼，扎下马步，双目闭合，凝气聚神，以天目审视王后。

几息之后，林仙姑朝王后再揖一礼，告退出来。

公子疾迎上急问：“娘娘所患何病？”

林仙姑淡淡说道：“娘娘无病！”

公子疾略略一想，嘴角绽出一笑，转对副使道：“将仙姑的话透给魏人！”

一直在设法探听的戚光得到确信，禀报陈轸：“主公，秦人有说法了！”

陈轸急问：“怎么说？”

“那仙姑断出王后无病！”

“哦？她怎么能断出王后无病的呢？”

“听说她是终南山大巫，有神通，能用天眼视人，无须把脉，有病无病过目即知！”

“终南山大巫？”陈轸叹服地点头，“嗯，巫、医虽有通处，却是殊途，王后之病，俗医皆说怪异，连王上御医也断不出所以，秦人请来巫医，不失绝妙啊！”

“哪里绝妙了？”戚光趋前一步，不屑地说，“主公早就断出王后是装病，秦医不过是验实而已！”

“呵呵呵，”陈轸不无受用地笑出几声，“无论如何，这事儿拖不得了。河西密报，公孙鞅节节败退，上将军已经收回河西二十余座城邑并过半失地，将秦人压向长城、洛水一线，秦溃不成军，士气低迷，上将军要本公早日赶赴河西，为他谋划大业呢！”

“我也待不下去了。府上那摊子事儿，虽说有元亨楼的老林撑着，我仍旧放心不下哪，前几天就想赶回去呢！”

“这些都是小事儿，关键是秦使诊出病因，必至周室诘问天子，周天子理屈词穷，或有可能将长公主嫁予秦室！”

“这当如何是好？”

陈轸冷笑一声：“哼，轮不上他了！备车！”

陈轸直入王宫，强硬求见天子。内宰顶不住，只好禀报显王。听闻魏使又来，显王气不打一处来，压住火气道：“魏医不是刚刚诊过了吗，又来何干？”

内宰苦笑：“说是奏请国事！”

周显王摆手：“让他去谒见太师！”

“臣也这么讲给他了，可他不听，一定要见王上，否则……”

周显王看向他，面色愠怒：“否则怎么？”

内宰又是一声苦笑：“他就撞死在这门上！”

周显王鼻孔里轻轻哼出一声。

“他也不会真撞，可……只要他轻轻碰一下，就会酿成事端！”

周显王不耐烦道：“那就宣他觐见！”

“他要求在明堂觐见王上！”

“明堂！”周显王震怒了，“区区侯国使臣也配进明堂！芽都没冒出来，真当自己是根葱啊！去，晓谕魏使，若要觐见，最高也是偏殿，不想觐见，随他撞哪儿去！”

内宰朗声应道：“臣领旨！”

内宰传达口谕，陈轸不敢用强，同意在偏殿觐见。周显王喝了会儿茶，压住火气，于半个时辰后赶到偏殿，在东周公、御史及几个当值朝臣的陪侍下，宣召魏使。

陈轸沉脸趋入，跪叩道："大魏使臣陈轸叩见大周陛下！"

周显王冷冷说道："魏使平身！"

"回禀陛下，轸身不能平！"

"为何不能平？"

"轸奉魏王诏命，使周聘亲。今至洛阳已是月余，迟迟未见回复。轸有辱使命，故而叩请觐见王上，无论王上允与不允，轸只求一句准话，回朝复命！"

周显王脸色黑沉，看向东周公，见他低头，又转向御史。

御史目光直射陈轸，声音不大却强而有力："请魏使斟酌辞令，在天子面前称王言尊，是大逆之罪！"

"哈哈哈哈，大逆？"陈轸仰天爆出一声长笑，叩首，"轸知罪矣！轸叩请大周天子陛下允准轸之所请，使轸不辱使命！"

御史应道："王后玉体有恙，迄今未愈，王室上下忧心如焚，不宜计议长公主婚事，此情皆已晓谕求聘诸使。魏使若是诚心求聘，可再耐心等待，待王后玉体康复，再行聘亲不迟！"

陈轸拱手，声音阴寒："王后之病，轸已奏请魏宫使神医诊治，据神医所断，王后玉体安康，并无大恙！周室若是不屑与魏室结亲，直言即是，大可不必寻此托词！"

陈轸此言无疑是"委婉"地警告周室，若不买魏国面子，就是与魏国作对。在场众臣面面相觑。周显王面孔扭曲，全身颤抖。

御史强抑心中狂怒，正色道："魏使不可妄语，请遵行宫廷礼仪！"

"轸这就遵行礼仪！"陈轸缓缓叩首，朗声道，"魏使陈轸叩请周室天子，寡君诚心与周室结亲，共谋天下和解之道。天子若是执意不允，轸只得回朝复命。天子应该知道，寡君向来看重面子。应天下民意，寡君已于逢泽南面，今与天子同尊。秦人失义于天下，寡君已遣武卒前往征剿，待河西烽烟过后，我王若是亲驾洛阳，那时……"顿住，看向显王。

御史脸色铁青，正欲申斥，周显王的拳头已经"咚"地震于几上，语气虽缓，却是威严："明日辰时，明堂听宣！"起身，拂袖："送客！"

得到天子亲口承诺，陈轸、东周公兴致勃勃地走出宫门。

望到二人步下台阶，戚光赶忙驾车迎上，服侍二人上车，坐好，小声禀道：

“主公，上将军又来战报了！”

“哦？”陈轸看向他。

戚光从怀里摸出战报，双手呈上：“刚刚到的，我这儿还没暖热呢！”

陈轸拆开，匆匆阅过，看向东周公：“王叔，大好消息来了，我左军先锋裴英将军与秦将司马错大战于杜平，斩敌数千，打得秦人是丢盔弃甲，抱头鼠窜哪！”

“哎哟哟，”东周公连连拱手，竖拇指道，“裴将军真是虎将啊！”

“哈哈哈，我大魏铁军无人可挡！”陈轸扬扬战报，“王叔，麻烦您走一趟颜太师府，将此捷报晓谕太师，让周天子有个掂量，免得明日长公主嫁错了郎！”

“好好好，老朽这就去！”

是夜，周显王在御书房里来回踱步，眉头紧锁。

“唉，”颜太师叹出一口气，“眼前局势，上上之策莫过于一个‘拖’字，王上怎就轻易准允了他呢？”

“是哩，”周显王顿住步子，有点儿懊悔，“寡人也是气极了！明日魏使上朝，如何应对，还请老爱卿拿个主意！”

“王上既已应下，拖字就不宜再用，长公主之事就当有个决断了！”

“依老爱卿之意，雪儿聘予谁家为妥？”

“河西依旧胶着。老臣本欲拖至河西有个结局，再定长公主终身，可……”

“魏人可恶，”周显王打断他，恨恨道，“要不，就将雪儿嫁给秦室吧！”

“不可。”颜太师断然摇头，“臣已得报，河西战况并不利于秦人。万一秦国战败，我们就连一条退路也没有了。魏罃既已走出第一步，在逢泽南面称尊，中原无二王，还有什么事他干不出来呢？”

周显王倒吸一口冷气。

“魏室也不可。战场形势，瞬息万变。如果秦人战胜，王上也不好交代。再说，就此番聘亲，秦室还算知礼，是魏室蛮横搅和。”

周显王额上青筋暴出，激愤地决断：“就嫁燕公！”

颜太师重重一叹：“唉，怕也只能如此了！”

周显王转对内宰，吩咐道：“晓谕燕使、秦使，让他们明日辰时，皆到明堂听宣！”

翌日晨起，大周明堂里，周室大夫以上诸臣按部就班，三国聘亲使臣公子疾、陈轸、淳于髡皆至。

周显王扫视一遍众臣，朗声道："诸位爱卿，燕、秦、魏三国使臣，听旨！"

所有朝臣并三国使臣尽皆叩拜。

周显王转对内宰："宣旨！"

内宰朗声宣旨："……依据大周王制，长公主去岁及笄，该当缔结婚约。今有燕公、秦公、魏侯分别遣使聘亲，周室诸公秉承天意，主婚长公主予燕公姬闵，特此颁诏，告示天下……"

爱女心切的周显王居然将长女嫁往苦寒之地，且是嫁给一个行将就木之人，殿中所有人皆是惊愕，目光纷纷转向燕使。

陈轸、公子疾俱是一震，互望一眼，不约而同地看向燕使。

淳于髡"啪啪"几下舒展衣袖，趋至殿前，三拜，叩首："燕公使臣淳于髡叩谢天子恩宠！"

周显王声音沙哑："退朝！"便起身离场。

众臣有的苦笑，有的摇头，有的长叹，陆续离开。

颜太师起身，对淳于髡扬手："燕使留步！"

淳于髡看向他，深作一揖："燕使谨听太师！"

"燕使请随我来！"颜太师伸手礼让，引领燕使扬长而去。

众人散尽了，堂中只余陈轸与公子疾。

望着颜太师、淳于髡远去的背影，二人各自怅然，悻悻地走出殿门，肩并肩步下台阶，又在台阶的最后一级不约而同地顿住脚步。

二人对视。

公子疾的嘴角浮出一笑。

陈轸拱手："敢问五大夫缘何而笑？"

公子疾拱手还礼："在下想起一句秦谚，会意而笑！"

"何谚？"

"秦谚是，性子再急也喝不得热汤！观今日之事，此谚可应在上卿身上！"

对他的嘲讽心知肚明，陈轸嘴角亦扬起一笑。

"上卿又是缘何而笑呢？"

"轸亦想起一句魏谚！"

"何谚？"

"魏谚是，弄巧成拙。观今日之事，此谚当可应在五大夫身上！"

公子疾轻蔑一笑："是巧是拙，上卿言早了吧！"

陈轸反唇相讥："热汤喝得喝不得，五大夫怕也言早了吧！"

两人再度对视，俱出长笑："哈哈哈哈……""哈哈哈哈……"

公子疾敛住笑，拱手："陈上卿，河西见！"

陈轸亦拱手："五大夫，河西见！"

二人摆正身子，步下最后一阶，大步走开。

第 018 章｜ 救百姓孙机赴死 设圈套秦军诈败

小巫祝马不停蹄地从平阳一路赶回，交一更时总算来到太庙，向大巫祝与太庙令详细禀报了平阳之事。大巫祝不敢怠慢，急报太师。

小巫祝约略讲述一遍，对老太师道："相国大人还让小巫特别传话给太师呢！"

"哦？"老太师倾身问道，"他要你传什么话？"

"相国大人说，"小巫祝轻咳一声，模仿孙机的语气，"治瘟当治有瘟之人，不可滥杀无辜。这般治瘟，纵使赶走瘟神，也是伤民。天下至贵者，莫过于生命。若是只为一己之私，草菅人命，实非智者所为！"

老太师轻叹一声，缓缓闭目。

"哼！"太庙令从鼻孔里哼出一声，不屑道，"孙老头子这是发痴哩，太师莫听他一派痴言！"

"唉，"老太师又是一叹，"孙机算是个明白人哪。只可惜，他没弄明白一点，所有生命都是为己的，也都是趋利避害的。就说他孙机吧，走东串西，忙日忙夜，虽不为利，却也是为个私啊！"

"这……"太庙令不解道，"他既不为利，怎么又是私呢？"

"他不为利，却为名呀。人生名利，名利皆私。"

"是哩是哩！"太庙令叹服道，"前番魏人伐我，孙氏一门出尽风头，名噪一时，不想却是害苦了卫人，致使平阳城血流成河！"

老太师转问小巫祝："哦，对了，老相国深入疫区，身体可好？"

小巫祝凑到太师身边，轻语几句，末了道："……若不是栗将军搀扶及时，他就倒在地上了！"

老太师眉头立动，转向大巫祝：“请问上仙，观此症候，难道老相国惹怒了瘟神？”

大巫祝转问小巫祝：“老相国是否额头汗出？”

小巫祝点头：“正是！”

“是否气喘吁吁？”

“正是！”

“是否面呈青气，全身发颤？”

“正是！”

“回禀太师，”大巫祝转对太师，拱手道，“孙相国私拆封条，擅放罪民，已经获罪于瘟神，观此症候，想是瘟神在行罚了！”

“唉，怎么会这样？”老太师轻叹一声，转向大巫祝，“老相国是卫国大宝，君上臂膀，不可缺失，老朽前去禀报君上，这儿也麻烦上仙求求瘟神，让他老人家手下留情，莫要带走老相国！”

大巫祝拱手：“太师吩咐，小仙敬从，这就去向瘟神求情！”

老太师来到后殿，卫公已经睡下了。内宰将他叫醒，说是太师求见。卫成公晓得是大事，匆匆穿了睡袍起榻，睡眼惺忪地盯着太师：“这么晚了，公叔还不歇息？”

太师苦笑一下：“本已睡下了，可又让他们吼起来了。”

“何事急切？”

“老相国有音讯了！”

听到老相国，卫成公睡意顿消，急切问道：“孙爱卿在哪儿？”

老太师侧过脸去，以袖抹泪。

卫成公心里“咯噔”一响：“爱卿快说，孙爱卿他……怎么了？”

“唉，”太师长叹一声，“孙相国爱民心切，竟是瞒了上下，视君上诏命于不顾，与其家臣径至石碾村，迫令兵士打开封条，放出瘟神属民。此举惹怒瘟神，瘟神就……”轻声哽咽，再次以袖抹泪。

“公叔是说，孙爱卿他……得了瘟病？”

“是哩，”太师点头，“孙相国已被划为瘟神属民了！”

“这这这……”卫成公急得额头出汗，“公叔，上仙可有救治？”

“臣已恳请上仙了，上仙已向瘟神求过情了！”

卫成公转对内宰，急切吩咐：“快，有请大巫祝！”

不一会儿，内宰就引大巫祝匆匆赶至。

“有扰上仙了！”卫成公略作拱手，语气急切地直入主题，“孙相国爱民心切，开罪于瘟神，招致瘟神行罚。方才听公叔说，上仙已去求请瘟神，寡人甚想知道瘟神旨意！”

“回禀君上，”大巫祝拱手还礼，“小仙方才为相国大人的事神游天宫，叩见瘟神，瘟神说，孙相国违抗君命，私侵他的领地，放走他的属民，已犯死罪，不可救赎了！”

“这这这……寡人身边，不可没有孙爱卿啊！请上仙再去恳请瘟神，务必放回孙爱卿！”

“小仙也是这么恳请的。小仙好说歹说，瘟神看到小仙一片诚敬，允准免去相国刑罚，但君上也须允准一事！”

“允准何事，上仙请讲！”

“君上须将瘟神的全部属民归还瘟神，对擅拆封条、违抗君命的军卒明刑正法，以警示国人！”

“寡人允准！”

“还有，相国大人从瘟神齿下夺走童男、童女各一名，须此二人献祭！”

“就依瘟神！寡人烦请上仙速速献祭，早日从瘟神手里赎回孙爱卿！”

大巫祝拱手应道：“小仙领旨！”

翌日晨起，大巫祝神采飞扬，状若即将出征的将军，对小巫祝下令道：“备车，石辗村！”

小巫祝惊愕道：“师父，您也去？”

大巫祝横他一眼：“为师不去，你能镇住孙老头吗？”

“弟子这就备车！”

大巫祝引领小巫祝及巫女十余名，外加内臣、太庙令等几个朝臣，一路敲锣打鼓，焚烟点火，径奔平阳。内臣宣过君上诏书，栗平接旨，引众人赶赴石碾村。

孙机年过七旬，本就人老体弱，自抗魏以来，更是未曾休息过，前些时连拉数日肚子，这又带病奔走疫区，受到戾气，纵使铁打的身子，也是禁受不住的，终于支撑不住，倒在地上，脸上泛起青气。

孙机晓得自己染上瘟病了，命令栗平等人带走尚未罹病的村人，自己留在村里，与一些罹瘟者坐在一起。老家宰死活不肯走，坚持陪在他身边。

栗平等人刚走，孙机就昏倒了。老家宰不由分说，将他背到车上，载向村外。

刚到坡顶，孙机就醒过来，见自己竟然坐在车里，老家宰驾车疾驰，说道："你……怎么回事儿？"

老家宰泪下如雨："主公，老奴求你了，老奴这就载您到平阳，寻个医生救治！您身子硬朗，能抗过去的！"

"扶我下来！"孙机有气无力道。

"主公？"老家宰泪出。

"让我下来吧！"孙机几乎是恳求了。

老家宰只得停车，放好垫脚，背孙机下来。

孙机看下四周，指向旁边一个土堆："就那儿吧！"

老家宰背他过去，又从车上拿下席子，铺在地上，让孙机就席躺下。老家宰递上水囊，孙机接过，喝几口水，合眼睡去。

孙机脸上的青气更见明显了。

孙宾从魏境返回，直驱宋境，未料宋境也是处处关卡，卫人一个也不许入。孙宾正自无奈，见不少卫人既不走大道，也不走小径，而是漫野里跑去，对方边境根本防不住。孙宾只好弃车，将马解下，骑上就走。光马极是难骑，孙宾连摔数跤，渐渐得些要领，骑行自如，就在天黑之后，寻野地直入宋境，由宋入魏，再由魏入韩。

进入韩境就没人盘查了。第三日黎明时分，孙宾正在韩境的衢道上疾驰，隐约看到一群黑影迎面而来，健步如飞。

双方相向而行，不消一时，就已照面。当看清对方正是自己一心寻找的墨者时，孙宾喜极，翻身下马，"扑通"跪地。

来人正是由尧山墨营闻讯赶来的随巢子一行。

随着大巫祝等人的"光临"，石碾村热闹起来，门户再度被封，村头广场上立起了一个丈高的柴垛。

伴随着一阵鼓声，一身白衣、沐浴一新的阿花姐弟在两个巫人的怀抱中走向祭坛。两个兵士搬来梯子，两个巫人将阿花姐弟放到柴垛上，让他们的腿盘起来，坐得端正。

许是被巫人吓唬住了，许是没有意识到即将发生的是什么，阿花姐弟呆呆地坐在柴垛上，怔怔地看着下面的人群。

几个兵士推着三人走向祭坛。他们是最早为孙机放出村民的三个军卒，各被反绑双手，跪在祭坛前面。他们的身后是一排巫女，巫女后面是小巫祝，小巫祝后面是大巫祝，大巫祝后面不远处，是栗平、内宰、众兵卒等百多人，再后是那个高坡，坡上是孙机的轺车。

巫乐响起，众巫女手拿火把，踏着鼓点，载歌载舞，准备献祭。

孙宾牵马走在前面，身后是随巢子、告子、宋趼等十数个身负背篓的褐衣墨者。一行人走在乡间土路上，所有人的腿脚都是极快的，表情焦虑。

走至一处路卡，孙宾一行被人拦住。

见是孙宾，军尉惊喜道："孙将军？"

孙宾急切问道："快，相国在哪儿？"

"石碾村。"

"他……怎么样？"

"唉，"军尉眼中泪出，"相国大人私放瘟神属民，被瘟神咬了。君上为救相国，旨令大巫祝向瘟神献祭，这辰光都在石碾村献祭呢！"

"献祭？什么祭？"

"就是相国大人救出来的一对童男童女，叫什么阿花！"

"天哪！"孙宾惊叫一声，转对随巢子道："先生，晚辈先走一步！"说着翻身上马，朝石碾村疾驰而去。

众墨者脚步如飞，跟在后面。

祭坛上，鼓点越来越响，巫女越舞越劲。

不远处的高坡上，孙机脸上的青气更多了，昏迷不醒。老家宰守在他身边，目光焦急地望着坡下的祭坛。

一阵更急的鼓点传来，孙机脑袋略动一下，微微睁开眼睛。

老家宰俯下身子，叫道："主公，主公，您……总算是醒了！"

孙机声音很低，断断续续："何……何来鼓……乐？"

"禀主公，君上为救主公，旨令大巫祝向瘟神献祭。这辰光正在献祭呢！"

"献……祭？所……所献何……祭？"

家宰迟疑有顷，哽咽道："是……是……阿花姐弟！"

“荒……荒……荒唐！”孙机使出全身的力气挣扎。

老家宰扶他坐起来。

孙机手指祭坛：“快，扶……扶我过……过去！”

“主公，您这样子，不能动啊！”

“快……放……放掉孩……孩……孩……”孙机头一歪，咽气了。

家宰悲号：“主公……主公啊……”

巫乐戛然而止。

众巫女手拿火把站成一排，候在柴垛前面。

四周静寂。

老家宰的哭声清晰起来。

众人皆吃一惊，扭头看向坡顶。

栗平飞奔上坡，趋至孙机二人跟前，急问：“怎么了？”

家宰泣不成声：“主公仙……仙去了！”

“这……”栗平不敢相信，“这怎么可能呢？大巫祝不是讲好了吗？”

家宰指向祭坛：“快，快去告诉大巫祝，主公遗言，取消献祭，放掉两个孩子！”

栗平一个转身，飞步赶回祭坛，扫一眼众人，语气沉痛：“相国大人仙去了！”

众人面面相觑。

栗平看向两个孩子：“相国遗言，取消献祭，放掉两个孩子！”

大巫祝似是没有听见，口中依旧念念有词，有顷，陡喝一声，如魔鬼附身般狂舞起来。

大巫祝疯狂地跳着诡异的舞蹈，声音古怪、凶恶：“吾乃瘟神是也，尔等还不快快跪下？”

小巫祝及众巫女一齐跪下。

内宰及众军士先是愣了，继而也都纷纷跪地。

栗平迟疑一下，亦跪下。

大巫祝一边舞一边狂喊：“尔等听好，罪人孙机蔑视本神，犯吾领地，依罪当死。姑念人主卫君献祭，本神特赦其罪，不想罪人孙机不思悔改，请求取缔献祭，本神忍无可忍，已遵上皇旨意，将其锁拿。本神在此正告各位，无论何人，但凡再敢蔑视本神，不敬上天，本神必使千里卫境鸡犬不宁，白骨盈野！哈哈哈哈——”

一声狂荡的笑声之后，大巫祝一个急旋，栽倒于地。

小巫祝起身，上前扶起大巫祝。

大巫祝悠悠醒来，不无诧异地问道：“咦，你们为何跪在地上？”

小巫祝应道：“回禀上仙，方才瘟神下凡，我等是以跪拜！”

“哦？瘟神下凡了？”大巫祝转对一巫女，“他可说过什么？”

那巫女应道：“瘟神说，他已将相国大人锁拿问罪。瘟神还说，今后有谁再敢违他禁令，他必使千里卫境鸡犬不宁，白骨盈野！”

大巫祝倒吸一口气，急急吩咐：“快，起乐，献祭瘟神！”

巫乐再次响起。

乐声中，众巫女各持火把，轮番扔向柴堆。火苗腾空而起，火势趁了顺坡吹下的南风，噼里啪啦燃烧起来。

柴堆中，两个孩子拼命挣扎，尖声哭号。众兵卒不忍直视，纷纷转过头去。

就在此时，一匹快马疾驰而来。战马嘶鸣一声，从火堆前疾驰而过。

就在战马驰过火堆之际，一人腾空飞起，稳稳落在丈许高的柴堆上面。众人尚未明白原委，那人一手一个孩子，纵身跃过火焰，跳落地面。

在场众人看得呆了。

栗平缓过神来，看清是孙宾，既惊且喜，直冲上来：“孙将军！”

孙宾将两个连熏带吓早已晕死过去的孩子放在地上，扑打他们衣服上的火苗：“快，拿水来！”

栗平朝一个军卒吩咐道：“愣着干什么？快递水！”

一个军卒提着水桶跑过来。孙宾接过水桶，将水泼在两个孩子身上。二人遭冷水一浇，醒过来。阿花不可置信地望着众人，弟弟号哭。

大巫祝也回过神来，猛咳几声，眼中射出冷光，跨前几步，声色俱厉：“大胆孙宾，本仙奉君上旨意敬天事鬼，祭拜瘟神，拯救卫人。你胆大妄为，破坏祭拜，逆天犯上，罪不容赦！来人，拿下罪人孙宾！”

众军卒无一响应。

大巫祝提高声音：“还不拿下罪人孙宾？”

所有目光投向栗平。

大巫祝这才意识到自己是使唤不动军卒的，目光便直射栗平：“栗将军，你要抗旨吗？”

栗平看向内宰。

内宰轻叹一声，点头。

栗平缓缓闭上眼睛，对众军卒下令道：“拿下孙宾！”

几名士卒走上去，拿住孙宾和阿花姐弟。

阿花惊恐地搂住孙宾的脖子，弟弟大哭。

大巫祝看向孙宾三人，朗声道：“将罪人孙宾三人，另有三名军卒，抛进火堆，献祭瘟神！”

听到连孙宾也要被扔进火海，众军卒无不惊愕，再次看向栗平。

栗平朝大巫祝跪下，拱手道：“末将恳请上仙以慈悲为怀，赦免孙将军！”

“唉，”大巫祝苦叹一口气，做无奈状，“栗将军呀，非小仙不慈悲，实乃孙宾咎由自取！将军你也看见了，孙宾违逆君上旨意，置万千生灵于不顾，冒犯瘟神，罪无可赦！”

栗平再次拱手，恳求道：“末将再请上仙赦免孙将军！”

“栗将军，瘟神的话你难道忘记了吗？难道你真的想让卫境尸横遍野吗？”

栗平抬头，看向内宰，见他把头别向一边。

栗平长叹一声，起身，走到孙宾跟前，凝视孙宾。

孙宾气定神闲，递给他个眼神，声音几乎听不到：“拖！”

栗平听得明白，便慢吞吞地走向大巫祝，再次跪下。

大巫祝诧异：“栗将军？”

“末将与孙宾之父孙操将军有结拜之义，孙操将军为国死难，孙氏一门仅余孙将军一人。孙宾今已罪不可赦，栗平不敢为他求情，只想以一爵薄酒为孙将军饯行，恳求上仙恩准！”

“这……”大巫祝神色为难，扫视一眼众人并众军卒，“好吧，本仙宽延一刻！”转对小巫祝：“拿酒来！”

小巫祝带人跑去。不一会儿，两个巫人抬着一坛祭酒过来。

小巫祝看向栗平：“栗将军，酒来了，请为孙将军饯行！”

栗平看下酒坛，摇头：“不是这酒！”

小巫祝惊讶道：“咦，酒就是酒，你要哪种？”

栗平指着坛上写的祭字：“这酒是给神喝的！”

“这……”小巫祝看向大巫祝。

大巫祝皱下眉头：“换酒！”

“没有其他酒了！”

栗平转对军尉："愣着干什么，快拿酒去！"

军尉不知拖字诀，应声而去，不消一刻，就抱着一只大酒坛疾步赶到。

栗平皱着眉头，慢慢腾腾地倒满两碗，一碗递给孙宾，一碗自己端过，举起："孙将军，在下为你饯行了！"说罢一饮而尽。

孙宾扭头望向一个方位，看到一行褐衣人正快步赶过来，方才嘘出一口气，一口饮下，将酒碗"啪"地摔碎。

大巫祝朗声道："吉时已至，将所有罪人投放火海，献祭瘟神！"

众军卒再次望向栗平。

"这……"栗平欲言又止。

大巫祝声音阴冷："栗将军？"

栗平看向孙宾，见他气定神闲，便转对众军卒："依上仙令，将罪人投放火海，献祭瘟神！"

队列中走出十几名军卒，分别走到孙宾和三个军卒前面，两人推了孙宾，两人分别抱了阿花姐弟，其他人分别推着三名军卒，一步一步地挪向火海。

柴堆熊熊燃烧，火借风势，正见炽烈，远远就可感到一股烤人的热浪。

众军卒走到火前，抬起孙宾、阿花诸人。

千钧一发之际，一个中气十足的声音远远飘来："慢——"

听闻喊声，众军卒住手。

几乎是在眨眼之间，随巢子就如一道魅影飘至，从仍在发愣的两名军卒手中抢过阿花姐弟。扭着孙宾四人的军卒见状，纷纷松手，不知所措地站在一侧。

众人尚未回神，十几个身形敏捷的褐衣人如团团旋风倏然而至，齐齐站在随巢子身边，与全身素白的众巫女正相映对。他们的身后是熊熊燃烧的柴堆。死里逃生的两个孩子面色惊惧，紧紧搂住随巢子的脖子。

大巫祝震惊，转对随巢子，问道："你……你是何人？"

随巢子沉声应道："野人随巢！"

大巫祝也看出身份了："可是墨者巨子？"

随巢子将阿花姐弟交给站在身边的告子和宋趼，二目炯炯："正是老朽！"

大巫祝揖礼："小巫见过巨子。小巫遵奉卫公旨意，在此向瘟神献祭，拯救卫人，还望巨子成全！"

"随巢看到了。"随巢子回揖道，"随巢请大巫祝转呈卫公，就说随巢三十年前就与瘟神相善，是老友了，祭拜一事，随巢愿意代劳！”

“这……”大巫祝看向内宰。

帝丘守城，墨者厥功甚伟，内宰全都看在眼里，这见墨者又来，晓得瘟病有治了，面现喜色，连连点头。

大巫祝眉头微皱，转向随巢子：“巨子既有此说，小巫这就返回帝丘，向君上复命！”转身，对小巫祝及众巫女：“起程！”

随巢子拱手：“随巢恭送大巫祝！”

望着大巫祝一行渐行渐远，栗平如释重负，转忧为喜，朝随巢子深揖：“晚辈栗平见过巨子！”

随巢子回揖：“随巢见过栗将军！”

“请问巨子如何祭拜？”

“将军速做二事，一是搜寻石灰、硫黄、艾蒿，越多越好，二是将疫区百姓集中起来，患者一处，非患者一处，由墨者统一救治！”

栗平拱手：“末将遵命！”

栗平正要离去，孙宾扯住他，急切问道：“栗将军，我爷爷呢？”

栗平缓缓转过身去，伸手指向岗上，脱下头盔，泪水流出。

孙宾面如土色，飞步奔向土岗。

从洛阳赶回安邑的当晚，陈轸顾不上旅途劳顿即入宫禀报，将洛阳之行，尤其是如何与秦使斗法，周室如何无奈，王后如何装病，燕使如何搅局，等等故事由头至尾渲染一遍，直把魏惠王听得目瞪口呆，捋须慨叹：“咦吁唏，精彩纷呈，精彩纷呈啊！”

“唉，”陈轸轻叹一口气，半是自责，“也怪臣办事过于急切，终究未能玉成好事，有辱王上使命……”离席，深深一揖：“臣请我王降罪！”

“哈哈哈哈，”魏惠王大笑几声，“你搅了嬴渠梁的美事儿，就是大功啊！”

陈轸再揖：“臣谢王上不责之恩！”

“唉，”魏惠王敛住笑，“说起这个，倒也难为了周天子！王后装病，天子将宝贝女儿嫁给行将就木的老燕公，等等等等，也都是无奈之举！只可惜，一朵鲜花插在老燕公这根枯木上，想不凋零也是难哪！”

“唉，”陈轸亦出一声长叹，“王上体恤之心若此，真乃周室之幸，只可惜颜太师老迈昏聩，周天子不识抬举，白白失去一个攀亲王上的大好机缘！”

“算了，不说周室，说说咱自家的事吧。这些日子你不在，寡人身边还真没有一个可议大事的人，也正打算召你回来呢！”

“王上厚爱，臣……”陈轸涕泣。

“咦，”魏惠王看向陈轸，“寡人正要与你议事呢，你哭个什么？”

陈轸以袖抹泪：“臣洗耳恭听！”

“眼下主要为两件大事，一个是，卫地平阳起了瘟病，鸡犬不宁，不少卫人逃进我土，闹得人心惶惶啊。”

“臣听说了。”

“你是何主意？”

“臣以为，这既是坏事，”陈轸狡黠一笑，“也是好事呢！”

魏惠王眼睛睁大：“哦？”

“说它是坏事，是这病不分青红皂白，见人就咬，若不严防，后果不堪设想。”

“是呀是呀，”魏惠王一脸忧急，“寡人愁死了，可这……怎么严防呢？”

“臣之意，凡是卫人皆不得入境，违者格杀勿论！”

“边关也是这么做的，可边关太长，田野沟渠处处可入，防不胜防啊！”

“对入境卫人，臣之意，寻个山沟，关他们进去，让他们自生自灭！”

“好主意！”魏惠王眼睛一亮，朝陈轸竖起拇指，“呵呵呵，爱卿不愧是智多星啊！再说说，它怎么又是个好事呢？”

陈轸嘴角浮起一丝黠笑：“卫地罹瘟，宋地难免其祸。宋地若起瘟情，楚人必惧。眼下我与秦人战于河西，臣最忧心的是楚、齐趁火打劫，扰我后方。卫地罹瘟，齐、楚避之唯恐不及，自也不生他念了！”

“嗯，是哩。”魏惠王连连点头，缓缓捋须道，“说起河西，这正是寡人要讲的第二桩事。这包脓看着就要挤出来了！”

“在洛阳之时，臣闻上将军捷报频传，真是为我王高兴。公孙鞅要点小奸小滑也许可以，要在这沙场上真刀实枪，看来不是上将军的对手了！”

魏惠王眉头微皱：“爱卿乐观了！”

“哦？”陈轸心里一紧，“出什么差错了吗？”

“差错倒是没出，可寡人心里有点儿不踏实了！”

“敢问王上何忧？”

“印儿虽说捷报频传，也收复不少城邑，可报来报去，皆为小胜，秦军所伤，不过是些皮毛。寡人所忧有二，其一是，印儿或因这些小胜而忘乎所以，误了大事！”

“嗯，”陈轸点头，“王上所忧，亦为臣之所虑！”

“其二是，龙贾身为副将，领的却是右军，印儿将左军交给裴英，寡人放心不下！”

“敢问我王，左军、右军有何不同？”

“大魏三军，左为上，右为下，中军主之。观印儿部署，重车锐卒尽在左军，右军则为老弱步卒。左军过强，右军过弱。左右差异过大，或会使敌有机可乘！”

“军务臣本不懂，听王上这么一解释，倒是有点儿开窍了，觉得上将军这般配置，或有奥妙呢。”

“奥妙何在？”

“想是故意露出破绽，麻痹秦人，诱其攻我右翼，上将军再行反制！”

“寡人担心的是，印儿或是有意排斥龙贾！大战在即，主、副将不和，当是大忌！”

“王上多虑了，上将军不是那样的人。再说，上将军已经贵为主将，怎么可能与副将过不去呢？”

“诚愿如此。不瞒爱卿，这一战，寡人实在输不起啊！”

“是哩，王上把家底全都端出来了！”

“还不仅仅是家底！寡人已臻天命之年，老天留给寡人的时光不多了！继位那日，寡人面对先祖英灵起誓，立足中原，号令诸侯，光大先祖基业。二十多年过去了，先祖文侯拓地千里，九合诸侯，天下云起响应。寡人虽也东征西战，却是东得西失，远不如先祖。至于合诸侯之事，你也都看到了，连弱卫也敢阳奉阴违！说句心底话，此番南面称尊，不能全怪秦人，是寡人急切，欲借秦力达成夙愿，不想却又弄巧成拙，闹到这步境地！”

听到惠王提及逢泽之事，陈轸晓得是时候作个了结，便起身，长叩于地：“王上，逢泽之事，不怪王上，是臣失察之错！臣百密一疏，什么都想到了，唯独没有料到秦公、公孙鞅的低劣人品，竟至于……”叩首，哭泣。

“起来吧，”魏惠王摆手，“此事既已过去，我们君臣就不必过于自责了。”

陈轸起身，掩袖抹泪。

“爱卿呀，”魏惠王看向陈轸，一脸凝重，“寡人赌上家当，他嬴渠梁也赌上了。寡人输不起，他嬴渠梁同样输不起。此番决战，关乎的不只是河西那块地皮，而是秦、魏两家的宗庙社稷、天下格局和列国未来，不可有失啊！”

陈轸言辞铿锵：“有凤鸣龙吟于魏地，王上就是上苍所选。天之骄子，必得天助，臣赌此战必胜！”

“诚愿如此！”魏惠王握紧拳头，“这一战既然开打，就得打出个彩来！爱卿回来得甚好，这就赶赴河西一趟，一来看看情势，二来督导卬儿，传寡人口谕，让他谨慎为上，多多请教龙将军，稳扎稳打，不求速胜，但求稳赢！”

“臣这就动身！”

河西诸地，大战正酣。

临晋城外，大魏左军严阵以待，主将裴英立于阵中心的战车上，威风凛凛。与裴英对阵的是秦国左军，主将是国尉车希贤。

裴英挥剑，魏阵冲出一辆战车，上前挑战，一名秦将驱车相迎。

双方擂鼓，二车相交，厮杀在一起。

不及十个回合，秦将不敌，被魏将挑于车下。车希贤摆旗，秦阵接连冲出三车。裴英举剑，魏阵亦出两车，六车捉对儿厮杀。

尘烟滚滚，六车胶着。

酣斗不到一刻，又一秦将被挑，战车翻倒，余下二车仓皇败退，秦阵鸣金。

裴英挥剑，魏军承胜掩杀。

尘烟滚滚中，一彪魏军重车斜刺里杀来，冲向城门。秦军大乱，城门拥堵，车希贤引军向北溃逃，裴英紧追不舍。

秦人溃不成军，死伤无数。主将车希贤的头盔、将旗均弃途中。

魏军攻城，破门而入，将魏旗插上城头。

河西的另一战场是在郃阳。

据守郃阳的是司马错引领的秦人部分右军，约一万五千人。司马错东依河水，南依郃水，又在西、北各筑起牢固的营寨，据险以守。与司马错对阵的是龙贾所率的魏军右军，人数不下三万，其中两万是新训的步卒，另外一万是张猛临时招募的新兵，其中就有吴青等人。

这些新兵不是武卒，也都没有经过真正的战争训练，龙贾明白自己的战力，将兵力全部部署在郃阳的西、北两个方向，而将河水、郃水留给秦人，摆明了让其撤退。

然而，十多天过去了，司马错根本没有要撤的打算，反而天天加筑工事，似乎要在此地与龙贾打一场持久战。

与此同时，公子卬亲率的魏国中军在经过一天的持续猛攻后陆续爬上徵城的城墙，秦国守军四散溃逃。几个爬上城楼的魏卒拔下写着“公孙”二字的战旗，换作一面“魏”字旗。

入夜，夏虫啁啾，火烛齐明。

徵城魏军主将府军议大厅里，几案上摆着河西战图，参将分别在临晋、徵城标上魏军小旗。公子卬居中站着，雄姿英发，左侧龙贾，右侧裴英。

形势图上是几个粗大的不同颜色的箭头，青色为魏军，分三个箭头，南路是裴英的左军，由阴晋西部的魏长城一路扫至大荔关，再下临晋城，夺回洛水以南的长城；中路是公子卬的中军，先下临晋关，一路插向西北，攻克徵城；北路是龙贾的右军，由少梁至郃阳。黑色箭头则为秦军，南路是车希贤的左军，由阴晋败退至临晋，退向西梁山地，汇入公孙鞅的中军；一路是公孙鞅的中军，由临晋关一路败退至徵城，再退至徵城西部的山地，与车希贤部会合；一路是司马错的右军，迄今仍在郃阳一线与龙贾的右军对垒。

从图上看，到目前为止，公孙鞅、车希贤的两路大军全被压缩进徵城西侧西梁山的一道长约二十里、宽约十里的大山谷里。谷的两侧是蜿蜒的山梁，如两条胳膊环抱，围出两个葫芦。谷中间标着三个大字——“葫芦谷”。

葫芦谷外，插着许多魏旗，谷周围看得见的通路全被魏旗堵死了，只有西面的山梁是魏国长城，长城之外是魏国的上郡，也有魏旗插着。

公子卬的目光从临晋新标的魏旗上移过，赞许地看向裴英：“裴将军打得好哇！五日两胜，拿下大荔关，攻克临晋城，将公孙鞅的退路彻底斩断，我们这就要瓮中捉鳖了，哈哈哈哈！”

裴英朗声道：“在主将面前，末将惭愧之至！”

“呵呵呵，”公子卬笑道，“你五日两胜，还惭愧个什么？”

“与末将对阵的不过是秦国国尉、三军副将车希贤，而与主将对阵的则是秦国大良造、三军主将公孙鞅。末将围攻大荔关，激战数日方才拿下，主将克临晋关，两日，克徵城，一日，公孙鞅被主将打破了胆，望风而逃啊！”

“哈哈哈哈，”公子卬爆出一串长笑，转对参将，“拿他们的旗来！”

参将拿过两面被践踏过的破旗，一面写着“公孙”，一面写着“车”字。公子卬将旗子举起，各摇两下，扔到地上，看向龙贾，语气明显不屑：“龙老将军，你的右军战绩如何呀？”

龙贾拱手道：“秦人防守严密，末将正在寻思破敌之策！”

公子卬看向地图：“就此图来看，郃阳好像是座孤城了！”

“末将晓得。”

公子卬看向裴英："裴将军，孤城难下吗？"

裴英配合默契，嘴角撇出一笑："末将未曾攻过孤城，正要向龙将军请教呢！"

见两人一唱一和地针对自己，龙贾老脸涨红。

公子卬看向龙贾："敢问老将军，攻打郃阳多少时日了？"

"一十五日。"

"我军伤亡如何？"

"上将军请看末将战报！"

"哦，对了，我看过战报！"公子卬看向裴英，"这个司马错何许人也，仅引不足两万人马，龟缩于一座破败孤城，竟让我三万大军奈何不得，白白折损三千勇士？"

"回禀主将，"裴英拱手应道，"据末将所知，半年之前，秦将中未闻有司马错其人，听说他不过是个千夫长。不久前不知用了什么手段突然得到卫鞅赏识，破格拔为先锋，用奸计偷取我长城，困住我河西猛将吕甲，然战不数合，就被吕甲敲掉头盔，差一点儿脑袋搬家！之后此人引军三万攻我少梁，与我八千弱卒激战旬日有余，折兵数千，而我少梁岿然不动！"

公子卬故作惊讶："咦，同一个司马错，前后差异怎就如此之大呢？"

受到如此含沙射影的羞辱，龙贾强抑情绪，喘气渐粗。

"因由末将已经忖出，只是……"裴英猛地顿住，瞟一眼龙贾。

公子卬犀利的目光射向他，沉声道："讨论军事，裴将军有话，但说无妨！"

"末将妄言了！"裴英瞥一眼龙贾的白胡子，"听说司马错年不过二十五，想是胜在血气上吧！"特意将"血气"二字拖得很长。

经此一连串劈头盖脸的冷嘲热讽，龙贾脸色泛紫，老拳捏得"咯咯"作响。

"呵呵呵，再有血气，难道能抵过我威震八方的龙老将军？"公子卬转对龙贾，夸张地拱手，"敢问龙老将军，郃阳何日可下？"

龙贾哼出一声："暂时不下。"

"哦？怎么不下了？"

"郃阳易守难攻，我若强攻，伤亡必大。围而不打，迫使秦人自撤！"

"如果秦人不自撤呢？"

"郃阳是个小邑，民不足一千，多因战乱逃散，秦人却在此地屯兵两万，如今更是一座孤城，粮草、用水皆不能久，末将断定他们撑不了多久！"

公子卬脸色黑起来："围而不打？本将问你，是围了还是没围？"

"围了。"

"可本将听说，老将军只是围了西与北，东是河水可不必说，南面呢？那条郃水深不过胸，宽不过一箭地，将军不会是有意要放秦人一马吧？"

"正是如此。"

"能解释一下为什么吗？"

"困兽犹斗！"

"嘿嘿嘿，"公子卬嘴角现出嘲弄，"原来是本将想多了。本将原还以为老将军是诱敌出洞呢，倒没想到老将军是担心秦人会玩命呀！"

龙贾老脸红涨："主将，你……"

公子卬两手一摊："没什么呀，本将不过是实地领略了龙将军威震河西的战略而已！"转对裴英："裴英，你要学着点儿！"

裴英夸张地连连摇头："末将不能学，也不想学！"

"哦？"公子卬故作惊愕，"为何不能学，也不想学？"

"末将来此，是杀秦人的，不是来与秦人磨着玩的！"

公子卬夸张地长叹一声："唉，还是年轻呀，虽有血气，却不会……"故意顿住，看龙贾。

龙贾老脸气得苍白，手指哆嗦："你……你们……不了解秦人！秦人根本就是诈败！"

"诈败？"公子卬看向他，"老将军何以断言秦人是诈败？"

龙贾猜他可能听进去了，便尽力压住怒气："回禀主将，末将与秦人对阵多年，未见他们如此不堪过！"

公子卬转向裴英："裴将军，老将军断言是秦人诈败，你怎么看？"

"禀主将，"裴英声壮山河，"就末将所察，未见秦人有诈败迹象。末将以为，秦人战力并非秦人扬言的那般可怖。秦人靠玩弄诡计方取我河西，但数万秦军却在我少梁区区数千弱卒面前，逾旬日不下。自上将军担当主将以来，秦人屡战屡败，伤亡不计其数。若是诈败，一次两次可解，每一次都诈，纵观古今战例，末将未曾听闻！再说，有这样置自家将士的性命于不顾而屡战屡败又屡诈的主将吗？"

公子卬转对龙贾，冷冷问道："龙老将军，您与秦人交战多年，可否见过秦人如此这般丢盔弃甲、屡战屡败、屡败屡诈吗？"

知道再怎么解释也是徒劳，龙贾长叹一声，闭目不语。

"龙老将军，您久经沙场，既然断定秦人是诈，总该给个因由，秦人为何行诈呢？"

龙贾仍不愿放弃希望，睁眼盯住他，目光犀利："诱我军决战！"

"诱我军决战？"公子卬爆出一声冷笑，"如果不用他诱呢？"

龙贾愕然："主将？"

公子卬鼻孔里哼了一声："没事可议了，裴将军留下！"

龙贾沉起脸，没有道别，一个转身，径自走出。

夜已深，繁星满天，月牙西挂。

龙贾仰天长叹一声，跳上战车，疾驰而去。

听着龙贾的战车驰远，公子卬冷冷一笑。

"主将，"裴英看向公子卬，一脸期待，"我们是要与秦人决战吗？"

"正是！"公子卬一字一顿，"该与背信弃义之人一决雌雄了！"

"太好了！"裴英热血沸腾，捏拳道，"末将早就等不及了，怎么决，请主将下令！"

"请看此图！"公子卬指图上徵城西侧的葫芦谷，"从这儿到这儿，此谷深三十里，宽十五里，犹如一只大囊，秦军主力尽入囊中矣！"

"是哩！此谷虽说易守难攻，可秦人忘却了一点，我大魏武卒正是为适应山地才立起来的，没有山地，将士们还真不过瘾呢！遥想当年，乐羊、吴起率三军攻打中山，足迹踏遍太行山！太行山，高万仞，公孙鞅却想靠一道小小谷地阻我，简直就是笑话！"

"裴英啊，我们也不能轻敌！方才龙将军怎么说？困兽犹斗！公孙鞅连战皆败，已将三军引入死地喽！"

兔了急了亦会咬人，裴英也意识到了，担心道："是呀，是呀，秦人真就是只落入陷阱的困兽了！"

"晓得如何屠宰这只困兽吗？"

"主将想必已有妙策，请明示末将！"

公子卬手指梁山与郃阳："秦军主力分别困于两地，郃阳就交给龙贾了，随他如何打去。至于你我……"看向参将："将本将的决战方略示给裴将军！"

参将展开一张羊皮制作、装饰精美的图卷："将军请看！"

参将扼要讲完决战要略，退到一侧。

"主将好韬略啊！"裴英盯住地图，表情兴奋，握拳赞赏道，"三面为山，谷口被封死，身后长城反将自己的退路堵住，公孙鞅这般用兵，看来是真的不知军事呀！”

公子卬一脸不屑：“哼，他以为自己什么都懂呢！”

“观这葫芦谷周边的山势，曲曲折折，倒像一条长蛇！”

“本将斩的就是此蛇！”公子卬指图，“我们不在外面硬缠，而是杀入蛇口，内部突破！待我攻开葫芦口，就可兵分两路，在杜邑、辛邑穿插突破，将此妖蛇斩为三段，使之首尾难顾，成为死蛇！”

裴英竖起拇指：“好谋略！”

公子卬诡秘一笑：“这只是明处决战，不为奇兵！”

“奇兵何在？”

公子卬指向裴英：“就是你，裴英！”

裴英打个礼：“末将听令！”

“决战前夜，你起重车三百乘，选锐卒两万，”公子卬指向图上一条红线，沿洛水一线秦国的边界战备衢道，指向大荔关，“由这儿出关，以雷霆之势突入秦境，奇兵袭击！”指几处黑色三角标志：“这些为秦人粮草所在。”又指几处黑色圆圈标志：“这些是秦人的后备兵营，说有不下十万之众，统统都是你的猎物！”

裴英长吸一口气，拳头握紧：“避亢捣虚，堪称旷世奇谋！”

“实则为一着险棋，你孤军深入，没人能够助你，只能靠你自己了。”

“有将军撑腰，末将无所畏惧！”

“不过，”公子卬话锋一转，“此棋看险也不真险！秦国锐卒坚车皆在葫芦谷里，秦境清一色是步卒，且多为苍头，你以甲车锐卒击之，当是以石击卵，只管横冲直撞就是。”

“末将心中有数了！只是……”裴英现出忧虑，“末将带走坚车锐卒，这儿岂不……”

“呵呵呵，”公子卬笑道，“将军只管前去！本将估算过了，秦人袭我河西时，共出兵九万，攻我河西三城受挫，折兵逾万，后增补三万，前些日连战皆败，折兵一万，余众不足十万，两万困于郃阳，留在谷中的不过八万。本将有中军六万，加左军一万，共是七万，再调临晋、少梁守备约一万五千，以八万五对其八万，绰绰有余。本将另从上郡调拨两万锐卒，防其西窜。我军为乘胜之师，士气旺盛，战力翻倍，而秦军连战皆败，士气低迷，战力大减。两相比较，我军胜算在握。再说，有你这支奇兵，覆其巢，坏其援，秦军必惧。惧则生乱，乱则不战，公孙鞅想求死也难！”

裴英嘘出一口气："有主将此说，末将就完全放心了！"

"你这里是制胜关键，否则，我们这边打起来，公孙鞅吃紧，秦公必拼全力驰援。有援军在侧，公孙鞅残军势必殊死一搏，我即使战胜，也不利索！"

"末将明白！"

公子印将图小心收起，袖入囊中："长途奔袭，重在密机，此谋连龙将军我都没讲，你务必要缜密备战，悄悄行事，不动则已，动则打他个措手不及，让秦境四处狼烟，遍野哀鸿！"

裴英拱手："末将得令！"

龙贾回到魏国右军大帐时已是小半夜了。公孙衍仍然没睡，坐在几案前，面前摆着一张军情图，正在思虑。

龙贾气呼呼地走进，在案前坐下，一拳震在几上："竖子得志，气杀我也！"

公孙衍看过来："怎么了？"

"秦人明明是诈败，可他……他们愣是看不明白，还自以为得计！"

公孙衍滑稽一笑："将军生气，怕是为郃阳吧？"

"是啊！他们冷嘲热讽，笑本将怯战！"

公孙衍微微一笑，半是调侃道："常言说，秃子不让说光，还真没有说错呢。将军怯战就是怯战，人家议论几句怎么就受不起了？"

"什么怯战？"龙贾气恨道，"本将麾下锐卒尽被他调往中军，只留下三万新卒，多数从未历过沙场，训练最长的不过三个月，最短的这才十几日，枪尖上还没见过红呢！"

"瞧瞧，这不就是怯战吗？"

与公孙衍相处久了，龙贾早已习惯了他的个性，故而并不生气："好好好，就算是怯战吧！可本将之谋是围之、困之，逼秦人南撤，与之决战于野！"

公孙衍敛住笑，正色道："秦人正欲以此兵力牵住将军，怎么舍得南撤呢？"

"你是说……"龙贾睁大眼睛盯住他。

"将军随便想想，公孙鞅愿意看到魏印身边有将军在吗？"

龙贾吸一口气。

公孙衍长叹一声："唉，可怜大魏逾十万武卒，眼睁睁地就要葬身于西河喽！"

龙贾额上冒汗，急问："这……可有说辞？"

公孙衍手指地图："将军请看，公孙鞅让十万秦卒丢盔卸甲，陆续'溃'入葫芦谷，连后退之路也尽舍弃，置己于死地，这是下了多大的注啊！"

龙贾看过去，点头："嗯，公孙鞅此举我也不解，近日来一直琢磨！可琢磨来琢磨去，仍旧觉得秦人走的是步险棋，甚至是步死棋。葫芦谷虽说有险可凭，但逾十万人挤在一道谷里，单是粮草也撑不了多久啊！"

"在将军面前或是险棋，但在君上的那个宝贝疙瘩面前，就不是了，因为公孙鞅大可不必久撑，魏卬也不可能让他久撑！"

"你说得是。听他话音，好像就要与秦人决战了！"

也许认为事情大致按照自己所预计的方向发展，公孙衍不自觉地"哦"了一声，手指地图："将军请看，葫芦谷三面皆山，林木茂盛，葫芦谷里虽然开阔，却多为林地，既不利于战车驱驰，也不利于长兵器施展。仅此局限，武卒的优势就可消弭于无形。天气炎热，关键是水。若我攻入谷中，只要秦人截断水源，封死谷口，就可置我于死地！武卒铁甲裹身，装备精良，在林中却是短处。反观秦人，背依山岭，甭说居高临下了，即使避而不战，只在林中与我周旋，不出三日，我也必不战自乱。那时……"顿住话头，目视龙贾。

龙贾显然意识到了问题的严峻，老眉紧锁："依公孙兄之见，可有破解？"

"只有一解，就是效仿将军在郃阳的战法，"公孙衍手指葫芦谷，"深沟重垒，封死谷口，观敌之变。另外，可发锐卒若干，"指向阴晋，"出阴晋，避亢捣虚，直入咸阳。公孙鞅守在山中，内无粮草，外无救兵，老巢若再被扰，必冒死回撤。俟敌回撤，我可在这儿，"再指向大荔关至徵城区域，"这片开阔地带，与敌决战！"

梁山葫芦谷中，坡地、石头、水边、树下等地坐满了百无聊赖的秦卒，个个表情沮丧。这些日子之所以节节败退，大家心里都清楚，不是打不过，而是主将"怯懦"。

一棵大树下，几个亭长凑在一起嘀咕，一个啬夫模样的靠在树干上打瞌睡。

一个亭长抱怨道："他奶奶的，从出生到现在，在下总共打过三次仗，只有这一次窝囊，一只耳朵没割到不说，反被魏人从阴晋城一路赶到此地，连媳妇儿送的一双新鞋也跑丢了！"

另一亭长附和道："说他娘个脚，这个山窝窝上不着村，下不着店，除了石头和树，连根毛也没看见，再待下去，我们喝西北风呀！”

第三个亭长看向啬夫：“啬夫，能不能问问大啬夫，要死就死得痛快点儿，这这这……活罪受够了！”

啬夫睁开眼，白他一下，合上又睡。

下级军官如此，上层的将军们也不安分。五六个与公室走得近的将军实在受不了，又惧秦法，不敢妄言，就到监军嬴驷的帐里闲坐。

“殿下呀，”一个老将看向嬴驷，抱怨道，“末将也算是历过几次沙场的人了，从未见过这般战法！别的不说，就说徵城吧，末将不是守不住，而是……正打得过瘾，主将让撤！撤军是要鸣金的呀，主将又不让鸣金，只说让撤。两军阵上，不鸣金而撤，后队走了，前队不败也得败呀！即使让撤，可……可怎能撤进这个山窝窝呢？这是当年先君……”

另一将军附和道：“说得是，葫芦谷是个绝地！河西各邑，得而复失，不是我们守不住，是……是主将不让守啊！主将命令我们都朝这个山窝里撤，可这儿……”

第三个将军鼻孔里哼出一口气：“哼，一个从没穿过甲胄的人来当主将，这是必然的！”

…………

众将七嘴八舌，嬴驷似是没有听见，全部注意力凝在一个大铜盆里。盆里是一只颜色发青的大蛐蛐，正在昂头与他对视。

都到这个时候了，殿下仍有闲情逸致耍蛐蛐，将军们既焦急，又无可奈何。

“殿下，我们不怕死，可……”第一个发话的老将军“扑通”跪下，带着哭音，“十万老秦人哪，上上下下无不惶惶，恳求殿下问问主将，让将士们吃颗定心丸吧！”

众将军们纷纷跪下。

就在此时，一个黑衣人闪进。

嬴驷眼中余光瞥到，向他招手。

黑衣人趋近，单膝跪地。

嬴驷悄问：“公主何在？”

黑衣人应道：“临晋城里，守护甚严。”

嬴驷的目光转到蛐蛐上：“再放黑雕！”

“喏！”黑衣人拱下手，起身走出。

中军大帐里，公孙鞅正襟危坐，闭目凝思。

车希贤满腹疑虑地走过来："主将……"

公孙鞅眼睛都没睁："何事？"

车希贤低声道："将士们议论颇多，士气低迷，都对……"欲言又止。

"说啊！"

"都对撤到此地不解。"

"说什么了？"

"说这儿是死地，当年先君……当年先君在少梁西与魏人激战，中箭撤退，就……就薨在这个谷里。"

"还有吗？"

"多了去了，各种说法都有，甚至对主将也……"车希贤打住话头。

"直说吧。"

"说主将只能治国，不懂将兵……"

公孙鞅猛地睁眼，声音冰冷："懂不懂将兵，也得候到打完仗再说。传令三军，既往不咎，从现在起始，凡妄议军事者，杀无赦！"

车希贤拱手："得令！"

大荔关外，洛水沿岸，放眼望去，密密麻麻全是秦国预备队的帐篷。

栎阳郊外的一个大军帐里，孝公两眼紧盯地图，时不时地咳嗽几下。

"君兄啊，"嬴虔紧盯孝公，手指地图，瓮声瓮气道，"您再细看，往北非川即山，再北就是义渠的地盘，义渠虽说与我相善，可我三军若是败退而去，义渠作何反应可就难说了！往南是洛水，退路是临晋城和大荔关，却被他拱手送给魏人了。往西是长城，人可以跳下，车马辎重怎么办？再说，西面就是上郡，也是魏人的地盘。三军只剩下往东拼死一条道了！"

孝公再度咳嗽。

"君兄？"嬴虔关切道。

孝公轻咳几声："不打紧，许是前天夜里受凉了。"

"要不，臣弟这就叫御医来？"

孝公笑了下："不用不用，喝几口水就好了。你说下去。"

"我这……"嬴虔迟疑了一下，"臣弟实在想不明白公孙鞅为什么会相中那块绝地，是有意呢，还是无知？就算他治国有一套，可治军不同呀！两军对垒，是枪对枪，是刀对刀，是玩命啊！"他越说越激动："君兄啊，此番大战，开局多好哇，西河郡十六城六十四邑，我们占去逾八成！只要占下西河，上郡就是绝地，是咱囊中之物，想何时享用掏出来就是！可他公孙鞅呢？人家夺一个，他就扔一个，老秦人何时这般不济过？占下的地盘丢光了，他无处可去，只好引大军龟缩在葫芦谷里！他是不敢回来呀！将士中不少人跟从过先君，早晚望到先君薨去的地方，心里会是什么滋味？”

听他提到先君，孝公泪水涌出来，拿袖抹去。

“君兄呀，这场大战，我们输不起啊！他那十万将士算是咱的家当了，万一有个闪失，”嬴虔指着外面的帐篷，“剩下这些苍头，不是臣弟瞧不起他们，君兄您也看到了，八百里秦川，能指望这些一直放不下锄头的人吗？三军在将，士卒在技击，在行兵布阵，而所有这些，断非一蹴而就的呀！”

孝公表面镇定，心里却也忐忑起来。

“就眼下而断，公孙鞅断非将才！君兄将十万甲士交到他手里，臣弟实在……”嬴虔哽咽起来。

孝公看向他：“贤兄，依你之见，寡人当如何是好？”

“闹到这个地步，没有别的办法了，君上当即速诏命公孙鞅回师南撤，南攻临晋，拿下大荔关，我们这里也渡洛接应，合兵一处，背依国土，与魏卒殊死一战！”

孝公闭目思考，良久，抬头：“不妥。寡人既已授权公孙鞅，不可食言！”

“君上，您……”嬴虔急了，“您太宠信这个异乡客了，他这要……这要毁掉我大秦啊！”

孝公正色道：“贤弟不可乱语！”起身：“走吧，我们巡视防务去！”

弯月斜挂，夏虫啁啾。

葫芦谷秦军营区里，一行十几人快步走在营帐间，为首之人是公孙鞅和车希贤，后跟十几个短兵。

前面一个稍大的营帐现出火光，隐约传出说话声。

公孙鞅放轻脚步，径走过去。里面传出各种声音：

“……晓得为什么吗？秃子不让说光！”

话音刚落，一阵哄笑声响起。

“亏你们笑得出来！我讲个事儿，保证你们背脊骨发凉！”

“快讲！”

“后晌我奉左更之命前往谷底办差，你猜看到啥了？”

"啥？"

"葫芦山绝顶的那棵老松树！"

"老松树咋了？"

"当年先君就薨在那棵大树下面！"

帐中死一般寂静。

"唉，不知怎的，我一看到那棵松树，头顶就冒出一股寒气！"

"你怎么知道是那棵树？"

那声音嗔怪道："我就守在先君帐外，怎么能不知道？"

帐中再现静寂。

公孙鞅脸色阴黑，转对车希贤道："帐子里的，统统抓起来！"说完扭转头，大步走去。

次日午时，秦营刑场上，秦军千夫长以上将军站作几排观刑。

主席位上坐着公孙鞅、嬴驷和车希贤。

七名秦军将校跪在刑场，每人身后站着一个刀斧手，为首一人正是曾经去过嬴驷帐中、跟先君献公南征北战过的老将军。

老将军抬头，望向嬴驷，声嘶力竭："殿下……"

嬴驷站起来，转过身，扬长而去。

车希贤扔下令箭："行刑！"

刀斧手举刀，七颗头颅落下。

谕旨在身，陈轸不敢在家多留，于翌日晨起出发，经重建一新的浮桥过河，直赴临晋关。入关时已是天黑，陈轸就在关里歇过一宿，顺便打问一些河西战况，于次日午时不急不缓地赶到临晋城。

听闻陈轸驾到，公子卬喜出望外，亲手为他放下垫脚，扶他下车。

"啧啧啧，"陈轸盯视公子卬，连声赞道，"果然是王师主将，气度非凡哪！"

"哈哈哈哈，"公子卬爆出一声长笑，"请陈兄帐中叙话！"携起他的手直入主将府中。

二人府中坐定，公子卬寒暄几句，转入正题："陈兄，你可是从安邑来？"

"正是。"陈轸呵呵笑道。

"你可见过父王？"

"不但见过，还带来了谕旨呢！"

“谕旨？”公子卬身体倾前，迫不及待道，“父王是何谕旨？”

陈轸微微闭目，模仿魏王的手势与语气：“传寡人口谕，让他谨慎为上，多多请教龙将军，稳扎稳打，不求速胜，但求稳赢！”

公子卬吸一口气，眼睛眯起：“父王为何传此口谕？”

陈轸微微一笑：“轸也不知，许是有些缘故吧。”

“哼，狗屁缘故！”公子卬恨道，“定是龙贾那个老东西密报父王的！”

“王上对轸讲，秦人或是诈败！轸不懂军事，就想问问将军，秦人是否诈败？”

“上卿，”公子卬一把扯起陈轸，“来来来，你亲眼看看，秦人是否诈败！”

公子卬拖着陈轸走到一张标满双方形势的军用挂图前，神情激动地指着图解说战况，听得陈轸频频点头。公子卬又走到另一侧，拉开布帘，现出墙上所悬之物，皆是秦国将帅旗号，“公孙”“车”等字号赫然在目。

公子卬指点字号：“这是车希贤的，这是公孙鞅的，还有这个头盔，是车希贤的，头盔内侧刻有他的字号！”

陈轸瞠目结舌，不无叹服地出声道：“乖乖！”

“上卿随便想想，自古迄今，有这样诈败的吗？公孙鞅费尽心机，方才占我河西，尤其是大荔关、临晋这样的军事要塞，能这么诈败放弃吗？还有，秦人不是不抵抗，是屡战屡败啊！”

“唉，”陈轸长叹一声，“今日观之，传言始信哪！”

“什么传言？”

“多了去了，”陈轸缓缓说道，“说是龙老将军借口防御秦人要钱要粮，实则笼络民心，中饱私囊，欲将河西变作法外之地……”

公子卬瞪大眼睛：“真有此事？”

陈轸苦笑：“既为传言，真假怎么去辨呢？”

公子卬恍然若悟，自语道：“怪道……”

“怪道什么呢？”

“怪道龙贾围着司马错不打不说，还给他留下一条出路！”

“唉，”陈轸摇头，“有什么办法呢？王上信任他呀！”

“是他在父王跟前耍奸！待本将收拾了秦人，再回头与他算账！”

“将军怎么算呢？”

“这……”公子卬挠头皮。

“就查他的账！看看十几年来王上拨下来的钱款用在何处了，看看白相国赠他的银子又都用在何处了！”

公子卬握紧拳头：“好！”

参将急走过来，对公子卬拱手，压低声音：“主将，秦营密报！”说着双手呈上一支箭矢。

公子卬拆矢，取出密函，阅之，爆出一声长笑：“哈哈哈哈——”

“可是喜讯？”陈轸急切问道。

公子卬又笑几声，握拳道：“喜讯，喜讯，天大的喜讯哪！”

“轸可否分享？”

公子卬将密函递给陈轸。

“啧啧啧，”陈轸阅毕，递回，咂舌道，“公孙鞅不惜当着太子监军的面杀人树威，且杀的竟是秦国先君的帐前护卫，看来是真的走投无路了！”

“秦军士气低迷，怨气上升，又屯在十六年前先君献公败亡之地，哀思笼罩营帐，实乃天赐良机，决战机缘成熟。本将决定三日之后与秦决战，正在拟写战书呢！”

“决战之时，轸提请公子不要忘记一件法宝！”

“是何法宝？”

陈轸诡秘一笑：“将军的夫人哪！”

公子卬怔了：“紫云？”

“是呀。这场旷世之战，将军若是独享，岂不有失夫人雅兴？再说，紫云公主不辞劳苦，从将军远征河西，或想一睹她的夫君如何沙场扬威，她的父兄又如何拼死一搏呢！”

公子卬闭目有顷，睁开眼，缓缓道：“上卿，这个不妥吧！”

“哦？”

“不瞒上卿，自委身于在下，紫云乖巧多了。再说，打仗是男人的事儿，让个女人上场，实在是……”

“呵呵呵，”见他怜香惜玉起来，陈轸半是调侃地笑出几声，“英雄难过美人关哪！只是，轸以为不然。就算公主已经是将军的人，就算公主颇为乖巧，将军却不该有此怜美之心哪！将军必须要清楚，公孙鞅为何保媒？秦公为何舍弃爱女？为的是行诈计！诈的是谁？是在下，是将军，是王上！将军再想，紫云生于秦宫，长于秦宫，秦公爱若掌上明珠，委身于将军这才几日，她能忘记秦宫吗？她能……”顿住，观察他的表情。

“这……”公子卬语塞。

“将军，轸无意拆散将军夫妻鸳鸯，但两军阵前万不可儿女情长。就当下来说，没有什么能比紫云更能羞辱公孙鞅，击垮秦人的士气了！将军不但要让紫云到场，还要将她展示给秦人，让秦人看看他们的主将如何背信弃义，他们的国君如何冷血无情，连亲生女儿也可舍弃！当然，两军阵上，紫云还是将军夫人，我们对夫人不能有丝毫的不敬与失礼！两相对比，公孙鞅失义失情，士气必泄，将军仗义重情，士气必涨。一泄一涨，胜负判矣！”

公子卬吸一口气，狠下心：“就依上卿！”

当天夜里，紫云公主身边的“赵女”从发髻里取出一封密函呈给公子华。

公子华拆看，耳边传来嬴驷的声音：“……大战在即，云妹安危乃重中之重，拜托，驷！”

公子华将密函置于烛上，焚之。

翌日上午，公子华陪着紫云前往后花园里赏游，边走边道：“云妹，驷哥安排好了，派三十只黑雕接应我们！”

“什么时间？”紫云强压心中激动，轻声问道。

“驷哥之意是宜早不宜迟，一旦决战，我们就出不去城了。我的安排是，今晚就走。迎黑时分，云妹换个服饰，扮作下人，与我一道由后花园偏门出府，混入市集，待夜间缒吊出城，有车马载我们到洛水边，那里有船接应。渡过洛水，就是咱的地盘了！”

“嗯。”紫云将声音放得很低，“华哥，你说，这次我们……能打赢吗？”

“能！”公子华重重点头。

“可为什么魏人总是打胜呢？不是说他……是个草包吗？”

“我方是诈败！”

“你怎么知道是诈败？”

“驷哥说的，驷哥看出公孙鞅是故意诈败！”

“公孙鞅为什么诈败？”

“诱敌之计！”

紫云轻轻点头：“嗯。”

赵女侍从飞奔过来，低声禀报：“公主，家宰在四处寻您哩！”

紫云看向她：“什么事儿？”

“说是主公有命，让您即刻动身前往徵城！”

“徵城？”紫云愕然，看向公子华。

公子华吸一口气。

“去就去，”紫云咬牙道，“反正都这样了，看他还能把我吃掉？”

公子华起身：“走！”

临晋距徵城不过几十里路，紫云一行不到天黑就到了。

早有人备好浴盆与热水。赵女侍奉她洗好澡，裹起浴巾，跳出浴桶，在一道布帘后面刚更好衣，守在门外的公子华轻声道：“听声音，是他回来了！”

“嗯。”紫云穿着睡袍，步出帘子，走出浴室。

“当心点儿！”公子华小声提醒。

“嗯。”紫云递给他一只胳膊。

公子华搀住她，款款走向寝处。

公子印果然回来了，端坐于席，几案上摆着茶点。

紫云款款走进，由侧门入，公子华松开她的胳膊，守在门外。

新沐而出的紫云粉面妩媚，款款走向公子印，在他面前站定。

公子印不眨一眼地盯住她看。似乎被他看羞了，紫云微微侧脸，头略低下。公子印给个笑，指指对面席位：“夫人，请！”

紫云回他个笑，走过去，在对面坐下。

“有几日没有见到夫人了！”公子印笑道。

“夫君当以国事为重！”紫云亦出一笑，应道。

“唉，身不由己呀！夫君请你来，是因为两件事，一是夫君想念你了，二是夫君就要与你的家人决战了！”

紫云以袖掩面，哽咽起来。

“你很难受，是不是？”

紫云点头：“嗯。”

“请问夫人，”公子印二目逼视，“你是愿意看到你的夫君战败呢，还是你的家人战败？”

紫云缓缓抬头，一双泪眼盯住公子印：“夫君想听实话吗？”

“当然！”

“紫云不想看到任何人战败！”

“夫人想的是，可战场就是战场，既然开打了，就不可能双赢！”

“若是这样，”紫云含情脉脉地凝视他，“若是必须选择，紫云希望夫君能够战胜！”

“哦？”公子印显然吃了一惊，身体趋前，“能说说为什么吗？”

“因为……夫君就是夫君，紫云既已嫁出，就是夫君的人！”

公子印颇为感动，长吸一口气，两眼紧盯紫云。

“不过，紫云也有一请！”

“你说！”

“请夫君给公父、兄长，还有紫云的家人，留条活路。如果夫君也能给所有老秦人都留条活路，紫云更是感激！”

公子印沉思良久，旋即问道：“怎么个留法？”

“适可而止，不要赶尽杀绝。”

“公孙鞅呢？”

“那奸贼，可由夫君随意处置！”

公子印诧异道：“你说他是奸贼？他可是你家的功臣呢！”

“什么功臣！”紫云恨道，“那奸贼蒙我公父，劓我公叔，辱我兄长，杀我亲戚，我和我的所有家人，无不恨死他了！”

公子印一拳震几：“这就好！”

“夫君，今宵还去大营吗？”

公子印淡淡一笑：“今宵哪儿也不去，只陪夫人！”

“谢夫君宠爱！”紫云略显娇羞，起身，“夫君可先沐浴，紫云温壶酒去！”

“好哩！”公子印起身，“今夜良宵，与夫人一醉方休！”

两个仆从侍奉公子印前往浴室沐浴，紫云伙同公子华、赵女三人前往灶房，公子华烧火，赵仆备菜，紫云亲手温酒。

菜炒好，酒热温，紫云倒入壶中。

公子华从袖囊里摸出一个小黑瓶，递过去。

紫云看向瓶子，怔了：“这是？”

公子华压低声：“蒙药。”

“这……”

公子华耳语一阵，紫云“嗯”一声，打开小瓶，倒在手心里，许是嫌多，又稍稍拨掉一些，倾入壶中。

紫云寝处歌舞声声。赵仆及几个乐手奏乐，公子华斟酒，公子印击节，饮酒。紫云身着紫衣，翩翩起舞，光彩迷人。

不消半个时辰，药效发作，公子印歪在地上，沉沉睡去。

紫云挥退乐手，与公子华将公子印抬到榻上。公子华翻找公子印的袖囊，摸出一个软包，小心打开，陡吃一惊。

紫云问道：“何物？”

“嘘！”公子华打个手势，走到灯下抄录。

公子华录毕，将软包原样折起，放入袖囊，蹑手蹑脚地离开。

紫云将公子卬的睡袍脱下，拿被子盖好，自己宽衣解带，睡在他身边。

拂晓时分，远处鸡啼，公子卬缓缓醒来，见自己裸着身子睡在被窝里，紫云亦光着身子枕在他的胳膊肘里，沉沉熟睡。

公子卬一阵冲动，将她紧紧搂住。

紫云被他惊醒，轻叫一声：“夫君……”将脸贴在他的胸口。

公子卬一个翻身，将她压在身下……

第 019 章 | 魏卬兵败葫芦谷 犀首夜惊公孙鞅

翌日上午，中军帐里，公子卬正与陈轸谈笑，御史走进。

公子卬看向他："战书拟好了？"

御史双手呈上战书："请主将厘定！"

公子卬接过，匆匆阅一下，递给陈轸："请上卿雅正！"

陈轸接过，看完，眯眼沉思一时，递还给他，竖起拇指道："啧啧啧，好檄文哪，行文酣畅犀利，所列八罪，宗宗不虚，嬴渠梁、公孙鞅阳奉阴违，出尔反尔，以下作手段取我河西，真就是不仁不义、鲜廉寡耻之徒！"

御史向陈轸拱手："谢上卿褒奖！"

陈轸看向公子卬："尊夫人之事，可否也提示一下？"

公子卬略一思忖，转对御史："末尾加上一段：秦公虽说寡情鲜义，为人无品，所养紫云公主却是可人，甚得本将欢心，即使出征本将也难割舍，随从帐中奉茶，是以生擒之日，本将念及夫人，定不慢待，仍旧奉以翁婿之礼。至于公孙鞅，本为欺世盗名、无信无义之徒，今又为祸秦室，戕毒天下，人神共怒之，虽凌迟之刑不足以报其恶，然则，本将念其保媒之功，生擒之时，特改凌迟为腰斩！大魏三军征秦主将魏卬！"

陈轸再次竖起拇指："好辞令啊！"

许是认为如此轻佻之辞有损大魏威严，御史略作迟疑，皱眉道："主将，是照原话写呢，还是……"

公子卬厉声道："原话！"

一辆接一辆战车从不同方向驰向葫芦谷的最顶端——中军大帐。

其实不是大帐，而是位于山顶上的一个巨大岩洞，洞门外就是那棵名动河西的大松树。洞口有守卫站岗，进洞的石阶上，每隔几阶就立一个持戟勇士，气场肃杀。

公子疾一身戎装，与司马错肩并肩走向洞口，其他十几员战将也都陆续走过来。守洞军尉逐个验过将牌，挥手放进。

众将目不斜视，看得出，大伙的表情仍然沮丧，彼此见面，不打招呼，不停步，显然是上次那位老将妄言被斩的后遗症。

进入中军大帐后，诸将齐刷刷地立于主位前面，站作一排。

端坐主位的是公孙鞅，嬴驷居左，车希贤居右，皆是一脸严肃。

公孙鞅扫视众将一眼，缓缓拿出公子卬的战书，扬起来，轻轻咳嗽一声，声音低沉："诸位将军，魏人下战书了！"

没有人应腔，也没有任何激动，众将面面相觑一阵，又恢复原状，好像这封战书与他们无关，也好像他们早已猜出魏人会下这封战书。

嬴驷依旧端坐，面上看不出任何表情。

见众将皆不积极，公孙鞅略略皱眉，继续说道："战书是魏军主将写的，诸位将军，难道你们不想知道他都写了些什么吗？"

众将依旧不作声，头皆微低，大帐中一副死气沉沉的样子。

"好吧，"公孙鞅又扫众将一眼，"战书本将就不读了。不过，本将以为，战书最后几句，诸位或感兴趣！"

这句话显然有吸引力，众将抬头，齐齐盯向公孙鞅。

公孙鞅轻咳一下，清清嗓子："……秦公虽说寡情鲜义，为人无品，所养紫云公主却是可人，甚得本将欢心，即使出征本将也难割舍，随侍帐中奉茶，是以生擒之日，本将念及夫人，定不慢待，仍旧奉以翁婿之礼。至于公孙鞅，本为欺世盗名、无信无义之徒，今又为祸秦室，戕毒天下，人神共怒之，虽凌迟之刑不足以报其恶，然则，本将念其保媒之功，生擒之时，特改凌迟为腰斩！大魏三军征秦主将魏卬！"

公孙鞅的声音极其平缓，就像平日里吟咏诗书一般，但字字如锤、如刀，扎在众将心中。

嬴驷显然并未知悉这个，先是愕然，而后呼吸急促，脸色难堪，面孔扭曲。

中军帐里静得出奇，几乎连根针掉在地上都能听见。

公孙鞅眼中噙泪，声音更为低沉："诸位将军，对紫云公主，我公孙鞅无话可说，只有一跪！"缓缓起身，退后一步，跪下。因着戎装，跪得又实，一身重甲发出“咚”一声响。

众将无不惊怔。

公孙鞅声音哽咽，字字如泣：“今日之战，紫云公主才是勇士，是率先冲锋陷阵的真正勇士，我公孙鞅向大秦第一勇士致敬！”说毕重重叩首，头盔却碰在主将的几案上，再次发出“咚”的一声。

众将仍旧愣怔，似乎还没有醒过魂来，但显然，激情已被完全调动。

车希贤率先起身跪下，排在众将之首的司马错跟着跪下。紧接着，所有将军尽皆跪下，无不眼中噙泪。

中军帐中，只有嬴驷一人静静地坐在那儿，面无表情地看着所有的人。

公孙鞅起身，扬手：“诸位将军，请平身！”

众将平身。

“诸位将军，此时此刻，紫云公主就在魏人的中军大帐里。身为主将，我公孙鞅要求你们，我公孙鞅命令你们，拿起手中的枪，拔出腰上的剑，击败魏人，夺回河西，为勇士流下的每一滴泪，为勇士受过的每一个委屈，”公孙鞅说着握拳刺空，“复仇！”

众将齐吼：“为公主复仇！为公主复仇！为公主复仇……”

公孙鞅摆手止住：“诸位将军！”

众将屏气凝听。

公孙鞅语气重新恢复平静：“如何复仇，请看战图！”扬手。

身后“唰”的一声，布帘徐徐拉开，现出一幅巨大的由麻布制作的河西形势图。形势图上标着魏军与秦军形势，甚至每一处屯营也清晰可见。三条黑线显出秦国三军的“败退”路线图，三条藏红线显示魏国三军的“追击”路线图。

众将眼前一亮，但又旋即无光。

公孙鞅扫一眼众将：“本将晓得，诸位都想知道，我们为什么一直败退，我们为什么不朝秦境退，而是退到河西腹地，退到这道葫芦谷里，被魏人四面堵住退路。”

众将皆是一振，所有目光盯向公孙鞅。

“车将军，”公孙鞅转向车希贤，“军事上的事，还是由你来说！”

车希贤冲他略拱下手，转对众将：“诸位将军，前面的战事，我就不多说了，只说一句，诸位的每一次溃退，都是主将刻意安排的。主将刻意安排溃退，不为别的，正是为了今日的决战！”

众将一振。

车希贤手指战图上秦境位置："诸位请看，这儿是八百里秦川，居住着我父老乡民，我们能向这里退吗？我们能将战场放在家门口打吗？"再指梁山一脉："这里山林茂密，道路崎岖，利于轻兵，不利于重甲，我们一再溃败，就是要将魏卒引到这里决战！"

众将无不吸一口长气，眼前皆是一亮，所有颓废一扫而光，精气神全出。

车希贤再指葫芦山，语气激昂："十六年前，此山是我先君薨天之处，十六年后，主将特选此地与魏决战，就是想让先君的在天之灵看看他的勇士们是如何斩杀魏人、夺回河西的！"

一听到"先君"二字，众将更是群情激奋，齐呼道："斩杀魏寇，夺回河西，为先君报仇！"

"我说完了，至于如何杀敌，如何收复河西，"车希贤转对公孙鞅，拱手，"请主将颁令！"

众将齐齐站定，直盯公孙鞅，尽皆拱手："请主将颁令！"

公孙鞅字字如锤，掷地有声："诸位将军，听令！"

众将齐声道："末将听令！"

"本将决定，背依长城，用一字长蛇阵缚牢魏人！"

众将重复道："背依长城，用一字长蛇阵缚牢魏人！"

"知道如何缚牢魏人吗？"

"请主将昭示！"

"本将给你们十六个字——避而藏之，游而击之，分而围之，聚而歼之！"

众将重复命令："避而藏之，游而击之，分而围之，聚而歼之！"

"至于这如何避藏，如何游击，如何分围，如何聚歼，众将听令！"

"末将听令！"

公孙鞅转对司马错："司马将军！"

司马错跨向前，拱手："末将在！"

"你引锤卒两万，步卒两万，伏于葫芦谷底的林中，守候魏人前锋的重甲车马！"

"末将得令！"

公孙鞅转对另一将军："李将军！"

李将军跨向前，拱手："末将在！"

"你引步卒一万，截断谷底水流，控制谷中所有水源，能守则守之，守不住则毁之！”

“末将得令！”

公孙鞅转对车希贤：“车将军！”

车希贤跨向前，拱手：“末将在！”

“你引战车两百乘，锐卒一万，绕道徵城，待魏人全部攻入葫芦谷里，从屁股后面堵住葫芦口，断去魏人退路！”

“末将得令！”

公孙鞅转对车希贤旁边一将军：“竺将军！”

…………

就这样，公孙鞅一一向众将颁令，众将得令，陆续离去。

公孙鞅与嬴驷最后离开中军帐，并肩走向监军大帐。

公孙鞅边走边向嬴驷致歉：“诈败之事，臣未事先禀报殿下，还望殿下宽谅！”

嬴驷不无郁闷道：“是放心不下驷吗？”

公孙鞅诚惶诚恐：“臣不敢！”

嬴驷冷冷说道：“那就是驷不配知情喽？”

“殿下此言，臣唯有以死谢罪耳！”

“既然都不是，好歹驷也是监军，主将为何事事绕着驷？”

“此事关此战成败。魏人在军中布有耳目，殿下身边又多忠义、直爽之士，臣是以不敢存丝毫侥幸，对上只奏报君上，对下也只有车希贤一人知情，余皆不知，是以军中多怨，士气多泄，而这也正是臣所期望的！”

嬴驷见已走近自己帐门，驻足，转身，抱拳道：“主将高谋，驷敬服！主将还有吩咐没？”

公孙鞅欲言又止，略略抱拳：“臣……告退！”扭转身，脚步沉重地缓缓走开。

走进帐门，嬴驷见一黑衣人跪地，是他派往联系公子华的心腹黑雕。

嬴驷问道：“人救出否？”

黑雕脱下靴子，用剑尖剜掉一物，取出，双手呈上：“殿下请看！”

嬴驷拿过，拆看，震惊，耳畔传来公子华的声音：“驷哥，情势有变，魏印昨接妹至徵城。妹强颜欢笑，以药酒蒙翻魏印，从其衣囊取出一物，弟窃以为密，伪制供兄掌握！大战在即，弟未能冲锋陷阵，手刃魏贼，引以为憾！至于云妹安危，弟必舍生以守！遥祝大捷！弟华顿首。”

嬴驷凝眉有顷，起身出帐。

中军帐里，公孙鞅、车希贤对坐，几案上摆着两封战书，一封是公子印的，一封是他们拟好的回书。见嬴驷折返，公孙鞅站起，拱手道："殿下，您来得正好。"走过去，双手奉上战书："这是臣写给魏印的回书，请殿下审阅！"

嬴驷没有接，只从袖中摸出密件："请主将先看看这个！"说完"啪"地扔在几案上，转身走了。

公孙鞅拆看，傻了，久久怔在那儿。

见他表情古怪，车希贤小声问道："主将？"

公孙鞅似从噩梦中醒来，急切叫道："快，叫司马错速来！"

公子印在紫云的温柔乡里度过一个销魂之夜，兴致勃勃地赶到主将府，与陈轸谋划起行将到来的决战。没谈几句，公子印发现陈轸是真的不通军务，就把他叫到形势图前，不厌其烦地就图讲解，指出魏军将如何进攻，秦人将如何反应等，听得陈轸大开眼界，越发坚定公子印必胜。

二人聊得正来劲，中军左御史疾步走来，禀道："禀报主将，秦人战书来了！"

公子印眼睛仍盯着战图，摆手："念！"

左御史拆开，朗声道："上将军战书收悉，鞅再三读之，不胜惶恐。将军于书中历数秦公及鞅之罪状，鞅有口莫辩。今借回书一角，容鞅解释一二。河西本为秦土，六十年前为魏将吴起强借。今秦魏结亲，即为一家。既为一家，秦公自然认定魏王陛下会归还河西。秦公派鞅前来接收，当是分内之事。鞅受君命，不敢懈怠，是以恳请将军将鞅之苦衷诉于大魏陛下，只要陛下归还河西，秦公保证世代听凭驱驰。如果将军执意厮杀，鞅虽不敌将军虎威，也只能操戈相见。鞅不通武学，仅在幼年时读过一字长蛇阵法，明晨日出之时，鞅于葫芦谷口辕门外布阵，恭候将军！秦三军主将公孙鞅顿首。"

公子印仰天爆出一声长笑："哈哈哈哈——"转对中军左御史："回复秦使，明晨日出，本将应约破阵！"

左御史退出。

公子印转对陈轸："一字长蛇阵也敢叫板，看本将不砸烂他的蛇头！"转对右御史："召众将中军帐听令！"

右御史走出。

陈轸问道："敢问主将，可召龙将军否？"

"龙贾？"公子卬面现不悦，"召他做什么？郃阳那儿，他的屎屁股还没擦呢！司马错的一万五千秦卒，看他能拖多久。"

"在下之意是，决战方略，最好也晓示龙将军。无论如何，他是副将！"

"上卿有所不知，此前本将不知虚实，觉得龙贾知晓河西，知晓秦人，是个将才。近日战事，却让本将大失所望。本将甚至怀疑，龙贾的过往战绩是他粉饰出来的！"

"即使如此，在下还是请求主将召龙贾议事，"陈轸压低声，阴阴一笑，"否则，他或以此为由，密报王上，为将军添堵！"

公子卬眉头微皱："也好，免得他在背后聒噪！"见左御史送秦使回来，冲他道："使快马至郃阳，有请龙将军中军帐谋议大事！"

龙贾接到议战命令，即对公孙衍道："主将向秦人下战书，秦人回书来了，约定明晨日出决战，摆长蛇阵于葫芦谷口！"

公孙衍放下手中竹简，疾步走到图前，观看。

龙贾一把扯起他："不要看了，这就随我求见主将，陈明利害！"

公孙衍肩膀一耸，两手摊开："在下无职无爵，连中军大帐也进不去，如何求见，如何陈明利害？"

"我带你去呀！"

公孙衍缓缓闭目，昔日在魏宫与公孙鞅对峙时的受辱场景闪过脑海，惨然一笑："你带着我，我算什么人呢？是相府家奴，还是右军幕僚？"

龙贾急了："犀首呀，这都火烧屁股了，你还在计较名分？"

公孙衍苦笑一声："不是在下计较，是主将计较！主将知会谋议的是将军，在下若去，能插上话吗？再说，在下想说的，将军全都知道了，在下若去，非但不能成事，反倒坏事！"

龙贾略略点头："也好！"便匆匆离去。

龙贾一路疾驰，于迎黑时分赶到中军，见魏营里灯火通明，秩序井然，一片大战前的忙碌景象。

龙贾急入中军大帐，见帐中除他之外，并无其他将军，忖出战已议过，召他来不过是知会一声而已。

果然，望到龙贾，公子卬就走过来，虚礼一番，拉他来到军情图前，向他讲解决战部署，刻意隐瞒了裴英的奇兵。

"龙将军，"公子卬讲毕，拱手道，"您久经沙场，又是副将，魏卬请您来，是想听听您的意见！"

“回禀主将，”龙贾语气急切，“末将以为，此时决战，正中秦人之计啊！”

“龙将军，”公子卬嘴角扯出一笑，“你且说说，本将中了秦人的什么计？”

“诱敌之计！”

“秦人的这个计，前几天你已讲过了，能不能换个新的说辞？”

“唉，”龙贾长叹一声，“主将呀，您随便想想，车希贤数万大军，如果真是败退，为什么没有直接退入秦境，反倒沿我长城向北退却？”

公子卬冷笑：“龙老将军自诩历战无数，是真不知呢，还是假作不知？车希贤向北撤退，只有一个目的，靠拢公孙鞅的中军，形成合力，避免被我军各个击破！”

“若为形成合力，司马错一军为何死守郃阳不撤？”

“哼，这个本将还要问问老将军呢！”

“司马错死守郃阳，只有一个目标，拖住我右军！”

“你且说说，秦人为何要拖我右军？”

龙贾手指图中魏军中军的位置：“好以全力对付我中军。”再指向葫芦谷：“诱我主力入葫芦谷与其决战！”

“老将军是说，我与秦人决战不得吗？”

龙贾看向他，语气坚决：“决战不得！”复指图：“将军请看，葫芦谷三面皆山，中间深谷，林木茂密，不利于我重车、重甲施展，是以我军不宜在山地与其决战。”

“老将军是说，我大魏武卒不敢在山地决战吗？如果本将把老将军的话原样晓谕三军将士，老将军介意吗？”

见他故意找碴，龙贾气结：“主将，您……”

公子卬摆手：“好了好了，战书已下，三军已动，老将军若是没有别的，本将这儿正忙着呢！”

龙贾见木已成舟，不禁长叹一声，沉默半晌，沉声道：“如果一定要决战，本将请命参战！”

公子卬哈哈笑道：“老将军绕来绕去，原来是为争功啊！”

龙贾气极：“主将，你……”

公子卬略一沉思：“这样吧，待明日日出，老将军就向郃阳之敌发起总攻。只要龙将军全歼郃阳之敌，本将将表奏父王，记您大功！”

龙贾再次长叹：“唉，主将啊，末将征战无数，何时计较过军功？”

公子卬佯装不解：“既然不计较军功，老将军何以要来参战呢？难道老将军在郃阳不是参战吗？”

龙贾急了：“末将请求参战，是为万一……”欲言又止。

“什么万一？”

“万一主场失利，末将也好有个接应啊！”

这下捅了马蜂窝，公子卬一拍几案：“好你个龙贾！”呼呼喘几声，强压火气：“本将念你老迈，就作没有听到，也不与你计较长短。若是再无新鲜建言，就回郃阳显示本领去，明日日出，将那司马错擒来！若是老将军畏惧那个后生，也罢，待本将收拾完公孙鞅，自去活擒那厮！”又转对左参将，“裴将军到没？”

左参将拱手：“守候多时了！”

“快，叫他过来！”

龙贾脸色黑青，猛一跺脚，头也不回地大步出帐。

深夜，魏国左军大营，一辆辆重甲战车整装待发，裴英站在排头战车前。公子卬紧紧握住裴英的手：“裴将军，明日胜负，本将就看你这儿了！”

裴英眼中噙泪：“末将赴汤蹈火，绝不辜负主将信任！”

“记住，一入秦境，格杀勿论！”

“末将领命！”

公子卬松手：“起程！”

裴英转身，跳上战车，朝公子卬拱下手，战车启动。

与此同时，洛水岸边，黑压压站着无数秦兵。一只小船靠岸，一人跳下船。司马错看向那人：“君上到了？”

那人点头：“到了！”又转身朝对岸发出一声呼哨。

无数只船与木筏应哨声划过来。

司马错朗声道：“会水的，下河，不会水的，候船！”说毕率先下水，向对岸泅去。

众多秦卒纷纷下河。

回到右军大帐时已是后半夜。

龙贾了无睡意，闷头坐于案前。

公孙衍听到声响，走出来，斜他一眼，在自己的几案前坐下。

帐中一片死寂。

“唉，”龙贾悲叹一声，“有此竖子，魏国气数当是尽了！”

“唉，”公孙衍亦出一声长叹，“可怜数百里山水，十几万甲士，数十万百姓，就此葬送于这对父子之手，着实让人心疼啊！”

“犀首，”龙贾猛地抬头，“龙贾求你离开此地，能走多远，就走多远！”

“将军难道介意这儿再多一具腐尸吗？”

“唉，犀首呀，不是龙贾介意，是……河西不缺腐尸，魏国却缺犀首。龙贾老矣，死就死了，犀首却死不得啊！”

“好吧，”公孙衍沉思半晌，起身，“既然龙将军嫌弃，在下这就离开！”说毕几步走到帐边，从帐壁上取下子胥剑挂在身上，转身径出帐篷。

大半夜的，公孙衍这说走就走，龙贾倒是怔了，呆了一小会儿，起身跟出。

公孙衍套上他的辎车，一步一步地走向辕门。

龙贾紧紧跟上，二人并肩走出辕门。

离开辕门老远了，龙贾仍旧跟着。

这是个月夜，道路被天光照得通明。

公孙衍驻步，拱手：“将军，该留步了！”

龙贾长叹一声，拱手：“兄弟，保重！”

公孙衍跳上车，再拱。

“犀首兄弟，”龙贾迟疑一下，“龙贾敢问，你这……欲往何地？”

“阴晋。”

龙贾震惊：“阴晋？”

公孙衍苦笑一下：“将军赶客，犀首只能去投奔张猛了！”

“犀首，”龙贾瞬间明白了公孙衍的苦心，一阵感动，“龙贾晓得了，你这是……去保住阴晋哪！”

公孙衍再度拱手：“将军保重！”说毕打个响鞭，车马驱动。

龙贾扬手：“犀首兄弟，您更要保重啊……”

公孙衍想到什么，车子没停，只回头大叫：“对了，龙将军，给你推荐个人才，犀首旗下有个叫吴青的堪当大用！”

送走公孙衍，龙贾匆匆返回大帐，凝住眉头，在帐中来回踱步，耳边回响起公子卬的声音：“……老将军绕来绕去，原来是为争功啊……本将念你老迈，就作没有听到，也不与你计较长短。若是再无新鲜建言，就回郃阳显示本领去，明日日出，将那司马错擒来！”

接着是公孙衍的声音：“可怜数百里河西，十几万甲士，数十万百姓，就此葬送于这对父子之手，着实让人心疼啊！”

龙贾猛地顿住步子，叫道：“来人！”

副将走进，拱手。

龙贾看向他：“看来，我们得走一步险棋了！”

副将目光征询：“什么险棋？”

“主将今日与秦决战，如果不出所料，负多胜少，我们须去接应，以防不测。”

“这……”副将担心道，“若是郃阳之敌得知，在后追击，该当如何？”

“你说得是，”龙贾转对参将，“传公孙将军麾下一个叫吴青的到大帐听令！”

参将应一声，不一会儿，带吴青进帐。

吴青跪叩：“报，千夫长吴青听令！”

龙贾看向他：“吴青将军！”

吴青怔了下：“我？将军？”

“正是。自今日起，本将任命你为右军左司马！”

吴青叩首：“左司马吴青谢龙将军提携！”

“主将明日与秦人在葫芦谷展开决战，本将率右军前往助阵，留给你三千人，牵住郃阳之敌！”

吴青朗声道：“末将得令！”

“我们起程后，你可多布疑兵，造出声势，使郃阳之敌不敢妄动！”

“末将得令！”

“如果秦人看出破绽，强行出击，你就使出本领，想尽办法拖住秦人，万不可死战！”

“末将得令！”

龙贾转对副将：“传令诸将，不许造炊，不许弄出声响，带足三日干粮，黎明前出征！”

副将拱手：“末将得令！”遂转身疾步走出。

黎明前，东方微亮，月亮西沉，星光隐没在碎云里，大地更黑了。

大荔关关门“吱呀”一声洞开，裴英一车当先，冲了出去。

紧接着，铁甲战车一辆接一辆，风驰电掣般驰出，扬起的尘土淹没在黑暗里，轰隆隆的奔驰声响彻黎明前的夜空。

天色微亮，葫芦谷的谷口就排满了黑压压的秦兵。魏兵各路人马也陆续赶至，各自运行到位。

魏军主将公子卬坐进吊车，被吊到一个移动的高塔上，居高临下，俯视秦阵。

秦兵一队一行，正在缓慢有序地移动，谷口外围渐渐现出一字长蛇阵的模样。再往远处，不见异常。

审视一番，公子卬摆手，吊车摇下。

陈轸凑近，急切问道："秦阵如何？"

公子卬淡淡一笑，应道："如约，一字长蛇阵。"

"这阵……厉害吗？"

说到兵法战阵，公子卬的两眼炯炯有神："此阵看似无奇，其实厉害。若击其首，其尾应，是谓'卷'；若击其尾，其首动，是谓'咬'；若击其腰，其首尾皆应，是谓'绞'！"

"乖乖！"陈轸咂舌，"敢问主将如何破之？"

公子卬手指天空，雄姿英发："降蛇者，鹰也，通常当以鹰爪阵破之！"

"鹰爪阵？攫其七寸？"

"鹰爪是这样，"公子卬伸出三个手指，前伸，"可分三爪，一爪击首，使其不能咬，一爪击尾，使其不能卷，另一爪冲断其腰！"

"既为通常之法，主将想必另有奇招了？"

"上卿睁大眼睛，待会儿自有分晓！"

天色大亮，雄鸡啼晓。

秦境一处露天粮仓中，巨大的粮囤隐约可见。几十辆魏军战车直冲过去，眼看就要撞到粮囤，前面突然现出一排铁蒺藜。最前面的战车由于巨大的惯性而停不下来，战马撞在铁蒺藜上，长嘶一声，马倒车翻。

后面战车急急停住。车上魏人未及弄明状况，道路一侧猛然蹿出一排黑影，个个犹如鬼魅，就地滚到战马前面，只听"咚咚"声响，辕马惨叫倒地。未受击的战马惊恐扬蹄，战车剧烈晃动，歪倒，车上魏卒站立不稳，或跌下车，或扶车帮，毫无还手之力。

更多的黑影冒出来，手拿铁钩，朝车上站立不稳的魏卒下半身又捅又钩，魏卒多被钩下，遭乱刀斩死。部分魏卒跳下车与秦卒搏杀，但寡不敌众，亦被捅死。

与此同时，在秦境袭击秦军其他草料场的每一队魏卒多在半途遭到痛击，猝不及防中，战马被敲晕，武卒被钩下战车斩杀。各处粮仓，各处兵营，秦卒无不痛下杀手，屠杀场面惨不忍睹。

而所有这些，左军主将裴英并不知情。

裴英亲率主力甲士七千人，铁甲战车一百乘，冲向此番攻击的最大目标——在栎阳城外屯扎的约十万秦卒预备队及辎重人员的营帐。

四周静寂，没有任何异样。

眼见敌营尽在眼前，裴英长枪一指，一车当先，直冲过去。众将士见主将上前，无不奋勇，数百辆战车就如数百支利箭，轰隆隆驰入营区，分散冲向各个帐篷。

争功心切的魏卒或枪挑营帐，或用战车挂撞营帐。

营区却无任何反应。裴英连挑数帐，发现里面是空的，架满薪柴，空气中弥散着一股怪味，不觉连声惊呼："是硫黄、桐油，快，快撤！"

已是迟了。不知何处响起战鼓，随着鼓点，"嗖嗖嗖"，无数支带火的箭矢飞向帐中，大火先从营区四周着起，随风势燃烧。顷刻间，一百辆魏军战车及无数大魏武卒皆淹没在火海里。战马、火人在火海中扑腾、乱撞，马的悲鸣声、人的惨叫声不绝于耳。

裴英的战车在火海中横冲直撞，待冲出火海时，连人带车已是烈火焚身。裴英发出"啊啊啊"的声声狂叫，舞动长枪乱捌。

一番扑腾之后，战马倒地，裴英从车上栽倒，在地上翻滚几下，不再动了。

不远处一座土坡上，秦孝公静静地站着，身边站着司马错。

远处是火光熊熊的兵营，大屠杀仍在进行，惨叫声不绝于耳。一名秦将奔至，跪叩："报，魏军战车九十八辆悉数被烧毁，余下两辆被我俘获，裴英并所有魏卒无一逃出！"

"唉，"长期以来一直拿粮换马的秦孝公长长叹出一声，"可惜了那些好马呀！"言毕缓缓闭目。

与此同时，葫芦谷的谷口外面，秦、魏双方的阵势均已摆好。

秦军如约摆出一字长蛇阵，且是沙漠之蛇，南北长约六七里，弯曲有度，将宽大的葫芦谷口堵个严实。左翼为阵首，一百辆战车，右翼为阵尾，一百辆战车，中间为蛇腰，一百五十辆战车。战车后面才是步卒。

魏阵摆出的则是鹰爪阵，两端利爪各一百辆重车，中间长爪是二百辆重车，分别指向蛇头、蛇尾和蛇身。

秦军蛇腰部分，公孙鞅一车居中。

魏阵中爪尖端的战车上，公子卬昂然屹立。

双方擂鼓，蛇有序卷行，鹰爪前伸。

蛇鹰相距约两箭之地，鼓声各住，阵势凝固。

魏阵后面转出二车，一车是紫云公主，另一车是陈轸。两车一左一右，排在公子卬身边。紫云一身红装，站在一辆战车上，左右侍立着两个武卒。

紫云气定神闲。

见到公主，秦阵中一阵躁动，时不时有士卒交头接耳。

秦人擂鼓，公孙鞅一车前冲，在阵列的最前端停住。

魏人亦擂鼓，公子卬驱车相迎，亦在对方一箭之外停住。

公孙鞅甲衣裹身，但手中没持戈矛，空着两手站在车上，只有一剑挂在腰间。公子卬则长枪在手，威风凛凛。

双方互以犀利的目光对视，仿佛要将对方穿透。

公孙鞅率先打破沉寂，爆出一声长笑："哈哈哈哈——"抱拳："卫鞅见过上将军！"

见他果然未逢战阵，显得沉不住气，公子卬心中暗喜，左手提枪，右手指着公孙鞅："公孙鞅，提起你的长枪来，本将不杀束手之人！"

公孙鞅再抱拳，假作惊恐状："在上将军跟前，公孙鞅不敢提枪！"

"背信弃义，做贼心虚，是以不敢提枪，是否？"

"不是！"

"那是何故？"

公孙鞅阴阴一笑，反唇相讥道："沙场之上，本将不愿枪指妇孺！"

"无信之人一派胡言！大魏铁军，人人虎将，何来妇孺之说？"

公孙鞅指向公子卬身后："将军身后，左妇右孺，难道是卫鞅眼花了吗？"

"哈哈哈哈，"公子卬长笑几声，"你不是眼花，是眼瞎！左边一员，是本将夫人。右边一员，是大魏上卿。夫人喜食蛇肉，上卿乐观蛇舞，听闻本将今日戏蛇，皆来凑趣！"

公孙鞅故作尴尬之色，拱手："若是此说，是卫鞅误会了！卫鞅长蛇已成，请上将军戏之！"说毕掉转车头，径回本阵。

公子卬也转回车头，回归原处。

两军阵上，军旗猎猎，戈戟闪耀，剑拔弩张。

空气压抑，凝重。

紫云凝视着秦军的阵列，紧张不已。

公子印枪头一指，大喝：“何人愿夺头功？”

一将驱车至前，朗声道：“末将愿往！”

公子印视之，乃龙贾之子龙豹。

公子印大喝：“擂鼓！”

一通鼓响，龙豹驱车冲到阵前，挺枪冲秦阵大叫：“大魏虎将龙豹在此，何人前来受死！”

话音未落，秦军阵上，一车冲出，秦鼓响起。

车中一将枪指龙豹，大喝道：“大秦虎将杜宪前来斩你！”

双方鼓声大作，战车交错冲过，只一回合，秦将杜宪倒在车下。

龙豹转到阵中，扬起枪，大叫：“还有何人前来受死！”

话音未落，秦阵冲出一将，又是一回合，被龙豹刺下战车。

秦将面面相觑。

公子疾驱车冲出。

连斩两名敌将，龙豹豪气冲天，挺枪驱车相迎。二车绞在一处，龙豹将一杆银枪舞得上下飞转，公子疾只有招架之功，全无还手之力。

秦阵静默，魏阵喝彩。

双方战有十余合，公子疾的长枪被龙豹挑掉，斜刺里退往本阵。龙豹哪里肯放，枪指公子疾大喝：“哪里逃？”遂驱车紧追不舍。

魏阵的喝彩声响彻云霄。

眼见士气大振，公子印振臂大呼：“擂鼓，鹰击长空！”

战鼓齐鸣，旗手挥动令旗，无数战车犹如三只利爪，分别刺向秦阵的两端及中腰。中间利爪在将近中腰时，突然分出一支，径直冲向蛇头下面的一段，七寸。

秦阵惊惧，蛇的七寸后缩。

公孙鞅急令：“快，鸣金！”

秦阵鸣金，后阵作前阵，争先恐后地逃进谷中。

谷口完全敞开，秦军战车纷纷掉头，退往谷里。

眼见敌军溃退，公子印挺枪舞向空中：“擂鼓，进击！”驱车率先追去。

战鼓齐鸣。

见主将奋勇，众将无不争先恐后。葫芦谷中，车马奔驰，金戈撞击，扬尘滚滚。

秦人如蚁般溃逃，途中分作两部，步卒逃进树林，淹没在林海里，战车遇路即分流，目标也是山谷两侧的山岭。

魏卒也自动分开，步卒追入林中，重车分流追赶。走在最后的秦卒扭头截住魏人厮杀，杀不过时又逃。战车亦是如此。

远远望去，偌大的战场呈现出一面倒的态势，前面在逃，后面在追，几乎没有玩命的搏杀。秦兵中跑得慢的，或被魏卒刺死，或聚作一堆死拼。

东山林中，二十几个重甲武卒手持长枪，腰挂利剑，肩背硬弓，负重数十斤，但动作依然敏捷，将十几名秦卒困在一块空地上。

秦卒皆是轻装，左躲右闪，死命还击。几名秦卒倒下，余下秦卒合力突向一个方向，刺死一名魏卒，突围而出。

众魏卒紧追不舍。

秦卒逃至一棵合抱粗的大树下，又被魏卒追上。秦卒背依树干，布成圆阵。魏卒四面冲击，与秦卒肉搏。

双方正在酣战，只听“嗖嗖”声响，几支冷箭从树冠里射下，贯穿三名魏武卒的头盔。三名武卒应声倒下。

一名武卒大惊，抬头往上看，刚好一支冷箭射下，扎在他暴露出来的脖颈上，倒地立死。余下武卒惊惧后退，秦卒反追上去。

更多武卒跑过来，秦卒再度被围。更多秦卒亦跑过来助战，双方绞作一团。树上不时有冷箭射下，魏武卒亦向树上回射，有箭手中箭，一人从浓密的树冠里摔到地上，另一人挂在树枝上，扑腾几下，不再动了。

在另一片树林里，两名秦卒与两名武卒捉对厮杀。武卒长枪舞动，秦卒左右腾挪。一名魏卒的长枪被树枝挂住，收不回来。秦卒欺前，持刀刺他。武卒扔掉枪，拔出剑，格开。

双方陷入僵斗。

另一处山坡林中，一大群秦卒在前狂逃，成倍的魏武卒在后追赶。追进树林深处，秦卒忽然不见，魏卒纳闷，四散寻找。

谷底道路上，几辆秦车在山道上狂奔，几辆魏车紧追不舍。路越走越窄，前路没了，尽是树丛。车上秦卒弃车入林。魏车追至，见敌方弃车，魏卒望林迟疑。

环视一番后，魏卒下车，将弃下的秦车聚拢来，掉转车头，往回驱赶。

葫芦谷是个绝谷，谷底有两个山峰，一左一右将山谷锁住，形成一段闭弧。一条高约丈余的城墙由西边山峰蜿蜒前伸，越过一道险峻山垭，伸向东侧山峰。

谷底是一片开阔地，站在谷底往上望，西山峰顶上一棵老松树清晰可见。

公孙鞅引领十余战车并近千秦卒一路逃至此处，下令道："布阵，一字长蛇阵！"

秦车选好有利地势，掉转车头，再次摆下一字长蛇阵，车头迎向魏车。

公孙鞅稳居中央。两侧伏好弓弩手。

魏车并魏卒陆续追到，公子卬的主将车亦赶了过来。

公子卬扬枪指向公孙鞅："公孙鞅，看你还往哪儿逃？"

"有死而已！"公孙鞅伸手，"拿枪来！"

一名侍卫递给他一杆长枪。

"哈哈哈哈，"公子卬仰天爆出一声长笑，竖起拇指，"有种！"又朝左右命令："擂鼓！"

魏鼓擂响。

公子卬晃动长枪，一车前冲。

公孙鞅的战车一动不动，公孙鞅持枪挺立车中，静静地望着公子卬的战车直驰过来。

公子卬冲到半途，箭矢如蝗。

公子卬舞枪拨箭，震怒："公孙鞅，怎么成狗熊了？"

"哈哈哈哈，"公孙鞅仰天长笑，"狗熊怎么能与狗打架呢？"将枪一扔："鸣金！"

秦阵鸣金，公孙鞅及秦卒弃车上山。

公子卬扬枪大喝："进攻，拿住公孙鞅！"

魏卒争先恐后，弃车追上。

栎阳城外兵营中，到处是烧焦的魏军车马与武卒。

不少秦人在清理战场。

一排几十辆战车列好阵势，司马错站在第一辆战车前。

秦孝公由队首走向队尾，又转回来，对司马错道："司马将军，你可以走了！"

"末将领旨！"司马错拱手致礼，跃上战车，疾驰而去。

通往徵城的衢道上，从郚阳出发的两万七千魏卒无不满头是汗，拖不动步子了。

副将走到龙贾的战车边，拱手禀报道："将军，再有三十里就到徵城了！"

龙贾看向他："斥候回来没？"

"回来一批，说是我大军在追击秦人，全都进谷了！"

"主将何在？"

"也进谷了！"

"传令，加快行军速度！"

副将面露难色："将士们急行近二百里，实在……走不动了！"

长途急行乃兵家大忌，故兵法有云："百里而争利，则擒上将军。"百里尚且如此，何况是二百里，更何况这些军士不是大魏武卒，而是刚刚招募不久的新兵蛋子！

"唉！"龙贾长叹一声，看看将士们，意识到自己急昏头了，"传令，就地休整半个时辰！"

就在龙贾右军就地休整之时，徵城西方，尘土飞扬，战车在前，大队秦卒跑步跟后，直插葫芦谷口。

尘烟滚滚中，一面黑色旗帜扬在最前列，现出一个大大的"车"字。

葫芦谷一处山坡上，经历了几个时辰的殊死搏斗后，一群魏武卒汗水淋漓。其中一个武卒从腰中掏出干瘪的水囊，解开囊口，口朝下，嘴接上，却无一滴水滴下，便气恼地将水囊狠狠摔在地上。

不远处传来叫声："这儿有水！"

众武卒不顾一切，朝声音处奔去。

林深处果然有个小水池。众武卒奔至池边，纷纷舀水喝，有人拿水囊装水。众人如获重生，笑逐颜开，方才战斗的紧张感于一瞬间消失得无影无踪。

突然，一个武卒捂肚子蹲下，接着滚在地上，另一武卒急叫："别再喝了，别再喝了，水里有毒！"

话音刚落，一名武卒用枪杆擂向另一名正在喝水的战友的肚子，那战友瞬间将毒水吐出。已经喝下的武卒纷纷用手抠嗓子，竭力将水吐出。

魏国长城从少梁始，沿西梁山的主峰南下，经葫芦谷两侧的山岭再向南，随山势直通大荔关，过洛水后又向南，直达阴晋，构成一道直逼秦境的防线。经过苦战，魏军主力逐渐攻上葫芦谷底部的一段长城，秦卒沿山道及长城且战且退。

公子卬、陈轸在贴身短兵的护卫下意气风发地登上城垛。

一登上城垛，公子卬就急不可耐地放眼南望，但见南方天际冒出无数道烟柱，在蓝天上形成一朵朵黑云。

公子卬候的就是这个，指着那些黑烟不无兴奋地对陈轸道："上卿请看！"

陈轸顺着他的手势望过去："咦，怎么那么多烟呀？"

"哈哈哈哈，"公子卬放声大笑，"如果不出意外，那些浓烟当是裴将军放的！"

"裴将军？"陈轸大为吃惊，"怪道今日没见他的面呢。"

"不瞒上卿，"公子卬不无得意道，"昨晚人定时分，本将密令裴英引锐卒两万，重车三百乘，星夜驰奔大荔关，于黎明时分直捣秦境。看来裴将军这是得手了，那些烟云当是秦人的粮草基地，若是运气足够好，裴将军还能捉到秦公呢！"

"啧啧啧，"陈轸咂舌，"将军真乃用兵如神哪！"

"报，"左参将疾走上来，拱手道，"公孙鞅一伙沿长城逃向了那个山头！"说着指向斜对面的老松树。

"哼，"公子卬鼻孔里哼出一声，"我就晓得他要逃往那儿去！传令，全力进攻，记住，要活的，不要死的！"

"末将得令！"左参将快步离去。

"呵呵呵，"公子卬指向远处的老松树，对陈轸道，"陈上卿，看到那棵大树了吗？"

陈轸看向大树："怎么了？"

"十六年前，老秦公就是在那棵树下薨天的！"公子卬长笑数声，"哈哈哈哈，老秦公死也不会料到，十六年后，他的相国公孙鞅，还有他的八万大军，包括他的孙子，竟在他的眼皮底下被我追杀呢！"

陈轸跟着笑几声，猛又想起什么，敛住笑："哦，对了，尊夫人何在？"

"哦，我让她候在谷口听捷报呢。"

"呵呵呵，这么好的景致，将军何不请夫人也来赏看呢？一来缅怀一下她的先祖公，二来观赏将军如何活捉公孙鞅，替她一家出口怨气！"

“嗯，是了！”公子印转对右参将，“接夫人来此！”

右参将拱手：“末将得令！”

秦、魏两军皆在葫芦谷两侧的山梁子里搏杀，谷底倒是人少，只有清理道路及运输辎重的魏人车辆。右参将带着十几个短兵避避让让，一路赶去，转过一个葫芦肚，就要接近谷口时，忽见远处扬尘遮天，魏卒都在向谷里奔逃，谷底开阔地带，清一色全是溃退的魏卒，谷底道路全被堵死。

右参将大吃一惊，逮到一个溃兵厉声质问：“怎么回事？”

军尉急道：“报，大批秦人袭击谷口，将谷口封了！”

“看到旗号没？”

“看到了，是个‘车’字！”

“夫人何在？”

“我……我也不晓得！”

望着尘烟滚滚的谷口，右参将惊怔片刻，匆匆掉转车头，朝葫芦谷底疾驰。

葫芦谷口，烟尘翻滚处，一名魏将及一群魏卒保护着紫云公主沿谷道飞驰，三辆秦车紧追不舍，追在最前面的是太子嬴驷。几十名黑衣卫士守护在三辆战车两侧。

紫云战车后面的魏卒追赶不上，为躲避秦车碾轧，纷纷蹿向路边。秦卒也不追赶，直追紫云的战车。

魏将站在车上，转身，拉弓，引箭，欲射嬴驷。一直坐在紫云身边的公子华突然发力，从侧后一膀子撞向魏将，魏将猝不及防，翻下战车。公子华一步跳到御手后面，用短刀刺中御手后心，将他掀翻车下。

公子华控制住战车，放缓速度。

秦车逼近，将公子华的战车围护起来。

嬴驷跳下车，飞步上前，激动地叫道：“云妹……”

紫云纵身跳下，一头扑入嬴驷怀里，嘤嘤哭泣。

嬴驷将她抱起，纵身跃上秦国战车，在众短兵的护卫下，掉头回驰。

车希贤率领一万秦卒突然袭占谷口，击溃魏人后也不追赶，只将战车沿谷口呈一字横向摆开，战马卸套，使这些战车构成一道防御工事，再将铁蒺藜等阻挡物安放于战车阵前。

车希贤正在忙活布阵，远远望见嬴驷的战车回来，车上载着紫云公主，他急迎上去，脱下头盔，朝紫云鞠躬。所有将士纷纷脱下头盔，朝紫云行鞠躬大礼。

紫云喜极而泣。

“殿下，”车希贤道，“您带公主速走，这儿交给臣就是！”

“好！”嬴驷恨道，“狠狠打，不要放走一个魏人！”

车希贤拱手：“臣遵旨！”

嬴驷朝黑衣人扬手，引三辆战车驰去。

老松树所在的山脊处，峰虽不高，但却是葫芦谷中最险的一段。魏卒沿山脊长城如蚁般进攻。秦卒前赴后继，死战不退。

在正对老松树的一块巨石上，公子卬、陈轸对坐于一处缓坡上悠然喝茶。右参将跌跌撞撞地跑上来，声音因急切、慌张而哆嗦：“主……主将……”

公子卬看向他，悠然问道：“怎么了？”

右参将大口喘气：“不……不好了，秦人……封……封住谷……谷口了！”

公子卬忽地起身：“你说什么？”

“秦……秦人……”右参将喘几下气，“大量战……战车从……从背后杀来，封……封死谷口，打的是‘车’字旗，当是车希贤！”

公子卬目瞪口呆。

陈轸脸色苍白：“这……这……这……”

见主将发呆，一旁的左参将急道：“主将，快，鸣金，夺回谷口！”

公子卬这也醒悟过来，朗声道：“传令，鸣金，夺回谷口！”说完捡起长枪，不顾一切地冲下山坡。

听到魏人的鸣金声，公子疾急进城堡，向公孙鞅禀报道：“报主将，魏人鸣金！”

“传令，击鼓进击！”公孙鞅站起来，精神抖擞地走出城堡。

魏人的鸣金声与秦人的击鼓声在葫芦谷中交相回响。魏人闻听后路被断，无心恋战，心急如焚地从两侧的山梁上纷纷退向山谷，秦人则将这些日来憋的所有气尽皆释放，如猛虎出山，四处截杀、屠戮。

陈轸坐在公子卬的战车上，紧跟十几辆战车向谷口冲击。公子卬挺枪指向前方，大叫：“传令，稳住阵脚，稳住队伍，冲出此谷！”

看到主将的大旗，魏卒稳定下来，开始聚拢，形成队伍，退向谷口。

谷底里站满嘴巴干渴、又疲又累的魏卒，越来越多的魏卒仍在向谷口涌来。

魏卒开始向谷口冲击，但秦人箭矢如雨，地下布满障碍物。

秦卒纷纷从山上压下来，组织严整，士气高昂，杀声震天，魏卒则失去建制，完全乱套，将寻不到兵，兵找不到将，军心涣散，或垂死抵抗，或掉头逃命，但四面都是秦人，又无处可逃。

十几名魏卒被几十名秦卒围住，一个魏卒跪下来，缴枪投降，秦卒过来照他胸部就是一枪，顺手割下他的左耳。其他魏卒看得真切，没有人再降，拼死力战。

双方在开阔地带互相拼杀，死伤加剧。

徵城东郊，右军将士东倒西歪，各呈睡相。

道边一块空场上，龙贾与几个将军蹲在地上，正在指图谋议，一马疾驰过来，一名斥候翻身下马，急道："报，葫芦谷口被秦人封死，谷中鼓声震天，我军危矣！"

龙贾忽地站起："秦将何人？"

"打着'车'字旗！"

"诸位将军，"龙贾朗声道，"不必再议了，开赴战场！"又转对副将，"汤将军，你引军一万，控制徵城，严密布防，密切监视秦军动向，即使雷霆万钧，也须守住阵脚，直至本将归来！"转对众将："其他诸将，随本将葫芦谷救人！"言毕拿起长枪，跳上战车，率先驰去。

右军二万余卒揉着睡眼爬起来，跟从龙贾朝葫芦口狂奔。

葫芦口处，公子卬亲自擂鼓，魏卒前赴后继，向谷口拼死突破。车希贤身先士卒，率秦人死战不退。

陈轸万念俱灰，长叹一声："天丧吾矣！"

就在此时，谷口外面，一路尘土越扬越近。

紧跟着，杀声震天。

车希贤部背后受敌，防御不及，不少秦卒被斩杀。魏卒看到有人接应，纷纷冲出。两面夹击之下，秦阵被撕开一道缺口。

缺口逐渐加大，魏卒开始搬移路障。

谷中被困魏卒如潮水般涌出。

烟尘滚滚中，左参将看到旗号，又惊又喜："报，是龙将军！"

公子卬松下一口气，吩咐他道："快去，务必请龙将军稳住阵脚，营救谷中将士，能救多少就救多少！”

左参将拱手：“末将得令！”便朝龙将军奔去。

公子卬转对陈轸拱手，语气悲壮：“陈上卿，请下车！”

陈轸不知所以，下车。

“请转告父王，就说卬儿不能尽孝了！”公子卬说完，转对御手：“掉头，回驰！”掂起枪，昂首伫立。

战车掉头，回驰。

然而，谷中是越来越多的溃退魏卒，公子卬的战车根本走不动。

陈轸这才明白了公子卬的用意，急切叫道：“公子……”飞步追上，跃上战车。

“公子，”陈轸使出浑身力气拉住公子卬的长枪，带着哭腔道，“使不得呀，万万使不得呀！”又转对御手，厉声：“愣着干什么，赶快掉头，带主将突围！”

御手掉转车头，战车跟随潮涌的魏卒涌向谷外。

阴晋守将张猛站在北城门的门楼上，极目远眺。遥远的西北方，几团浓烟滚滚升腾，在高空形成一大团黑云。

张猛正自诧异，城下的驰道上，一骑一车由远而近，驰向城门。

骑快于车。城门守尉见是刺探消息的斥候，急令放下吊桥，打开城门。

斥候进门，得知张猛就在城门楼上，快步上来，跪叩于地，语气悲壮：“报，我左军主将裴英将军率车三百乘、武卒两万，于今日凌晨奔袭秦境兵营与粮库，中敌埋伏，全员殉国！”

“什么？”张猛震惊，“你再说一遍！”

“我左军两万锐卒于今晨奔袭秦境，全部殉国！”

张猛不敢相信自己的耳朵：“你……可是亲眼所见？”

斥候摇头：“秦人奔走相告，皆在庆贺，说是今朝大捷，在栎阳城外斩杀裴将军并两万魏卒，焚毁战车三百辆！”

“栎阳城外？”张猛难以置信，“不可能！裴将军在徵城，今朝与秦人……”

“听秦人说，裴将军引大军于凌晨之前出大荔关，分散袭击秦国的粮库与兵营，结果被秦公识破天机，设下埋伏，我两万将士全部战死，没有走脱一人！”

张猛长吸一口气，眉头拧作一团，正纳闷间，一个熟悉的声音传来：“军士听着，我是公孙衍，有要事求见张将军，请开门！”听声音是在城楼下面。

张猛听个真切，急站起来，走到一处城垛，朝下俯视，见城门楼下，果然是公孙衍一人一车。

张猛大喜，摇手大叫：“犀首兄，张猛在此！”又对军尉，“快，开城门！”说完匆匆走向楼梯，朝城门下面奔去。

张猛迎上公孙衍，紧紧握住他的手。

公孙衍挣脱开，做个滑稽的苦脸：“张猛将军，快弄水来，渴死我矣！”

张猛朝军尉扬手：“快，拿水来！”扯住他，并肩走上楼梯。

一名军尉赶上来，递过来一碗凉开水。

公孙衍接过碗，“咕咕咕”一气饮下，抿下嘴道：“过瘾！”

二人走到楼台上，在几案前坐下。

张猛急切道：“犀首，事情不妙了！”

公孙衍淡淡应道：“怎么了？”

“裴英两万人袭击秦境，中了埋伏，全部阵亡！”

公孙衍依旧淡淡道：“我早知道了。”

“咦，”张猛愕然，“你怎么知道？”

公孙衍指指楼下城门：“将军把城门守得这么牢，当然不会知道了！”

张猛一脸尴尬：“这这这……”

“这还不是最糟的！”

“哦？”

公孙衍指向更遥远的北方，一脸忧愤道：“如果不出在下所料，就这辰光，秦人恐怕正在葫芦谷里大肆屠杀呢！”

“这这这……”张猛倒吸一口气，“犀首兄，我们该做些什么？”

“将军想做什么？”

“我……我们总不能眼睁睁地看着我们的将士任人屠戕吧！”

“唉！”公孙衍应道，“有什么办法呢？屠戕魏卒的不是秦人，而是我们的王上和他的宝贝公子啊！”

张猛打个寒噤：“将军此来，只是想让末将保住阴晋吗？”

“眼下秦人还顾不上阴晋！”

“那……公孙兄不辞劳苦，一路赶来，总该图个什么吧？”

“欲借将军之力，走步险棋！”

“什么险棋？”

“请将军挑选五千精壮，再调一员虎将，全体轻装，皆着黑衣，带上弓箭与短兵器！”公孙衍摸出龙贾的令箭，“这是龙将军的令箭！”

张猛朗声应道：“末将麾下，没有不精壮的！至于虎将……”拍拍胸脯：“末将如何？”

公孙衍盯住他，重重点头：“要的就是你！让将士们吃饱喝足，日落前待命！”

张猛拱手：“末将得令！”

“还有，每人备白巾一条，带一日干粮！”

“末将得令！”

向晚时分，夜幕降临。

因葫芦谷中戾气太重，公孙鞅命令三军屯扎于谷口之外。

经过一日苦战，将士们全都累了，顾不上庆功，早早歇息。

中军大帐里，火烛燃起。车希贤兴冲冲地走进来，将一个账册呈给公孙鞅：“禀报主将，战果统计出来了！”

公孙鞅没有接，淡淡道：“说吧。”

车希贤看向账册，朗声禀道：“就眼前统计，葫芦谷内，计左耳45213，俘4120，葫芦谷外，计左耳3433，俘3519，司马错处尚未报来，约计耳二万，合计，左耳68646，俘7639，所获辎重尚难计数，彻底清扫战场要到明日。我方阵亡17980，伤逾两万，司马将军那儿尚未报来，估计阵亡数字逾两万！”

“说是紫云公主已被救出，人呢？”

“殿下亲自护送她走了，估计已到秦境，当与君上骨肉团聚呢！”

“这就好！”公孙鞅嘘出一口气，略略一顿，“魏人动向如何？”

“龙贾救出公子卬残部，退往临晋关方向，我部阳右军得知龙贾西进，已南移截击！”

“令他们不要截了，休息一宿，明晨北进少梁，拔下这颗钉子！”

“好咧！”

“穷寇莫追，先让将士们就地屯扎，明日晨起打扫战场，掩埋尸体。待休整几日，养足精神，再慢慢收拾河西各邑！”

“好咧！”

天色黑定，嬴驷载着紫云回到了栎阳别宫。打扫完战场的孝公听闻消息，跌跌撞撞地走进宫门："云儿，云儿……"

紫云公主飞迎出来："公父……"大叫一声，扑入他怀里，放声大哭。

孝公抱起她，就地坐下，不停地抚摸她的脸，两行老泪"吧嗒吧嗒"地滴在她的脸上。

"公父，"紫云紧紧偎在他怀里，"云儿……云儿总算见到您了！"

"云儿，秦国委屈你了！"

"云儿愿意！"

"云儿，"孝公强忍住嗓子里的奇痒，轻轻拍着她，"是你救了秦国，是你击败了魏国，公父……咳咳……为你……记功！"

紫云哽咽："公父……"

三更时分，葫芦谷外的秦国中军营区里，军帐一个挨一个，连成一片。四周没有任何防护栅栏，胜利使秦军过于大意了，疲劳又使秦卒睡得太熟了。

整个营区死一般寂静。

一个秦军帐篷里，小秦村的秦大川、二川、三川等十几个同村秦卒横七竖八地躺在地上，呼呼大睡。夜光中，隐约可见帐篷四周挂着一串又一串的魏卒耳朵。

二川腿脚乱踹，睡他身边的大川被他踹醒。大川一看，原来是几条腿压在二川身上，遂将它们一一挪开。

二川梦呓，声音兴奋："哥，哥，我又割了三只耳朵，快看……"

大川轻叹一声，侧过身去。

瞭望塔上，秦军的守值军卒无不睡成死猪。

星光朗照，野虫啁啾。

附近葫芦山的密林中，夜风吹拂树叶，发出沙沙声响。五千魏卒严阵以待，潜伏于密林中，将这片安逸恬静的氛围平添了不少肃杀之气。

从这儿望下去，是一大片连绵不绝的秦军营帐。

公孙衍拿出白布，绑上左臂。

张猛亦绑上白布。众军士纷纷效仿，在左臂绑上白布。

公孙衍吐掉衔在口中的草叶，对身边军尉附耳低语："你带鼓手守在林里，东方一亮就击鼓，直至将士们完全归来！"

四名鼓手不约而同地取下口中衔着的草叶，拱手道："得令！"

公孙衍低吼："出击！"便率先冲出林子。

众魏卒个个如离弦之箭，尾随公孙衍射向秦营。

一条条黑影深入秦军营区，冲进帐篷。紧接着，杀声贯耳，惨叫声声，秦营一片大乱，到处都是人影在晃。那些从帐里受惊逃出的秦卒皆无甲衣保护，纷纷成为魏国弓弩手的目标。

黑暗中，魏卒全是黑衣，看起来与穿黑衣的秦卒差不多，秦卒分不清敌我，即使拿起兵器，也是见人就砍。魏卒则分得清楚，只拣没有白巾的杀。

秦大川的帐篷里，三个魏卒摸进来，一手摸头，一剑抹脖子。秦卒挣扎呼叫，帐内大乱，复仇心切的魏卒乱砍起来。

二川惊醒，正要弹起，胸口被一剑贯胸，倒地而死。睡在他身边的秦大川陡然醒来，见一道白光朝他脖子上横来，顺手一挡，咔，整条胳膊被切断。大川顾不得疼，本能地顺势滚向帐篷角落，朝外猛撞。帐篷一角被他拉倒，反而将他裹起。

三名魏卒顾不上追杀他，转身冲出，杀向另外的帐篷。

中军大帐里，公孙鞅睡梦正酣，远处喊杀声起。公孙鞅打个激灵，翻身坐起，正自迷糊，车希贤匆匆跑进，急切说道：“快，魏人偷袭！”

公孙鞅顺手抄起榻旁的宝剑，与车希贤冲出营帐。

此时的营区，到处都是喊杀声，到处都是晃动的黑影和闪耀的白刃，乍看上去，简直像极了那从地狱中跑来凡间索命的黑白无常。

公孙鞅、车希贤根本不知朝哪个方向逃，只能胡冲乱撞。慌乱之间，车希贤脚下一滑，跌进一条深沟。

车希贤大喜，低声叫道：“快，快跳下！”

公孙鞅忙跳下去。

二人沿沟急奔。

跑有一段，车希贤寻到隐蔽处，拉公孙鞅伏下。二人屏气凝神，眼睁睁地看着秦军在屠戮中四处溃逃。

不远处传来张猛的声音：“犀首，中军帐在此！”

公孙衍的声音接续而来：“将士们，公孙鞅在这儿！”

话音落处，附近魏卒皆奔过去，闯进帐中，却空无一人。

附近秦兵听到叫声，纷纷赶来营救。一时间，中军帐四周人影晃动，杀声、惨叫声不绝于耳。

双方搏杀约有一个时辰，东方现出鱼肚白，葫芦山上突然响起战鼓声。由于四个战鼓分布在四个地方，加之鼓点密集，在这黎明前的夜空里，听起来就如千百个战鼓在响。

这是大举攻击的鼓声，秦卒愈加慌乱。魏卒也不恋战，从秦营的各个角落朝鼓声方向一路杀去。

不消一刻，鼓声停息，四周陡然安静。

公孙鞅、车希贤从沟里爬出，但见尸横遍野，惨状满目。

公孙鞅双手捂脸，不无痛苦地蹲下。

天色大亮，公孙鞅、车希贤与众秦卒赶到山林察看，只见一地白巾，不少白巾还被用来包扎伤口了，上面满是血迹。

众人正自懊恼，远处尘土遮天，不一会儿，公子疾引司马错疾步赶到。

司马错跪叩："主将，末将来迟了！"

公孙鞅朝他苦笑一下，再次看向一地白巾，耳边响起受袭辰光张猛的声音："犀首，中军帐在此！"

公孙鞅喃喃道："犀首……"

司马错一怔："公孙衍？"

车希贤点头："嗯，是他干的，还有张猛！"

"张猛？"司马错又是一怔，"他不是在阴晋吗？莫非是长了翅膀？"

"唉，"车希贤叹口气，"是呀，谁也不曾料到这个！"

司马错咬牙道："主将，我这就攻打阴晋去！"说完转身就走。

公孙鞅喝道："站住！"

司马错顿步，回头，一脸不甘地看着他。

公孙鞅一字一顿："拿下你的家乡——少梁！"

司马错朗声应道："末将得令！"

第 020 章 | 陈轸饰非混黑白 姬雨易装卜未来

在龙贾左军的营救下，从葫芦谷里溃败的三万多魏卒有序地向东撤退，公子印与陈轸一路赶到临晋关时，已是后半夜。

将士们又疲又困，多数睡去了。公子印却了无睡意，叫来几个小菜，搬来两坛老酒，一爵接一爵地狂饮。

陈轸也在喝，但没有与公子印对饮，只是偶尔饮一爵，更多时间二目微闭，眉头紧锁，一脸苦相。

“唉，”不知坐有多久，陈轸发出一声长叹，“万千经营，一朝付诸东流，难道这就是轸之命吗？”

公子印瞥他一眼，扔掉空爵，起身，端起酒坛，仰起脖子，“咕咕咕”一气饮下，将酒坛“啪”地摔碎，从案侧拿起剑，拔出，横向自己的脖颈。

陈轸瞧得清楚，一个箭步冲上前，夺下他的剑。

公子印血红的双眼直瞪陈轸：“败军之将，有死而已，上卿……为何拦我？”

陈轸坐下，指指公子印席位：“坐下说话！”

公子印迟疑一下，坐下。

陈轸拿起壶，倒上两爵，将一爵推给公子印，端起另一爵一气饮下，看向公子印，做个苦脸：“喝呀！”

公子印端起爵，仰脖喝下，涕泣道：“呜呼，哀哉，我……我的三……三……三军啊……我的八万将士啊……”

陈轸苦笑：“公子呀，眼下不是三军不三军的事，是……”

公子印止住悲哭，看向他：“不是三军，还能是什么？”

"是怎么写这个战报。"

"我……我来写……"公子卬再次拿剑，又被陈轸夺下。

"葫芦谷败就败了，"公子卬又饮一爵，将空爵朝案上猛地一砸，"可有一事，在下死不瞑目！"

陈轸看向他："什么事？"

"裴英！裴英的三百辆重车、两万锐卒，怎么就……没了呢？若是他……"公子卬顿住，斟酒饮下。

"是呀，"陈轸轻叹一声，"若是他在秦境有个闹腾，这个战报就有写头，至少说，主将也算是有输有赢！"

公子卬"咚"地一拳震在几上，恨恨道："秦人一定是得到密报了！"

"可……怎么得到的呢？"

"唉，"公子卬纳闷道，"我也不晓得呀！不瞒上卿，昨夜我一宵没睡，七想八想，最后才想到这上面……他们怎么得到的呢？三军除参将之外无人知情，裴将军应当不会泄密，两万甲士是在决战前夕才从徵城出击，秦人即使察觉，也没辰光去……"

"难道是天意？"

公子卬向来不信邪，鼻孔里猛地哼出一声："哼，什么天意！我根本不信！"

陈轸想起什么，打了个愣怔："决战之前，公子可否见过夫人？"

"见了。"

"怎么见的？"

"接她过来那日，在下安排完军务，就回府中见她，讲起战事，她极是乖巧，不但希望我胜，还希望我能捉到公孙鞅，为她家人出气，之后，她亲手温酒，为在下助兴！"

"后来呢？"

公子卬挠头，拼命回忆："在下……喝多了！"

"喝了多少？"

"一坛吧。"

"一坛？"陈轸吸一口气，"公子详说！"

公子卬苦笑："怎么说呢？喝醉了，一觉醒过来，赤条条地躺在被窝里，被那娘们搂着！"

"公子方才喝了多少？"

“一坛多哪！”

“那日一坛可曾喝完？”

公子卬挠头：“应当没有！”

“公子方才饮一坛多，这还没醉，那日一坛没有饮完，却……”

公子卬打个惊愣：“你是说……”猛地咬牙：“就是那娘们！”

“哦？”

“那日我在囊中放着一张决战图,图中标有裴将军入秦境后的所有目标！”

陈轸缓缓闭目。

公子卬一拳擂在案上，悔恨不已：“唉……”

“唉，”陈轸叹口气，半是自责道，“是在下该死！”

公子卬咬牙，面容扭曲：“我要生啖她肉，活剥她皮！”

陈轸苦笑：“公子，忘了她吧。一切都是命！”

“咦！”公子卬心有不甘，又是一拳，倒酒：“喝！”

外面一阵脚步声紧，左参将飞奔进来，跪叩，声音兴奋：“报，特大捷报，今日凌晨,我军一部袭击公孙鞅中军,秦军死伤不计其数,公孙鞅、车希贤逃走,中军帐被毁！”

公子卬简直不敢相信自己的耳朵，愣怔半晌，方才醒悟：“这……是真的？”

参将重重点头。

公子卬看向陈轸。

陈轸屏住呼吸，对参将道：“是哪位将军建此奇功？”

“尚无战报传到，末将不敢确定！”

公子卬不解地问道：“不是龙将军吗？”

参将摇头。

公子卬挠头:“咦,不是龙将军,又会是谁呢？”转对参将:“速去查证！”

参将拱手：“末将得令！”又匆匆走出。

陈轸嘘出一口气,转对公子卬,喜上眉梢:“真叫……天无绝人之路啊！”

公子卬看过来：“此话怎讲？”

“公子先查清何人所为,斩敌多少,至于其他,”陈轸略顿一下,阴阴一笑,压低声：“在下自有计较！”

近午时分，浓荫遮日。离葫芦谷不远处的一大片林子中，山顶长城隐约可现。一个山人在林中走走停停，似乎在寻觅什么。

一块巨石旁，山人陡然站住，目瞪口呆。只见眼前不远处，横七竖八地躺着不知多少甲士，个个血污满身，头枕短兵，呼呼大睡。

山人吓傻了，拔腿欲走。猛一转身，见身后站着一个军尉与两个卫士，当下膝下一软，跪地。

军尉冷冷道："绑起来，塞上口！"

一旁两个军士将他绑起，口中塞块巾。

附近一棵大树下，公孙衍靠树坐着，二目微闭。张猛与参将走过来，公孙衍察觉，眼睛没睁，声音却出来了："数字出来了？"

张猛应道："出来了。共三百七十三人未能回来！"

"斩敌呢？"

张猛一脸兴奋："不算那三百七十三人，其他人共斩敌约一万八千余人，人均四人，真他娘的过瘾！"

"唉！"公孙衍睁开眼，半是遗憾道，"胜之不武啊！"

"哼！"张猛恨道，"他公孙鞅就武了？对待阴人，就得用阴招！"

公孙衍闭目，有顷，呼噜声响起。

临晋关府中，公子卬一脸焦急地在议事厅里来回踱步，等待着夜袭秦营的调查报告。

左参将匆匆走进，拱手道："报，末将查清了，是公孙衍、张猛引阴晋守军五千人，夜行二百余里，于凌晨之前袭击敌营，斩首逾两万！"

公子卬急切问道："公孙衍、张将军何在？"

"不知道。"

"那……你怎么晓得是公孙衍和张猛他们？"

"是龙将军说的。"

"龙将军何在？"

"正在部署防务。大荔关、临晋、徵城等多城邑失守，秦人兵分三路逼向我临晋关，所幸公孙鞅的中军遭袭，士气大挫，秦人不敢逞强了！"

公子卬长吸一口气，看向陈轸。

陈轸闭目有顷，转对左参将："去，转告龙将军，阴晋守军是奉主将之命才长途奔袭的，不可散布谣言，妄加议论！"

左参将不解，看向公子卬。

公子卬点头："依上卿所言！"

左参将拱手："末将遵命！"就转身走了。

公子卬看向陈轸，一脸疑惑："陈兄这是……"

"唉！"陈轸取来笔墨，"这个战报，就由在下帮你写吧！"

安邑太庙里，魏惠王跪在列祖灵位前，身如雕塑，两行老泪滴落于地。在他身后，是太子魏申、司徒朱威等朝臣，皆五体投地，屁股高撅。

陈轸走进，见是这般光景，悄无声息地走过去，跪在最后面。

空气凝滞。

惠王一直在太庙跪到天色黑透，方才拖着沉重的步子回宫，守在书房里闷坐。陈轸忖好时辰，带着左参将入宫觐见，将近书房时，悄声吩咐左参将："半个时辰后，你持战报入见！"

参将点头，转身离去。

陈轸入见，毗人带他进来。

陈轸一进书房就"扑通"跪地，一动不动地叩在那儿。

惠王仍旧闷坐，似乎没有他这个人。

君臣就这么一坐一跪，谁也不说话。

烛光摇动，周围死一般静寂。

半个时辰后，毗人走进，打破沉寂："王上，河西战报！"又压低声音："是上将军的！"将战报呈放于案上。

换作是平常，魏惠王早已笑逐颜开地将爱子的战报拆开赏读，此时却如没有听见，仍维持着一张冰块脸。

毗人退后一步，站在那儿。

魏惠王沉声道："拟旨！"

毗人凑前一步，拱手："臣候旨！"

魏惠王声音更沉："赐白绫一匹，让败军之将永留河西，陪伴寡人的八万甲士吧！"

毗人打了个惊战，身子没动。

魏惠王猛地睁眼，斥道："还不快去！"

毗人"扑通"跪下，悲泣："王上……"

惠王声嘶："去呀，拟旨！"

毗人噙着泪水，叩首："老奴……遵旨！"缓缓爬起，走到一侧拟旨。

陈轸扬手道："慢！"

毗人停住，擦干眼泪，看向陈轸。

陈轸趋前，跪叩："王上，臣请阅河西战报！"

魏惠王没有睬他。

陈轸略作迟疑，牙一咬，自行站起，从案上拿起战报，匆匆阅毕，双手持报，叩首，声音激动："臣有奏！"

魏惠王看向他，语气阴沉："何奏？"

"臣请王上御览上将军战报！"

魏惠王别过脸去："败军之报，没什么可看的！"

"王上，上将军大捷啊！"

"哼，大捷？"魏惠王哪里肯信，"寡人的八万甲士一朝覆没，还能有何大捷？"

"王上请听，阴晋守将张猛所部奉主将密令，长途奔袭，在葫芦谷外夜袭秦人中军，捣毁敌中军连营二十余里，斩敌三万，伤敌不计其数，秦军主将公孙鞅、副将车希贤仓皇逃脱！"

魏惠王几乎不相信自己的耳朵，看向他，眼睛瞪大："什么？"

"王上请看战报，上将军刚刚发来的！"陈轸双手呈上战报。

魏惠王接过，急不可耐地浏览一遍，放下战报，一拳震几。

陈轸一怔："王上？"

魏惠王重重地嘘出一口长气，看向陈轸："陈轸，你讲讲，河西究竟怎么回事儿？"

"王上，"陈轸缓缓禀道，"葫芦谷之战，自始至终，臣算是亲历了。就臣所知，此战失利，非公子之过啊！"

"不是他的过，怎么就败了？"

陈轸面露难色："臣若讲出实情，只怕王上不信！"

"说吧，柴是压不住火的！"

"那……"陈轸迟疑一下，"臣就直言了！战前数日，臣奉旨劳军，向公子传达王上谕旨，公子讲述战事，颇多叹喟。"

"是何叹喟？"

"龙将军！"

"龙将军怎么了？"魏惠王急问。

"不瞒王上，"陈轸侃侃言道，"上将军屡战屡胜，将秦军主力逼进葫芦谷绝地，可龙将军呢？上将军命他率右军三万围歼秦人右军一万五千，两军对阵于郃阳孤城，接战近二十日，龙将军折兵三千仍撼敌不动！公子决定各个击破，先解决秦人中军，回头再收拾郃阳孤敌，遂令龙将军部西进，参与葫芦谷决战。龙将军虽然从命，却行动迟缓，未能按时抵达，致使我主力进谷后，葫芦谷口遭敌外援封堵。上将军前后受敌，军心不稳。上将军急了，回兵争夺，直到杀出路来，龙贾的右军才到，此时，形势已经不可挽回了！”

魏惠王震惊：“竟然是这么回事儿？”

“还有，”陈轸膝行一步，“决战之前，上将军令裴英引左军重车三百辆、锐卒两万，于决战前夜悄出大荔关袭击秦境，焚其粮草基地，捣其后备兵营。为防不测，上将军又令张猛出阴晋之兵前往大荔关，接应裴英。”

“避亢捣虚，是奇兵呀！”

“是呀，”陈轸慨叹一声，不无惋惜道，“臣得知此谋，甚是叹服上将军用兵之奇。正是由于裴将军抽走军中精锐，上将军才令龙将军的右军支援。也正是由于计算了右军在内，上将军才使出全力攻入谷中，与公孙鞅的主力决战。不想龙将军，唉，想是过于老迈了，行动过于迟缓，误了上将军大事，更不想裴将军所部竟因秦人早有准备而全军覆没，可叹两万健儿寸功未建，死于非命！”

魏惠王倒吸一口气：“如此隐密，秦人怎会知情？”

“上将军与臣皆是不知呀！”陈轸给出个苦笑，“臣在琢磨，想是我方出了奸细，将此绝密军情泄于秦人！”

魏惠王缓缓点头：“必然是了。”闭目有顷，看向陈轸：“这个奸细会是何人？”

若是道出紫云之事，公子印则有沉溺酒色之嫌。陈轸眼珠子一转，眉头锁成两道利刃：“这要详加查证。没有铁证，臣不敢妄言！”

“嗯，也是。”魏惠王长叹一声，“唉，真没想到会是龙贾误我！”

“不瞒王上，”陈轸情绪激动，“葫芦谷之战，别人都是臆测，唯有臣是亲历啊。上将军身先士卒，臣与上将军同车而行，感同身受。上将军一路追杀公孙鞅，将他团团围困在老秦公薨天的那棵大松树下，只差一点儿就逮到他了。就在此时，后方传来急报，说是谷口让秦人堵了。上将军担心后路被断，影响军心，这才引军回撤。公孙鞅见我回撤，反倒击鼓反击。一来一去，形势就逆转了，我方军心动摇，大部分的伤亡是在此时发生的。王上若是不信，可问三军！”

魏惠王历战无数，知道战场上哪怕耽误一刻，也可能满盘皆输，当即一震几案，怒喝："龙贾呢？他于何时抵达谷口？"

"具体臣也不知。反正，待臣赶到谷口时，封谷秦人已被冲散，我方将士正如潮水般朝谷外涌！上将军想是觉得未能取胜，无颜面再见王上，将战车掉头冲向敌营，欲与公孙鞅同归于尽，恰好被臣看到，死死将他抱住，若是不然，上将军就……"陈轸哽咽起来，掩袖抹泪。

魏惠王老泪纵横："看来，是寡人错怪印儿了！咦，龙贾这个老糊涂，寡人信他，用他，器重他，指望他在关键辰光力挽狂澜，谁知他竟……"看向毗人："召龙贾问罪！"

陈轸重重叩首："王上，臣有一请，还望恩准！"

"请讲！"

"龙老将军镇守河西数十年，戎马一生。此番怯战，想是出于残年老迈，求个稳妥，并非故意，其情可谅。臣是以斗胆恳请王上，念老将军曾有大功于国，就不要治他的罪了。再说，龙老将军若是辩起理来，想必也有一番说辞，王上即使治罪，他也不服，如此争来辩去，反倒伤了三军的心，对殉国将士也是不敬！"

"嗯，"魏惠王点头道，"你说得是。寡人准你所请，许龙贾告老归田，永不叙用！"

陈轸叩首，语气激动："臣代龙老将军谢王隆恩！"

"唉，"魏惠王长叹一口气，自责道，"论起此事，错也是在寡人哪！既用印儿为主将，就不该再以龙贾副之！"

"王上圣明，一语点在痒处了。想是龙贾志在主将，突然降为副将了，一时未能想顺，方才……"陈轸故意顿住。

"好了，"魏惠王摆手道，"不说这个了！河西未来，你作何想？"

陈轸的声音如从牙缝里挤出："公孙鞅欺我，此仇不报，臣死不瞑目！"

"怎么个报法？"

"臣尚未想好，不过，当务之急是两件大事。"

魏惠王"哦"了一声，示意他说下去。

"一是上将军那儿，务必要稳住阵脚，力保阴晋、临晋关、少梁三地不失，使我在西河郡有立足之地。只要三地不失，外加上郡仍在我手，秦人即使占据西河郡，谅他也睡不安稳。二是不能饶了公孙鞅那厮，无论如何，臣要让他死在我手上！"

"如何制他，爱卿可有长谋？"

“臣之道，以血还血，以牙还牙。公孙鞅他怎么阴我，我也必怎么阴他！”

魏惠王一拳震几，脸上肌肉颤动，声音从牙缝里挤出：“好！”

话音刚落，毗人急趋进来，呈上战报，沉声道：“王上，上将军急报，少梁……失陷……”

“啊？”魏惠王惊叫一声，看向陈轸。

“王上，”陈轸急道，“临晋关、阴晋不可再失了！”

魏惠王果决下令：“陈爱卿，你这就赶赴临晋关，要卬儿不惜代价，守住二地！”

陈轸拱手：“臣受命！”便匆匆退出。

翌日，陈轸返回临晋关，向公子卬详细讲述了安邑一行，感慨道：“公子呀，这一劫好歹算是渡过来了！”

公子卬由衷感动：“陈兄再造之恩，叫魏卬何以为报？”

陈轸苦笑：“报个什么呀，公子与在下，本就是一根藤上的瓜！”

公子卬拱手：“陈兄之言，说到魏卬的心坎里了。陈兄，自今日起，你我结为兄弟，有难同当，有福共享，如何？”

见公子卬竟然放下王室之尊与自己结义，陈轸一阵感动，拱手道：“公子乃金贵之躯，轸……高攀哪！”

“狗屁高攀！”公子卬摆下手，朝外，“来人！”

左参将走进。

公子卬看向他：“置办酒肴，本将与上卿歃血为盟，结为兄弟！”

左参将拱手：“末将遵命！”便转身欲走。

“等等！”陈轸摆手叫道。

左参将驻步，回头。

陈轸给他一笑：“别对外声张，人言可畏呀！”

左参将回他一笑：“晓得！”便快步走出。

不消一时，一应物事俱已齐备，为不张扬，左参将特别放到公子卬居室的内堂里。陈轸、公子卬双双跪拜天地四方诸神灵，歃血盟誓，饮之，摔盏。

一套简单的仪式完毕后，兄弟二人促膝而坐，陈轸拱手道：“在下虚长几岁，勉强为兄，自今日始，就以兄长之身事弟！”

“谢兄长高义！”公子卬亦拱手道，“卬弟也必竭力尽诚，尊事兄长！”

“既为兄弟，我们就不说兄弟之外的话。河西之事，虽说渡过一劫，但远未了结，你我尚有许多事情要做！”

“不瞒兄长，葫芦谷之败，弟着实蒙了，何去何从，悉听兄长！”

“就轸所断，眼前当有三件要务。一是止战。我们打不起了，你我可分别奏请王上承认现实，与秦议和，割少梁并西河郡诸邑予秦。当然，这些眼下已在秦人手里了。只要阴晋、临晋关两处要塞不失，外加上郡，有朝一日待我军养足精神，东西夹击，从秦人手里夺回失地不是难事。二是捂盖。让龙贾告老，擢升张猛，压住公孙衍。三是复仇。河西至此，皆因公孙鞅一人翻云覆雨，如此小人，不死不足以泄你我兄弟之恨，不死不足以慰我八万壮士在天英灵！”

公子卬叹服：“兄长高谋，弟卬敬服，唯命是从！”

陈轸举爵：“谢卬弟信任！”

在随巢子及墨家弟子的安排下，疫区军民声势浩大地送起瘟神来，所有村落烟雾蒸腾，整个疫区弥漫起浓浓的硫黄、艾蒿味道。众兵士和那些尚未染病的百姓四处抛撒石灰粉，大街上、房前、屋后、田野、大路上，到处都是白茫茫一片，好像下过一场小雪。

石碾村头，在大巫祝祭拜瘟神的空场地上并列着两口大锅，锅中熬了满满两锅中草药，一锅是让患者喝的，另一锅是让常人喝的。几个墨家弟子将药舀出，士卒、村民井然有序地排着长队，等候施药。随巢子与告子、宋趼等几个颇懂医术的褐衣弟子手持银针，一刻不停地为重症患者或放血，或针刺。

不出十日，疫情得到控制，病人明显减少，除去一些因体质过弱而不治的患者之外，大部分患者被抢救过来。卫成公闻讯大喜，使内臣送来库金三百及大批粮食、布帛等物，随巢子也都让栗平用于抚恤并救助罹难百姓。

孙宾遵照老家宰所言，将孙机葬于石碾村村南的高坡上。

在埋葬孙机的第十日黄昏，老家宰、孙宾缓步走向高坡。

站在坡顶，整个石碾村一览无余。

坡顶立着一座新坟，坟头竖着一块墓碑，碑文上写着“甄城孙氏孙武子六世嫡孙卫室相宰孙机之墓。立碑人，嫡长孙孙宾”。

坟头插着无数野花，不少已经枯萎了。

孙宾面对墓碑缓缓跪下。

“爷爷，”孙宾拜过几拜，泣道，“宾儿报您一个喜讯，瘟神走了，瘟神正是被您所期望的随巢子前辈赶走的！爷爷，您好久没有听到宾儿的笙音了，宾儿这就为您奏一曲！”再拜，拿起排管，轻轻吹奏起来。

高坡上响起悠扬不绝的笙音，如泣如诉，如呜如咽，如歌如吟。

“唉！”背后传来一声长长的叹息。

孙宾回头一看，是随巢子。

随巢子缓缓走上前，望着孙机的墓碑又是一叹：“唉，要是老朽早到半日，孙相国就不会躺在这里了！”

老家宰抹泪。

孙宾看向随巢子：“前辈不必自责，爷爷得知这么多人获救，不知该有多高兴呢！”

随巢子看向远方，话中有话：“只怕你的爷爷高兴不起来啊！”

“哦？”孙宾抬头看向随巢子，“请问前辈，瘟病走了，爷爷为何高兴不起来？”

“瘟病虽说去了，病根却在，你让他怎么高兴？”

“病根？”孙宾目光征询，“瘟病还有病根？”

“有果必有因，万物皆有根！”

孙宾抬头问道：“请问前辈，病根何在？”

“战乱！”

“那……战乱之根呢？”

“利害！”

“利害之根呢？”

“私欲！”

“前辈是说，”孙宾若有所悟，“若要根除瘟病，就须消除战争；若要消除战争，就须消除利害；若要消除利害，就须消除私欲！”

随巢子点头。

孙宾思考有顷，问道：“请问前辈，如何方能消除私欲？”

“天下兼爱！”

“如何方能使天下兼爱呢？”

随巢子从天际处收回目光，缓缓转过身子，凝视孙宾。

孙宾眼巴巴地望着随巢子，等候解答。

良久，随巢子发出重重一叹：“唉，将军所问，也正是随巢一生所求啊！”

孙宾转过头去，凝神望向爷爷的墓碑。

是夜，夏虫啁啾。

孙宾一动不动地坐在碑前，闭目冥思，眼前不断浮出往昔景象：

——魏国武卒血洗平阳。

——无辜妇孺惨遭屠戕。

——孙操浴血奋战，胸部中箭。

——帝丘城墙上下的厮杀。

——路边倒卧的罹瘟人。

——门户钉死封条的屋舍。

…………

孙宾的耳边响起孙机的声音：“……狼总是想吃羊的，羊也总是想吃草的……”

接着是随巢子的声音：“……有果必有因，万物皆有根……天下兼爱……唉，将军所问，也正是随巢一生所求啊……”

再接着，是墨家始巨子墨子的声音：“……诸侯不相爱则必野战，家主不相爱则必相篡，人民不相爱则必相贼，君臣不相爱则不惠忠，父子不相爱则不慈孝，兄弟不相爱则不和调。天下之人皆不相爱，强必执弱，富必侮贫，贵必傲贱，诈必欺愚……”

整整一宵，孙宾独坐孙机坟头，思绪万千。

东方现出鱼肚白时，孙宾毅然做出决定，面对坟头，誓道：“爷爷，您安歇吧，您的宾儿寻到道了，您的宾儿决定追随墨者，竭毕生之力奉行墨道，使天下之人强不执弱，富不侮贫，贵不傲贱，诈不欺愚，众生安乐，战祸不生！”

誓毕，孙宾朝坟头行三拜大礼，起身，看向东方。

霞光初照，辉洒大地，映红了他的面容。

二槐家的院落中，孪生子阿花姐弟双双跪在随巢子面前，忽闪着大眼。

随巢子看向姐弟二人，语气凝重：“爷爷再问一遍，你们愿意做个墨者吗？”

阿花姐弟齐声应道：“愿意！”

“做墨者要吃很多苦，你们愿意吃苦吗？”

“爷爷，”阿花姐弟异口同声，“我们不怕吃苦，我们只想跟着爷爷，爷爷叫我们做什么，我们就做什么！”

“好吧，”随巢子一手按住一个孩子的头，轻拍几下，“爷爷收下你们了。

从今天起，你们就是两个小墨者了。”

阿花姐弟叩首：“谢谢爷爷！”

“既然是墨者了，”随巢子凝视二人，“爷爷就要为你们起个新的名字。你们的先父叫二槐，槐为木，从今天起，你二人就姓木。”对姐姐道：“阿花，你叫木华！”

木华叩首：“木华谢爷爷赐名！”

随巢子转对弟弟：“阿果，你叫木实！”

木实叩首：“木实谢爷爷赐名！”

“木华，木实，”随巢子的目光依次扫过二人，“从今天起，你们也不能再叫我爷爷了！”

二人急了：“不叫爷爷，我们该怎么叫呢？”

“叫巨子！”

二人拗口地叫道：“巨……子……”

“对对对，”随巢子给他们个笑，“就这么叫！起来，起来，不要跪了，坐好，巨子给你俩讲个故事！”

二人坐好，随巢子夸张地咳嗽几声，正要开讲，柴扉外面传来一阵脚步声，接着告子、宋钘、孙宾三人走进。

孙宾的肩上斜挂着一只包袱。

告子趋近，揖礼：“禀巨子，孙将军有事寻您！”

随巢子的目光转向孙宾。

孙宾放下包袱，叩拜：“巨子在上，请受孙宾一拜！”

“孙将军何以行此大礼？”

“晚辈决心跟从巨子，寻求天下兼爱之道，乞请巨子收容！”

“孙将军，”随巢子盯住孙宾，“卫国是天下富庶之地，平阳为卫国大邑。听闻卫公已颁布诏命，赐封你为平阳君。年纪轻轻就割城封君，富贵前程不可限量，这是何等幸事，你为何舍弃富贵前程，反来追随一个毫无所成的老朽东奔西走呢？”

“回禀巨子，”孙宾应道，“晚辈愚笨，唯见天下苦难，未曾看到富贵前程。巨子一心只为天下苦难，晚辈感同身受，诚愿为此奔走余生！”

“你能看到天下苦难，说明你有悲悯之心。只是，天下苦难仅靠悲悯是不够的，这也是墨派弟子各有所长、精通百工的原由。请问孙将军有何专长？”

孙宾面露愧色：“晚辈天资愚笨，并无所长！”

随巢子微微一笑：“孙将军可有偏好？”

“前辈是指……”

“就是你这一生最愿意做的是什么？”

“晚辈自幼舞枪弄剑，嗜好兵法战阵，这个可算偏好？”

“兵法为战而用，战为苦难之源，非兼爱之道。你既然有意寻求兼爱之道，心中却放不下用兵之术，不觉得自相矛盾吗？”

“晚辈惭愧。只是晚辈习演兵法，想的不是兴战！”

“这倒有趣了。”随巢子笑道，“你习武不为兴战，却为什么？”

“武字从止从戈，乃上兵之学。”

能从止戈方面去分析兵法，其根器断不是寻常武者了。

“解得好！”随巢子盯他一时，赞道，“你这叫以戈止戈，以战止战！你且说说，你想怎样做到以战止战呢？”

“虎豹虽凶，却奈何刺猬不得！圈羊的篱笆若无破绽，野狼就寻不到攻击的机会！”孙宾朗声应道。

“好好好，”随巢子连夸几句，“不愧是孙武子之后啊！”话锋一转，语气惋惜：“可惜老朽不善兵术，教不了你！”

孙宾震惊，叩首：“巨子……”

一旁的告子看不下去了，求情道：“巨子，您就收下他吧，弟子可传授他守御之术！”

随巢子没有看他，仍旧盯住孙宾，摇头，似是说给孙宾，亦似在提醒告子：“守御之术只可免一城之祸、一时之灾，走不长远哪！”

见随巢子话中有话，告子咂吧几下嘴，止住了。

“孙宾，”随巢子盯住孙宾，“观你根端苗正，内中慈悲，有济世之心，是个大才，老朽荐你前往一处地方。依你根器，或可学有所成！”

“晚辈谨听巨子吩咐！”

“你可往西走，过宿胥口，进入云梦山，山中有道秘谷，名唤鬼谷，里面住着一位得道高人，名唤鬼谷先生。鬼谷先生学问了得，将军若能拜他为师，或可成栋梁之器！”

“既然为巨子所荐，晚辈敬从！”孙宾略略一想，郑重叩首，“容晚辈别过爷爷，这就上路！”

随巢子微微点头，对众弟子道：“走吧，我们也该上路了，这就去别过孙相国！”

一行数人来到村南高坡，共同祭拜孙机。

拜毕，孙宾起身，将包袱斜挂在身上。

随巢子、告子、宋趼、木华、木实姐弟等也都起身，送他上路。

孙宾回身，朝随巢子深深一揖：“前辈保重，晚辈就此别过！”

随巢子还揖：“孙将军，随巢有一语相告！”

“敬请前辈指点！”

随巢子从袖中摸出一只锦囊，递给他：“进鬼谷之后，若遇意外，你可拆看此囊！”

孙宾接过锦囊，纳入衣袖，再揖：“晚辈谢前辈厚赐！”说罢回身朝告子、宋趼揖过，抱起木华、木实，在他们脸上各亲一口，一个转身，大踏步而去。

随巢子几人站在坡上，望着孙宾渐去渐远，成为一个黑点。

宋趼看向随巢子，不解地问道：“敢问巨子，为何不将孙宾收为弟子，而要荐他前往鬼谷呢？”

“非为师不肯收留孙宾，实乃孙宾质性纯朴，慧根具足，是个天生道器，非为师所能琢磨也！”

宋趼若有所悟，点点头：“弟子明白了！”

“你明白什么了？”

“巨子下的是个远棋！”

“哦？”随巢子盯住他道。

“鬼谷先生不重天下苦难，却重道器，看到孙宾，必喜而琢之。孙宾若得鬼谷先生琢磨，或将成为天下大器。以孙宾质性，若成大器，就将有大利于天下！”

“呵呵呵，你呀！”随巢子给他个笑，转对众人，“走吧，这里用不上我们了！”

告子问道：“巨子，去哪儿？”

“回尧山。”

龙贾大帐外，右军副将、吴青等二十几名将军齐齐跪着。众人无不愁眉苦脸，不甘之心溢于言表。

一辆战车驶近，张猛跳下车，直走过来。

吴青等众将围住张猛，个个欲言又止。

张猛怔了。

张猛觉得异常，狠盯他们一眼，大步入帐。

帐中设着香案，案上供着牌位，上写“河西所有阵亡烈士之灵”。

龙贾一动不动地跪在灵前，就似一尊雕塑。公孙衍端坐一侧，眼睛微微闭合。

龙贾的脸色一夜之间苍老许多，原本花白的头发全白了。

张猛走到龙贾身后，缓缓跪下，悲声道：“龙将军，少梁丢了，家没了。”

龙贾似是没有听见。

“将士们都在外面跪着，誓要夺回少梁！”

龙贾没应。

张猛急了，稍许提高声音：“少梁丢不得呀，龙将军，末将正是为这个才赶过来的！”

龙贾仍然没应。

“将军？”

龙贾竟如孩子般呜呜抽噎。

张猛吃一惊，转向公孙衍：“犀首？”

公孙衍淡淡应道：“张将军，你拿什么夺回少梁？”

“就拿这个！”张猛指指脑袋，“在下，还有所有西河郡将士，宁愿战死少梁城下！”

公孙衍嘴角朝灵案一努。

张猛看过去，迟疑一下，伸手取下，拆看，是魏惠王要龙贾解甲归田的诏令。

张猛愣怔有顷，转望龙贾与公孙衍，这才注意到二人皆着布衣。

一番惆怅后，龙贾、公孙衍并肩走出大帐。

早有一辆篷车停于帐外。

二人跳上车，公孙衍驾驭，篷车缓缓而去。

张猛等将跪地送行。

目送龙将军的篷车走远，张猛等将返回大帐。

望着几案上整齐摆放的将军印绶、甲衣、御赐宝剑及虎符，在场将军无不泪奔，齐齐跪地，泣不成声。

伤悲一阵，吴青等人心灰意冷，回到自己的营帐，纷纷将甲衣脱下，扔掉长枪，大踏步出帐，扬长而去。

在司马错如愿攻克其家乡少梁之后，无论是魏国还是秦国，都没心思再打下去。魏惠王使陈轸为议和特使，秦孝公使公孙鞅为议和特使，议和数日后达成协议，约定于大荔关的关门楼上正式签约。

签约这日，双方代表站在关门楼上放眼望去，洛水激荡，视野开阔。

签约现场气氛静穆。

公孙鞅与陈轸相对而坐，各自提笔，在盟约上签署完毕，交给候在一侧的双方掌玺内臣，分别用过玺，收好盟约。

仪式结束，陈轸直盯公孙鞅道：“盟约签署，你我使命已经完成，在下尚有几句私话，可否借秦使一步？”

公孙鞅转对左右，朗声吩咐：“魏使要与本使聊几句家常，你们都退下吧！”

秦人、魏人各自走到一侧，有序退出。

“陈兄，”看到楼上再无他人，公孙鞅起身，深深一揖，“河西之事，卫鞅多有得罪，抱歉，抱歉！”

陈轸没有还礼，淡淡应道：“身为人臣，各为其主，公孙兄不必客气！”

“谢陈兄体谅！敢问陈兄，是何私话与鞅分享？”

“记得公孙兄初使魏时，曾到寒舍，一是感谢在下救命之恩，二是提醒在下所处危势，在下记得是四个字，危若累卵。公孙兄洞见，在下深为感慨，今日于此，在下也想提醒公孙兄，公孙兄昔日警示在下之辞，亦适用于公孙兄自己！”

公孙鞅微微一笑：“谢陈兄提醒！”

“在下还想提醒公孙兄一句，因果相成。河西之事，公孙兄虽说赢得一局，却胜之不武，种下恶因。这个因总有一天会结出果子的！”

“呵呵呵，”公孙鞅笑出几声，“这个倒是有些意趣。回头来看，陈兄可知自己输在何处吗？”

陈轸盯视他，目光犀利：“公孙兄，你觉得在下这就输了吗？”

“哦？”

陈轸目光更是犀利：“你觉得你自己这就赢了吗？”

公孙鞅竟是让他问得怔了。

“哈哈哈哈！”陈轸爆出一声长笑，猛地起身，大踏步走出府堂。

签完约，公孙鞅匆匆赶到栎阳别宫，将盟约双手呈给孝公。

正看着盟约，孝公忽然剧烈咳嗽。

眼见咳得止不住，孝公掏出丝巾捂在嘴上。内臣紧急赶至，为他轻轻捶背，递过水盏。孝公抿几口水，继续审看盟约。

公孙鞅倾心听着他的咳嗽声，盯着他的脸色看。

“呵呵呵，不错，不错。”秦孝公把目光从盟约上移开，给公孙鞅个笑，“公孙爱卿，还记得你曾经说过的一句话吗？”

“哪一句？”

“就是寡人卧薪尝胆之后，日头初升，寡人到你府上，你向寡人所做的承诺！”

“臣……”公孙鞅陷入回忆。

“……臣保证，”秦孝公呵呵笑出几声，替他说出，“不出三年，非但国耻可雪，河西可得，黄河天堑可据，秦、魏之间也将强弱易势，浮沉尽由君上主宰！”

“呵呵呵，君上好记性呢！”公孙鞅亦笑起来。

“唉，”秦孝公不无感慨道，“当初爱卿说此话时，寡人心里那个酸哪！几曾想到，不是三年，只不过短短数月，国耻已雪，西河已得，黄河天堑基本在手，秦、魏易势，浮沉尽在寡人之手啊！”

公孙鞅淡淡一笑：“君上乐观了！”

“哦？”

“我等虽胜魏，元气却伤。前后下来，魏折兵八万，我亦折兵六万。我绝杀裴英两万，而稀里糊涂地死在公孙衍刀下的也是两万，且不包括伤者。”

“晓得，晓得，寡人全都晓得。老虎也有打盹的辰光嘛！”

公孙鞅半是自责：“老虎可以打盹，三军主将却不可以打盹。每思及此，鞅痛彻心腑！”

“爱卿大可不必自责！寡人之欲只在雪耻，只在夺回河西，今日，此二欲得偿，寡人死无憾矣！而这一切，皆卿一人之功啊！”

“君上偏爱，臣万死不足以报！”

“呵呵呵，谁都可以死，唯独爱卿死不得哟！”秦孝公再次剧烈咳嗽。

公孙鞅关切地问道：“君上，要紧不？”

秦孝公止住咳嗽：“呵呵呵，伤风而已。”

“咳有多久了？”

“没几日，这就快好了。”秦孝公目光再次看向盟约，“河西算是告一段落了，下一步，我当如何落子，爱卿可有筹划？”

“太子妃！”

秦孝公眉头微皱，旋即一笑：“这个事儿大吗？河西治理，伤亡抚恤，秋收冬藏，等等等等，哪一个也比……”顿住，看向他。

公孙鞅神秘一笑：“这些不需臣来考虑！”

“呵呵呵，”秦孝公跟着笑道，“也是。还是那个周室公主？”

公孙鞅重重点头：“正是。”

“魏罃称王，周室连个幌子也不是了，太子选妃该当落到扎实处才是！”

公孙鞅端正身姿，拱手道：“敢问君上，秦以何立于天下？”

秦孝公略一沉思：“实力！”

“实力又立于何处呢？”

“民！”

“以何治民呢？”

“法。”

“以何立法呢？”

“威！”

“以何立威呢？”

“信！”

“正是！”公孙鞅朗声应道，“治民首在立威，立威首在立信。君上初行秦法之时，先以立木取信于民。民信的不是法，而是君上言出必行！今日之秦，民皆信君上。君上行新法，民皆守之。君上要民死，民皆赴之。推而广之，君上若威天下之民，自也首在取信于天下之民。”

秦孝公长吸一口气，倾身以听。

“前番聘亲周室，秦室与魏室各张旗鼓，天下为之沸沸扬扬。今雌雄已决，尘埃落定，君上若是不给天下一个交代，叫天下何以看待君上？再说，魏罃之败，正因其称王，此事表明，周室虽弱，但其名尚未全虚！”

秦孝公又吸一口气，屏气等待下文。

“还有，臣出一问，请君上作复！”

“请问！”

“君上打算世世代代偏安于关中一隅吗？”

秦孝公摇头。

“君上摇头，表明君上心系天下！而天下又在哪儿呢？在魏室吗？在楚室吗？在齐室吗？不，天下哪儿也不在，天下只在周室，天下只在洛阳！就眼前而言，洛阳是天下之中，周室是天下之元，君上抓住这个中，占住这个元，必所向披靡，无往不利，功成千秋，利享万代！”

“好！”秦孝公猛力握拳，“寡人这就落子！来人！”

内臣趋至。

秦孝公看向他：“召五大夫嬴疾！”

“君上，”公孙鞅诡秘一笑，“只五大夫一人，难表诚意！”

秦孝公看向他：“爱卿不会是说，你亲自去吧？”

“非鞅亲去，是太子亲去！”

秦孝公皱起眉来：“这……”

“君上，前次聘亲，秦魏起争，周天子无奈之下，已将长公主许嫁燕公。君子一言，驷马难追，何况是天子？若想请天子收回婚约，臣之意，非殿下亲去不可！”

秦孝公吸一口长气。

看出他的忧虑，公孙鞅语气坚定：“至于殿下安危，可命司马错引甲士三千护佑！”

秦孝公一脸忧虑：“函谷道、崤道皆在魏人手中，我们若是过兵，魏人肯吗？”

“我们是护送殿下迎亲，不是攻关，他们有何不肯呢？”

秦孝公默然。

“君上，我三千甲士过境，魏必全力防范。魏若全力防范，其虚实……”公孙鞅故意顿住，一丝黠笑浮上脸颊。

秦孝公豁然明白，长笑数声，手指公孙鞅：“哈哈哈哈，好你个公孙鞅啊！”又咳起来。

公孙鞅凝视孝公，心里一揪。

洛阳王宫的后花园里，姬雪就如疯了般飞跑。

姬雨远远看见，不晓得发生什么事了，急赶过来。

姬雪一路跑进闺房，伏在榻上号啕大哭。

姬雨跟进来，轻声道：“阿姐？”

姬雪哭得更是伤心。

姬雨急了：“阿姐，出什么事了？”

姬雪猛地抬头，满脸是泪，两手按住她的肩，激动地说：“雨儿，雨儿，秦国打赢了！”

姬雨一头雾水：“秦国？打赢了？”

“是呀，他们打赢了，打赢了！我早知道他们会赢的，他们真就赢了！”

“咦？”姬雨总算反应过来，诧异道，“秦国打赢了，阿姐理当高兴才是，这哭什么？”

姬雪又伏榻上，再哭起来。

“阿姐呀，”姬雨扑哧笑了，慢条斯理道，“哭顶什么用！雨儿若是阿姐，这就去寻父王！”

姬雪哭声止住。

姬雨朝外努嘴：“去呀，还等什么？”

姬雪猛地起身，拉上姬雨。

姬雨挣脱开：“阿姐，你去就是，拉我做什么？”

“雨儿，阿姐……”姬雪脸色一红，扯起她就向外走。

二人走到一处十字路口，姬雪迟疑有顷，改道靖安宫方向。

“阿姐，父王在那边！”姬雨指向御书房。

“我……”姬雪嗫嚅道，“我们还是先寻母后吧！”

姐妹俩进来时，王后正在窗口绣花。

见是两个宝贝女儿，王后放下绣针，一脸兴奋道：“雪儿，雨儿，母后正在想你们呢！”

姬雪没有应话，“扑通”跪下。

王后惊愕：“雪儿？”

姬雪抱住王后的腿，悲泣。

王后拍她头安抚，看向姬雨：“雨儿，你阿姐这是……”

姬雨朗声应道：“阿姐想改嫁！”

“改嫁？”

“阿姐不想嫁给老燕公，阿姐想嫁给秦国太子！”

王后倒吸一口气，拍姬雪头的手停住了。

“母后，”姬雨急切说道，“秦使、魏使虽说同时聘亲，可雨儿听说秦使在先，是诚意来聘亲的，魏使只是搅局，因为他们要在河西打仗。父王无可奈何，才把阿姐许给燕室。仗打完了，秦人胜了，魏人败了，父王没有理由再将阿姐嫁往燕室！”

姬雪将王后的腿抱得更紧，哭声更加悲切。

"唉，"王后轻叹一声，做个苦脸，"雪儿，还有雨儿，婚姻大事，咱女儿家是分毫做不得主的！"

姬雨一脸不服气："为什么？"

"因为你们是公主呀！公主就是三公做主，三公让你们嫁往谁家，莫说是母后，即使是你们的父王，也是爱莫能助啊！"

听闻此话，姬雪愈发哭得悲了。

姬雨摇头驳道："母后，这不合理！"

"合理也好，不合理也好，这是规矩。你们查查，在这宫里有哪个公主自己决定了自己的终身大事呢？"

"什么三公？"姬雨气极，"全是一帮老掉牙的窝囊虫！母后，您看好了，雨儿我……到那么一天，宁死也不嫁人！"脚一跺，飞跑出去。

望着她的背影，王后长叹一声，闭目。

姬雪紧紧抱住王后，悲泣道："母后……雪儿……求您了……"

送走姬雪，王后在宫正的搀扶下走到御书房外，轻轻叩门。

内宰开门，吃一怔，叩地："臣叩请娘娘圣安！"

"陛下可在？"

内宰起身，拱手："娘娘稍候，臣这就禀报！"

"不用禀了，臣妾进去就是！"王后松开宫正，径自走进。

显王正埋首于竹简，许是过于专注，连王后走到身边也没察觉。

王后轻咳一声。

显王抬眼一看，打了个惊愣："汕儿？"

"汕儿叩见王上！"王后作势跪下。

显王急忙起身，扶起她："汕儿，你……怎么就出来了呢？"

王后笑笑："今日感觉略略好些，甚想出来走走。出得门来，不知不觉的，竟就走到这儿来了！"

显王携王后走向软榻，扶她躺下："寡人方才还在念叨你，原说去看看你的，不想抱住一册好书，看着看着竟就……"摇头，转对内宰："沏茶，菊花香露！"

内宰沏茶。

王后瞄向方才显王读的那堆竹简："什么书呀，这么好看？"

显王手指竹简："是本医书。"

王后扑哧笑了："王上怎有闲情逸致看起这个来了？"

“寡人在想，”显王望向窗外，若有所思，“有朝一日，寡人或会离开这座宫殿，到那辰光，汕儿若是有个头疼脑热的，再无御医在身边，寡人怎么办呢？这阵儿看看，不定就能应个急呢！”

显王读医竟为这个，王后心中感动，哽咽道：“王上……”

内宰沏好茶水，端上。

显王转过头来看向她，泪出，伤感道：“汕儿呀，万一那天到来，只怕我们……走不出这道门槛哪！”

王后悲哭。

显王坐在榻沿，抱她入怀，轻轻晃着，如同哄着一个孩子。

“王上，”王后拭去泪水，“能出也好，不能出也好，汕儿永远都是王上的汕儿，汕儿与王上生生死死，皆在一起！”

显王搂得更紧：“汕儿……”

“王上，汕儿此来，是有一事相求！”

“不要说求，什么事儿，你就说吧！”

“是雪儿！燕公虽好，毕竟老迈，雪儿她……”王后眼中垂泪。

“寡人晓得，雪儿许燕，本也是个权宜之计。”

“汕儿之意是，”王后迟疑一下，“如果可能，就把雪儿改许秦室！”

“秦室？”显王略略一顿，点头，“好吧，汕儿既是此想，晚些辰光，寡人就召颜爱卿议议！”

王后连连点头，搂紧显王：“汕儿代雪儿谢王上垂爱！”

从靖安宫出来，姬雨在花园小径上闷闷地走着，耳畔响起王后的声音：“……公主就是三公做主，三公让你们嫁往谁家，莫说是母后，即使是你们的父王，也是爱莫能助啊……你们查查，在这宫里有哪个公主自己决定了自己的婚姻大事呢？”

正烦闷间，一个声音传来：“公主——”

姬雨抬头望去，是春梅，一身村姑打扮，正气喘吁吁地跑过来。

姬雨急忙迎上。

春梅跑到她跟前，喘气道：“公主，看到人了，他……在呢！”

姬雨眉宇间的阴云一扫而光，低声问道：“在哪儿？”

“老地方！”

姬雨吸一口气：“走！”扯起她就走。

“公主？”春梅朝她衣饰努下嘴。

姬雨会意，扯她拐向闺房，换上一身平民服饰，从后花园的偏门溜出宫去。

二人赶到集市，还没走到丁字路口，就已望见了那个招幡儿。二人放慢脚步，匀住呼吸，款款走至鬼谷子跟前，蹲下来。

鬼谷子端坐，无视二人。

童子照旧竖在那儿，手扶招幡儿，一动不动。

姬雨轻叫：“先生！”

鬼谷子依旧稳坐，似是没有听见。

姬雨提高声音：“先生！”

鬼谷子仍无回应。

春梅扯了扯姬雨的衣裳，附耳道：“方才我来时，他就这般，想是睡着了！”

春梅的声音极低，但仍被童子听到了。

童子嘴角一哂：“嘻，你才睡着了呢！家师这叫神游！”

姬雨抬头看向童子，给他个甜笑：“阿弟，阿姐想求先生一卦，麻烦你把先生的神请回来，好吗？”

童子回她个笑，龇下牙，摇摇头，继续手扶旗杆，笔直地站在招幡下面。

姬雨看一眼春梅，皱眉。

春梅回她个苦脸，转向鬼谷子，大声喊道：“先生？先生？”

鬼谷子仍在神游。

春梅又要喊，童子道：“这位姑娘，你别费心了，先生神游，莫说是你喊，纵使打雷也不会回来的！”

春梅吐吐舌头。

姬雨盯住童子：“阿弟，先生的神何时才能回来？”

童子挠头：“这个说不准哩，不定马上回来，不定要等几个时辰。”

姬雨偷偷出宫，是犯禁的，不能在外面待得太久，闻听要等几个时辰，有点儿急了：“阿弟呀，阿姐还有急事，这该怎么办哪？”

童子做个苦脸，摇头。

姬雨无奈，只得学了鬼谷子的样，掏块手帕铺在地上，坐在那儿守候。

春梅守了一时，觉得无聊，就到附近看热闹去了。

光影移动。就在旗幡的影子挡在姬雨的脸上时，鬼谷子的两道白眉动了。

童子看得真切，小声道：“先生，这位姐姐求卦，等候多时了！”

“哦？”鬼谷子睁开眼，看下姬雨，眼又闭上，“姑娘欲求何事？”

姬雨拱手：“先生，小女子前路渺茫，恳请先生指路！”

“请付卦金！”

姬雨起身，大叫道：“春梅，春梅！”

无人应声。

姬雨急道：“先生，卦金皆在……我同伴那儿，她逛街去了，请先生略候片刻，我这就去寻她！”说罢起身欲走。

鬼谷子道：“姑娘留步，卦金倒也不急。”

姬雨站住，拱手道：“谢先生！”

“前路即未来时运，渺茫即无知懵懂。老朽大可推天下时运，中可推邦国时运，小可推家室时运，不知姑娘所求是何时运？”

姬雨略略一想：“邦国非小女子所求，天下亦非小女子所欲，小女子关切的不过是身家之事，望先生垂示！”

“身家时运可由卦象得知，可由面相得知，可由手相得知，可由脉象得知，可由骨相得知，可由心相得知，亦可由解字得知。姑娘意愿由何而知？”

姬雨略一沉思：“烦请先生解字！”

“解字又分解形和解意，姑娘意欲解形还是解意？”

“解意！”

鬼谷子微微一笑：“姑娘欲解何字？”

姬雨略略一想，伸手从胸衣里掏出那只乳色玉蝉儿：“就解这两个字，玉蝉！”

鬼谷子睁眼，目光如剑，直刺姬雨，将她全身上下扫瞄一遍，落在那只玉蝉儿上。不知怎的，在鬼谷子的目光扫过来时，姬雨感到有股热流涌遍全身，惊骇不已。

“好一只玉蝉！”鬼谷子微微点头，双目闭合，似又神游。

姬雨闭目凝神，恭候。

良久，鬼谷子突然出声：“玉以天地精气化成，品性尊贵；蝉以甘露为生，品性清雅。玉经琢磨而为蝉，为王室之器，不过……”欲言又止。

姬雨心头一凛：“先生但说无妨！”

“玉虽尊贵，却为凡俗竞逐之物。蝉虽清雅，却难高飞远走，且须攀枝附叶，方能苟活。”

姬雨面上沉静，心中却是吃惊：“天哪，难道他……真的算出我是谁了？

不会的，我这般打扮，与前番迥异，何况那日我一个字儿未吐，与寻常路人无异，他又怎认得出是我呢？看来此人真如母后所说，有些神通，我且拿话试他！”

想到此处，姬雨拱手：“谢先生妙解。不过，先生所解，只是对玉蝉二字的通释。小女子关心的是，小女子所示之玉蝉，时运又将如何？”

“此山所成之玉，已是天下猎物；此蝉所附之树，已是根烂身腐！”

见他分析得头头是道，姬雨倒吸一口凉气，屏住呼吸，急切问道：“先生，这只蝉儿呢？”

“至于姑娘所示之蝉，有人正在张罗织网，使它成为笼中之物！”

姬雨心头一凛，心道：“不对呀，成为笼中之物的当是阿姐，怎么是我呢？会不会是他算错了呢？我且问个明白！”遂再次拱手，脸上堆笑：“先生，我家里共有金、玉二蝉，小女子想知道的是，将被关进笼中的是金蝉儿还是玉蝉儿？”

“金蝉有金蝉的笼，玉蝉有玉蝉的笼，姑娘此来求断的不是金蝉，是玉蝉，老朽所断，自然当是姑娘所示之蝉了！”

“这……”姬雨急了，“她……她……她有办法逃吗？”

“飞呀，她不是长有两只翅膀吗？”

“先生，天下处处是网，此蝉纵然想飞，也是翅单力薄，更不知飞往何处存身哪。”

鬼谷子睁眼，凝视姬雨，一字一顿：“蝉生于土，附于木，得自在于林。此蝉若是不甘为他人所玩，可飞往大山深处，万木丛中，得大自在于天地之间。”

姬雨嘘出一口长气，目视鬼谷子，正好与鬼谷子的目光撞在一起。

鬼谷子的目光亲切，慈祥，智慧，洞察万物。

姬雨与他久久对视，心神渐渐笃定。

就在此时，春梅急跑过来，刚要说话，见二人这般对视，嘴又合上。

鬼谷子收回目光，老眼闭合。

姬雨跪地，叩拜：“小女子替这只玉蝉谢先生指示前程！”转对春梅：“春梅，拿钱袋来！”

春梅从袖里摸出一个沉甸甸的钱袋，递给姬雨。

姬雨接过，将钱袋恭恭敬敬地摆在鬼谷子脚边，叩首：“区区薄礼，难表谢意，万望先生不弃！”

鬼谷子一动不动，似是没有听见。

姬雨再叩：“小女子若想再见先生，可至何处寻访？”

鬼谷子仍似没有听见。

童子小声应道：“阿姐若有急事，可到城东轩辕庙来！”

姬雨给他个笑，拱手：“谢阿弟了！”起身，与春梅快步离去。

看到他们走远，童子弯腰捡起钱袋，打开，一脸惊愕。

钱袋里，满满的尽是大周金饼，少说也有二十多块。

“乖乖，”童子咂舌道，“这能买多少饼吃……”

鬼谷子睁眼瞥他一下，轻轻摇头：“呵呵呵，你呀……”

（第二卷完）

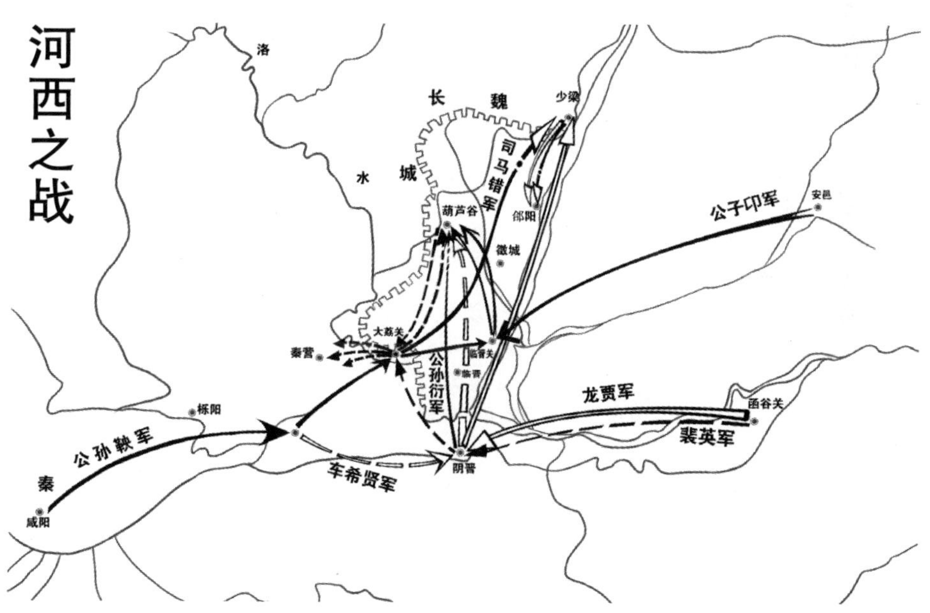

图书在版编目（CIP）数据

鬼谷子的局.卷二 / 寒川子著.— 武汉：长江文艺出版社，2017.10（2018.10 重印）

（“智慧的游戏”系列作品）

ISBN 978-7-5354-9918-9

I. ①鬼… II. ①寒… III. ①长篇小说 – 中国 – 当代 IV. ① I247.5

中国版本图书馆 CIP 数据核字 (2017) 第 193397 号

鬼谷子的局.卷二

寒川子 著

选题产品策划生产机构 | 北京长江新世纪文化传媒有限公司

总 策 划 | 金丽红 黎 波 安波舜

项目策划 | 寒川图书 版权所有 | 寒川图书 项目统筹 | 赵晨阳

责任编辑 | 张 维 装帧设计 | MM末末美书 媒体运营 | 刘 峥

助理编辑 | 赵晨阳 内文制作 | 张景莹 责任印制 | 张志杰 王会利

法律顾问 | 张艳萍 版权代理 | 何 红 印刷监制 | 战 梅 刘 刚

特约编辑 | 韩明辉 封面插图 | 李茂国 书名题写 | 张兼维

总 发 行 | 北京长江新世纪文化传媒有限公司

电 话 | 010-58678881 传 真 | 010-58677346

地 址 | 北京市朝阳区曙光西里甲 6 号时间国际大厦 A 座 1905 室 邮 编 | 100028

出 版 | 长江出版传媒 | 长江文艺出版社

地 址 | 湖北省武汉市雄楚大街 268 号湖北出版文化城 B 座 9-11 楼 邮 编 | 430070

印 刷 | 天津宇达印务有限公司

开 本 | 680 毫米 ×990 毫米 1/16 印 张 | 18.75

版 次 | 2017 年 10 月第 1 版 印 次 | 2018 年 10 月第 2 次印刷

字 数 | 330 千字 印 数 | 37000

定 价 | 42.00 元